徳間文庫

島津三国志

川香四郎

徳間書店

目次

島津義久・義弘が
活躍した時代の九州

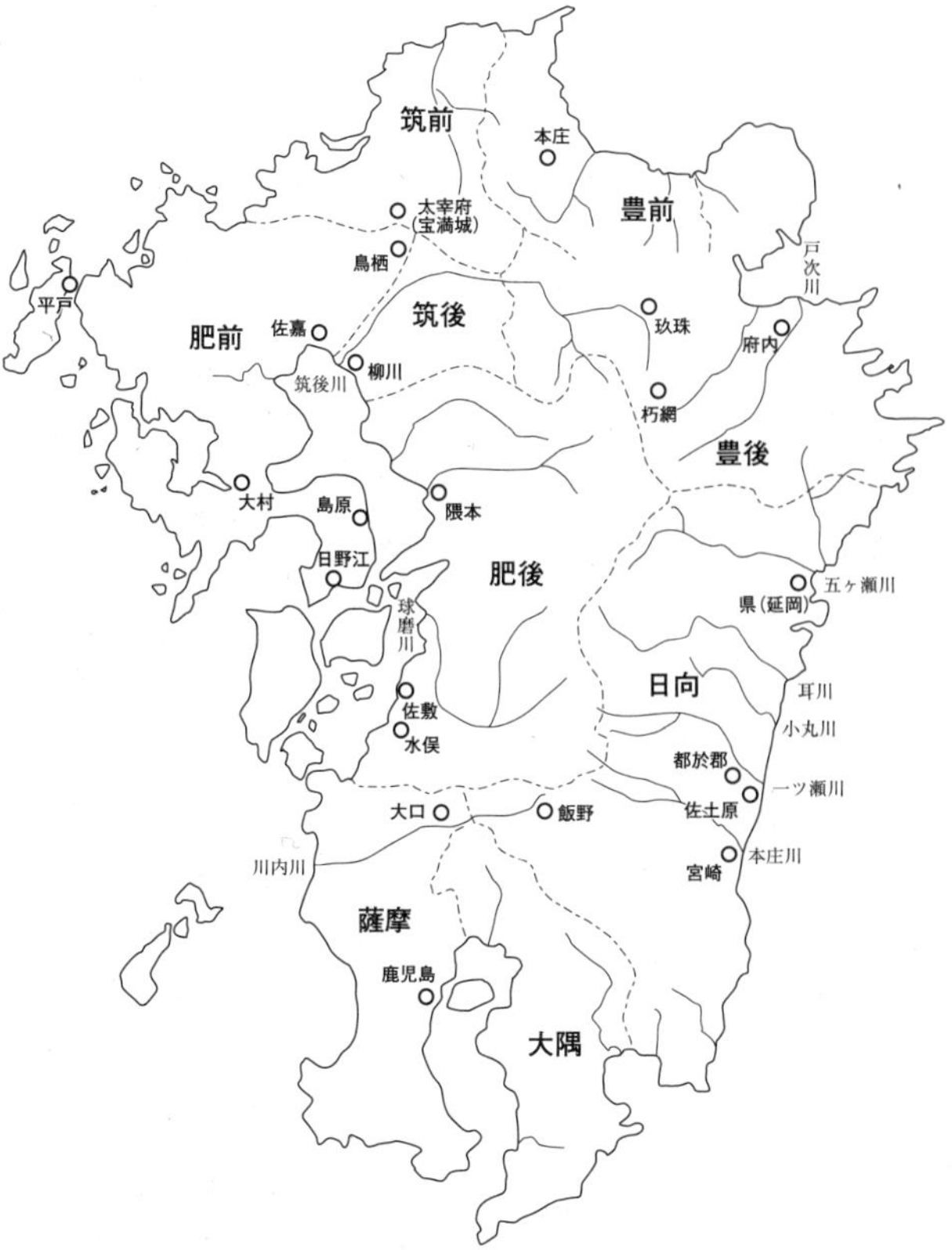

島津家略系図 1

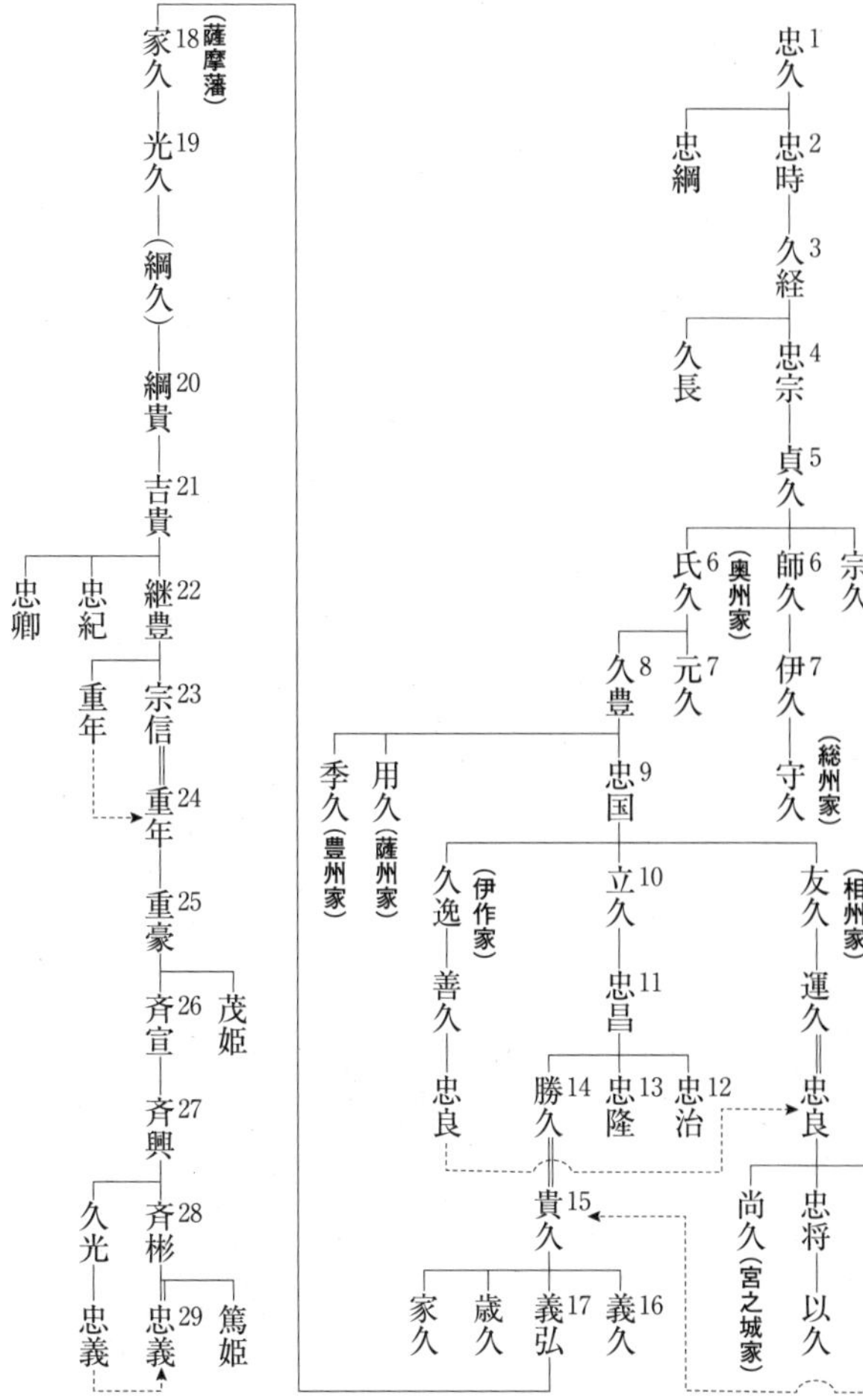

1 忠久
2 忠時
忠綱
3 久経
4 忠宗
久長
5 貞久
宗久
6 師久
6 氏久
(総州家)
(奥州家)
7 伊久
守久
7 元久
8 久豊
9 忠国
用久
(薩州家)
季久
(豊州家)
友久
(相州家)
運久
忠良
10 立久
11 忠昌
12 忠治
13 忠隆
14 勝久
久逸
(伊作家)
善久
忠良
15 貴久
貴久
忠将
以久
尚久
(宮之城家)
16 義久
17 義弘
歳久
家久
(薩摩藩)
18 家久
19 光久
(綱久)
20 綱貴
21 吉貴
22 継豊
忠紀
忠卿
23 宗信
重年
24 重年
25 重豪
26 斉宣
茂姫
27 斉興
28 斉彬
久光
29 忠義
篤姫
忠義

島津家略系図 2

- 勝久［本家］＝貴久（養子）
- 忠良［日新］伊作家 相州家
  - 貴久［大中］
    - 義久［龍伯］
      - 御平［薩州家義虎室］
      - 女子［垂水家彰久室］
      - 亀寿［はじめ久保室、のち家久室］
    - 義弘［惟新］
      - 千鶴［豊州家朝久室、御屋地様］
      - 鶴寿丸［早逝］
      - 久保［朝鮮巨済島で病没］
      - 忠恒［家久］
      - 万千代丸［早逝］
      - 忠清［早逝］
      - 御下［はじめの伊集院忠真室、のちの宮之城家久元室］
    - 歳久［金吾 心岳寺で自害］
      - 忠隣［日向根白坂で戦死］―常久―久慶［弾正大弼］
    - 家久［中務大輔 佐土原で病死］
      - 豊久［中務大輔、関ヶ原で戦死］
      - 忠直
  - 忠将［垂水家］
    - 以久
      - 彰久―忠仍
      - 忠興

序

霧雨の煙《けぶ》る鬱蒼《うっそう》とした樹々に包まれるように、人の背丈ほどの地蔵塔が、十三基並んでいる。逢魔《おうま》が時の薄暮と相まって、まさに武将が居並んでいるように見えた。

その前で、ひとりの若者が佇《たたず》んでいた。

下級武士か郷士《ごうし》であろうか、屈強で立派な体躯《たいく》ではあるが、粗末な継《つ》ぎ接《は》ぎだらけの着物や野袴《のばかま》は丈が短く、いかにも貧しさと戦っている風貌であった。禄高《ろくだか》もろくにないから、厳しい野良仕事も毎日、繰り返しているに違いない。手足は太く、分厚い掌《てのひら》は泥が染みついたように黒ずんでいた。

蓑笠《みのがさ》もつけていないので、霧雨とはいえ、束ねただけの総髪は、墨を含ませた筆のようにぐっしょり濡《ぬ》れていた。地蔵塔に掌を合わせるでもなく、瞑目《めいもく》するでもなく、若者は情景と同化したように佇んでいるだけだった。

「――見かけぬ顔だが、何方《どなた》かな……」

ふいに背後から声がかかった。

若者が振り返ると、そこには少し腰の曲がった白髭《しろひげ》の老人が、杖を突いて立ってい た。野良着姿だが、どことなく気品が溢《あふ》れており、紅殻《べんがら》色の番傘だけが、山水画のような霧雨の中で妙に燦《きら》めいていた。

ほんの一瞬、若者は驚いて目を凝《こ》らしたが、伸び放題の白髭には、仙人のような温《ぬく》もりがあって、目は笑っている。

「儂《わし》は、この辺《あた》りの野守《のもり》でな、ここ妙円寺《みょうえんじ》も見廻《みまわ》っておる」

妙円寺の開基は、島津《しまづ》家とは縁の深い、伊集院《いじゅういん》忠国の十一男・石屋真梁《せきおくしんりょう》であり、明徳元年（一三九〇）に、真梁の兄・伊集院久氏《ひさうじ》によって創立された曹洞宗の古刹《こさつ》である。

若者は遠慮がちに小さく頷いただけで、背中を向けて立ち去ろうとした。

「逃げることはなか。お若いの……ここに眠る武士《もののふ》たちは、島津家の忠臣中の忠臣だと承知して、ここへ参ったのであろう。なぜかは知らぬが、今のような世が乱れたときには、多くの者たちが参拝に来ておる」

老人は顎髭《あごひげ》を撫《な》でて、引き留めるように若者に声をかけ、勝手に語りかけた。

「おぬしの顔はなかなか武骨で、意志は強そうに見えるが、心の奥には色々な迷いや苦しみが渦巻いておるようじゃな。なに、儂のように、余った命ばかりで長らえておると、おぬしのような若いもんの気持ちが、手に取るように分かる」

微笑《ほほえ》みを浮かべた老人は、雨でぬかるんだ足場も気にすることなく、若者に近づいてきた。杖を突きながらではあるが、その足取りは能楽師のような趣《おもむき》の、しっかりとした摺《す》り足であった。

「迷いがあれば、仕えし主君の後を追って切腹をすることなど、できはしまい」

「…………」

「我が藩は今でも、如何《いか》なる理由があれど、追い腹は御法度《ごはっと》じゃ。島津家十七代目当主の島津義弘《しまづよしひろ》公も、殉死は決して許さぬと言うておった。だが、よほど義弘公を慕っていたのであろう。この十三人の者たちは御禁制を犯してまで、義弘公の後を追った。ゆえに、この者たちは家禄を没収されたのじゃ。殉死の罪が許されたのは、寛永九年（一六三二）……切腹をしてから十三年も経《た》ってからのことじゃ」

「十三……」

若者は奇《く》しくも同じ数に、縁があると感じたのか、野守を振り向いた。いかつい若者の顔に降り続ける霧雨に、蕭条《しょうじょう》と吹く風が混じって、さらに強《こわ》ばった。

古来、諸国には、十三仏信仰として、〝十三塚〟を建てて、怨霊や無縁仏、落武者などを供養する慣習があったからだ。薩摩霧島《さつまきりしま》にも同様のものがあることを、若者は知っていたようだ。

野守は恵比須顔になって頷くと、杖で地霊を鎮《しず》めるように軽く突いてから、

「あの日も、今日のような雨だったとじゃ。この十三人の忠臣が、追い腹をした日のことじゃ……義弘公が、終世の地である加治木《かじき》屋形にて、八十五歳の長寿をまっとうし、息を引き取ったのが、元和五年（一六一九）七月のこと。生涯に五十二度もの戦《いくさ》をして、満身創痍《そうい》であったものの見事に生き抜き、壮健で長生きなされた……最期《さいご》は、御一族に見守られての大往生だった」

と訥々《とつとつ》と話し始めた。

「ここに眠る木脇祐秀《きわきすけひで》、折田和泉《おりたいずみ》、新納久治《にいろひさはる》らは、義弘公が危篤であった頃から、追い腹の誓詞を交わしておってな、八月に入って共に決行したのじゃ……」

元和五年（一六一九）八月十六日、土砂降りの雨の中を――。

山路《やまじ》後藤《ごとう》兵衛《ひょうえ》種清《たねきよ》という義弘の家臣が突っ走っていた。追い腹を申し合わせた他の者たちと待ち合わせた、実窓寺《じっそうじ》川原に向かっていたのだ。住んでいた帖佐《ちょうさ》から加治木に向かう途中のことだった。

いつもなら、目の前の錦江湾《きんこうわん》に、雄大な桜島《さくらじま》が見えるはずだ。だが、濃い雲に包

まれて、何も見えなかった。

「――後藤兵衛め、また遅れを取りおったと、木脇様にお叱《しか》りを受けてしまう。選《よ》りに選って、一大事においてもまたッ……」

木脇様とは、木脇行部左衛門《ぎょうぶざえもん》祐秀のことである。〝薩摩の今弁慶〟とか、島津の〝小弁慶〟と称され、身の丈八尺近くあった大男の剛の者で、長刀《なぎなた》の名手であった。

関ヶ原の合戦の折も、義弘のもとに駆けつけ、まさに一騎当千の活躍をした。常に義弘の側《そば》で獅子《しし》奮迅の戦いをし、いわゆる『関ヶ原の退《の》き口』において、主君を薩摩まで生還させた立役者のひとりである。

「この雨がなければ……」

と山路は恨むように天を仰いだ。

雨のせいで川が増水し、山道も崩れ、遠廻《とおまわ》りせざるを得なかったからである。だが、薩摩で、神事や出立などのときに降る雨は、

――島津雨。

と言われ、縁起のよい吉兆であった。

島津家初代の忠久《ただひさ》が、雨の中、摂津住吉《すみよし》神社の境内《けいだい》にて、狐火《きつねび》に守られながら生まれたという伝説によるものだ。

「雨か……うむ。これで、うちの田畑も潤うかもしれぬし、殿とともに旅立ちに向かうには相応《ふさわ》しい吉日じゃ」

山路はそう思い直して、一目散に駆け出した。

帖佐を離れるときには、親兄弟や子供らが食うに困らぬように、作物の植え付けをしてきたばかりだ。殉死をすれば家禄がなくなるのを見越してのことだった。まさに恵みの雨であろう。

だが、遠廻りし、加治木の湯湾岳《ゆわんだけ》南麓まで駆けてきたときである。偶然、出くわした、殉死仲間の家人たちから、

「他の者はすでに、切腹をして果てた」

との報《しら》せを受けた。

中でも、木脇は、他の六人の介錯《かいしゃく》をした後、岩の間に刀の切っ先を天に向けて突き立て、その上に覆い被《かぶ》さって、自刃《じじん》を成し遂げた。見事な最期だったと、見届け人から話を聞いて、山路はハラハラと涙を流した。

「さすがは、薩摩の今弁慶……おいは、おいは恥じ入るばかりたい……」

木脇をはじめ、実窓寺川原で自刃した折田和泉、入枝佐五右衛門《いりえださごえもん》、色紙忠兵衛《しきしちゅうべえ》、池田六左衛門《いけだろくざえもん》、藺牟田縫殿助《いむたぬいのすけ》、坂元番左衛門《さかもとばんざえもん》らの顔を次々と、山路は浮かべた。さらに、

自宅では、椎原与右衛門《しいはらよえもん》、福昌寺《ふくしょうじ》門前では、桐野治郎左衛門《きりのじろうざえもん》、原蔵人《はらくらんど》、藤井久助《ふじいひさすけ》らが、同じ日、同じ刻限に殉死していた。

雨の中で立ち尽くしたまま天を仰いでいた山路は、

「む、無念だ……殿！　皆の衆！　すぐに追いつくから、待っていて下され！」

と、その場に座るや脇差《わきざし》を抜いた。

ふと見ると道端に大きな石がある。それに向き直って凝視《ぎょうし》した山路は、知り合いの家人たちに遺言を託した。

「清岩陵雪《せいがんりょうせつ》……それが俺の名じゃ。しかと刻んで下され……」

義弘公の体調が優れず、快復の見込みが少ないと聞いてから、山路は菩提寺《ぼだいじ》から戒名を貰《もら》っていたのだ。

「さすれば冥途《めいど》にて、殿と木脇様たちに追いついた暁《あかつき》には……その石を三つに割って報せるゆえ、どうかどうか、末代まで祀《まつ》ってくれれば有り難い……遅ればせながら、殿。しばしのお待ちをっ」

介錯もなく山路は見事に切腹をした。

降り続ける篠突《しのつ》く雨は、屈伏した山路の熱き血潮を、滔々《とうとう》と流していった。

まるで——目の前で見ているように、野守は語ると、若者を見やって、うっすらと笑みを浮かべた。

「遅れたその武士は、悔やんでいたであろうのう。よく寄合《よりあい》にも遅れていたらしいからな……殉死した中には、義弘公の晩年に仕えた家臣もおった」

「…………」

「貧しい郷士に過ぎぬ身分の者でも心から愛《いと》おしみ、分け隔てなく付き合って下さる御仁《ごじん》じゃった、うむ……宴席などでも、当人のことだけではなく、親兄弟や女房子供のことまでよく覚えており、ひとりひとりに思いやりのある声をかけて、気遣ってお られた……家臣は大勢おるから、なかなかできることではなか」

「…………」

「幾多の合戦《かっせん》に勝ち、戦国武将として稀有《けう》な才覚を遺憾なく発揮されたが、それより も凄《すご》いのは、この薩摩を思い、人々を愛おしみ慈しみ、親戚を大切にしていたことだ。

戦国の世では、親兄弟といえども裏切り、殺し合い、謀略の道具にする武将が多かった……じゃが、義弘様は……いや、祖父の日新《じっしん》公こと忠良《ただよし》様、父上の貴久《たかひさ》様、兄の義久《ひさ》様、弟の歳久《としひさ》様や家久《いえひさ》様、さらに、関ヶ原の合戦で義弘公を守って死んだ甥《おい》の豊久《とよひさ》様らは、みな結束が固く、お互いを心の底から信頼し合っていたからこそ、薩摩、大隅、日向《ひゅうが》の三国を治めることができた。そして……古来、遠い国々に目を向けて、交易を広めてきた。これこそが薩摩隼人《はやと》の魂じゃと、儂は腹の底から感じ入っておる」

「〝薩摩隼人〟の魂……」

「その話もおいおいしてやるが、まずは、そうよのう……かの天下分け目の関ヶ原の合戦にて、敵中突破をした話から聞かせてやろう、若いの……義弘公は、天下を取った徳川家康が、最も恐れた男ゆえな」

野守の顔が蕭々《しょうしょう》と降り続ける雨粒を弾《はじ》くように、キラキラと輝いて見えた。

第一話　敵中突破

一

慶長五年（一六〇〇）九月十五日――。

関ヶ原は徳川家康率いる東軍と、石田三成《いしだみつなり》率いる西軍、合わせて総勢十六万人もの兵が結集し、無数の騎旗で埋め尽くされていた。

前夜から降っていた雨がやみ、霧が晴れた辰《たつ》の刻（午前八時頃）のことだった。

東軍の井伊直政《いいなおまさ》勢が、西軍の主勢力で、天満山に陣取っている宇喜多秀家《うきたひでいえ》陣営に攻撃をかけて火蓋《ひぶた》が切られた。すぐさま、東軍先鋒の福島正則《ふくしままさのり》、藤堂高虎《とうどうたかとら》、京極高知《きょうごくたかとも》、黒田長政《くろだながまさ》、細川忠興《ほそかわただおき》、加藤嘉明《かとうよしあき》ら各勢が呼応し、西軍の小西行長《こにしゆきなが》陣を攻め始めた。

だが、大谷吉継《おおたによしつぐ》、戸田重政《とだしげまさ》、木下頼継《きのしたよりつぐ》らの西軍勢も反撃を開始し、戦《いくさ》上手と評判の宇喜多、小西らが結束して、ジリジリと東軍を押し返した。

戦況は一進一退を繰り返していたが、関ヶ原は狭い盆地である。高台に陣取った西軍の方が、明らかに有利に展開していた。

しかも、桃配山《ももくばりやま》の徳川本陣の後方や側面を突けるように、南宮山《なんぐうさん》の山麓には、西軍の長束正家《なつかまさいえ》、毛利秀元《もうりひでもと》、安国寺恵瓊《あんこくじえけい》、長宗我部盛親《ちょうそかべもりちか》の軍勢も配置されており、総勢も東軍より一万人ほど多かった。

陣取りから見れば、明らかに西軍の勝ちだった。

しかし、東軍の総大将・徳川家康が合戦場《かっせんば》に本陣を構えたのに対して、西軍の総大将・毛利輝元《てるもと》は、大坂城《おおさかじょう》に入ったものの前線には来ていない。豊臣秀頼《とよとみひでより》を守るためとはいえ、集まった諸将たちの士気に関わることだ。

実質の大将は石田三成だが、豊臣方にあっても、武官というより、文官の印象が強い。必ずしも、諸将から全幅の信頼をおかれている立場ではなかった。

東軍が優勢に転じたのは、午後になってのことだった。

松尾山《まつおやま》に陣取る小早川秀秋《こばやかわひであき》が、徳川家康から受けた一発の鉄砲の弾丸《たま》によって、西軍を裏切ったからである。小早川秀秋は弱冠《じゃっかん》十九歳。石田三成が四十一歳であるのに対して、家康は五十八歳の老獪《ろうかい》ともいえる年齢である。貫禄《かんろく》の違いがありすぎた。

大谷吉継は寝返ることを予想しており、小早川勢を一度は撃破したものの、赤座吉家《あかざよしいえ》、小川祐忠《おがわすけただ》、朽木元綱《くちきもとつな》、脇坂安治《わきさかやすはる》までもが反旗《はんき》を翻《ひるがえ》した。そこまでは読めていなかった大谷は、激闘を尽くしたが、自刃《じじん》に追い詰められたのである。合戦場で武将が切腹するのは珍しいことだったが、それだけ壮絶な戦いだったのだ。

さらに、南宮山から、家康本陣の後ろを攻めようとした長束や毛利に対して、同じ山に陣取っていた西軍の吉川広家《きっかわひろいえ》が裏切り、ますます混乱を極めた。

これを機に、東軍は勝ち鬨《どき》を上げながら、総攻撃をかけ、家康本陣も前進した。それに対抗して、石田勢、宇喜多勢、小西勢らも怒濤《どとう》のような咆哮《ほうこう》を上げながら槍《やり》や刀を振るい、鉄砲の音は天地に轟《とどろ》いていた。

その激突の様子を——。

小関《こぜき》村に陣取った島津義弘は、冷静に見守っていた。

北国脇往還《ほっこくわきおうかん》の北側にあり、わずか二町半（約二百七十メートル）ほど離れた石田三成の本陣を見下ろし、一町先には、義弘の甥である豊久《とよひさ》が、島津勢の先手備えとして陣取っていた。

その遥《はる》か眼下には、家康の本陣も眺《なが》められる。

小早川の寝返りを知った義弘は、

「――これまでだな……」

と白い口髭《くちひげ》を動かして呟《つぶや》いた。

六十六歳の老体であるが、戦況を睨《にら》むように見廻《みまわ》す眼光は不動明王のように険しく、凛然《りんぜん》とした態度と六尺ほどある岩のような体軀《たいく》も、威風堂々としていた。

しかも、年寄りには鎧《よろい》が重いといって、傍《かたわ》らに置いたままである。

ただの小具足姿だが、それでも、戦場にあって重厚な熱気を発し続けているのは、五十回を超える合戦という修羅場《しゅらば》を、全身に傷を負いながら、潜《くぐ》り抜けてきたからに他ならぬ。一度に数本の槍を受けて、生死の境を彷徨《さまよ》ったこともあるが、その気迫《きはく》と体力、運の強さによって生き抜いてきたのだ。

合戦が始まってより、島津軍は石のように動かなかった。石田本陣からは、もう二度も使いが来て、すぐさま攻撃せよと命令が下されていた。

だが、義弘は微動だにしなかった。

豊久の軍勢を含めて、わずか八百しかおらぬ。この者たちのほとんどは、義弘が急遽《きゅうきょ》、西軍に参加すると決めてから、はるばる薩摩から押っ取り刀で来た家来ばかりである。いわば〝義勇軍〟ゆえ、国元から狩り出された兵と違って結束が固い。それゆえ却《かえ》って、無駄死にさせるわけにはいかぬと義弘は思っていたのだ。

島津の軍勢は、豊久隊も含めて、二番備えである。先手備えの戦況如何《いかん》で、その動きを決せねばならぬ。ゆえに、冷静に判断しようとしていた。一方的に、「攻撃せよ」と命じられても、動くかどうかは、それぞれの武将の采配による。

この時、陣中で――。

『動くなよ又急ぐなよ世の中の　定まる風の吹かぬ限りは』

という歌を、義弘は詠《よ》んでいる。

合戦場での動きを見極めることだけではない。時の流れと世相の変化を、鋭く洞察《どうさつ》することが大事なのだ。

豊臣家の五大老のひとり、前田利家《まえだとしいえ》が没してから、天下への風は徳川家康へと吹いた。誰ともなく家康のことを〝天下様〟と称するようにもなっていた。

そのことを、同じ五大老の宇喜多秀家、毛利輝元、上杉景勝《うえすぎかげかつ》は、快く思っておらず、

――家康の独走だ。

と懸念していた。だが、家康は事実上、五奉行の長束正家、増田長盛《ましたながもり》、前田玄以《げんい》らを配下につけ、京の行政などを執《と》り行《おこな》っていた。それを押さえ込むことが、宇喜多たちにはできないでいたのである。

それが、「時の風」というものだ。

義弘自身といえば、長年にわたり、豊臣家との関係をうまく取り持ってくれた石田三成には、深く恩義を感じている。朝鮮遠征の折に見せた後方支援の采配など、三成の行政官としての才覚や行動力にも尊敬の念を抱《いだ》いていた。

一方で、長年苦労をしてきた徳川家康という武将にも、いささか親しみを感じていた。義弘の「朝鮮遠征」の勲功を認め、国元での「庄内《しょうない》の乱」を鎮圧したことについても感服し、義弘の武勇を天下に広めたのは家康だからだ。

とはいえ、豊臣家の五大老と五奉行の合議を有名無実と化し、天下取りへの野望のみに急いだことには、

——その理にあらず。

と反感を抱いていたのである。

また、関ヶ原の合戦の前において、会津《あいづ》の上杉征伐に当たっては、家康自身が義弘に、伏見《ふしみ》城留守居を頼んでいた。しかし、兵を連れて参上した際に、城将の鳥居《とりい》忠正《ただまさ》から無下《むげ》に追い返されたのだ。その礼を失した事態にも、義弘は腹に据《す》えかねていた。

つまりは、

「腹の中が読めぬ狸《たぬき》おやじだ。信頼するに足らぬ奴」

と義弘は感じていたのである。

筆舌《ひつぜつ》に尽くせぬほど難儀だった朝鮮遠征など、これまでの来《こ》し方《かた》を振り返りながら、義弘の脳裏には複雑な思いが過《よ》ぎっていた。

だが、目の前の合戦場では、めまぐるしく状況が変化し、思いがけぬ事態が生じる。それを一瞬にして見極め、判断して決断をしなければならぬ。それでも、義弘が甲冑《かっちゅう》も着けずに動かないのは、

「いずれにせよ、ここで死ぬ覚悟」

があったからだ。

そのとき——。

石田三成から、「直《ただ》ちに動け」との三度目の〝命令〟がきた。今度は使いの物頭・八十島助左衛門《やそじますけざえもん》ではなく、事実上の総大将の三成本人自らが、東軍に攻撃するようにと頼みに来たのだ。

実はその前に、八十島が来た折、使番《つかいばん》の身でありながら、馬上から命じたことに、豊久とその家来たちは、怒り心頭に発して、刀すら抜いていたのだ。まさに、一触《いっしょく》即発《そくはつ》の事態だった。

他家に出向いてきた使者が、下馬せぬまま伝令するのは、相手の武将に対して礼を失することである。また、合戦場における軍規違反なのだ。そういうことに気づかぬ

ことが、戦慣れしていない、三成の欠点であった。

不届き千万ゆえ、豊久は、総大将の三成に面と向かって、

「今日の合戦においては、おのおの武勇を励まし、全力を尽くしとうござる。勝敗は天運に任せるしかありますまい」

と言ってのけたのである。

つまりは、他人の采配は受けぬ。自分の判断で動くと拒絶したも同然であった。この思いは、義弘も同じだと付け足すと、三成はただただ打ち震えながら、「島津軍の好きにしてよい」というのが精一杯だった。

「このような総大将で、勝つことができようか……」

豊久は、本陣に立ち去る三成一行を見送りながら、

「だから言わぬことではない」

と誰にともなく言った。

そもそも、この合戦は、家康が、

——五大老のひとりである上杉景勝を討ちに行く。

と見せかけ、あえて石田三成に背後を討たせようと、水を向けた節《ふし》もある。あえて〝謀反《むほん》〟をさせたかったのだ。

「戦下手《べた》よのう……これでは、西軍諸将も従わぬかもしれぬ。それどころか裏切りとて出るに違いあるまい」

義弘もまた、豊久と同じことを心の内で感じていた。

実は、徳川家康が関ヶ原に向かう途上に、大垣城《おおがきじょう》にいた島津軍が奇襲をかける案を出していたのである。しかし、三成は優柔不断であり、家老の島左近《しまさこん》が、

「古来、夜討ち朝駆けで勝った例《ためし》がない。明日の関ヶ原で勝利する」

と豪語したため却下された。

むろん、作戦に異を唱《とな》えられたから動かぬわけではない。義弘自ら詠んだ歌のとおり、風を見ていたのである。

義弘は自分の軍勢の中に、地元では〝山くぐり〟と呼ばれる薩摩忍者を従えていた。元は密教の修験者であるが、祖父の日新斎《じっしんさい》が好んで使い始めたのだ。戦国の世ゆえ、伊賀《いが》や甲賀《こうが》、根来《ねごろ》のような忍びを擁《よう》していることが、戦況を有利に運ぶためには、必要だったのだ。

忍びの働きによって、小早川秀秋が寝返るやもしれぬことを、義弘は考慮に入れていたのである。もちろん、裏切りがあるかもしれぬことは、三成も承知していた。だが、総大将として、それを引き留める器量と策略が足らなかった。

「豊臣譜代《ふだい》の小早川が裏切った限りは、石田三成の大義名分も薄れ、西軍の勝ち目はなくなったも同然だ。ましてや、外様《とざま》の島津が加勢する道理もない」

義弘は口の中で呟いた。最も危惧《きぐ》していたとおりの情勢になったからには、三成本陣はもとより、宇喜多勢や小西勢も総崩れとなるのに時はかからないであろう。

後陣にいた諸将は、我先にと伊吹山《いぶきやま》から退却し始めた。合戦場で、敵に背中を向ければ、負けるのは必定《ひつじょう》である。猛然と追い討ちをかけてくる東軍の軍勢を押し返すことなどできず、ますます勝ち目はない。

――すべては終わったな……。

と義弘は腹を括《くく》った。

「かくなる上は、家康を討つ」

すぐ側《そば》に控えていた〝薩摩の今弁慶〟こと木脇祐秀に、明瞭な声で言った。後に、実窓寺川原で追い腹をする忠臣の頭目格だ。

そして、小姓《こしょう》として連れてきていた松岡千熊之允《まつおかちくまのすけ》に、鎧甲《よろいかぶと》を取らせた。千熊之允は十四歳で、元服をしたばかりであった。

色白の細面《ほそおもて》で、まだあどけない顔をしているが、この松岡千熊之允も〝山くぐり〟のひとりである。信長《のぶなが》が支配していた伊勢国の武士の三男坊であったが、父親の神戸《かんべ》休五郎《きゅうごろう》共々、義弘が拾ったのだ。

父親は信長の死後は浪々の身であったものの、丹羽長秀《にわながひで》から千五百石を賜るはずだった。だが、それを蹴《け》ってまで、義弘に仕えたのは、家老の新納旅庵《りょあん》に請《こ》われてのことだ。

この親子は浪人をする前から、伊勢国の伊賀衆と深い繋《つな》がりがあったという。実は、家康が本陣を赤坂に据える直前、島津軍は密《ひそ》かに奇襲をかけている。河田源兵衛《かわだげんべえ》や野《の》村弥次郎《むらやじろう》という島津の剛の者が、島津軍得意の鉄砲で東軍の後方を混乱に陥れるために為《な》したことだ。敵兵を大いに倒したが、今一歩というところで、家康の本陣を攻め落とすことはできなかった。

その真っ只中《ただなか》で、千熊之允は忍びのような活躍をして、敵軍を攪乱《かくらん》していたのだ。それゆえ、敵の本陣に真っ向から突っ込む義弘公のお供をして、今度こそ家康を討ち果たすと、心密かに誓っていた。

合戦場は敵味方の混乱の中で、まさに島津軍のみが孤立していた。攻撃もできぬが、下手に退却をすれば、敵に背中を向け、却って危険な状況になる。

昨日より天候はよかったが、俄《にわか》に雲が怪しく動き、風が吹き、強い雨が打つように降り始めた。

「吉兆じゃ……島津雨になりよった」

義弘は、豊久共々、家康本陣にまっしぐらに突き進むと決断した。

――戦況の〝判断〟は頭で考えるが、攻撃か退却かの〝決断〟は心でする。

常々、義弘はそう思っていた。死地に活路を見出《みいだ》すのは、直感でしかない。これまでの数々の戦でも、心の声に耳を澄ませ、その声のままに実践してきたことだ。

「うむ。聞こえたわい。腹の虫がよう鳴いておる」

義弘の意志は固まったようだった。

戦闘で隊列は乱れ、本陣に残っていたのは、家老の新納旅庵をはじめ、長寿院盛《ちょうじゅいんもり》淳《あつ》、毛利覚右衛門《かくえもん》、伊勢貞成《いせさだなり》、相良長泰《さがらながやす》、大田吉兵衛《おおたきちべえ》、後醍院喜兵衛《ごだいいんきへえ》、相良吉右衛門《きちえもん》、白濱七助《しらはましちすけ》、入来院重時《いりきいんしげとき》、喜入忠政《きいれただまさ》、川上久智《かわかみひさとも》、新納忠増《ただます》、押川強兵衛《おしかわごべえ》、本田助丞《ほんだすけのじょう》ら、わずか二百数十人だけである。

いずれも幾多の戦を乗り越えた強者揃《つわものぞろ》いである。しかし、大混乱の中では、得意の鉄砲も敵味方が判明しにくくては使えず、猛将島津の本領が発揮できていなかった。

だが、義弘は端然と睥睨《へいげい》するように、雨に煙《けぶ》る桃配山の家康本陣だけを見据えて、

「朝鮮遠征の折、たった一万の兵で、明《みん》軍二十万を突破したことに比べれば、雑作もないこと。覚悟はよいな」

「元より死ぬ覚悟でございます」

木脇が毅然《きぜん》と返した。

「拙者《せっしゃ》、朝鮮の順天《スンチョン》城で孤立した小西行長様をお救いするために向かい、李舜臣《イスンシン》率いる水軍と海戦になった折のこと、昨日のことのように覚えておりもす」

「………」

「不覚にも敵の矢を受け、海に落ちました。鎧が重く溺《おぼ》れるところ、それを引き上げてくれ、殿自ら傷口に薬を塗って下さったこと、生涯忘れませぬ。今こそ、その恩義に報いるときでございます。この命、元より惜しゅうありませぬ」

「いや、死ぬな。死中に活を求めるのは、戦の常……」

「もはや我ら西軍は石田様、宇喜多様、小西様ですら打ち砕け、全軍、敗走しております。されど、せめて殿だけでも必ず薩摩に帰って頂くため、命を捨てる所存」

「――無勢とて敵を侮《あなど》ることなかれ、多勢をみても恐るべからず」

義弘が軽く節をつけて言うと、

「日新《じっしん》公の〝いろは歌〟でございまするな」

木脇はしかと頷《うなず》いた。日新公とは、義弘の祖父・忠良が隠居後に名乗った日新斎のことである。島津家中興の祖と言われる戦国武将で、義弘のみならず、兄の義久、弟の歳久や家久はもちろんのこと、〝いろは歌〟に込められた人生訓や武士としての心得は、家臣たちに多大な影響を与えていた。

「これより、敵陣を斬り抜けて前進する！　狙うは家康の本陣のみ！」

大音声《だいおんじょう》を発した。六十六歳の老将とは思えぬ気迫のこもった声だった。

同時に、家来たちは一斉に刀を抜き払うと、

「エイトウ！」「エイトウ！」

独特の薩摩流の気合いを上げながら、一斉に敵陣の真っ只中に向かって駆け出した。

義弘の兜《かぶと》の金色の立物が揺れ燦めき、その手には備前長船兼光《びぜんおさふねかねみつ》の名刀が、しっかりと握られていた。

二

敵中に突撃するといっても、闇雲《やみくも》に突っ走るわけではない。

整然と統制の取れている軍に邁進《まいしん》すれば、寡兵《かへい》の島津軍が粉砕《ふんさい》されるのは、火を見るより明らかである。敵味方が入り乱れている中を突き抜ける方が、攻撃されにくい。

すでに黒田長政や細川忠興らの軍勢も、逃げる石田三成を追って隊列が崩れている。

目の前の福島正則の軍勢を突破すれば、必ずや活路はあると義弘は思っていた。大将でありながら、どの戦でも白兵戦にて戦ってきた勇猛な義弘の姿に、敵ながらアッパレと思っていたのか、福島勢はまったく動かなかった。

ただただ目の前を通り過ぎるのを、見送っていたのである。

福島正則は、戦国武将として島津義弘に私淑《ししゅく》していた。これまでの戦歴を見ても、尊敬に値するものだった。ゆえに、

――合戦の決着はもうついている。しかも少数の兵故《ゆえ》、我が軍勢が手を出さずとも、いずれ討ち死にするであろう。

と情けをかけたのだ。

強い島津軍と戦って、無駄に将兵を減らすのも避けたかったに違いない。福島はむしろ、畏敬の念を抱いていた。この関ヶ原が猛将島津義弘の墓場になるのは必定、最《さい》期《ご》の花と散るところを見納めようと、憐《あわ》れみをかけたのであろう。

「島津には構うでない」

そう福島は部下に命じたのだった。

だが、家康本陣の左翼に突っ込んできた島津軍の前に、井伊直政と家康の四男・松《まつ》平《だいら》忠吉《ただよし》、本田《ほんだ》忠勝《ただかつ》ら徳川四天王と称される精鋭部隊が現れた。総勢はずらりと一万

を超える。明らかに多勢に無勢だが、島津軍は怯《ひる》むことはなかった。

「かかれえ！　薩摩隼人《はやと》の力を見せつけてやろうぞ！」

先頭を切って走る木脇は、〝島津の今弁慶〟と名乗って敵を挑発しながら、天に聳《そび》えるような大きな体で六尺を超える長刀《なぎなた》を振り廻した。さらに久保七兵衛、押川強兵衛らも巨漢らしい、岩をも粉砕する勢いで、勇敢に敵兵を薙《な》ぎ倒していった。

そして、隊列をギッシリと固めて、止まることなく、むしろ勢いを増して、真一文字に突き抜けるのである。

「ウオオオ――――！」

まるで鉾先《ほこさき》で抉《えぐ》るようにして敵陣を乱す、〝くりぬきの陣法〟を繰り返して、それぞれ数千の軍を突破してきたのだ。

決死の戦法は、ひとたび勢いが衰えれば、あっという間に大軍に取り囲まれ、瞬《また》く間に全滅するであろう。それでも、少数でこの窮地を潜り抜ける策は、唯一無二のものだった。

しかし、その前方には、赤備えの井伊直政勢が三千五百で構えている。松平忠吉の後見であったが、井伊は法螺貝《ほらがい》を吹き鳴らし、一斉に島津軍に襲いかかった。怒濤が小舟を飲み込む勢いであった。

島津の先鋒である豊久は、その家臣である山田有栄《やまだありなが》とともに悉《ことごと》く敵を混乱に陥れる。

薩摩の鉄砲隊はただの足軽《あしがる》ではない。専《もっぱ》ら鉄砲ばかりの鍛錬を厳しく重ねた〝武者鉄砲〟隊が扱うから、かなり精度が高い。〝繰り詰め〟や〝取り次ぎ〟という巧みに連発ができる砲術で、敵を翻弄する。相手の隊列が乱れたところへ、郎党に持たせていた刀や槍などを駆使して、敵陣に突入して接近戦で倒していくのだ。

島津はあまり騎馬は使わず、鉄砲が主な武器なのだが、少数で敵中を切り抜けていくには最も相応《ふさわ》しい戦術だった。銃声が轟き、鬨の声が上がり、叫び声となって飛び、槍や刀がぶつかり合い、目の前に次々と血飛沫《ちしぶき》が広がっていく。

そんな中で、黒馬に乗って駆けつけてきた、白糸縅《しらいとおどし》の鎧の井伊直政が、猛然と突進してくる島津義弘の姿を見るなり、

「兵庫《ひょうご》を討て！　狙いは兵庫一人！」

と雨粒に顔面を打たれながら、野太い声を張り上げた。

その途端——ズンと鈍い音がした。

井伊は胸に被弾して、たまらず落馬した。

打ったのは柏木源藤《かしわぎげんとう》という薩摩屈指の鉄砲上手であった。義弘の重臣・川上忠兄《ただえ》の

郎党である。弱冠二十二歳の若衆であった。

この大手柄によって、大将を撃たれた井伊の軍勢は一気に士気を失い、混乱を極めた。松平忠吉もまた後見を失って、大いに狼狽《ろうばい》したのであろう。直《ただ》ちに攻撃を仕掛けてくることはなかった。

「天は我らに味方した。今だッ。この機に切り崩せえ！」

義弘の大声は、敵兵が驚くほどの野太いもので、島津勢は崩れかかった松平忠吉の軍を突破して、駆け抜けた。

我が子の無様な様子を、本陣から家康は見ていたのであろうか。一度は、勝ち鬨を上げたものの、その顔は蒼白《そうはく》となって、床几《しょうぎ》から腰を浮かせた。

その総大将のわずかな狼狽を受け止めたかのように、本多忠勝の軍勢が立ちはだかった。出向いた戦の数でいえば、島津義弘に引けは取らない。しかも、この関ヶ原では、東軍の軍監を務める勇猛果敢な武将である。

もちろん義弘も、本多の武勇はよく知っている。まともに激突すれば、粉砕されるのは分かっていた。だが、相手の迫力に怯んだ方が負ける。周りに目を移さず、目指す家康本陣に突進することのみが、戦場の恐怖から逃れられるのだ。

義弘軍はこの時点ですでに旗を折り、甲冑もなるべく身軽にし、蛭巻《ひるまき》や削掛《けずりかけ》など武具の余計な装飾も捨てて、実戦を勝つべく突進をしていた。

島津の五本鑓と言われた、押川強兵衛、川上左京亮、川上四郎兵衛、川上久右衛門、久保七兵衛も、敵の猛攻撃に負傷し、次々と押し寄せてくる敵兵に崩れてしまった。

そこへ、本多忠勝自らが先頭に立ち、黒駒に跨《また》がり真っ正面から、突っ込んできた。

「怯むな、攻めろ！　敵は少数！　一気に踏みつぶせ！」

乱闘の中で、本多の声が一際、轟いた。

「おおっ。さすがは本多様！」

島津の兵はその勇敢さには感心したが、一瞬の判断で、槍衾《やりぶすま》を突き立てて、進軍を押し止《とど》めた。そして、槍衾の隙間《すきま》から、得意の鉄砲隊が次々と連射した。

すると、鉄砲が忠勝を仕留め、これまた馬から落としたのである。まさに、

——馬に触れれば馬を斬り、人に触れれば人を斬る。

と喩《たと》えられる、壮絶な命知らずの薩摩武士の獅子《しし》奮迅の戦いぶりは、猛将本多忠勝をしても止めることができなかったのである。

その間に——。

木脇はまさに弁慶の如《ごと》く敵兵の首を刎《は》ね飛ばし、衆中《しゅうちゅう》と呼ばれる鉄砲を持つ側衆は、義弘の死角となる右脇から離れず、武具を抱えた郎党とともに、敵中を駆け抜け

る。もちろん、松岡千熊之允も殿に寄り添うように、援護射撃をしていた。

だが、所詮《しょせん》は数百の寡兵である。土煙や雨煙で見晴らしも悪くなった中では、味方同士もどこにいるか分からなくなり、散り散りになってしまった。

家康の本陣の目前まで来たが、八百人いた兵はわずか二百人にまで減っていた。必ずしも死傷したわけではない。混乱の中で、味方を見失ったのがほとんどである。

義弘は死傷したり、行方《ゆくえ》知れずになった家来たちのことが心配で佇《たたず》んだが、前も後ろも東軍の兵ばかりである。しかし、士気が衰えたわけではない。むしろ、体全体から湯気を立てながら、義弘は決然と言った。

「もはや、これまで。いや、諦《あきら》めたわけではない。内府……家康の本陣を突き破って、一矢報いて花と散る」

「殿……！」

誰にともなく声をかけた義弘の周りで兵たちが円陣を組んだ。

そのひとりひとりを見つめながら、義弘は頷いた。西軍に加担すると決めたとき、薩摩から駆けつけてきた者たちの顔もある。その折も、ひとりひとりを労《ねぎら》った。そういう義弘だからこそ、みな命を捧げているのだ。

「戦に、たられればは禁句じゃが、もし島津に五千、いや三千の兵があれば、小早川の裏切りがあっても、勝てたものを」

心の内で、何度かそう呟いた義弘だった。

本来ならば、薩摩から、島津家当主である兄の義久が挙兵してよいところであった。だが、決起せず、兵も送ってこなかった。集まった者たちは、義弘その人への忠誠心によるものである。

そもそも義久は、島津家十六代目当主で、薩摩、大隅、日向の三国の守護であり「太守」と呼ばれる立場であった。にも拘わらず、豊臣秀吉の命令によって、弟の歳久の首を刎《は》ねざるを得ない一件があった。そのことに忸怩《じくじ》たる思いがあり、

――豊臣家に恩義はない。

と感じていた。つまり、西軍に与《くみ》する道理も義務もないのだ。

秀吉の九州征伐においては、その圧倒的な兵の数に飲み込まれ、島津家による九州統一を阻《はば》まれた悔しさもあろう。さらには、徳川家康に風がなびいている今、西軍の味方をしては、戦後の御家のことが心配である。家長としては、当然のことだ。ゆえに、

――ここは、義弘が三成の顔を立てた。

程度で済ませておけばよいとの思惑が、義久にはあったのかもしれぬ。そのことも

義弘はよく熟知していた。

戦国とは無情なものである。敵と味方がたとえ、心が通じておろうとも槍を交わさねばならぬことがあり、恨みを抱いていない者をも殺さねばならぬ。

「家康がいかように思っているかは知らぬ。だが、儂《わし》にとって、ここで果てるは本望。ふむ。思い通りの戦人生じゃったわい」

達観《たっかん》したように言った義弘は、蕭々《しょうしょう》と降り続く雨の中で、己の最期を悟った。そして、傍《かたわ》らに控える豊久に向かって、

「おまえはまだ三十一。やり残したことも多々あろう。願わくは薩摩まで生きて帰り、我が兄上の義久を支えてやってくれ。この合戦で、家康殿は文字通り天下を取る。その後、いかように酷《ひど》く薩摩が扱われようと、最善を尽くしてくれ。後は頼んだぞ」

と言うと、豊久は毅然と首を横に振り、両手をついた。

「殿……島津雨はまだやんでおりませぬぞ。私が此度《こたび》、義久様の制止を振り切って、義弘様のもとに馳《は》せ参じたのは、必ず生きて薩摩の土を踏んで貰《もら》うためです。桜島を見て貰いたいからです。御家の存亡はまだまだ、義弘様にかかっております」

「豊久……」

「父が四十一の若さで亡くなって後、義弘様……伯父上は、私を実の子のように可愛《かわい》

がってくれました。母を伴って京へ出向いてからは、関東成敗、朝鮮遠征、庄内の乱などにおいても、私を重用してくれました。その恩義に報いるときでございます」

「ならぬ、豊久。おまえは……」

「いいえ。これまでの私の辛苦も無駄にしとうありませぬ。それに、私には妻も子もおりませぬ。されど伯父上には、守るべき大勢の人々がおり、何より薩摩のために、まだまだ為して貰わねばならぬ事がありもうす」

当主である義久だけでは、今後の薩摩が心配だと思ってのことだろうが、豊久はそれは口にしなかった。心の底では、

——国に戻って再起を期す。

ことのみが、豊久の願いだったのである。

それでも義弘は、躊躇《ちゅうちょ》せざるを得なかった。自分のみが生還する考えは、微塵《みじん》たりともなかったからである。むしろ逆であった。齢《よわい》六十六の老兵が、敵将をひとりも倒すことなく、国元に帰れば、それこそ笑い種《ぐさ》となろう。

「お心得違いをなさいますな、殿っ」

恐れながらと口を出したのは、長寿院盛淳であった。義久の奏者として秀吉に謁見したり、太閤検地において三成との交渉役をしてきた島津家の重臣中の重臣である。

「豊久様のおっしゃるとおりでございまするぞ。ここにいる者たちがみな望んでいるのは、殿を無事、薩摩に帰すこと。徳川家康殿を倒すためではありませぬ」

「なんと……」

「ご覧あれ。敵は続々と本陣を囲んでおります。家康殿が、義弘様を怖がっている証《あかし》でありましょう。討ち死にするは容易なること。いずれ好機もございましょう。殿！　急ぎなされ。〝しんがり〟は、豊久様と拙者が仕《つかまつ》りまするっ！」

義弘を少しでも敵兵から遠ざけようと、豊久たちは急がせた。合戦場の真っ只中で、しかも家康本陣の目前で〝しんがり〟を担うということは、すなわち死を意味している。わずかな数の兵で、どこまで踏ん張れるかは分からぬ。だが、一刻の猶予もない。

「さあ、殿――！」

豊久が手をさしのべると、義弘は無言のまま手を握りしめた。

お互いに悲壮な目ではない。真剣なまなざしでじっと見つめ合ったものの、今生《こんじょう》の別れとなると感じたのか、目頭が熱くなった。すぐさま豊久が背中を向けて馬に乗ると、長寿院盛淳、山田有栄、木脇祐秀らが続いて、敵陣に向かって駆け出した。

どんよりと重く垂れ込めた鈍色《にびいろ》の雲から、激しく広がる雨煙の中に、数十人の手勢の姿はあっというまに消えた。

義弘は瞑目《めいもく》するように見送るのみだった。

三

家康本陣を突き抜け、そのまま大垣城《おおがきじょう》へ向かって立て籠《こ》もることも考えた。関ヶ原前哨戦《ぜんしょうせん》では、西軍が軍評定《いくさ》に使っていた城だからである。

だが、すでに天守には火の手が上がり、濛々《もうもう》と煙に包まれている。

その城を守っているはずの秋月種長《あきづきたねなが》や相良頼房《よりふさ》が、東軍の手によって落ちてしまった証である。後に、このふたりは味方の武将の首を家康に差し出して命乞いをしたと分かるが、もし義弘一行が逃げ込んでいれば、あるいは犠牲になっていたかもしれぬ。

急遽――。

伊勢路に変えて、大坂へ向かう道を取った。途中、南宮山に陣取っていた長束正家の斥候《せっこう》から、家康軍は西軍を追っ払うように京へ向かったとの報を得たからである。

その日のうちに、駒野峠を越え、翌日には伊勢路を下って関地蔵から、さらに鈴鹿峠を越えて、近江水口《おうみ》に着いた。ここは、西軍・長束の領地である。当初は、五僧峠越えも考えたが、東軍・福島正則の弟である高晴の領国だったから、変更したのだ。

ここまで来る途中、島津豊久と長寿院盛淳が死んだとの報せを受けていた。いずれも、壮絶な死だった。

豊久は烏頭坂《うとうざか》あたりで、追っ手として来ていた福島正則の養子・正之《まさゆき》を押し止《とど》めた。正之はこのまま逃がしては、養父の正則が後で、「島津軍を見送った」ことで、家康から責めを負うかもしれない。それゆえ、必死であった。

「おのおの方、覚悟はよいなっ。ここから先は、一歩も通さぬ！」

決死の顔になった豊久は、騎上で槍を抱え、従う者たちを振り返った。敵が三百人余りの大軍であるのに対して、味方は中村源助、上原貞右衛門、冨田庄太夫ら、たったの十三人である。

一対一でしか戦えぬ隘路《あいろ》を選んで、豊久は先頭に立って敵を呼び込み、突撃してくる敵兵を次々と斬り倒した。

薩摩示現流《じげんりゅう》は守りの構えがない、相手が突いてきたところを我が身を犠牲にして断つ、いわば捨て身の技である。ゆえに、敵が臆してしまえば、必ず倒せる。最悪でも相打ちなのだ。

「チェス、トウ――！」

豊久が討ち漏らした者たちは、背後の中村たちが次々と蹴散《けち》らし、突き倒す。少しでも時を稼ぐために、命がけで獅子奮迅の戦いをして踏ん張ったが、歴然とした数の差に、とうとう豊久は討たれ、戦死してしまった。

最期は、小田原浪人の笠原藤左衛門に仕留められたという。

盛淳も壮絶な死をもって、義弘を逃がした。追っ手はさらに増え、七百人余りにも膨らんでいる。地鳴りがするほどの数だった。

――ここで食い止めねば……。

義弘に追いついて一気呵成《かせい》に飲み込んでしまうであろう。

殿の側には、木脇祐秀や松岡千熊之允がピッタリくっついている故、敵兵が寡兵ならば、打ち払うことができよう。だが、目の前の怒濤の如く迫ってくる敵兵には、さしもの薩摩武士たちも思わず尻込みをするほどだった。

それを目《ま》の当たりにした盛淳は、家来たちを鼓舞するように、

「死に狂いなり！」

と大声を上げてから、先頭に立った。

盛淳は元々、島津家の祈禱所《きとうじょ》である大乗院《だいじょういん》という真言宗の寺の僧侶であった。紀州の根来寺で八年、高野山でも三年の修行をしたほどだが、義久に請われて還俗《げんぞく》して、側近となった。太閤検地の折には、筆頭家老の伊集院幸侃《こうかん》と共に、石田三成と実施に

立ち合ったほどの重臣である。今後の島津家のためにも、ここで散るには、あまりにも惜しい人物だった。

新納忠増《ただます》、忠在《ただあり》親子、毛利覚右衛門らも決死の覚悟で、〃しんがり〃を果たすつもりで、猛然と戦った。だが、数に圧倒されて、踏み倒されれば元も子もない。

「殿は何処《どこ》まで退《ひ》かれた!?」

尋ねた盛淳に、側にいた家来の井上主膳が声をかけた。

「すでに遠くまで行っておりますれば」

と答えた。

「うむ。さようか……」

安心した盛淳は、しかと頷くや迫り来る敵兵に向かって、

「島津兵庫頭義弘である！　天運もこれまで！　この首を取ったと、後に自慢すること能《あた》わず！　これが薩摩隼人ぞ！」

大音声を発するや、敵兵の前にて座し、胴の紐《ひも》を切り落とすと、その勢いのまま、十文字に腹をかっさばいた。

「これぞ……島津、十文字じゃ！」

赤鬼のような形相《ぎょうそう》で、しばらくは座ったままであった。

盛淳が着装していた兜や具足、羽織はすべて義弘のものだった。羽織は秀吉から拝領したもので、軍配や団扇《うちわ》は石田三成から貰ったものである。

「お、おおッ……！」

敵兵はてっきり、盛淳のことを島津義弘だと思い込んで、後ずさりをした。それを追い返すように、新納たちが一斉に斬り込んで乱戦になったが、敵の大軍をそこから一歩たりとも進めさせることはなかった。

後で、山本七助という松倉重政の家臣が、盛淳の首級を取って、島津義弘ではないと分かるのだが、それは義弘一行が大坂を船で出て後のことである。

新納親子らは、満身創痍《そうい》でありながら、生き延びて、義弘に追いつき、薩摩まで逃がすのだ。

だが、豊久と盛淳の壮絶な最期を聞いた義弘は、拭《ぬぐ》っても拭っても、溢《あふ》れる涙は止まらなかった。これまでも、義弘は戦陣にて倒れた者は、敵味方を問わず、丁重に葬ってきたが、これまで流した涙よりも幾重にも辛《つら》く、悲しい涙であった。

しかも、此度は、自分が落ち武者である。

——やはり、家康本陣にて、討ち死にすべきだった。

との思いが脳裏を過ぎったが、

「御家の存亡はまだまだ義弘様にかかっております。必ず生き延びて、薩摩の土を踏んで貰いたい。桜島を見て貰いたい」

必死に訴えた豊久の覚悟の顔が、義弘の瞼《まぶた》の裏に刻みついて消えない。

まだ義弘は知る由《よし》もないが、戦乱ではぐれていた家老の新納旅庵をはじめ、喜入忠政、入来院重時、押川強兵衛ら主だった家臣たちも、土佐の長宗我部盛親の家来から、義弘一行が伊勢路に落ち延びたと聞いて、後を追っていたのだ。すぐに再会するのだが、今は心許《こころもと》ないほどの寡兵になっていた。

義弘の姿も、破れ菅笠《すげがさ》に古い木綿の野良着である。

まさに落ち武者の義弘ではあるが、五十人ほどの人数ゆえ、鄙《ひな》びた山村を通れば、当然、人目につく。野盗の類《たぐい》もいる。「関ヶ原の合戦は東軍が勝った」との噂《うわさ》は、あっという間に村々に広まり、東軍や村人による落ち武者狩りも始まっていた。

せっかく合戦場から生きて逃れたとしても、落ち武者狩りで死ぬ者も多い。事実、義弘の家来の帖佐彦左衛門《ちょうさひこざえもん》という者も、逃亡中に食料を調達に出たばかりに、村人に襲われ、数人の家来ともども無残にも袋叩《だた》きにあって殺された。

敵中突破はしたものの、後はひもじさとの戦いである。供の千熊之允は、伊勢や伊賀に詳しいから、長束正家の家来とともに道案内を買って出ていて、甲賀信楽《しがらき》に達した。

その村でのことである。

常に、木脇祐秀とともに、〝しんがり〟を務めてきていた山田有栄は、村から食料を調達してきたが、村人に気取《けど》られぬように、義弘をみすぼらしい姿にして、土間に座らせ、食べる量も少なくしていた。

見るからに年寄りの供廻りであるから、村人も気の毒に思ったのか、余計に差し入れようとしたが、

「その者には気遣い無用。我らは一刻も早く、関ヶ原から逃げた西軍の落ち武者を追っているところゆえ、先を急ぐ」

などと嘘《うそ》を言って誤魔化《ごまか》した。だが、そのことが却って、おかしいと気づいたのか、村人は誰かに話して聞かせたのであろう。

義弘一行の行く手にある切り通しで、待ち伏せていた法師武者が、

「島津兵庫頭殿と見たり――！」

と突然、矢を二、三本、続けざまに放ってきた。

矢はいずれも、一尺ほどの所に外れたが、山田と木脇らがあっという間に、法師武者を捕らえて、近くの山小屋に連れ込んだ。

しかし、それがさらに深刻な事態を招いた。

土地の住人か、五、六百人の者に囲まれたのである。樵《きこり》のような野良着ではあるが、鬱蒼《うっそう》とした樹々の間から現れたのは、まるで山猿の群れのようだった。じわじわと宿の様子を探るように、取り囲んでいる。

「――まずいな……家康に通じている甲賀者やもしれぬ」

山田が槍を摑《つか》み打って出ようとすると、木脇も長刀を手にした。すると、本田源右衛門という長老格の家来が、

「待て。おいが身代わりになりもそう。殿ほど体は大きくないが、頭を剃《そ》れば、恐れながら殿に似ておりもす。影武者も務めたことのあるこの首を持ち帰らせましょう。殿は、その隙に……」

「もうよい。源右衛門」

泰然と立ち上がったのは、義弘だった。

「他の者も手出しをするな。余の首を差し出せば済むことだ」

「なりませぬ、それはッ」

家来たちは口々に引き留めようとしたが、義弘は笑みさえ浮かべて、

「よかよか。おまえたちには、ほんに苦労ばかりかけた。これ以上、無駄死にするの

は見とうない」

「殿……なりませぬッ！」

詰め寄る山田に、義弘は国元ではいつも見せている優しい目になって、

「有栄。短いつきあいだったが、おまえの親父殿《おやじどの》に負けぬ武勇は忘れぬ」

山田有栄は去年、弱冠二十一歳で、霧島福山の地頭に命じられたほどの器量の持主だ。今般の関ヶ原の合戦に於《お》いても、豊久とともに先鋒として戦い、さらには〝しんがり〟を受け持ち、ここまで主君を守ってきた。見事な働きだと、義弘は褒め称《たた》えた。

「他の者もみな同じじゃ。よくぞ戦《たたこ》うてくれた。心から礼を言うぞ」

これまで昼夜を通して眠りもせず、ろくなものも食わず、難行苦行のように逃走してきた。だが、余さえ、ここで命を絶てば、みんなは勝手次第だと伝えた。

だが、大柄な木脇は腹の底から、怒りを発するような声で、

「殿がここで果てれば、我らも追い腹をするのみです。のう、ご一同！」

と言うと、山田はもとより、千熊之允たちも声を揃《そろ》えて、「おおっ」と頷いた。

「おまんら……」

「最後の最後まで諦めるでないと、常々、教えているのは殿ではなかですかっ。敵が

五百人おろうが、千人だろうが、今のおいには何も怖いものはごわはん」

思わず国訛《なま》りになるのを、法師武者は打ち震える目で見ていた。それを振り返った木脇は長刀の切っ先を法師武者に向け、

「外におるのは、おまえの仲間か。ならば、これにて、おさらばじゃ」

と振り上げようとするのを、義弘はやめんかと止めて、

「許してやれ。そやつも追っ手の仲間なら、狙ってくるのは当たり前だ。油断をしていたこっちが愚かだったのだ」

義弘は短い溜息《ためいき》をついた。わずか一日しか経っていないのに、もう何日も経っている気がする。山中の寒さは冬のようで、老体には酷く応える。

「――殿……表に集まった奴らは、おそらく甲賀者と思われますとたい。されば、私が話をつけもそう」

意を決したように声をかけたのは、千熊之允であった。まだ十四の若造に何ができようかと一同は思った。

たしかに、父親の神戸休五郎はかつて、伊勢国にて目付《めつけ》をしており、織田《おだ》信長の手先でもあった。甲賀者と通じていることも承知している。しかし、西軍の落ち武者を見逃すほど、甘くないのではないかと、木脇は言った。

「ですが、我ら薩摩の〝山くぐり〟とて、元は厳しい修行を耐え抜いた真言修行僧。甲賀者に引けは取りませぬぞ」

「仲間がいるというのか」

「見えぬところに潜《ひそ》んでおりますれば」

はっきりと言葉には出さなかったが、敵中を突破して後、ここまで逃げ延びられたのは、〝山くぐり〟の隠れた支えがあったからこそだ。薩摩は足軽であっても、短銃を脇差《わきざし》のように差しており、至近から敵を撃つことがあった。

ましてや忍びとなれば、戦乱の中に紛《まぎ》れ込んで、武将らの援護をし、此度のように逃げるときには、「捨て奸《かまり》」となって、敵を攪乱し、味方を逃がすのだ。奸とは藪《やぶ》などに潜んで敵を偵察することだが、「捨て奸」とは〝しんがり〟を助けるための策で、文字通り命を捨てることが多かった。

まだ童顔の千熊之允が、他の〝山くぐり〟とともに「捨て奸」となろうというのだ。義弘は思わず止めようとしたが、それより先に、千熊之允は山小屋から飛び出していた。

だが、そのとき――。

「わあっ！」「うおお！」

などと声が上がって、山猿のように集まっていた者たちが、散り散りに逃げ出した。

その背後から、遅ればせながら、合戦場ではぐれてしまい、行方が分からなくなっていた新納旅庵たち数十人が、鉄砲を撃ちながら追いかけてきたのだ。

伊賀者なのか甲賀者なのか、近在の村人なのか、あるいは本当にただの山猿だったのか、あっという間に姿を消した。

宿まで駆けつけてきた新納たちは、再び巡り合えた義弘の顔を見るや、

「と、殿！　よくぞ……よくぞ、ご無事でございました……ああ、殿お！」

消え入るような声で、それぞれが感じ入って一様に落涙した。

「おまえたちこそ、よう頑張った。会えて嬉しいぞ。怪我《けが》は大事ないか……余は連れて帰る。おまえたちみんなに、桜島をきっと見せてやるぞよ」

義弘はひとりひとりに声をかけ、無事を喜んだ。

そんな光景を見ていた法師武者は、思わず貰い泣きをして、

「――美しい涙でござるな……拙者、草の者ゆえ、名乗ることはできませぬが、この辺《あた》りの山々に暮らしている者。是非《ぜひ》に、和泉国《いずみのくに》までご案内しとうござる」

と言った。到底、信頼できぬと山田たちは牙を剝《む》くような顔つきになったが、義弘は鷹揚《おうよう》な笑みを浮かべて、

「それは心強い。頼もうではないか」

「殿……」

心配する木脇を、義弘は宥《なだ》めてから、法師武者を見やり、

「我らには聞こえぬ……犬笛のようなもので、仲間を引き下がらせたであろう」

「…………」

「おぬし、なかなかの忍びと見た。信じて遣わす。もとより、こっちは落ち武者。藁《わら》にも縋《すが》る思いゆえな」

そういうと豪快に笑った。

だが、本音では笑っていない。命を落とした家来たちを悼《いた》む気持ちの方が大きいが、この窮地の中にあって、まだ生きている家来たちを励ますことが、義弘にとっては大切だったのである。


鬱蒼とした樹木には、まだ蕭々と雨が降っている——。

十三の地蔵塔のうち、丁度、木脇祐秀の墓の前に立って、野守は目を閉じた。

「それから、義弘公一行が、大和国《やまとのくに》の笠屋山、生駒山《いこまやま》を抜けて、和泉国に入り、島津家ゆかりの摂津住吉に着いたのは、二日後のこと。もちろん、落ち武者狩りと飢えと

の戦いは続いていたがな……」

　雨が煙る中で、若者は食い入るように聞いていた。

「摂津住吉では、田辺屋道与という旧知の商人の助けを得ながら、大坂にいた義弘公の奥方・宰相殿、三男・忠恒《ただつね》様の室、そして、義久様の嫡女・亀寿《かめじゅ》らを連れ出すことができた。堺の商人・塩屋孫右衛門に匿《かくま》われたものの、家康の追っ手は堺にまで及んでいたのじゃ」

「…………」

「だが、運良く、塩屋屋敷の浦湊《うらみなと》に、たまさか義弘公の御座船が着いた。まさしく、天が味方したのであろう。それがまた、義弘公とは南蛮交易などを通じて気安かった、船頭の東太郎左衛門が操る船じゃった」

「それで、義弘公は九死に一生を得て……」

「いやいや。それから先がまだ長い。他の船と合流し、瀬戸内から豊後灘を経て、薩摩に戻るのは十月に入ってからのことだ」

「…………」

「その間、幾つかの海戦があって、大事な家臣を失っている……残ったのは、わずか八十人ほどじゃった。その艱難辛苦については、また話してやるが……これを負け戦と取るか勝ち戦と取るか……」

「はて……負けでござろう」

「もし、義弘公が戦死しておれば、御家騒動が起こったかもしれず、その後の島津家安泰はなかったかもしれぬなあ」

野守は遠くを眺めるように目を上げて、

「木脇殿も共に帰り、そのまま義弘公のもとに仕え、加治木で過ごしたのじゃ。薩摩の今弁慶の面目躍如だったことよ」

と実に懐かしそうに言った。

「――ご老人……」

若者は静かに声をかけながら振り向いた。

「ご老人は、誰からそのような話を、お聞きになったのです？」

「儂か……ふむ……儂も関ヶ原の合戦にて、敵中突破をしたからのう」

「ご冗談を……今や、その関ヶ原で勝って幕府を作った家康公から数えて、将軍も十三代目でございますぞ」

「さようか……」

老人は小さく頷くと、近くの庭石に腰掛けた。そして、天を仰ぐと、樹木の枝葉の

間から、微《かす》かに射してくる光を見て、

「おう……雨雲が薄うなった……お若いの……義弘公が真《ま》っ直ぐで大らかなお人柄なのは、生まれ持ってのものじゃが、もちろん、それだけではない。立派な祖父、日新斎がいたからこそ……孫は父よりも祖父に似るというからのう。むふふ」

何が楽しいのか、野守はまた地霊を鎮《しず》めるかのように、杖をトントンと突いた。

すると、一陣の風が巻き上がり、樹木の群れを包むように通り過ぎた。

第二話　遥かな海

一

白浜の向こうに果てしなく広がる群青の大海原は、遠くに湧き上がる入道雲までも包み込んでしまいそうだった。

波音がザザンザザンと繰り返し、野袴《のばかま》の裾《すそ》を濡《ぬ》らす浜辺に立って、遥《はる》か沖を眺めるのが又四郎は大好きだった。まだ元服前の十三歳だが、目鼻立ちが凜《りん》とした大人びた風貌で、背丈も並の大人ほどあった。又四郎は幼名であり、後の島津義弘である。

生まれ育った薩摩国の伊作《いざく》亀丸城から、一里ほど西に下った所に、東シナ海に向かって広がる、吹上浜という砂丘がある。海亀が産卵するほど美しい砂浜で、強い風を受けながら、陽光に燦《きら》めく波を見ていて飽きることがない。また、夕暮れになれば、大きく真っ赤な夕陽が水平線に沈んでいく。その厳かな景色も、又四郎の心に深く刻み込まれていた。

切り立つような高い山城に住んでいる又四郎だが、祖父の日新斎や父の貴久に連れられて、よくこの浜まで散策に来ていた。亀丸城からの眺めもいいが、雄大な海に直《じか》に触れられるから、気持ちが昂《たか》ぶった。山よりも海の方が、又四郎の肌に合っているのか、潮の香りを浴びるたびに、己でもどうしようもないほど、血肉が沸き躍るのだ。

この日は、東シナ海を右に眺《なが》めながら、祖父の日新斎の住む、加世田《かせだ》の城まで行くつもりだった。

この城を日新斎とともに、貴久が、同族の島津実久《さねひさ》から落としたのは、天文七年（一五三八）だから、又四郎が四歳の頃のことである。貴久は大永七年（一五二七）に薩摩、大隅、日向の守護職になったとはいえ、この三国は未《いま》だに混乱しており、まだすべての実権を掌握してはいなかった。大隅の肝付《きもつき》氏や日向の北原《きたはら》氏、薩摩にも入来院《いりきいん》氏や菱刈《ひしかり》氏らの国人《こくじん》衆が〝群雄割拠〟していた。

ゆえに、加世田に向かう道中は領内とはいえ、充分な警固が必要なはずだったが、供の者は、小姓《こしょう》の川上助六と五代勝左衛門のわずかふたりである。いずれも、藩重臣の子弟である。又四郎と同じくらいの年でありながら、体も大きく、剣術も大人顔負けの腕前だった。

もちろん、介添え役の新納忠元《にいろただもと》が、手の者数人を引き連れて、密《ひそ》かに又四郎を護衛していた。新納は、樺山《かばやま》、伊集院、山田、北郷《ほんごう》など〝御一家衆〟という、島津一族出身の家で、日新斎や貴久の重臣を担っていた。

中でも新納家は、家老を預かる名門で、忠元はまだ二十二歳ながら、後に〝鬼武蔵〟と異名をつけられるほど、武勇に優れていた。さもありなん、二年前の天文十四年（一五四五）、薩州郡山城主の入来院重聡《しげさと》を攻めた初陣《ういじん》にて、敵の豪将を一騎討ちで倒したのだ。又四郎が幼児の頃からのお守り役で、最も信頼をしている家来であった。

さらに、〝山くぐり〟たち忍びの者が十数人、百姓や物売り、虚無僧《こむそう》などに扮して、島津本宗家の次男である又四郎を守っていたのだ。いわば初めての子供たちだけの旅を、大人たちがぬかりなく見守っているということであろうか。

「――まこと、海は広いのう、助六……俺はいつか、この大海原の果ての向こうまで、行ってみたい」

又四郎が背伸びをして声をかけると、同じくらいの背丈の助六も大きく頷《うなず》いた。頰《ほお》にはあばたのように、面皰《にきび》が広がっていたが、意志の強そうな濃い眉毛《まゆげ》で、なかなか面構《つら》えがよい。

「おいもじゃ。親父《おやじ》たちは、船に乗って琉球《りゅうきゅう》まで行ったことがあるそうな。その先には唐天竺《からてんじく》の他に色々な国がある。一度でいいから見てみたいものじゃ」

主君と家来のような関係であるのに、まるで兄弟のような口ぶりである。幼い頃から、一緒に過ごしてきて、公式の場でない限りは、又四郎たちはお互い、砕けた言動で付き合っていたのだ。

「行くだけじゃつまらんばい。海の向こうの見知らぬ国の人々と、大いに交易をしたか。いや、余所《よそ》の国に住んでもよか」

「ほう、大きく出たもんばい」

勝左衛門も声を投げかけた。ふたりよりは小柄だが、武術の鍛錬を重ねているのであろう。肩幅は広く屈強な手足なのに、妙に愛嬌《あいきょう》のある丸顔は童《わらべ》のようだった。又四郎たちは木刀と脇差《わきざし》を差しているが、勝左衛門は長槍《ながやり》を手にしていた。もちろん穂先は本身で軽々と扱える。いずれもまだ十二、三の子供にしては、一端《いっぱし》の武芸者に見えた。

「わしはな、大将のようにガキのような夢見る男じゃなか。足下《あしもと》をシッカリ見据《みす》える性分ゆえ、まずはなんとしても、薩摩、大隅、日向の三国を掌中に入れもす。大将を本物の守護大名にしたか」

「三国でよかか」

「いずれ、九州、四国、中国から京へと天下盗《と》りを仕掛けるにしても、足下が揺らいどっては、どないにもならんでごわす」

「なるほどなぁ。しかし、俺はこの日の本の天下など、どうでもよか。日の本には帝《みかど》がおられる。いずれ誰かが、足利《あしかが》将軍に成り代わって執政となるだろう。それより、この海じゃ……まだ見ぬ広くて大きな異国と交わりたい。それが、ほんなこつ俺の夢たい」

又四郎が壮大な夢を描くのは、日新斎の影響が大きかった。海や湊に連れて行くたびに、異国の話をしていたからだ。

島津家の初代当主である忠久は、源《みなもとのよりとも》頼朝の御落胤《ごらくいん》ともいわれるが、摂関家である近衛《この え》家の家司である惟宗広言《これむねのひろこと》の嫡子となった。文治二年（一一八六）より、日本で最大と言われる大荘園、島津荘の総地頭職を経て、建久八年（一一九七）には、薩摩、大隅、日向の守護となった。だが、後に三国の守護の座を失い、薩摩の守護の座のみを世襲することとなるが、この南九州の地は、古来、南海との交流があった。有史以前から、文明の東西を結ぶ道は、三つあったと言われている。

草原の道、オアシスの道、海の道である。

中でも、オアシスの道は、中央アジアに広がる乾燥地帯から、東アジア、西アジア、南アジアを結ぶ要路として、ムスリム商人たちが往来していた。シルクロードと呼ばれるようになるこの道によって、ヘレニズム文化やイランの文物が遥か遠くの日本にまで伝わり、奈良の正倉院《しょうそういん》にも宝物として残されている。この道によって、インドと中国の交流も深まり、仏教が日本に伝わったのだ。

一方、地中海や紅海から、ペルシャ湾を経て、アラビア海を渡ってインドに出向いてくる航路もあった。ダウ船という粗末な帆船ではあるが、馬や駱駝《らくだ》による陸路よりも、大量に早く荷物を運べることで、ギリシャ商人によるインドとの交易が行われていた。

さらに偏西風に乗って、インド洋を渡って東アジアや中国とも結ばれるようになる。これによって、ムスリム商人が陸路だけでなく、海路を使い、広州や泉州の中国の湊にも進み出るようになり、「蕃坊《ばんぼう》」という居留地まで作ってしまうのだ。中国からは生糸や絹、イランやインドからは胡麻《ごま》、大蒜《にんにく》、胡桃《くるみ》、葡萄《ぶどう》などが運ばれ、物資とともに文字も伝播《でんぱ》した。

中国、朝鮮、ベトナムなど東アジア一帯は、漢字が公式文書に使われていたから、商人の交易のみならず、僧侶の交流などもあって、日本も古くからアジアの一員として深く関わっていたのである。

海の道はどんどん延びて、やがてアカプルコを経て南米まで行くようになる。ムスリム商人の力は大きくなり、マレー半島にあるマラッカ王国が交易の中継地になってから、ますますアジア圏の流通は激しくなったが、東シナ海と南シナ海との接点にあるのが、琉球王国であった。

もちろん、元《げん》朝統治下の内乱の末、明という大帝国が中国を統一し、海禁政策を取り、朝貢貿易をしたことで、朝鮮や日本も、これに参加することになるのだ。そして、沖縄本島の中山王《ちゅうざんおう》である尚巴志《しょうはし》が統一した十五世紀初頭から、那覇《なは》の湊《みなと》を中心とした東アジアの交易が本格化したのである。那覇には、明国の福建からの商人が沢山《たくさん》移り住んできて、その繁栄を促していた。

那覇が湊となったのは、国場《こくば》川から流れ込む水のため珊瑚《さんご》が生息していなく、河口に内海が広がっていたがため、大型の船が停泊し易《やす》かったからだ。浮島と呼ばれた平坦な島には、明国人や日本人の居留地も作られ、琉球にとっては異教である禅宗の寺院や神社なども築かれた。

まさに東西の交流点である。

西方の国々からは、香辛料と交換するため、宝石や真珠、象牙《ぞうげ》や毛皮、毛織物、砂糖、鉱石などが運ばれたが、中国の火薬、活版印刷術、羅針盤《らしんばん》という〝三大発明〟が世界を一変させたといってもよい。スペインやポルトガルによる、いわゆる大航海時代に突入することによって、世界中の大陸を結ぶ交易ができるようになってきたのだ。

又四郎が生きている時代は、まさしく大航海時代の真っ直中《ただなか》だ。

琉球は独立した〝海上国家〟であり、鹿児島の南に延びる奄美諸島から与那国島という東西二百五十里（約千キロ）、南北百三十里（約五百二十キロ）という広大な海域を支配していた。足利三代将軍の義満《よしみつ》の治世に、明朝が中国を統一しているが、その頃から、鬼界島と呼ばれる薩南諸島や奄美諸島の外は、まさに日本の統治の及ばない〝異国〟であった。

一方、明国の方も、琉球のことは〝化外《けがい》の地〟という認識があったからこそ、東アジアにおける交易中継地として、利用していたのである。これによって、以前の、博多から寧波《ニンポー》に渡る航路から、肥後高瀬津から南九州の薩摩、西南諸島を経て、福建に向かう海路が築かれたのだ。

——大陸の終わる所、大海の始まる所。

とはポルトガルのことである。

そこと同じように、日の本にあって地の果てである薩摩は、東シナ海に向かう出発点であった。事実、古《いにしえ》より、志布志《しぶし》や山川、坊津《ぼうのつ》などの湊から、南海への船は沢山、出ていた。

「これからは益々、薩摩が交易で栄えるに違いない。俺は、この国から、この世の中を変えてやるつもりばい」

目を輝かせて海を眺《なが》める又四郎を、助六と勝左衛門は頼もしそうに見ていた。この男にならば、何処《どこ》までもついていけるという確信を抱《いだ》いていたのである。

そのとき――。

女の悲鳴が何処からか聞こえた。白浜の先から街道に繋《つな》がる所に、おんぼろの網が干されたままの漁師小屋がある。声はその裏手からのようだった。

すると、継《つ》ぎ接《は》ぎだらけの短い着物の若い女が、悲痛な顔で飛び出してきた。白浜よりも白い足だった。

そのすぐ後から、数人の男が追いかけてくるのが見えた。総髪に無精髭《ぶしょうひげ》、海賊か野武士のように日焼けした肌で、いかにも乱暴狼藉《ろうぜき》を働いている類《たぐい》の連中だった。男たちは逃げ惑う獲物を弄《もてあそ》ぶ獣のように、からかいながら迫っている。

「やめて下さい。お、お助けをっ……」

若い女は足下がもたついて、前のめりに転んでしまった。駆け寄った男たちは舌なめずりをしながら、

「端《はな》から大人しくしてれば、よかもんを……痛い目に遭《あ》わせんばいかんのう」

と頭目格の大柄な髭面《ひげづら》の男が、女の肩に手を掛けた。

「待ちなさい。何をしとるか」

離れた所から声をかけた又四郎を、ならず者たちは振り返った。ギロリと睨《にら》みつけた頭目格の男が鼻で笑って、

「なんだガキどもか。とっとと立ち去れ」

「そうは参らぬ。そのおなごしは嫌がってるではなかか。放してやれ」

「生意気な口ぶりは買《こ》うてやるが、怪我《けが》をしたくなければ、向こうへ行け」

「大の大人が打ち揃《そろ》って、弱い者苛《いじ》めはみっともない。放してやれと言うてるのが、分からぬのか、おぬしらは」

又四郎が少し声を強めると、助六と勝左衛門もズイと前に出て、腰の木刀と長槍に手をかけて身構えた。その態度を見て取るや、下っ端の男が二、三人、唾《つば》を吐きながら近づき、

「黙って聞いてりゃ、くそガキどもがっ」

と摑《つか》みかかってきた。だが、又四郎はひょいと避けて足を掛けて倒し、同じように他のならず者も、助六たちが倒した。

「――おまえらっ！」

起き上がりながら、ならず者たちは刀を抜き払ったが、又四郎は動揺するどころか、平然と見廻《みまわ》して、

「抜いたな。ならば、こっちも容赦《ようしゃ》せんぞ」

「怪我ではすまさんぞ。くらえっ」

三人のならず者が同時に斬りかかったが、又四郎たちは身軽に飛び跳ねた次の瞬間、腰の木刀と長槍を手にして、ビシビシッと相手の肩や首を打った。鈍い音がした。鎖骨などが折れたようだ。

悲鳴を上げて転がり廻るならず者たちはアッと驚いたが、

「舐《な》めた真似《まね》を……」

と頭目格の男だけは鋭い目つきに変わって、ピイッと指笛を鳴らした。途端、漁師小屋の奥にいたと思われる仲間が、ぞろぞろと出てきた。三十人は下るまい。丁度、小屋の陰になって見えなかったが、浜に着けられた小舟が三艘あった。

――もしかして、こいつらは人攫《ひとさら》いか……。

又四郎たちはそう思った。沖の船に運んで、異国に連れていって売り飛ばすという話を、大人たちから聞いたことがある。逆に、琉球から美しい娘を、かどわかしてくるという話もしていた。

「大将……これは、まずいな……」

多勢に無勢ゆえ、さすがに助六と勝左衛門は顔が青くなった。しかも相手は、大人並みの背丈の又四郎たちに比べても、大柄で屈強である。異国へ行って暴れ廻っている倭寇《わこう》の連中かもしれぬと勘繰った。

じりじりと近づく恐ろしい顔つきの男たちだったが、それでも又四郎は平然とした態度で言い返した。

「薩摩の者ではないな。でなければ、そんな恥知らずなことはせぬはずじゃ」

だが、頭目格の男は微笑を浮かべて、

「構わぬ。こいつらも捕らえて、異国へ送ってやれ。人足として幾ばくかで売れよう」

と手下たちに命じた。

じっと相手を見据えたまま、又四郎は小声で、

「助六、勝左衛門……よかな」

と言うなり、突然、ウオー！　と雷鳴のような怒声を発しながら、木刀を掲《かか》げて頭目格に向かって駆け出した。すぐ後を同じように、ウオオオ！　と叫びながら、助六と勝左衛門も少し怯《ひる》んだ手下たちの顔面を鋭く打ちつけて走った。

又四郎は真《ま》っ直《す》ぐ、矢のように頭目格の男に向かうと、ひらりと鳥のように舞って、相手が刀を抜く隙《すき》も与えず、脳天から木刀を叩き落とした。頭目格の男もわずかに避けたが、顔の側面から肩にかけて、又四郎の木刀は物凄《すご》い勢いで打ち落とされた。うわっと仰《の》け反《ぞ》って倒れ、頭目格の男は気を失った。その隙に、又四郎は女の手を引いて、その勢いのまま、まっすぐ駆け抜けた。

「大将！　しんがりは、わしが引き受けたぞい！」

勝左衛門が槍を振り払うと、波を切るような鋭い風が巻き起こった。

「おお、任せたぞ！」

その隙に、又四郎は賊たちから、女をどんどん引き離した。背後では、勝左衛門とともに、助六も脇差を抜いて、まるで二刀流のように構えて、追ってくる奴らを蹴散《けち》らそうとした。

だが、相手は頭目格の男が気絶したので、戦意を喪失したのか、「待て、ガキども！」と追いかけてくるのは数人だけだった。それでも、物凄い形相《ぎょうそう》に変わっていきり立っている。本気で怒ったようだった。

このままでは追いつかれて、本当に殺されるかもしれぬ。しかし、勝左衛門は冷静に懐《ふところ》から撒《ま》き菱《びし》を取り出すと、

「くらえっ」

と投げた。追いかけてきた者たちは、もろに踏みつけて、その場に転がって、さらに悲鳴を上げるのだった。

逃げ足には自信がある。助六と勝左衛門も一気に駆け出した。

燦《きら》めく海面に照らされているそんな光景を――。

道端の木陰から、日除《ひよ》けの菅笠《すげがさ》を被《かぶ》った新納忠元が、半ば呆《あき》れながらも、頼もしそうに見守っていた。

「まったく、無茶をしよる」

精悍《せいかん》な顔だちの口髭を、忠元はそっと撫《な》でた。

むろん、何かあれば、手下たちがすぐにでも斬り込む態勢は整えていたし、〝山くぐり〟たちも、ならず者たちに矢や手裏剣などを向けていた。

だが、又四郎たちは知る由《よし》もない。飛び跳ねるように突っ走るその姿を、忠元は眩《まぶ》しそうに眺めていた。

加世田城は随分《ずいぶん》と大きいなあと、伊作城に住み慣れていた又四郎は、正直、そう思った。

二

この頃の城は、麓と呼ばれる外郭《そとぐるわ》に囲まれるように、さらに家臣団が形成する内郭があり、その中に屋形を擁《よう》していた。

戦国期真っ直中においては、近世に見られる天守のような美形を追求したものではなく、自然の地形や樹木、岩石などを利用した、まさに要塞であった。本丸、二ノ丸、三ノ丸、兵糧倉などを配した城郭は、それぞれ空堀《からぼり》で仕切られており、籠城《ろうじょう》を含めた実戦のためのものであった。

加世田とは笠狭宮《かささのみや》からきているという。かつては別府《べっぷ》氏が領有していたが、この地を薩州島津家の島津実久が侵攻して、加世田城を築いたのだ。

日新斎はその実久を追放し、この城を落としてから、大規模な改修を行い、新たに築城した方に住み、加世田の地頭であった新納康久《やすひさ》を家老に据え、隠居しても尚《なお》、領土拡大を目論《もくろ》んでいた。

「おう。よう来たな、又四郎。また少し背が伸びたかのう」

本丸御殿にて、日新斎と面談した又四郎は、久しぶりに会う祖父を見て深々とお辞儀をしながらも、目を爛々《らんらん》と輝かせていた。決して大柄ではないが、丸坊主頭で法衣を身にまとった日新斎は、見るからに筋金入りの武門の頭領に見える。大永七年（一五二七）、まだ又四郎が誕生する前だが、貴久に家督を譲ったときに剃髪《ていはつ》して、それまでの忠良から、日新斎と名も改めた。正式に隠居して、〝愚谷軒《ぐこくけん》日新斎〟と名乗り、この城に籠《こ》もるようになるのは、三年後のことだ。

貴久は聡明で、武芸にも優れ、日新斎に負けず劣らぬ武将であったが、又四郎はなんとなく日新斎の方に馴染《なじ》んでいた。長兄の義久は貴久との方がウマが合うようで、忠実に従っていたが、生来、おとなしくしているのが窮屈に感じる又四郎は、より大らかな雰囲気の日新斎の方が好きだった。

もっとも、父と子よりも、祖父と孫の関わりの方が甘くなるのは世の常である。まだ元服前の又四郎にとっては、日頃から厳しい父の貴久よりも、祖父の日新斎を慕うのは当然のことだった。

「まずは、お願いがございます」

又四郎が言いかけると、お天道《てんとう》様のような顔で、日新斎は頷いて、

「分かっておる。助けた若い女のことであろう。一点突破したらしいのう」

「えっ。どうして、日新様がそれを……」

「よいか、又四郎。おまえは島津家当主の次男だ。長兄の義久に万が一のことがあれば、おまえが当主になる。そういう身であることを忘れるな。それゆえ、おまえの目が届かぬ所でも、守っておる者たちがおる」

家臣や〝山くぐり〟という忍びたちのことだということ、又四郎は察した。が、道中、そういう気配がまったくなかったことに、逆に驚くのであった。

「でも、私に万が一のことがあっても、弟の又六郎がおりますし、今年は、又七郎も生まれましたから、島津家は安泰でしょう」

又六郎とは後の歳久であり、又七郎は後の家久である。末っ子の又七郎だけは、母親が違うが、戦国の世にあっては骨肉の争いをすることが多い中で、島津四兄弟は、肉親の情の厚さ、結束の固さを諸大名に知らしめることになる。

日新斎は又四郎を見据えて、

「おまえが兄に比べても情け深いことは、わしも承知しておるが、ゆきずりに助けた女を、この城で下女として使えとは、あまりにも短慮だと思わぬか」

と諭《さと》すように言ったが、すぐさま又四郎は答えた。

「『楼《ろ》の上もはにふの小屋も　住む人の心にこそは　たかきいやしき』……日新様が自らお作りになった〝いろは歌〟で、私はこう教えられました」

天文十四年（一五四五）に書かれたという日新斎による〝いろは歌〟の一節である。「いろはにほへと……」を頭文字として、人生訓や処世訓、倫理、道徳規範などを四十七首に託して詠《よ》んだのだ。後に江戸時代を通じて、薩摩独特の「郷中教育《ごじゅう》」の礎《いしずえ》とされた。質実剛健で、反骨精神に長《た》け、団結心と行動力のある藩主、そして、多くの薩摩武士を育てた。

――島津に暗君なし。

と言われるが、鎌倉時代から明治に至るまで続く名家中の名家だが、時代の変革期において名君を出したのは、単なる幸運ではなく、先祖伝来の家訓に加えて、日新斎の教えがあったからこそだ。

この日新斎の〝いろは歌〟には、島津家を統一してゆく中で体験したことや、戦乱で得た智恵や知識の粋《すい》が詰め込まれている。独特の節廻しで、多くの人々が口ずさむことによって、歌に託された人の道、人の上に立つ者の心得、武道や学問、親兄弟や友人との絆《きずな》、分け隔てのない人々への情愛などを、しぜんに身につけることができたのだ。

儒学や仏教、神道などから様々な思想を取り入れており、精神修養と実践を兼ね備えたものだが、その多くは薩摩に逗留《とうりゅう》した禅僧、桂庵玄樹《けいあんげんじゅ》の説いた朱子学の影響が大きい。さらに、四十五歳を過ぎてから、桂庵の高弟の舜田《しゅんでん》やその弟子の舜有《しゅんゆう》からも学んだ。こうした礎があるからこそ、後に行動を第一義とする陽明学が入ってきたときに、薩摩の人々にはストンと腑《ふ》に落ちたのであろう。

「いかに立派な宮殿に住んでいても、粘土のようなみすぼらしい家にいても、高貴か卑賤かは関わりない。人の値打ちは、清らかな心、優しい心、正しい心があるかどうかだと、お祖父《じい》様には、そう教えられました」

あえて、日新様と言わず、お祖父様と言い換えたところに、又四郎の〝人たらし〟があるのかもしれぬ。

「さよう。そのとおりだ。逆に、卑しき者ゆえ、優しいとか正しいとは限らぬぞ。おまえは助けた若い女のことを、どれほど知っておるのだ。ただ情けをかけるだけなら、捨て犬や捨て猫を拾うてくるのと同じことぞ」

「加世田へ来る道々、戦乱の世にあって、その女の人が如何《いか》に酷《ひど》い目に遭ってきたかを聞きました。生まれ育った村々は貧しく、男衆は戦《いくさ》に駆り出され、ろくに作物もできなくなり、飢えで死ぬ者もいるとか。だから、女は悪い奴らにさらわれて、何処かに売り飛ばされるとです」

「ほんなこつか」

「はい。そんな女や子供は、ゴマンといる。私の供の川上助六も五代勝左衛門も話を聞いて、深く同情ばしとったです」

　ふたりは家老の屋敷にて待機している。又四郎と同じように、助六とは親戚になる新納康久に必死に訴えていた。

「しかも、お祖父様……いにしえの道を聞いても唱《とな》へても　わが行ひにせずばかひなし……と〝いろは歌〟の初めに言ってますよね。やはりお祖父様は凄か人です」

　讃《たた》えるように言った又四郎には、家督を譲っても島津家の惣領である日新斎も、さすがに自分の頭を撫でて、

「相分かった。そのならず者たちのことも含めて、善処してやるわい。ふはは」

「かたじけのうございます」

　まっすぐ射るように見つめる又四郎の顔に、日新斎は眩しそうに目を細めた。

「実によう似ておる。やはり血は争えぬな」

「誰に、でございます」

「わしの母上じゃ」

「曾祖母の梅窓様《ばいそう》でございますね」

梅窓というのは、戒名《かいみょう》から取った後世の呼び名である。薩摩の〝国母《こくぼ》〟とも称される日新斎の母親は、常盤《ときわ》という絶世の美女だった。

文明四年（一四七二）、日向の志布志《しぶし》に生まれた常盤は、城主・新納是久《これひさ》の娘として恙《つつが》なく育った。志布志城は、戦国の城が常であるように山城であり、眼下には大きな湾が広がり、湊は古より栄え、遣明船や兵庫や堺など上方《かみがた》からの船で賑《にぎ》わっていた。この辺《あた》りは、串間とともに、島津家にとっても、日向との国境を守る重要な所であった。

実家の新納家は、島津家四代忠宗《ただむね》の子である時久《ときひさ》を祖とする、古い分家である。常盤の叔父の忠続《ただつぐ》もまた飫肥《おび》城主だった。が、常盤が生まれた頃は、折しも応仁の乱の真っ直中だから、都から遠く離れたこの地でも、争乱の影響はあった。

「いろは歌だがな……母上から学んだことが、大いに入っておる。というのは、母上が七歳頃らしいが、禅僧の桂庵玄樹が、島津家当主の忠昌《ただまさ》公によって薩摩に招かれてな、志布志の都於浦《とのうら》にて、寄港した遣明船の明国への文書をしたためる役目を担っていたのだ」

「そうなのですか？」

「うむ。その折、朱子学を広めたのだ。母上は、桂庵様より『四書五経《ししょごきょう》』の教えを受け、和漢を問わず、男よりも大いに勉学に励んだらしい。ゆえに、女傑だとの評判があってな、もし男なら、一国一城の主《あるじ》になっておったであろうな」

その常盤は、伊作島津家の当主・久逸《ひさやす》の嫡男・善久《よしひさ》に嫁いだ。まだ十四歳のときであり、善久は十八だった。つまり、善久は、日新斎の父親である。

忠久を祖とする島津家は、何代か下るごとに幾つかの分家に枝分かれした。五代目貞久《さだひさ》の三男・師久《もろひさ》が薩摩国守護、四男・氏久《うじひさ》が大隅国守護になったとき、前者が上総介《かずさのすけ》、後者が陸奥守《むつのかみ》と名乗ったことから、「総州家」と「奥州家」と呼ぶようになった。

さらに、「奥州家」から「薩州家《さっしゅう》」「豊州家《ほうしゅう》」「相州家《そうしゅう》」なども分かれたが、島津家三代目の久経《ひさつね》から分かれた「伊作家《いざく》」は、分家衆の中では最も古く、威厳もあった。

その伊作島津家の九代目である善久に嫁いだ常盤には、大きな試練が待っていた。

日新斎は深い溜息《ためいき》をつくと、

「わしの父上、善久公は幼名は又四郎というてな、そこから、おまえの名も取った」

「さようでしたか……」

「知ってのとおり、伊作亀丸城は、志布志と違って、険しい山上にある。母上は心細い思いもあったであろう。しかも、島津本家の十一代目の忠昌公が、わしの母上の祖父、新納忠続様を攻めて戦になってしもうてな……だが、母上の父、新納是久様は、伊作島津家についてしまったがために、混乱を生じたのじゃ」

「………」

「ま、伊作島津が負けて、事は一旦、収まったが、そんな中、わしの父上が、従僕に殺されるという惨事が起こった。馬の飼育の仕方が悪いと叱《しか》りつけた父上への、逆恨みだとのことだが、敵方の間者の仕業《しわざ》ではないかとの噂《うわさ》も絶えなんだ」

「そんなことが……」

「おまえには酷な話かもしれぬが、戦国の世では、家臣が主君を殺《あや》めるということは、特段、珍しいことではない。むろん下僕に殺された無念はあろうが、母親としては、なんともやりきれまい」

幼名、菊三郎といった日新斎も、まだ三歳の時の出来事である。常盤も二十三歳の若さで、まさかの未亡人となった悲しみを全身で受けながら、たったひとりの男の子にできる限りの教育を施した。上には、女の子がふたりいたが、伊作島津家の跡取りに相応《ふさわ》しい人間にするために、海蔵院《かいぞういん》という寺の住職・頼増和尚《らいぞうおしょう》に教育を頼んだ。

和尚の教えは厳しく、毎日のように折檻《せっかん》をしたという。だが、菊三郎の悪童ぶりは、小僧たちの中で群を抜いていたという。

「その話、父上から聞いたことがあります。曾祖母の常盤様から、何度も話されたと、父上は言ってました」

その話はこうである。

小僧や近在の悪童と一緒になって、あまりにも悪さばかりをするので、頼増和尚は本気で、長刀《なぎなた》を振り廻して脅したという。その鬼気迫るものに怯《おび》えて、みんなは蜘蛛《くも》の子が散るように逃げたが、菊三郎だけは逃げずにそこに立っている。

「驚いた和尚が訊《き》くと、日新様はこう答えたそうですね……『履き物がないから誰ぞに持ってこさせよ』って……和尚は大笑いをして、お許しになった上に、いずれ大物になると嬉《うれ》し涙で抱きしめたそうな」

「古い話をまた……貴久め。ろくな話をせぬな……」

「そんなことはありません。私もそうありたいと思います。事に動じておっては、人の上には立ててますまい……『のがるまじ所をかねて思ひきれ　時に到りて涼しかるべし』……これまた〝いろは歌〟ですが、何があっても動じぬ覚悟で、物事を冷静に判断せよということですよね」

「これ。あまり理屈をこねるな」

日新斎はそう言いながらも、孫の成長を感じてか、嬉しそうに目尻が下がっていた。

「常盤様はその後……田布施城主の相州島津家の当主、運久《ゆきひさ》様に嫁いだんですよね。それも父上から聞いたことがあります。常盤様は容貌が美しいだけではなく、賢くて肝の据《す》わった人だったからと」

「うむ。わしが九歳の頃だった。祖父の久逸公まで戦死してしまった……丁度、この加世田でのことだ……母上を支える者が誰もいなくなったゆえな……」

日新斎の父親の従兄弟《いとこ》にあたる運久に、再度嫁ぐにあたって、常盤は苦しんだという。生涯、ひとりの人と決めていたはずだが、夫が死に、義父までが死んだとなれば、我が子を守る術《すべ》はひとつしかなかった。

運久はかねてより、常盤の美貌に惚《ほ》れており、何度も何度も求婚していた。折しも、運久も正妻を亡くしていたからだ。常盤は、強引な運久に押し切られる形になった。が、それはいわば、常盤の〝策略〟だったかもしれぬ。

運久には世継ぎがいないから、

「いずれ菊三郎に、あなたの所領をすべて渡し、家督を継がせるのならば、申し出を受けましょうぞ」

と言質《げんち》を取り、誓詞を届けさせ、さらに禍根を残さないように、相州島津家の家老らの署名まで取り寄せたのだった。その後、幾多の争いがあって、日新斎は我が子の貴久を島津家本家の当主に仕立てたのだから、その大元は、常盤が築いたといっても過言ではあるまい。薩摩の〝国母〟と言われる所以《ゆえん》である。

「義父はわしのことを、実の子のように可愛《かわい》がってくれた。昔は女たらしの暴れ者で困ったとのことだが、わしにはそんなふうには見えなんだ。そして、母上との約束を果たしてくれたのだ」

「田布施城は、ここへ来る途中にも少し立ち寄りましたが、お祖父様も色々と大変なご苦労をなさったのですね」

又四郎が真顔になると、日新斎は大らかに笑いながら、

「生意気なことを言うな。戦国の世はまだまだこれからじゃ。男として生まれたからには、天下を取れ。よかな」

と檄《げき》を飛ばした。が、又四郎は首を横に振って、

「助六たちも同じようなことを言うてましたが、私はこの国はいりません。日の本もいりません」

「なんじゃと？」

訝《いぶか》しげな表情に変わる日新斎に、又四郎は笑顔で返した。

「日新様。また坊津や山川湊に連れて行って下され。加世田の小湊も悪かなかけんが、

私は大きな湊が好きです。大きな帆船が湊を埋め尽くすほどあって、幾多の艀《はしけ》が行ったり来たりしているのが、忘れられん。湊の船荷人足たちが、元気に大声で働いとる。あの賑やかな、ざわざわした所がなんともたまらんです。そいでもって、私は今すぐにでも船に乗って、遠い異国に行ってみたかっ」

声を躍らせ、目を輝かせる又四郎を見ていた日新斎は、

――こやつめ、面白いことを考えとるな。いずれ、わしも考えつかぬ大きなことを成し遂げるやもしれんな。

と心の中で思い、さすが我が孫だと頼もしく感じていた。

三

坊津は加世田から南西にあたり、複雑に入り組んだ海岸の地形を生かした湊である。ひとつの湊ではなく、坊、泊、秋目などの浦の総称として、坊津と呼ばれていた。日本から明国に向かう船の出発点、まさに、

――陸が終わり、海が始まる所。

である。一方、薩摩半島の東南側には、山川湊という火山の噴火口がそのまま湊に

なったような所がある。

これらの湊が島津家の直轄支配を受けるのは、又四郎の兄・又三郎、つまり義久が島津家当主になってのことである。

だが、又四郎たちの父・貴久は十五代当主として、形式だけではあっても、薩摩、大隅、日向の守護として、敢然と実績を重ねていた。父の日新斎が、勝久《かつひさ》や宗久《むねひさ》との複雑な分家同士の争いを終わらせ、島津家の本宗家は貴久が継ぐことで安泰していたからだ。北郷家ら有力な豪族らも、貴久のことを守護として認めていた。

今後、大隅の蒲生《がもう》氏や薩摩の菱刈氏や入来院氏、さらには日向の伊東《いとう》氏らを屈伏させるためには、古より続く交易を掌握することが肝心要《かなめ》であると、日新斎は常々、貴久に説いていた。

「所領は土地だけとは限らぬ。かつて、関東の北条《ほうじょう》氏は、南西諸島まで支配していた。とはいっても、地頭や郡司による上納の仕組みだけであって、我ら島津のように七島衆ら海民を従わせていたわけではない」

日新斎の指示を仰ぐまでもなく、貴久は三国を実質支配するには、交易の拡大しかないと考えていた。薩摩は元々、土地が痩《や》せており、その地形も、田畑を広げて作物を増やすのに適していない。おのずと明国や琉球との交易を増やす道しかないのだ。

薩摩の南の海には、種子島、屋久島、中之島、諏訪之瀬島、奄美大島、徳之島、沖永良部島《おきのえらぶ》、与論島など多くの諸島があり、東シナ海の航路の大動脈であった。これらの島々が、薩摩藩領とされるのは、慶長十四年（一六〇九）のいわゆる〝琉球侵攻〟以降になるが、当時は琉球王朝と薩摩の間で対等の交流がされていたのである。

だが、未だに三国が安定しきっていないということから、琉球から〝綾船《あやぶね》〟は来貢《らいこう》していない。〝綾船〟とは、正式な使節船のことで、これまで室町《むろまち》幕府に対しては、新将軍の就任の折などに来ていた。

島津家と琉球との関係は深いものの、室町幕府支配においては、管領《かんれい》の細川氏や山名《やまな》氏の取次役にすぎなかった。逆に、尚真王《しょうしんおう》によって中央集権を敷いた琉球は、奄美諸島への支配を広げており、島津を飛び越えて、足利家との繋がりを深めたがっていた。

ゆえに、薩摩などの南九州と並行して、室町幕府へ使節を送っていた。琉球は、中国との冊封《さっぽう》、朝貢体制の中で交易をしていたが、日本を〝代主《よのぬし》〟のように崇《あが》めて、形式上だけだが、幕府を上位に見ていた。

しかし、貴久の激しい外交戦略によって、薩摩は、南海から琉球への交易という力を持つに至るのである。事実、琉球からは、このわずか三年の後に、島津家に対しても、〝綾船〟という貢ぎ物を積んだ祝い船を寄越している。

その交易の中心となる湊のひとつ、坊津に又四郎は来ていた。

幼い頃に連れて来られたときと、同じ風景が目の前にある。沖合にある真っ白な帆船の群れ、無数の艀、湊を取り囲むような蔵、牛馬が曳《ひ》く荷車、荒々しい船乗りや人足たちの姿などを、溜息混じりに眺めていた。

傍《かたわ》らには、もちろん助六と勝左衛門もいた。雑然としているが活気のある風景に、唖然《あぜん》と立っていると、大勢の人足たちに、「邪魔だ。どかんか」と怒鳴りつけられ、突き飛ばされた。

桟橋に着く艀《はしけ》から、山のような荷物が下ろされ、海沿いに立ち並ぶ蔵に運び込まれたり、その場で商人たちが買い求めたりしている。中には、明国人やポルトガル人などの異国人の商人も混じっており、聞き慣れない言葉も飛び交っている。助六と勝左衛門にとっては初めて見る物珍しい光景であった。

「凄かあ……大将が余所の国に行ってみたくなる気持ちはよう分かるとたい」

助六が感嘆を込めて言うと、勝左衛門も頷いた。

小さな市も開かれており、買い付け商人だけではなく、近在の者たちも集まってきて物色していた。遠い国から届いた香辛料、毛皮、羊毛、絹、葡萄酒、小麦、油、砂糖、塩、綿、果実、宝石などが、葦簀《よしず》張りの小屋にごっそりと並べられている。他にも日明貿易の献上品の余り物か、抜け荷か分からぬが、孔雀尾《くじゃくお》や犀角《さいかく》、象牙、書籍や書画、陶磁器や金銀などもあった。

明朝は海禁政策によって、民間人の海上貿易を禁じていたが、朝貢船のみは入港を許していた。

——寸板も下海を許さず。

と洪武帝《こうぶてい》が命じたのは、異国との交易を禁じたのみではない。福建や広東など明国人同士の取り引きも禁じていたのだ。これは倭寇を取り締まると同時に、明国が貿易を独占するためであった。

ところが実態は、正式な朝貢船以外の日本からの船も訪れ、沖合で取り引きが行われており、また明国からの船も琉球を経て、薩摩を訪れていた。明の海の解禁政策が緩和されるのは、まだ二十年程の年月を待たねばならないが、その間も、明国人と日本人による密貿易は集団で実施されていたのだ。

国禁を犯していた明国人は、もし見つかれば極刑が処せられる。とはいえ、明国沿岸の商人たちは背に腹は代えられぬ。まさに命がけの商行為だった。

その密貿易を支えたのは、〝郷紳《きょうしん》〟と呼ばれる中国の特権商人だった。

〝郷紳〟とは、赴任地の商人と結託して、莫大な財産を溜《た》め込んだ官僚が、故郷に帰って地元の名士になった者のことをいう。この元官僚は地元で大きな権限を持ち、役人に賄賂《わいろ》を渡して、密貿易を率先して行い、さらに莫大な利益を得たのである。中には、海賊衆などを抱き込んで、東シナ海を巡る倭寇となった者たちもいる。

倭寇とは必ずしも日本から出向いた海賊行為をする者ではなく、朝貢貿易から外れた、いわば非公認、非合法の海上交易商人であった。それゆえ、中国人、ポルトガル人などが入り混じった複雑な〝無国籍〟の集団で、月代《さかやき》で日本刀を差した明国人や、南蛮人風の姿をした日本人もいたという。それほど、琉球を中心に広がる交易の海域は、不思議なほど多様性に富んでいたのだ。

まさに今、湊は、異人たちの坩堝《るつぼ》のようになっており、又四郎の心はわくわくして、飛び跳ねたいくらいだった。

出店のような市や立ち並ぶ蔵を見廻しながら散策していると、突然、

――ダーン！

という爆裂音がした。

これは「鳥銃《ちょうじゅう》の音だ」と又四郎にはすぐに分かった。飛ぶ鳥を撃ち落とすほど命中率が高いから、この名がある。

鉄砲が種子島に伝来したのは、天文十二年（一五四三）の秋のことである。明船に乗ったポルトガル人がもたらしたのだが、領主の種子島時堯《ときたか》は二丁を二千両で購入し、直《ただ》ちに島津家に届けたという。時堯は日新斎の娘婿ゆえである。このうちの一丁は、使用法とともに、将軍足利義晴《よしはる》に献上された。

又四郎は、その頃、日新斎がいた田布施城にて、試し撃ちをしているのを見たことがある。音は耳をつんざき、目も見張るような勢いで分厚い板を粉砕《ふんさい》したのを目《ま》の当たりにして、幼心に衝撃を受けたのを覚えている。

又四郎が駆け寄った所は、中に入れぬように逆茂木《さかもぎ》が組まれている原っぱで、まさに武士や商人らが入り混じった中で、試し撃ちがされていた。ひとりの南蛮人が、片《かた》膝《ひざ》を立てた姿勢で鉄砲を構え、十数間《けん》離れた鉄鍋を的に照星で狙《ねら》いを定めて発砲した。

次の瞬間——カキン！　と何かが弾《はじ》ける音がした。

火花が散って鉄鍋が吹っ飛ぶと、控えていた者がかけより、それを掲《かか》げた。すると、真ん中あたりに丸い穴が空いている。弾丸《たま》が貫通したのだ。

「おおっ。これはぶったまげた！　ますます威力が増しておるではないか！」

誰かは知らぬが、茶人か僧侶のような格好をした初老の男が声をあげた。その場には、明国人商人や南蛮人らもいて、穴の空いた鍋に近づいて、何やら話し始めた。

「な、なんじゃ、あれは……」

　驚愕《きょうがく》したまま立ち尽くしていた勝左衛門が目を丸くすると、助六も深い溜息をついて、思わず背筋を伸ばした。

「南蛮では、あれが武器として使われてるらしか。俺も一度、持たせてもらったが、ズッシリと重くて、小指の先ほどの小さな弾丸《たま》を込めて、火薬で爆破して飛ばすらしい」

　又四郎が言うと、助六は生唾《なまつば》を飲み込んで、

「あんなものを体に受けたら、ひとたまりもないのう」

「戦で使うらしか。兜《かぶと》や鎧《よろい》も突き抜けるらしい」

「じゃどん、的が外れたら、おいならアッという間に、この槍で相手を突き倒してやることができようもん」

　勝左衛門が言い返して、脇に抱えていた穂先を軽く上げた。

　原っぱの鉄砲の撃ち手は、まだ煙が出ている、四尺はあろう長い銃身を縦に持ち、上薬を入れ、弾丸を込めた。そして、カルカという細い棒で突き、手元の火蓋《ひぶた》を切って元薬を込め、火縄を挟《はさ》み、再び火蓋を切り、また違う的に狙いを定めた。

　それを見ていた勝左衛門は、

「なんとも、まどろっこしいのう。あれで本当に合戦場《かっせんば》で役に立つとか？」

到底、信じられぬと首を横に振った。

その目がふと近くの蔵に止まった。数十丁の鉄砲がギッシリと立てかけられている。勝左衛門が駆け込むと、又四郎と助六は後を追いかけて中に入った。

薄暗い蔵の奥にはさらに、沢山の鉄砲が並んでいる。しかも、なんとも言えない異様な臭《にお》いが充満していた。

「なんね、これは」

思わず鼻を摘《つま》んだ勝左衛門に、又四郎も顔をしかめて、

「おそらく火薬に使う、硝石というもんたい。日新斎様や父上から聞いたことがあるが、今見たように、込めた弾丸をぶっ飛ばすもんだ。これは、日本では取れず、明国から仕入れねばならんらしか」

「なるほど……それで明と南蛮の商人が一緒になって、売りに来とっとね」

助六が納得したように頷いたとき、背後から声がかかった。

「わいら、なんばしちょっとかっ」

三人が同時に振り返ると、上半身が裸のいかにも人足らしい、日焼けした男が立っていた。又四郎はすぐに、

「珍しか鳥銃が沢山あるから、一丁、買おうかと思うてな」

「なに……」

「千両と聞いたことがあるが、ほんなこつかいね」

「出ろ。おまえたちが来る所じゃなか」

「それにしても、こんなに沢山、どうするのですか。何処の武将が欲しがってるのか、聞かせてくれんね」

人足らしき男は思わず、余計なことを訊《き》くなと又四郎たちに向かって怒鳴りつけた。

「いいから、とっとと出ろ！　でないと向臑《むかすね》を食らわすぞ！」

屈強な体で、さらに大声を上げたとき、その後ろにも、ぞろぞろと人足が現れたが、「待ちなさい」の声にサッと散った。その向こうから現れたのは、今し方、原っぱで鉄砲の試し撃ちを見ていた茶人か僧侶風の男であった。

近くで見ると意外に大柄だった。一見、垂れ目で愛嬌がある顔だが、瞳は冷たく、白い顎髭《あごひげ》は剣山のように尖っていた。

「まだ童《わらべ》ではないか。おまえたち、ここで何してたか」

少しおかしな言葉遣いだった。音律も明国人が喋《しゃべ》る独特のものだ。おそらく明船に乗ってきた商人であろうと又四郎は思い、一歩前に出て、初老の男を見上げた。

「俺は鳥銃を撃ったことがある。何度も鍛錬したら、百発百中になったばい。これがあれば、合戦も有利になるたい」

「本当に撃ったこと、あるね？」

「でも、一丁千両もするのは高すぎる。せいぜい百両だと思う」

当時は、日本独自の貨幣はあったものの、宋銭や明銭の方が信用度が高いため、交易でも日常でもよく使われていた。百両でも銭にすれば二万枚。割の良い商売だと、又四郎は頭の中で計算したのである。

「高すぎるから買うのはやめて、この国の武将たちは自分たちで、鳥銃ば作っとる。しかも、もっといいものを。種子島に渡ってきた翌年には、もうできとった」

「なんと？」

「種子島は砂鉄がよう取れるし、鉄作りも盛んだし、腕のいい刀鍛冶もおる。ポルトガル人の鉄砲職人から話を聞いて、さらにいいものにするために、美濃の矢板清定《やいたきよさだ》という刀工に、筒の底を塞《ふさ》ぐものも作らせたらしか」

鉄砲の筒の底の螺旋《ねじ》のことを、又四郎は言っているのだ。これを作ることができてから、安全な鉄砲作りが、堺や紀州の根来《ねごろ》、近江の国友などでも、あっという間に広まったのである。もう少し時代は下るが、ここ坊津や平戸、豊後府内などでも鉄砲は作られるようになる。

「この国の刀鍛冶の腕は、凄かけんね」

自慢するように又四郎が言うと、初老の明国人は頷いて、

「日本の刀剣、どこでも高く売れる。立派なものばかりだ。だから、鉄砲と交換すると、こっちは大儲《おおもう》け」

「でも、この鉄砲だけじゃ戦はできん」

又四郎はそう断言した。

「どうしてだね」

「火薬を作るためには、硝石と木炭、硫黄《いおう》がいるけど、肝心の硝石がこの国にはないからだ。明国では沢山取れると聞いたが、弾丸を撃てなければ、これは重すぎて棍棒としても使えんからなあ」

「ほう……童のくせによく知ってる。名は何という」

「又四郎です。おまんさあは？」

「王直《おうちょく》という。五峰《ごほう》と呼ぶ者もいるがな」

その名を聞いて、又四郎はアッと思ったが、平静を装《よそお》っていた。日新斎から聞いたことがある。目の前の男こそ、種子島に鉄砲を伝えた明船に乗っていた男で、大物倭

寇の頭領だからだ。

――信用に値せぬ人間。

だと日新斎が言っていたのを思い出し、又四郎は黙っていたのだ。しかし、あらゆる倭寇を取り仕切っていると言われる男で、数多《あまた》の修羅場《しゅらば》をかいくぐってきたから、又四郎が何かを隠していると見抜いたのであろう。

「おまえたち。私の船、乗せてやろうか」

笑いながら、王直は言った。助六と勝左衛門は、人攫《さら》いではないかと勘繰ったが、
又四郎はふたつ返事で、

「乗りたか。そのまま琉球でん、寧波でん行ってもよかとぞ」

と目を輝かせて、王直を見上げた。

「お、おい……」

助六は思わず又四郎の腕を摑もうとしたが、当人は平然と笑っている。その肝っ玉の図太さに、助六と勝左衛門もまた、「よし、ついていってやる」と覚悟の顔を見せた。

四

王直とは、明国の徽州《きしゅう》府出身の海商である。

かつては、許棟《きょとう》など大物密貿易者の配下として暗躍していたが、非合法の海上交易商人の倭寇の世界では実力をつけてきたのであろう。いつしか、東アジア海域を仕切る〝闇の帝王〟ともいえる顔役、倭寇の頭領になっていた。むろん、明国の〝郷紳〟らの後ろ盾《だて》があったからである。

一方で、博多商人を仲介に大内《おおうち》氏に安堵《あんど》され、中国と朝鮮との公許を得ていた。つまり、裏表の顔があったということである。

だが、『鉄炮記』にもあるとおり、明の儒生、つまり学者であり、暴力で取り仕切る倭寇とは結びつかぬ風貌であった。たしかに、頭も切れそうであるが、日新斎の言うとおり、どこまで信頼できるかは分からなかった。

沖合の帆船に向かう艀の上で、又四郎は緊張よりも、わくわくする気持ちで昂ぶっていた。助六と勝左衛門も平気な顔をしていた。だが、あまり水練が得意でないふたりは、沖に出るとすぐ深みとなって、海の色が濃くなるのを見ると、

――大丈夫か……。

という不安な目つきになっていた。

しだいに近づいてくる船は、正式な貿易で使われるポルトガルの大型のダウではなく、百人程しか乗れない、中国のジャンクと呼ばれるものだった。

ダウには大きなふたつの大三角帆が張られてあって、傾いた帆柱によって、風の中を鋭く走ることができる船だった。目の前に迫ってきている船は、独特な竜頭のような形をしたジャンクといっても、いわゆる明国がよく使っていた〝宝船〟ではなく、大西洋貿易で使われるカラックやカラヴェルという大型帆船に形状は似ていた。

船首が伸びやかで、そこから碇《いかり》が下ろされており、なだらかな船体は美しく湾曲している。船尾の甲板がグイッと持ち上がったような形も見事だ。三本の帆柱が天を突き刺すように伸びていて、長旗が風に靡《なび》いている様子は、又四郎の心をときめかせた。

日明貿易において、遣明船を出したのは、応永《おうえい》八年（一四〇一）から天文十六年（一五四七）までの約百五十年間で、十九回に及ぶ。あくまでも建前であるが、足利将軍が明の皇帝を表敬し貢ぐという形を取っていた。

足利幕府の持ち船が中心ではあったが、費用がかさむことから、有力大名や寺社が営む船も加えて、数隻から十隻の船団を組んで、千数百人の規模で行くことが多かった。山名船、大内船、細川船という大名船や、相国寺《そうこくじ》船、大乗院船、三十三間堂船など寺社船と一緒に、島津船も向かったことがある。

後に、堺や博多の商人が代行するようになったが、一隻当たり一万貫文ほどは儲かったというが、その船団に付き従う民間の船もあり、明国も広州、泉州、寧波などの湊が受け入れていた。

それに漏れたのが倭寇であるが、どこの国にも帰属意識のない海賊同然の商人であることに変わりはない。しかし、国禁を犯してでも琉球や日本にまで出向いてくるのは、博多の商人神屋寿貞《かみやじゅてい》が、大永六年（一五二六）に石見《いわみ》銀山を発見した上に、朝鮮から渡った灰吹法という優れた精錬術によって、日本が銀という宝の国になったからである。

もちろん、王直も日本からの銀を買い付け、明国からは輸出を禁じていた、硝石や硫黄を売り込むことで大儲けしていたのだ。

王直の船に近づくと、木製の梯子《はしご》が下ろされ、艀から登るようになっていた。

ガッと手をかけて、慎重に甲板に登った又四郎たちは、そこにいる様々な肌の色の奇妙な格好をした船員たちを目の当たりにして、異国に来たと感じた。船員たちは話しかけてくるが言葉が分からない。

何か甘いような不思議な匂《にお》いがする。風が強く、船体はゆっくり前後左右に揺れて軋《きし》み、巻き下ろしている帆ですら、ひゅうひゅうと音を立てていた。海の潮の香りと木船自体や積み荷の匂いが入り混じる船上から、海や陸《おか》を眺めるのは格別だった。

「——甲板は高いなあ……」

というのが初めの印象だった。四方八方を見廻して、海上の大小の船や湊の賑わいなどを眺めていると、本当にこのまま異国へ行って見聞《けんぶん》を広めたいという衝動に駆られた。

後から上がってきた王直は、顎髭を撫でながら、明国のみならず南蛮から持ち込んだと思われる洋燈《ランプ》や家具、織物などの類を見せながら、赤い茶葉を煎じたものを又四郎たちに飲ませた。子供には少し苦かったが、日頃から嗜《たしな》んでいる緑茶とは違って、香ばしく感じられた。

「まずいか?」

王直が訊くと、又四郎は首を横に振って、

「うまか……香りがいい」

「日本と明、インドやその先のポルトガルなどでは、煎じ方が違うだけ。元は同じ茶。人もそれと同じ」

「同じ……？」

「そう。同じ人。言葉が違っても、暮らしが違っても、心が同じ。だから、通じる」

又四郎は、王直が言わんとすることが分かったような気がした。

「この船にも、色々な髪や肌の色をした人がいるが、他の国に行けば、もっと違う人々がいるのですか」

「もちろんだ。こっちへ来い」

王直は船室に招いた。日本の船は、造りが木材をくりぬいたようにポッカリと空洞がある形をしている。船底に荷物を沢山積むことができるが、大波を受けることがない沿岸ばかりを帆走するから、甲板がない。

それに比べて、カラックやカラヴェル、あるいはガレオンと呼ばれる南蛮船やジャンクなど明国の船は、竜骨や隔壁というしっかりした骨組みで作られているから、外洋の荒海に強いのである。その船室も、和船にはない見晴らしがよく広いもので、操舵室からの眺めもまた壮観であった。

そこには、外洋航海に使われる羅針盤とともに、世界の地図があった。むろん、又四郎には分からぬが、木版印刷されたカンティノ図とヴァルトゼミュラー図と思われるものを見せて、さらにベハイムの地球儀まで出した。この地球儀には、まだアメリカ大陸は描かれていない。

儒学者でもある王直は、商売だけではなくて、知識があるのであろうか、この世の成り立ちを話した。日本の地図すら、ろくに見たことのない又四郎たちは目を丸くして、

「これが……異国の地図なのか……祖父が持っている行基図《ぎょうきず》というのは見たことがあるが、まるで団子を並べたような絵だから、よう分からんが、ほんなこつ、これが……」

と見入っていた。行基図とは、奈良時代の僧侶の行基が作ったとされるが、現代に伝わるのは江戸時代になって複製されたものという。地図は今で言えば国家機密であるが、この当時も、戦国大名の間では、写しが出廻っていたのであろう。

「いや、凄か……異国には、凄いものがあるとじゃな……」

又四郎はまた感嘆の溜息をついた。

しかも、この船には商船といいながら、鉄砲や刀、槍の類の武器や弾薬がドッサリと積み込まれているという。売るためではない。万が一、海賊の類に襲撃されたときには、応戦するためである。倭寇の頭領とはいっても、それは明国の外から琉球、日本、朝鮮だけのことだ。

「この海域の方へ行けば、たちまち恐ろしい目に遭うからな。逆に、商談に失敗すれば、こっちから物品を取り上げることもある」

王直は日本の位置や琉球、倭寇が拠点とした美麗島、つまり台湾から、さらに南のルソンやボルネオ、インドから中東、アフリカ、欧州などの地図を指して、

「こんなに広い。もっとも私も、この辺りから先は、行ったことないね。聞いた話では、世界中に海賊がいる。勝つか負けるか、金と力がどれだけあるか、による」

弱肉強食の世界だとでも言いたげだが、王直は悪びれている様子はない。その薄ら笑いに、又四郎は初めて背筋がゾクッとなったが、よくよく考えれば、戦国の世である。陸でも同じようなことが起こっているのだ。

乱暴狼藉といって、力で制したものは取り上げ、その領民を自国に連れ帰って、野良仕事や下働きをさせることは、戦国の常であった。海には陸のような明快な国境があるわけではないから、余計に蛮行が行われるのであろう。

「見てみい、助六、勝左衛門……俺たちがいる薩摩なんぞ、この豆粒の先っぽぞ……京や堺は随分と遠い所だと思うておったが、この地図を見てると、どうでんよかな」

「ああ、そんとおりだ」

ふたりも溜息混じりで頷いた。だが、まだ何をどうしてよいのか分からない。ただ、

戦国武将が領地争いをしていることが、小さなことにしか思えなくなってきたのである。同時に、又四郎の中に、またひとつ灯《あか》りがともったような気もした。

「それにしても、王直さん。なんで、俺たちにこげなものを見せたのです」

「なに、気紛《きまぐ》れだ」

王直がニヤリと笑ったとき、「五峰先生、助けて下さい」と言いながら、梯子を這《は》い登ってきた男が数人いた。先頭の男は顔の半分は白い晒《さら》しで巻いており、他の者たちも刀傷を負っている。

船室から出た王直に続いて、又四郎も出てみると、

「アッ――――!」

と白い晒しの男が声を上げ、その後にいた手下らしい者たちも騒いだ。

「おまえ……あのときのガキじゃないか！　どうして、ここへ！」

すると、又四郎も思い出した。加世田城に来る途中、吹上浜で女を襲っていた連中である。怪我をしている頭目格の男は、思わず踏み出して摑みかかろうとしたが、王直の側近たちがすぐに突き飛ばした。

「こ……このガキのせいなんです……此度《こたび》は、誰ひとり、女を連れてくることができませなんだ……あの後、島津家の家臣たちが来て、人攫いとして責め立てられ、ほと

んどの手下たちは認めて、捕まってしまった」

「人攫いなど、頼んでない。いい女、連れてこいと言っただけ」

「ですから……とにかく、そいつに邪魔をされて……」

と恨めしそうに又四郎を指すと、その後に助六と勝左衛門も立ち、

「あんときの弱い奴らか。十何人もいて、俺たち三人にあっさり負けたものな」

そう言うと、王直は頼もしそうに見やって、

「童三人で、このならず者たちを、か。それは、凄い。ワハハ。それは面白い」

愉快そうに腹を抱《かか》えて笑った。

「おまえら、倭寇として働いてみぬか。私が後ろ盾になってやるぞ」

王直が又四郎たちに言ったときである。俄《にわか》に船の周りに、艀とは違う、手漕ぎ船が十数艘も現れ、あっという間に取り囲んだ。その船の集団は急速に近づいてくるや、一斉に、旗を掲《かか》げた。

真っ白な地布に、黒い十文字——島津家の家紋である。

船には、甲冑《かっちゅう》や刀、槍、鉄砲などで武装した者たちが、何十人も乗っている。

アッと見やった王直はわずかに表情が強張《こわば》って、何事かすぐに察した。この船に逃げ込んできた、ならず者たちを追ってきたのであろうと即断し、

「咎人《とがにん》を庇《かば》う気はない。すぐに引き渡す」

朗々とした声で言うや、手下に捕らえさせて、そのまま海に突き落とした。

この坊津が、島津家の支配地にあることは百も承知であり、商取引も島津家あってのことだ。逆らえば、坊津だけではなく、山川や内之浦、志布志、櫛間などでも商いができなくなる。この薩摩の湊を使うことができず、島津の安堵がなければ、厄介事《やっかいごと》も増えるであろう。ゆえに、先んじて応じたのである。

しかし、海に落ちたならず者などには、目もくれず、島津家の家臣たちは、

「船の子供たちを下ろせ。さもなくば、総攻撃に致すっ」

と怒鳴り上げた。

先頭に立つ者は、新納忠元である。その見覚えある顔に、王直はただ事ではないと感じて、又四郎を振り返った。

「もしや……さっき、祖父の地図を見たと言っていたが……日新公の……」

「そうです。日新斎の孫、島津家当主、貴久の次男坊です」

「！……」

「帰ったら、また父上や兄上に叱られるだろうなあ。人騒がせな奴だと」

「…………」

「ご迷惑をかけた。でも、見聞が広がった気がした。今は倭寇になるわけにはいきませぬが、いつか必ず、遠くの国々に、連れていって下され」

「ほう……これは、参った……いや、参った、参った」

自分のおでこをポンと叩《たた》くと、王直は何もせずに又四郎たちを下ろして、見送った。別れ際に、王直はまた実に愉快そうに笑い、

「いずれ童は、この国の王になろう。それまで、楽しみに生きておるぞ」

と言って頷いた。


「だが……王直はその十年後に死ぬ。明国から追われたものの、日本の五島列島を根城にし、平戸にも居を構え、倭寇の首領として栄華を極めたが……舟山《しゅうざん》本島の岑港《しんこう》に入ったとき、明の軍勢に襲撃を受け、その後、処刑されたのじゃ」

蕭々《しょうしょう》と雨が降り注いでいる十三地蔵塔の前で、野守《のもり》は杖で軽く地面を突いた。

それを黙って聞いていた若者は、目をキラリと輝かせている。

「王直の残党の中には、五島に逃げた者もいたらしいが、丁度、義弘公が王直と会った直後に、遣明船も役割を終えたからな。日新公を継いだ貴久様は、琉球朱印状などを出して、本腰を入れて、新たな交易を始めた……戦国の世を勝ち抜くためには、金

と力が必要。王直の言うたことと同じじゃわい。ははは」

地蔵塔の上には雨粒が落ちているのに、遠い空には晴れ間が出て、少しずつ雲も薄くなっているように見えた。

第三話　鉄砲の城

一

天を突いて聳《そび》え立っている岩山の上に、その城はあった。

岩剣城《いわつるぎじょう》という難攻不落《なんこうふらく》の砦《とりで》である。白銀《しろがね》山中から続く絶壁《ぜっぺき》の尾根から隆起《りゅうき》した岩剣山の頂上にあり、南側以外はすべて断崖《だんがい》絶壁となっていた。

麓《ふもと》には姶良《あいら》平野が広がり、錦江湾《きんこうわん》を挟《はさ》んで目の前には、噴煙《ふんえん》たなびく桜島《さくらじま》を眺《なが》めることができる。

まさに流れる雲を突き刺す剣先の如《ごと》き岩肌が、島津義弘《しまづよしひろ》の軍勢の行く手を阻《はば》んでいた。五十丈（約百五十メートル）以上もある崖の上からは、眼下にはためく数多《あまた》の十文字の軍旗が、手に取るように見えるに違いあるまい。

「なるほどのう……これでは、なかなか落とすことができぬはずだ」

島津義弘は深い溜息《ためいき》をついた。その顔は青年らしくキリッとした眉《まゆ》で、双眸《そうぼう》は遥《はる》か遠くを見据《みす》えて凜《りん》と輝いている。

目の前の切り立つ山肌には樹木が絡むように斜めに生えており、首が折れるほど見上げる山の上も鬱蒼《うっそう》とした森が覆っている。しかも岩剣山の麓《ふもと》は土塁《どるい》で固められており、裾野《すその》には思川《おもいがわ》が流れているため、自然の濠《ほり》となっている。

西側が吉野台地に繋《つな》がっているが、それ以外はすべて険しい断崖である。つまり、攻め口は城の西側の台地にしかなく、急峻な山道を登るだけでも大変な苦労がいる。さらに空堀《からぼり》がある。そこを這《は》い上がって、城中に押し入ったとしても、八つの曲輪《くるわ》が複雑に配置されているため、島津勢は悉《ことごと》く返り討ちに遭《あ》うであろう。

天文二十三年（一五五四）九月十二日——。

島津軍は、ここ岩剣城に押し寄せていた。この城は大隅北西部一帯に勢力を持っている蒲生《がもう》氏の当主・範清《のりきよ》が、島津の進出を防ぐために構えた出城である。城は、やはり島津家と対立してきた祁答院良重《けどういんよししげ》の兵が守っていたが、島津にとっては大隅に侵攻するためには、どうしても落とさねばならぬ城だった。

だが、敵に長い籠城《ろうじょう》戦をさせるわけにはいかなかった。城の裾野に広がる別府川の対岸には、この岩剣城を作った渋谷《しぶや》氏の本拠地・帖佐城《ちょうさじょう》があり、さらにその上流には、蒲生氏の本城があり、島津軍の出方を虎視眈々《こしたんたん》と眺《なが》めていた。

渋谷氏一族である祁答院氏も蒲生氏も、三百数十年も続く島津家よりも古い、桓武《かんむ》平氏の流れを汲《く》むこの地の名門の豪族である。源氏を祖とする島津何するものぞという誇りと気概《きがい》があった。それゆえ、薩摩、大隅、日向に勢力を広げてきた島津家に一泡吹かせ、その勢いで、やはり古豪の菱刈《ひしかり》氏と組み、日新斎が奪ってきた薩摩を奪還しようと目論《もくろ》んでいたのだ。

ゆえに、島津勢としても、岩剣城如《ごと》きに手をこまねいていてはならぬ。祁答院、蒲生、菱刈の連合軍に攻め込まれ、加治木、国分、福山という錦江湾に面した島津の領地を奪われかねないからだ。

「一刻も早く落とさねばならぬのう……」

総大将の島津貴久は兜《かぶと》の奥の目を光らせた。むろん、義弘の父である。

ふたりとも壮健な体軀《たいく》をしているが、濃い眉毛や武骨な顔つきの貴久に比べて、義弘は色白でふっくらしている。だが、その眼光は父よりも鋭い。義弘は数えで二十歳《はたち》の精悍《せいかん》な若者になっていた。

「又四郎。これが、おまえの初陣《ういじん》。心してかかれよ」

「高陵《こうりょう》は向かうなかれ——とは孫子の兵法にあるが、あえて逆ろうてみるか……まずは、この城を孤立させるために、城下の村々を焼き払うがよい。城への村人からの支援を絶った上で、総攻撃を仕掛けるつもりだ」

「御意《ぎょい》」

「焼き払うのですか……」

義弘の顔が微《かす》かに曇った。

「されど父上、民百姓を巻き込むのは如何《いかが》かと存じまする」

「むろんだ。民百姓を犠牲にすることは、断じてあってはならぬ。だが、ここ岩剣城下の村や里の人々も、おまえが手懐《てなず》けておることは承知しておる。存分に暴れるがよい」

貴久は次男坊の義弘が、密《ひそ》かに屋形を抜け出しては領内をうろついて、家中の者たちはもとより、商人や職人、百姓たちと夜毎《よごと》、飲み食いしていたことを承知していた。

「手懐けるとは言葉が悪うございます。私は決して……」

言葉を濁す義弘に、貴久は苦笑混じりで言った。

「分かっておる。おまえの持って生まれた人懐っこさが為《な》したる業《わざ》だ。不思議と誰もが、おまえとなら酒席を共にし、楽しそうにドンチャン騒ぎをし、大笑いをして時を過ごす。しんねりむっつりの義久とは正反対。羨《うらや》ましい限りだと、義久も常々、言うておるぞ」

義久は二歳年上の長男であり、島津家の跡継ぎである。

自由闊達《かったつ》に振る舞える次男との違いもあろうが、父の目から見ても、明らかに性分が違う。これは祖父の日新斎も見極めているとおり、義久が〝静《せい》〟なる胆力《たんりょく》に満ちているならば、義弘は〝動《どう》〟なる気力に溢《あふ》れている。ふたりが力を合わせることで、何倍もの強い突破力や堅牢な統率力になると、貴久は感じていた。

我が子ながら頼もしいのは、三男の歳久とて同じである。上のふたりほど押し出しはないが、明晰《めいせき》な頭脳は秀でており、義弘と同じく、この岩剣城を攻め落とす合戦《かっせん》が初陣であった。

四男の家久はまだ八歳であるから、当然、戦地には赴いていないが、三人の兄たちに負けぬ気骨があると日新斎は見抜いていた。

出陣する前日のことである――。

家久を除く三兄弟は内城《うちじろ》にて、貴久のもとに集まっていた。日新斎も加世田から訪ねてきていた。

内城とは、御内《みうち》とも呼ばれる島津本家の本営屋形のことである。天文二十一年（一五五二）六月、貴久は修理太夫に叙任された。薩摩、大隅、日向三州の守護職となってから二年が経っていた。

貴久が三州の守護職になるのは、元々この地を預かっていた島津家の念願であり、父の日新斎とともに幾多の戦《いくさ》を乗り越えて、ようやく勝ち取ったものである。

とはいえ、守護職は名誉職に過ぎず、実質の勢力はまだまだ薩摩半島だけであり、大隅と日向を掌握しているとは言い難かった。隙《すき》あらば、島津家の領地を奪い取ろうとする数々の豪族が、目を光らせていたのだ。

そこで一気に大隅や日向を支配下に置くために、〝群雄割拠〟している豪族たちを叩《たた》き潰《つぶ》す手立てに出た。殊《こと》に、祁答院、蒲生、菱刈ら有力な国人《こくじん》は滅ぼすか、屈伏させて配下にしなければ、もっと先々に目指している九州統一など夢のまた夢になってしまう。

〝島津家中興の祖〟と呼ばれる日新斎と貴久親子が数十年かけて、奮戦してきたが、まだ島津家始祖の忠久の領地にようやく戻したに過ぎない。しかも、大隅の肝付氏、日向の伊東氏の権勢は揺るぎなく、これまで何度も攻防を繰り返してきたが、未《いま》だに島津家とは対立の立場にあった。

――守護職をやらせているだけ。

というのが、肝付家や伊東家の本音であり、いつでも攻め入るぞという気迫《きはく》に満ち溢れていた。その上、肥後の相良家とも接している島津家は心休まることはない。安堵《あんど》とは程遠い状況であった。

名実共に守護職を貫徹するためには、大隅の肝付家と日向の伊東家を倒し、麾下《きか》に組み込まねば、内戦にて島津家を統一した日新斎と貴久の積年の苦労が水の泡となってしまう。ゆえに、ここは勝負所のひとつとして、目障《めざわ》りな祁答院、蒲生、菱刈らをねじ伏せておこうと立ち上がったのだ。

祁答院らが、島津家に従順した加治木《かじき》城主の肝付兼盛《かねもり》を狙ってくる兆候を摑《つか》んだのは、勿怪《もっけ》の幸いだった。肝付兼盛はむろん大隅の肝付一族だが、本家が島津家に反逆していたのに対して、父親の兼演《かねひろ》の代から、貴久に与《くみ》していた。この後、心酔していた貴久はもとより、義久の家老を務める人物である。

すでに剃髪《ていはつ》して隠居している日新斎だが、軍《いくさ》評定には必ずといってよいほど、顔を出していた。すっかり貫禄《かんろく》の出ている息子の貴久はもとより、大人に成長した孫達の姿を見たいからでもある。

父である貴久の後ろに義久（又三郎）、義弘（又四郎）、歳久（又六郎）の三兄弟が控えている。二十二歳の義久を筆頭に、二つ違いずつの兄弟である。又四郎が「義弘」と名乗るのは、後の天正十四年（一五八六）に足利義昭《よしあき》から偏諱《へんき》を受けてからのことだが、本書では義弘と称する。

兄弟はそれぞれ赤、紺、黒の鎧《よろい》姿で、いずれも戦を前にして緊張の面持《おもも》ちだった。だが、日新斎は口元がわずかにゆるんでおり、ひとりひとりの孫の顔をじっくり眺めながら、素直な思いを告げた。

「みな、よう大きゅうなった。貴久を支えて、島津の武勇を天下に知らしめてくれよ」

「はい。お任せ下され、日新公様」

胸を叩いたのは義弘である。緊張は解けていないが、祖父を見つめる目は他のふたりに比べて穏やかである。落ち着いている表情であると、日新斎は思った。

「うむ。心強いのう」

日新斎は、長兄の義久に顔を向け、

「義久よ……ますます貴久に似てきおった。遠目に見れば見紛《みまご》うほどじゃ」

深く頭を下げる義久に、日新斎は真剣なまなざしで言った。

「おまえには、三州の総大将になる人徳がある。生まれ持ったその器量、存分に使うがよい。楽しみにしておるぞ」

「ハハ。身に余る有り難きお言葉にございまする」

日新斎も強く頷《うなず》いて、次男の義弘を飛ばして、三男の歳久を見た。

「歳久……おまえは常に利害を察する知略に長《た》けておるゆえな、ふたりの兄たちを助けて、その才覚を生かすがよい」

「ハハア。この命をかけて、島津家のために尽くす所存にございまする」

「力強い言葉、痛み入った」

手をついて一礼する歳久の顔にはまだ元服前の幼さが残っているが、長兄の義久に似て、目鼻立ちが際立っていた。

そして、日新斎は次男の義弘に目を移すと、しらばく凝視《ぎょうし》していた。

「幼き頃より、雄武英略をもって傑出する器になろうと、島津家の誰もが認めておる。だが、島津家の頭領は父の貴久であり、いずれ義久が継ぐ。それを踏まえた上で、持って生まれた才覚を思う存分、振るうがよい」

あえて父や兄を尊重せよとでも言いたげな日新斎の物言いは、義弘には些《いささ》か余計な助言のように思えた。

下剋上の戦国の世である。下の者が上の者を打ち倒し、凌駕《りょうが》していくことが当たり前の世相であり、時に親兄弟で血みどろの戦いをすることもあろう。しかし、この三兄弟のみならず、本宗家とすべての分家が結束しておかねばならぬ時である。わずかな緩みでも、古《いにしえ》より続く国人や新興の国衆たちに付け入る隙を与えることになるからだ。

「承知しております。日新公様とお父上が、島津家をひとつにした御苦労、篤《とく》と承知しておりますれば」

「義弘……おまえは沈着冷静に見えて、少し落ち着きのないところがある」

日頃の様子を見て分析しているのであろうと、義弘は感じた。だが、日新斎の物言いは、先程の助言と同様、牽制《けんせい》しているように思えた。たしかに、父の貴久に従順過ぎる義久や素直に行動する歳久に比べて、軽率だと誤解される面もある。

それは決して分別に欠けるという意味ではない。物事に対して鷹揚《おうよう》に構えていることは、大局的に判断することができるし、人を公平平等に扱うこともできよう。しぜんと部下や領民から信頼され、黙っていてもついてきてくれる人望となる。

しかし、傑出した人物が出れば、〝出る杭《くい》は打たれる〟ように嫉妬《しっと》を買うこともあることを、日新斎は痛いほど承知していた。ましてや、不安定な大隅や日向を見据《みす》えると、油断は大敵なのだ。

「よいか、義弘……戦は勝たなくてもよいのだ。敵が負けを認めて逃げればよい」

日新斎の言葉が、義弘には意外だった。幾多の政争を乗り越えてきた武将ゆえ、必勝のみが戦国を生きる道だというのが、日新斎の信念だと思っていたからだ。

「負けぬためには、結束をすることだ。おまえたちはそれぞれひとりひとり、強い槍《やり》や刀、矢のようなものだ。それが一束になれば、さらに強い武器になろう。いずれ、堅牢な城砦の如く、微動だにせぬ島津兄弟になるに違いあるまい。まだ幼い家久が長じれば、四本柱。まさに島津家にとって、揺るぎない不動の屋台骨になるであろう」

力を込めて話す日新斎は、一際、義弘に期待をしている目をしていた。三兄弟を分け隔てするわけではない。だが、相貌や気質が最も自分に似ている義弘を、何となく贔屓目《ひいきめ》に見ている節がある。

そのことを、父親の貴久も、長兄の義久も何となく感じている。かといって、不満や妬《ねた》みがあるわけではない。

――類《たぐ》い希《まれ》な武勇を生まれ持っている。

というのは、一族の者がはっきりと感じ取っていたからだ。

それは、貴久の弟たち忠将《ただまさ》や尚久《なおひさ》も同じであった。物怖《ものお》じせぬ義弘の言動を、幼い頃から見てきた叔父たちからも、一目置かれていた。まだ初陣にも出ておらぬのに、義弘には多大な期待が寄せられていたのである。

「此度《こたび》の岩剣城の一戦は、言うまでもなく島津家の威信がかかっておる。万が一、撤退することになれば、大隅と日向は渋谷一族に奪われるだけではなく、また領内が乱れることとなろう。さすれば領民の安寧《あんねい》も遠ざかるというもの。しかと心得よ」

さらに緊張が走る孫たちの顔を見据えながら、日新斎は言った。

「此度の合戦、兄弟のうちのひとりは討ち死にせねば、勝つことは叶《かな》わぬであろう」

決死の覚悟どころか、死ねと命じているに等しい。まだ二十歳そこそこになったばかりの義弘たち兄弟には、残酷な仕打ちにも感じられた。だが、怯《ひる》む者は誰もいない。

——武士とは死んで花実を咲かす。

と何くれとなく、叩き込まれてきたからだ。

しかと頷いて、真っ先に立ち上がったのは、義弘であった。

「真っ先に私が討ち死に致しましょう」

「さようか。その気迫《きはく》が満ちれば、百人力じゃのう、義弘。フハハ、ハハハ」

日新斎は頼もしそうに膝《ひざ》を叩いて笑った。

だが、実際に陣中に日新斎の言葉を触れ廻《まわ》り、まずは自分が討ち死にすると決めたのは、貴久だった。

——総大将が自ら死なねば勝てぬ戦だ。

と覚悟を晒《さら》すことで、島津軍すべての将兵の士気が高まった。総大将を死なせるわけにはいかぬと、驚くほど奮起したのである。

二

折しも、蒲生範清と北薩摩の渋谷良重は一族の祁答院や入来院氏、菱刈らと、島津を打倒するために、加治木城に攻め寄せていた。ここは、島津家と友好関係にある肝付兼盛が守っていた。

鹿児島から応援に駆けつけてきた貴久、忠将、尚久兄弟に加えて、谷山、伊作、川辺、加世田、阿多、田布施、伊集院らが真っ向から向き合う形になっていた。

だが、貴久の采配は、まるで加治木城を捨て駒にするかのように、

「加治木よりも、岩剣城を攻め落とす」

というものだった。

これに義久、義弘、歳久の三兄弟が従ったわけである。だが、三人とも、「これが策略である」ことを百も承知していた。

蒲生氏たちにとって最も大事な岩剣城を落とされては、加治木を奪ったとしても、

いずれ囲い込まれることになる。島津の大隅侵攻への足掛かりにもなることは間違いない。最悪な事態を避けるために、蒲生、渋谷、菱川、北原らの連合軍は、手薄になっている岩剣城を守るために引き返したのである。

「ふむ。まんまと引っかかりおった」

貴久の考えでは、加治木城を包囲していた敵軍が背中を向けたところを、肝付勢に襲わせるという計略だった。殲滅《せんめつ》することはできなかったが、見事に敵兵は混乱をし、岩剣城攻めを後押しすることができた。

さらに貴久は、軍を幾つかに分けて、忠将に渋谷良重の拠点である帖佐城を攻めさせ、さらに蒲生城に向かっても出兵させた。大隅や北薩の有力な国衆を一気に追い詰めようという策である。

もっとも、いずれの城も一朝一夕に落とせるとは思っていない。あくまでも敵の兵力を分散させて、目の前の岩剣城を断固、奪い取るという執念を見せたのだ。

日新斎譲りの貴久の戦略は功を奏してきた。もし空の上から眺めることができたとしたら、島津軍が一丸となって結束しているのに対して、蒲生・渋谷連合軍は無駄に散らばっているように見えるに違いあるまい。

始良郡平松村の西南に位置する狩集《かりやずまり》に陣営を構え、さらに窪地《くぼち》になっている白銀《しらがね》坂《ざか》まで進んだ。

貴久はそこに本陣を構えるや、岩剣城の西方には、義久を大将、軍配役を伊集院《いじゅういん》忠朗《ただあき》として軍勢を敷き、南方の日当比良《ひなたびら》には、義弘が大将、軍配役を尚久と川上久隅《ひさすみ》に任じた軍を置いた。さらに、東方には脇本陣として、忠将が大将として布陣した。

まさに島津軍勢に取り囲まれた岩剣城は、孤立無援の状態となったのだ。

しかし、天下に聞こえるほど急峻な崖の上に立つ城を落とすのは難航を極め、一進一退を繰り返していた。

尾根に向かっている大手門は、亀の甲羅のように閉じており、如何《いか》なることがあっても開く気配はない。急峻な崖に面した搦《から》め手、つまり裏手は自然の要害ゆえ、兵の数は手薄になっている。

義弘の本営からは、険しい斜面に向かって次々と兵を送り込んでいた。だが、容易ならざる事態に陥り、滑り落ちたり、武具が樹木や岩に引っかかり、身動きができなくなる。月が雲に隠れた夜に、密《ひそ》かに登って乗り込もうとしても、一斉に矢を射られたり、石を落とされたりした。兵たちは這い上がることもままならず、滑降して大怪《おお》我《け》をしたり、中には死者も出た。

大手門に繋《つな》がる西側の台地に、義弘は斥候《せっこう》をふたり送ったのだが、それも帰って来ていない。嫌な予感がした。

すると——。

ふたつの屍骸《しがい》を乗せた一頭の駄馬が、ゆっくりと義弘の本営に近づいてきた。

一瞬だけ、死体のふりをした敵兵が、いきなり槍を突きつけてくるのではないか、という思いが過《よ》ぎった。野戦では、戦死者の下に伏兵が紛れていることは、よくあることだからである。

だが、その死体は、無惨にも斬殺された斥候ふたりだった。

敵の情勢を知るために、密かに敵の陣地や城砦に近づいた者が、百姓や坊主に化けていた敵兵に殺されることもよくある。ゆえに、義弘は味方の死に様を見て、軽率すぎたと悔やんだ。

「——すまぬ……七兵衛《しちべえ》……吉内左衛門《きちうざえもん》……」

涙を流した義弘の脳裏に、日新斎の「油断するな」という声が巡った。しかも、無惨な死体を見せつけるように、駄馬で送り返すとは、祁答院も挑発しているということであろう。

すぐ近くには、川上助六と五代勝左衛門が控えていた。子供の頃から、よく一緒にいた島津家家臣の子弟であるが、いずれも屈強な武士に成長し、義弘の側《そば》に仕えていた。

「やはり、俺は甘かったのかのう」

義弘がひとり呟《つぶや》くと、助六と勝左衛門も悔しそうに拳《こぶし》を握り、

「俺《おい》が行くとじゃった。捕らえられた上に、酷《ひど》い仕打ちをしおってからに」

「ああ。仇討《かたき》ちばしてやるからのう」

などと誓い合ったが、傍《かたわ》らにいた新納忠元が制するように声をかけた。義弘のお守り役であり、島津四兄弟にとっては年の離れた兄のような存在であった。日新斎も貴久も全幅の信頼を置いていた島津家になくてはならぬ武将である。

「熾烈《しれつ》な戦いが続いておるゆえ、焦る気持ちは分かりますが、かような中で斥候を送ったこと自体が誤りでありましたな」

「されど、祁答院はまさに甲羅を被《かぶ》ったように出て来もせぬ。矢もさほど無駄に使《つこ》うておらぬ。いずれ食糧が尽きて討ち死に覚悟で討って来るであろうが、籠城は三月や半年する覚悟ゆえ、今はじっと我慢しているに違いあるまい。それゆえ、誘い出そうとしたのだ」

「誘い出す……」

「さよう。忠元殿なら、重々、分かっておるはずだが、島津の必殺技を仕掛けるつも

りであったのだが、敵は乗ってこなかった」

「――釣り野伏せ……のことですかな」

新納が逆に問いかけると、義弘は当然のように頷きながら、

「敵兵を城の外に誘《おび》き出さねば、戦にならぬ。七兵衛と吉内左衛門は門を開けさせるために、わざと岩剣城の大手門に近づいたのだ。むろん、近くには他に百人程の兵を、木立や岩陰に密かに潜《ひそ》ませていたのだ。門さえ開けば、中に押し入ることができると」

「誤解をなされてますな」

「なに……？」

「釣り野伏せは単に敵を呼び込んで、伏兵が横合いや後ろから攻めるのではありませぬぞ。本気で撤退せねばならぬのです」

「本気で撤退……」

「祁答院たちも、我ら島津の戦法は分かっており、対策を立てているはずでござる。野戦ならば、釣り野伏せは有効ですが、籠城相手には罠《わな》にしか見えぬはず……よほど意表を突くことを為《な》さねば、敵は乗ってこないでしょうな」

「意表を突くとは……それは何だ」

思わず義弘は訊《き》いた。新納には、入来院の郡山城での初陣のとき、敵将と一騎討ちをして勝った実績がある。大勢の軍を指揮する能力にも長けている。だが、敵を欺《あざむ》くような戦法よりも、薩摩隼人《はやと》らしい真っ向勝負を得意としていた。釣り野伏せに勝る意外な策略があるとは思えぬ。

「そうではありませぬ。釣り野伏せを生かすために為すことがあるはずでしょう」

新納は窘《たしな》めるような声で言った。

「大将は義弘様でございまする。しかも此度は初陣。日新斎様にも自分が犠牲になると誓ったというではないですか」

「そのとおりだ」

「ならば決死の覚悟で、しかも手駒の兵になるべく犠牲を出さぬ方法を考えなされ」

「兵に犠牲を出さぬように……」

義弘は唸《うな》りながら溜息をついて、目の前に聳える城砦を見上げた。

「父上は、城の麓の村を焼き払えと言うた。この岩剣城を完全に孤立させるには、村からの密かな支援が届かぬようにすると。まだ祁答院の支配に怯《おび》えている村人も少なからずおるから、となぁ」

「それも手でございまするな」

「だが、さようなこと、俺にはできぬ。民百姓が大事にしてきた村を燃やすなど……それこそ人として恥ずべき行いであろう」

「いいえ。民百姓は強い者に従うのです」

新納は決然と言った。

「強い者というのは、恐怖で縛りつけるという意味ではありませぬ。信頼できるということです。民百姓に情けをかけるがために、田畑を焼き払うのにためらいがあるとしたら、それは真の情けではありませぬ」

「情けではない……」

「はい。ただの感傷に過ぎませぬ。領民は自分たちの命や暮らしを必ず守ってくれる……そう信じられる武将にしか与しませぬ。どういう意味か聡明な義弘様なら、お分かりになりますな」

義弘はじっと新納を見つめていたが、やがて苦笑を浮かべて、

「忠元殿は、まだ俺のことを〝二才《にせ》〟扱いをしておるようだな」

と言った。

〝二才〟とは、まだ半人前の若者や子供のことである。洟垂《はなた》れ小僧の〝二才〟たちを、〝郷中〟という集まりの中において、しっかりと教育する慣習が、古くから薩摩には

あった。後に、〝郷中教育〟と呼ばれるものだが、根本的には武辺を心がけ、命をかけて己の主義主張を通すことである。

そして、主君に対する服従や親に対する忠誠を厳しく躾《しつ》けられ、目上に対して「議を垂れる」ような言動は厳に慎《つつし》むことが美徳であった。立場で言えば、忠元は義弘の家来である。だが、敢《あ》えて目下に諭《さと》すように意見したのは、進言というよりは、大人が〝二才〟を指導しているようだった。むろん信頼関係があるからのことである。

「なるほど……支援を断てばよいのだな」

義弘は何かを閃《ひらめ》いたように顎《あご》を軽く撫《な》でた。その仕草は日新斎にそっくりだと、新納は感じていた。

目の前には、夕陽を浴びて琥珀《こはく》色に輝く田んぼが広がっている。間もなく収穫を迎える稲が実っているのだ。とはいえ、まだ刈り取るには早過ぎる。育ちきっていないものもあり、百姓たちの苦労を無にするに等しい。

「これをすべて刈り取る。さすれば、岩剣城にはまったく届かず、我が軍の食糧分くらいは賄《まかな》えるであろう」

敢然《かんぜん》と義弘が言うと、助六が不審げに、

「それでは村人たちは黙っていないのではありませぬか。自分たちが大切に育てた米を問答無用で奪われては、反感を買うだけですぞ。いや筵旗《むしろばた》を広げて、島津に対して一揆を起こすやもしれません」

と意見を述べた。

薩摩はもとより大隅のほとんどは、桜島の噴火によってできた火山灰の台地である。見るからに奇《き》っ怪《かい》とも言える山塊が広がっており、灌漑《かんがい》用水を引くこともできず米作に相応《ふさわ》しい土地は少ない。加えて、台風などの大雨による土砂崩れなどの自然災害もある。

ゆえに、米を育てられるような豊かな土地は皆無に等しい。わずかな土地に出来る作物を、村人たちは分け合うようにして、暮らしているのだ。

「なのに……まさに黄金とも言える稲穂を刈り取るのは、これから為政者となる武将が行うことではないと拙者《せっしゃ》は思います」

助六が述べると、勝左衛門も頷いて、

「恐れながら、拙者も賛同いたします。食を奪われる民の苦しみは、幼き頃から殿も見てきているではありませぬか」

と言うと、義弘は苦笑して、竹馬の友とも言えるふたりを見やった。

「稲を刈り取って奪うなんぞと誰が言うた。できる限り百姓に配る。しかも、米の他は決して奪うことはせぬ」

古来、民から取り上げる税は、米だけである。麦や粟《あわ》、稗《ひえ》などの雑穀は税の対象にはならない。もし、不作で米が獲《と》れなかった場合でも、麦や雑穀はすべて百姓のために残しておく。これが、しきたりであった。

ゆえに、一時、米を全て奪われたとしても、百姓はどうせ〝お上〟が吸い上げるものだからと、一揆を起こすほど怒りはしない。

「しかし、さようなことをしても、これまで殿がこの村々の者たちと、慣れ親しんできたことすらも、無駄になると思いませぬか」

「その程度の信頼ならば捨てる。まあ見ておれ」

義弘は自信に満ちた表情で、胸を叩くのであった。

すぐさま、足軽《あしがる》など雑兵を大勢集めて、一斉に稲刈りを始めた。百姓の出が多いから、手際よく、みるみるうちに伸びていた稲は横倒しにされ、一纏《ひとまと》めに掻《か》き集められた。

野良仕事をしながら、足軽たちは、娘たちが歌う田楽などを声を揃《そろ》えて、朗々と吟じていた。実に楽しそうに、まるで自分たちの田の稲の収穫を喜ぶように執《と》り行《おこな》った。

しかも、その稲から食べられそうなものをより分けると、山積みにした稲に火をつけて、濛々《もうもう》と炎を立ち上らせたのである。

まるで、〝どんど焼き〟のように燃え盛る炎の周りでは、笛や太鼓などで囃《はや》し立てながら、武将や兵卒たちが、飲めや歌えやの大騒ぎをし始めた。中には勝ち鬨《どき》を上げる者たちもいて、もはや戦は終わったかのような陽気な宴《うたげ》であった。

その家来たちの姿を見て、義弘は満足そうに笑っていた。

新納は義弘を頼もしそうな目で眺めていたが、真剣なまなざしに変わり、切り立った崖の上に立つ岩剣城を見上げるのだった。

三

「若殿。大変でございます。島津の奴ら、事もあろうに、百姓たちの稲に火を付けておりまするぞ。なんという愚かな」

岩剣城本丸からは、眼下の様子が丸見えである。加治木城に出向いている祁答院良重の代わりに、息子の重経《しげつね》が、籠城戦を指揮していたが、側近の言葉に狼狽《ろうばい》することはなかった。重経もまた祁答院一族を率いていく器量の持ち主であり、この要塞を守り通すことで、島津の大隅侵攻を阻止する大命を担っていたからである。

「見え透いておるわ。領内の田畑を荒らされると、すわっ一大事と、この城から兵が一斉に飛び出していくと踏んでおるのであろう。その手には乗らぬ」

濃い口髭《くちひげ》を撫でながら、重経は目を細めた。だが、憎々しく歪《ゆが》んだ頬《ほお》の傷は、悔しさに満ちていた。

「しかし、このままでは、我らが領民からの反発を招きませぬか」

側近は冷静に言葉を選びながら、重経の機嫌を損ねないように進言した。祁答院家の跡取りになる若武将ゆえ、血気に逸《はや》るのを巧みに抑えているようだが、側近にしか分からぬ焦りが滲《にじ》み出ていたのであろう。

さらに、城将として重経を補佐している西俣盛家が言った。祁答院と同じく島津に対抗している蒲生家から、応援に駆けつけてきている武将である。これまでも幾多の戦歴を重ねてきたのであろう、顔にも深い刀傷があった。

「ご家老の言うとおりでございますぞ、重経様……間もなく実る稲だというのに、かように無惨にも刈り取った上に燃やすということは、島津は民百姓を軽んじているとしか思われませぬ。それに対して攻撃せぬとなれば、民百姓を見殺しにするも同然でございます」

「領民が祁答院家を軽んじるとでも言うのか」

「少なくとも信頼を失うやもしれませぬ」

父の良重は祁答院家の十三代目として、北薩摩、大隅を実質支配してきた。むろん、これまで数々の紛争を勝ち抜き、領土安定のために民百姓を味方につけていると自負している。

まさか、島津義弘が自ら身分の分け隔てなく、日頃から領民と車座になって酒を酌《く》み交わしていようとは思ってもいない。人心を掌握することにかけては、良重・重経親子よりも、島津貴久・義弘親子の方が長けていたのかもしれぬ。

むろん、百姓と同じ目線で話をよく聞く武将だからといって、その為政者を心から信用するとは限らない。百姓は自分の田畑に心血を注いでいる。それを守るのは自分たちの〝義務〟である。

ゆえに、日頃から鍬《くわ》や鋤《すき》を、刀や槍に持ち替えて、自警団を組んで、踏み込んでくる侵入者とは争う。決して余所《よそ》の田畑まで盗み取りに行こうとはしない。分を弁《わきま》えており、村を守るという自衛に徹しているのだ。

だからこそ逆に、自分たちの田畑を奪う大きな力が現れたときには、それを攻撃して排除してくれる武士の存在が必要なのである。

岩剣城から眺められる眼下の村々は、当然、祁答院が守るべき所である。にも拘《かか》わらず、島津に荒らされるままに荒らされて、城に籠《こ》もっていたのでは、武士の一分が立たない。いや、武将として失格だと側近は伝えているのだ。

だが、重経は思慮深いのか、腰を上げようとはしない。罠《わな》を警戒して慎重に事に対処すべきだという思いもある。

「慌てるな、基常。島津勢が加治木を見限って、この岩剣城を奪いに来たことは、父上たちも気づいておる。すぐにでも、応援に駆けつけてくるであろう」

重経が言うと、基常と呼ばれた側近は戦経験が豊富なのか、顔色を窺《うかが》いながらも、今一度、直《ただ》ちに城下を鎮静化するべきだと進言した。岩剣城一帯の最も高い標高は今でいう二百二十メートルを超える。そこからは、はっきりと加治木城も目視することができるのだ。つまり、加治木城の攻防も手に取るように、重経には分かっていた。

しかし、西俣や基常には一抹《いちまつ》の不安があった。実際に攻めてきているのは、島津三兄弟である。斥候の話では初陣だとのことだ。

「かような難攻不落の城に、まだ〝二才〟めらを大将に寄越すとは、祁答院家も舐《な》められたものです。だからといって、若殿。こっちが侮《あなど》ってかかってはなりません。背後には、戦巧者の日新斎が控えているからです」

かなりの辛酸を舐めさせられた口振りで、基常は言った。

「拙者には、島津勢がこの岩剣城に攻めてきたこと自体が、大きな罠のような気がしてなりませぬ」

「なんだと」

「たしかに、この城は島津に取《と》って垂涎《すいぜん》もの。大隅を掌中に収めるためには必要な要塞でございます。しかし、この情勢を見て、御父上たちの軍勢が、攻撃をしている加治木城を離れるのも、危険かと存じまする」

「その隙に、この岩剣城や我が帖佐城が攻められるとでもいうか」

「はい。ここは応援を要請するのではなく、我らが討ち死に覚悟で、目の前の敵を叩き潰すべきではありませぬか」

基常の言い分は分かる。だが、重経は兵の数からいっても、薩摩から加治木や帖佐に向かう道のりからいっても、一気呵成《かせい》に攻めることはできないと読んでいる。

「だからこそ、ここで踏み堪《こた》えて、島津勢を壊滅することが大事だと思いますれば」

懸命に説得する基常の意見にすべて納得したわけではないが、わずかに心が動いたのは確かである。村々からの食糧や水を断たれ、籠城が長引けば長引くほど、自陣が不利になるであろう。その一方で、重経も側近らの言うとおり、

――島津を侮ってはならぬ。

と警戒していた。

斥候ふたりを斬殺して送り返しても、攻撃してくるどころか、村を焼き払うことにした島津の判断に、必ずや罠があるという思いが払拭《ふっしょく》できなかったからである。罠と知りつつ領民と村を取り戻すために打って出るか。応援を待ちつつ、あくまでも籠城戦に徹するか。ふたつにひとつなのだが、即断できないのは、重経が武将としての決断力に欠けているからだ。それに加えて、祁答院一族の次の頭領だという自負が邪魔したのかもしれぬ。

祁答院は、桓武平氏であり、前九年・後三年の役で武勲を上げ、その後、源頼朝《みなもとのよりとも》に仕えた渋谷重国《しげくに》の一族である。島津家初代の惟宗《これむね》忠久が、源頼朝と丹後局《たんごのつぼね》との間にできた御落胤《ごらくいん》であることを、祁答院の者たちは信じていない。頼朝の正室である北条政子《まさこ》の嫉妬《しっと》を恐れて、丹後局は上方に逃れ、その後、住吉大社の石の上で忠久を生んだことも、伝説に過ぎないと思っている。

むろん、忠久は摂関家と主従関係にあり、頼朝に優遇され、島津荘下司職《げしき》に補任されたため「島津氏」を名乗ったのは事実である。よって御落胤を否定することもできない。そういう経緯が、大隅を実質支配している渋谷氏や祁答院氏には、面白くないのである。

憎々しげに顔を歪めた重経は、重ね二枚扇の家紋が入った甲冑《かっちゅう》を鳴らすように、ようやく腰を上げた。城を守る大将としての器量、そして祁答院家の跡継ぎとして、父親や一族郎党に良いところを見せつけたい思いもあった。

「ならば打って出ようではないか。だが、敵の扇動に乗って動いたとなれば、相手の思う壺《つぼ》。こっちも奇襲をかける」

今しばらく、加治木城を攻めている味方の軍勢が島津勢に近づいてくるのを待ってから、仕掛けると決めた。

「父上たちは、岩剣城を囲むように陣取っている島津軍を、さらに取り囲むように攻めてくる。その頃合いを見計らって、挟《はさ》み撃ちにするのだ。くれぐれも敵の挑発に乗らぬよう、下々にまで伝えておけ。今はじっと、息を潜めておくのだ、とな」

重経の思惑通り、父親の良重が率いる祁答院勢を筆頭に、加治木城に攻勢をかけていた蒲生、渋谷、入来院ら各氏の軍勢二千余りが、岩剣城周辺に陣取っている島津軍を背後から突くように攻め寄せてきた。

しかも、夜陰に潜むようにして進軍してきた味方の兵たちは、点在している島津軍の倍はあろうかという数で包囲し始めた。朝霧が晴れた頃には、岩剣山の眼下には、自軍の優勢がはっきりと分かるほどの布陣となっていた。

――我が意を得たり。

とばかりに、采配を掲《かか》げた。

「よいか。我が軍が島津勢に総攻撃を始めたら、必ずや島津勢の矛先《ほこさき》は反転する。その背後を一気呵成に突き、本隊と挟み撃ちにするのだ。かかれえ！」

気迫を込めて重経が声を上げたとき、基常は顔面蒼白《そうはく》となって、本丸本陣に駆け込んできた。

「お待ち下され、若殿。今、大手門を開けて飛び出せば、敵の思う壺でござる」

「何を申すか。下界を篤と見よ。我が本軍の襲撃に驚いて、島津軍は散っておるのではないか」

「違います。あれは……あれは隊が乱れて逃げているのではなく、殿の帖佐城を攻めるために向かっているのです。大将は、島津貴久の弟、忠将と思われます」

「まさか――!?」

「それだけではありませぬ。別軍が蒲生城にも向かっておりまするぞ」

「どういうことだ」

「やはり、この岩剣城を攻めたのは、我が軍の兵をこの地へ誘《おび》き寄せるためで、本当の狙《ねら》いは、帖佐城と蒲生城だったのです」

基常の悪い予感は当たったわけだが、まさかここまで急展開するとは思っていなかった。田んぼに実った稲を刈ったことで、籠城兵たちが飛び出してくるなどとは、端《はな》から島津側は思ってもいない。加治木城包囲網を解き、さらに祁答院や蒲生の本城攻撃に転ずることで、混乱させるためだったのだ。

しかも、攻撃が手薄になった加治木城からも、肝付の軍勢がさらに外側から、祁答院や蒲生、入来院らの軍勢に追い討ちをかける形となった。島津の軍勢がバラバラになったように見えたのは戦略であり、祁答院側は本当に散り散りとなってしまった。

「おのれ……かくなる上は……！」

岩剣城を捨ててでも、本城である帖佐城を守らねばならぬと、重経は決断した。だが、それをも基常は止めようとした。

「今、飛び出せば、まさしく攻め込まれますぞ」

「本城を奪われては元も子もない。どけい」

先程までの勝利を確信したような陽気な声が、城中からすっかり消えた。むしろ沈痛な空気すら漂っている。

「打って出る！」

覚悟を決めた重経に、基常以下、家臣たちは従わざるを得なかった。

大手口の門を開け、一気呵成に尾根を下り、山麓に陣取る島津義弘の隊を蹴散《けち》らし、帖佐城まで突っ走る気迫に満ちていた。

だが——その気概はあっけなく雲散霧消《うんさんむしょう》してしまった。

陣笠《じんがさ》に槍や弓を抱えた侍や足軽が門から駆け出した途端、真正面から〝種子島〟銃によって一斉に掃射された。弾丸《たま》は足軽の粗末な鎖具足などを突き抜け、足軽たちはその場に倒れ伏した。奥から次々と駆け出てきた兵卒たちも、その足軽の体につんのめるように、鉄砲の格好の餌食《えじき》となる。

三段構えで撃つ大勢の島津軍は、次々と鉄砲弾丸を浴びせてきた。

「止まるな！　進め、進め！」

大声で叫ぶ侍大将の声に、祁答院の兵たちは怯みながらも、敵の鉄砲隊を突破しようと突っ込んだ。が、尾根の縁に潜んでいた島津の兵たちに次々と矢をかけられ、横合いからも一斉に斬り込まれてしまった。

「て、鉄砲！　鉄砲が、こんなに！」

籠城している祁答院側にも鉄砲はあった。だが、その数は少なく、相変わらずの鳥銃に過ぎないものに比べて、島津側は地元の鍛冶職人などに改良させた優れもので、莫大な数を揃えていた。島津家と種子島氏は親戚関係にあったがゆえである。

島津が火縄銃を戦で使ったのは、これが初めてであるが、鉄砲伝来からたったの十年程後のことだ。信長が長篠の合戦において、武田騎馬隊を撤退させた鉄砲隊よりも、なんと二十年も前のことである。

しかも、間合いを置かず撃ち続ける〝三段撃ち〟や、弾丸込めのため幾重にも兵を並べて交代で撃つ〝車撃ち〟なども義弘が工夫し、実践していたのである。幼き頃に、中国の海商・王直に見せて貰《もら》った鉄砲を思い出していたことであろう。

たまらず祁答院側の誰かが声を張り上げた。西俣であった。

「門を閉めろ！　引け、引けえ！」

尾根道は狭い。押し出て行こうとする者と戻ろうとする者たちが、ぶつかりあうように混乱し、そこへまた敵の銃弾や矢が飛来する。さらに門兵が斬り殺され、西門には火をかけられた。

「火事だ！　火を消せ、消せえ！」

さらに混乱が広がり、城兵が炎に気を取られているうちに、前夜から山中に潜んでいた島津尚久の軍勢が一気呵成に岩剣城の中に、乗り込んでいった。

軍配役の尚久と川上久隅《ひさずみ》は、まさに義弘の初陣の勝利に相応しいお膳立てをしたのである。

城内から真っ先に出てきて、仁王立ちで立ちふさがったのは、西俣であった。

「この城、断じて島津なんぞに奪われてたまるか！」

すでに抜いている太刀《たち》を振り上げたところへ、ダダダンと激しく鉄砲が撃たれた。

二十間《けん》（約三十六メートル）離れた所からでも、鉄の鎧《よろい》を貫通するほどの威力がある。

西俣は太刀を握りしめたまま、背中から倒れた。蒲生家の屈指の武将があえなく戦死したことで、城中の兵卒たちはさらに混乱を極めた。

その時、猛然と燃え上がる炎の向こうから立派な甲冑姿の武将が現れた。

「祁答院重経である。この世の最期《さいご》に、一騎討ちを望む」

挑発するように言った重経に、川上が望むところだと槍を構えたが、その後ろから、

「待て」と声があがって、ズイと前に踏み出てきたのは——義弘だった。紺備えの甲冑に、反りの深い刀を差している。

「身共《みども》がお相手致す。島津貴久が次男、義弘でござる」

「ほう。そなたが……噂《うわさ》通り、胆力のある御仁とお見受け致す。いざ、尋常に勝負」

重経は脇に挟んでいた九尺の槍を掲げると、間合いを取りながら、穂先を義弘に向けた。固唾《かたず》を呑《の》んで見守る家臣たちの前で、義弘はいかにも堂々と、太刀を抜き払うと青眼に構えてから、わずかに半身に傾けた。

「斥候に出した黒木七兵衛と鬼塚吉内左衛門の仇《かたき》を討たせてもらうぞ」

義弘が言い終わらぬうちに、スッと伸び出てきた重経の槍の穂先は、思ったよりも素早かった。微かに鎧を掠《かす》めたが、ほんのわずかに見切って避けた義弘は、

「チェスト！」

と踏み込んで袈裟懸《けさが》けに斬った。気迫の声は頑張るという意味合いだが、斬るというより叩き割った感じだ。後の薩摩示現流《じげんりゅう》を彷彿《ほうふつ》させる裂帛《れっぱく》の気合いとともに、捨て身の殺法剣であった。

鎧ごと斬られた重経は、あまりにも一瞬のことに、何が起こったか分からぬ顔で、義弘を凝視《ぎょうし》していた。

声も漏らさず、重経は崩れるように仰向《あおむ》けに倒れたが、義弘のあまりの太刀捌《さば》きに驚いたのか、主君に駆け寄る家来は誰ひとりいなかった。

ただ、本丸前では、基常が甲冑の間から刀を突きたて、喉元《のどもと》に短刀を突きつけて、死に果てていた。それを見やった尚久は、

「一度、合戦でまみえたことがあるが……見事な最期じゃ」

と言いながら近づいて、カッと見開いたままの目を閉じてやった。

祁答院の家来たちは降伏するかのように槍や刀を投げ捨てながら、散り散りに逃げ

去った。怒声を浴びせながら追おうとする家来たちを、義弘は止めた。

「雑兵は捨て置け。明日は我が味方になるやもしれぬゆえな」

真剣なまなざしで情けをかける義弘を、尚久はその度量に感服しながら微笑《ほほえ》んだ。

四

岩剣城を攻めれば、加治木包囲軍が駆けつけてくるという島津貴久の読み通り、事は運んだ。その背後を肝付兼盛が突き、さらに島津忠将が祁答院の拠点である帖佐城を攻め、蒲生城をも落とすことができた。

祁答院や蒲生側の誤算は他にもあった。忠将は密かに、鹿児島より船団五十艘を出し、別府川を遡《さかのぼ》って、帖佐城を攻める算段もしていたのだ。船によって大量の鉄砲と鍛錬された鉄砲隊を運ぶことができ、激しい野戦にあっては効率よく敵兵を倒すことができた。また、船からも鉄砲で攻撃した。

油断をしたわけではないが、祁答院らは本城を留守同然にして、そもそも加治木城を攻めたのが、敗因だったかもしれぬ。祁答院良重は、息子の重経が討ち取られたことによって、一気に戦意を喪失したのか、恥も外聞もなく逃走した。

主君を失った岩剣城からは、家来たちも落ち延びざるを得なくなり、二十日に及ぶ島津勢力の巧みな攻略は勝利をもって成功したのである。これで、大隅を配下に収める地固めは出来たも同然だった。

この年（天文二十三年）の十月三日、義弘は貴久に率いられ、義久ともども、半分ほど焼け落ちている岩剣城に入った。

その際、勝ち鬨は、老中の伊集院忠朗により行われた。が、祝杯を上げる前に、城内で死んだ敵兵、落城すると覚悟をして、断崖から飛び降りて自害した祁答院の女たちを丁重に供養した。

――回向《えこう》には我と人とを隔つなよ　看経《かんきん》はよし　してもせずとも

戦場では敵味方として戦ったとしても、死んだときには敵味方は区別せずに、冥福《めいふく》を祈りなさい。この日新斎の『いろは歌』にある言葉どおり、義弘たちは当然のように慈悲深い行いをしたのだ。

それが、大施餓鬼《だいせがき》である。餓鬼とは、生前の悪行によって亡者の世界に落とされた魂のことだが、施餓鬼とは迷える魂を救うための法要である。

同時に、義弘は城下の百姓衆を集めて、稲を燃やしたことを素直に詫《わ》び、いつものように車座になって酒を酌み交わした。その鷹揚な義弘に、惣庄屋の権兵衛らは大層、喜んだが、まだ〝三州統一〟の戦は始まったばかりだと気を引き締めた。

「見事な初陣であったな」

入城から三日後、薩摩から駆けつけてきた日新斎も、義久たち三兄弟を褒め称《たた》え、これからが大変だぞと鼓舞しつつ、油断大敵であることも強調した。

「それにしても、日新公様。岩剣城攻めは考えていたよりも、はるかに厳しかったですが、最後の夜は、狐火《きつねび》が現れました」

義弘は感慨深げに言うと、日新斎は微笑み返した。

「狐火……とな」

「はい。鉄砲隊らと夜道の尾根を登っていると、うっすらとですが、丁度、山道の両側に狐火が浮かんで道筋を照らしてくれ、誤って道端から崖下に落ちることもありませなんだ」

「島津家初代の忠久公が、我が家を救う狐を連れて参ったのかもしれぬなあ」

「であれば、ありがたいことですが、本当は〝山くぐり〟でございましょう。お祖父《じい》様」

愛嬌《あいきょう》ある目になって、あえて「お祖父様」と義弘は呼んだ。

〝山くぐり〟とは、金峯山（金峰山）などで厳しい修行を積んだ山伏で、薩摩忍者として働いている者をいう。戦国の世になる四百年も前から、暗躍している一団がおり、日新斎とはかねてより深い繋がりがあったのだ。義弘はそのことを承知していた。

日新斎は嬉《うれ》しそうに目を細めたが、それについては何も答えなかった。ただ、

「人の世には不思議なことが沢山《たくさん》、あるものだ。だが、信じられるのは人、己の心、さよう心得ておけよ……此度《こたび》は、貴久を中心に、兄弟、叔父、甥《おい》の関係を超えて、一致団結することで、勝利を得た。そこが敗走した祁答院らとは違うところだ」

と諭すように言うと、義弘は満面の笑みで頷いた。

「まさしく——心こそ軍《いくさ》する身の命なれ　そろふれば生き　揃はねば死す——まさにお祖父様の『いろは歌』のとおり」

「ならば、これからは、おまえが家臣の心を揃えるために、この城を守れ」

義弘は、岩剣城の城主に命じられ、これより三年にわたって在番することとなる。

平素は麓の平松に築いた屋形に居たが、帖佐城を落とすのは弘治元年（一五五五）のこと、蒲生城を攻め落とすのは、さらにその二年後である。その間、敵の有力な支城を潰していくのだが、岩剣城を手にしてから四年の歳月がかかることとなる。

岩剣城入城の翌年の二月——。

島津貴久は、霧島神宮別当寺である華林寺《けりんじ》に武運長久を祈願し、加治木衆、長浜衆、

日当山衆、渡辺衆らを結集させた。準備万端整えて、帖佐城と蒲生城を攻略する覚悟をしたが、祁答院と蒲生の結束は意外と固く、かなり手強《てごわ》かった。

「ここで踏ん張らないと、岩剣城を手にしたことも無駄になってしまう」

貴久の執念は、三人の子供らにも通じていた。日新斎とともに命がけで島津家の統一、周辺の国人や国衆を長年にわたって平定してきたのだ。ここで、ずるずると祁答院や蒲生にのさばられると、すべてが水の泡になるという不安があった。

むろん攻められる方も、自家が滅ぶかどうかの瀬戸際である。領民や女子供まで狩り出してきて抵抗した。武器がなくなれば鎌や鉈《なた》、壺や鍋、石などを投げて戦うような有り様だった。

祁答院の拠点である帖佐城は平城であるため、〝釣り野伏せ〟戦法がかなり効いた。まずは囮《おとり》の軍勢が敵に攻撃をしかけ誘い出す。相手が追ってきたら、場合によっては武具も投げ捨てて本気で疾走して逃げる。

すると、敵の軍勢は勝ち目があると判断し、全力で追ってくる。そこへ、二手か三手に分かれて潜んでいた伏兵が挟み撃ちにし、いわば袋叩きにするが如く、敵兵を悉《ことごと》く打ち倒すのである。一歩間違えば自滅する戦法でもあるが、敵は必ず混乱を招く。その勢いに乗じて帖佐城を奪うことができた。

まさに、戦国とは城砦を奪い合うこと。祁答院良重は無惨にも城を捨て、敗走するしかなかったのである。

一方――蒲生範清が守る蒲生城は、岩剣城同様、峻険な山城であったから、敵兵を誘《おび》き出す戦略は効かない。野戦は捨て、籠《こ》もっている蒲生勢だが、すでに堅牢な岩剣城を落とした実績が島津軍にはある。さらに、家老の肝付兼盛が先鋒となって、蒲生氏の支城である松坂城も奪っている。情勢は明らかに島津軍が有利であった。

しかも、島津軍は百姓を召集して足軽にはしていない。ほとんどが武士である。薩摩ならではの特殊な仕組みによるものだが、命をかける度量が違った。

じわじわと城山を取り囲み、「四面楚歌《しめんそか》」の如く、島津兵が大声で蒲生氏の祭歌を歌っていた。漢《かん》の高祖《こうそ》に敗れた楚《そ》の項羽《こうう》が、漢軍兵の歌う楚の歌を聞いて、楚の民衆はすでに漢に降伏していることを知る。それと同じ絶望感を、蒲生勢は抱《いだ》いているに違いない。

蒲生城は山頂に本丸、北尾根に二の丸、麓に三の丸、その周囲に東の城、岩の城、新城などの曲輪《くるわ》群が配されている。本丸の南側には高土塁《どるい》があり、その背後には堀切がある。さらに、無数の竹矢来、逆茂木《さかもぎ》、乱杭、木戸垂れなどで覆い尽くされており、島津軍が総攻撃することは難しいであろう。

しかし、籠城とは最後の手段だから、ほとんどは、いずれ落とされる。貴久は長期戦も辞さずとの覚悟から、戦陣屋を設け、さらに吉田城、山田城などで、蒲生城を包囲していた。が、蒲生城は、日向国の伊東氏から密かに鉄砲弾薬などの支援を受けていた。

この伊東氏とは後に、雌雄を決することとなるのだが、反島津家の結束も固かった。だが、島津軍には入来院や北原という武勇に優れた一族が麾下にいる。松坂城を得てから、五千の兵をもって包囲を狭めていた。

蒲生氏には菱刈氏も加担しており、城攻めは難儀を極めていた。菱刈氏は平安時代の昔より、霧島山麓の菱刈郡一帯を支配していた豪族である。この地では、島津よりも古い一族だとの思いが強く、何かと反発していた。

それでも、島津家による焼きうちや作物の刈り取りなどの挑発で、とうとう籠城兵たちは飛び出てきた。そこに、種子島番衆の鉄砲隊による総攻撃を仕掛けたのがキッカケで、形勢は大きく島津家に傾いていった。

さらに、義弘が先頭となって、〝鬼武蔵〟こと新納忠元、村田経定《むらたつねさだ》、三原右京亮《うきょうのすけ》ら猛者《もさ》どもと城に駆け登り、夜襲によって畳みかけた。

その際、門が開いて、大太刀を振りながら出てきた騎馬武者がいた。嘶《いなな》く馬の鼻先を手綱《たづな》で引き上げると、義弘の前で止まった。

凝然と見上げる義弘の瞳に、松明《たいまつ》の灯《あか》りが映り込んで、めらめらと燃えている。

「我は、菱刈重豊が家臣、楠原次郎左衛門である。貴殿は、岩剣城にて祁答院良重様の跡継ぎを一騎討ちで仕留めたとか。尋常に勝負を願いたい」

「望むところ。菱刈にこの人ありと聞こえし、楠原殿と刃《やいば》を交えるとは、望外の僥《ぎょう》倖《こう》。承知仕《つかまつ》りました」

楠原は大太刀を構えたまま、馬上からひらりと飛び降りるや、気迫のこもった勢いで斬りかかってきた。義弘もすでに三尺の大太刀を抜き払っている。大柄な義弘よりも、相手は頭ひとつ背が高い巨漢である。刃や鎬《しのぎ》をぶつけあう音は、闇夜《やみよ》の星を落とすほどに激しさを増していった。

ガッ――と兜や鎧に、義弘は楠原の切っ先を激しく受け、よろっと体が傾いた。その隙に、楠原は反りの深い大太刀を頭上に、目にも留まらぬ速さで落とした。兜の立《たて》物《もの》が音を立てて折れた。

「ああっ……!?」

義弘の家来たちは思わず加勢しようと身構えたが、ガクリと倒れたのは、楠原の方であった。面頰《めんぼお》と喉輪の微かな隙間から、義弘の太刀が食い込んでいたのだ。

そのまま相手を押し倒した義弘は、体の重みを預けて、首の骨まで断ち切った。

両軍の兵の間に、一瞬の静寂が漂ったが、

「お見事！」

新納忠元の掛け声とともに、義弘軍は一斉に城中に雪崩《なだ》れ込んだ。籠城戦の構えだった蒲生の武将や兵たちは俄《にわか》に浮き足立った。そして、頼みの綱だった菱刈の主将である菱刈重豊を自刃《じじん》に追い込むと、蒲生軍の覇気はまったくなくなった。

孤立無援となった蒲生範清は、生き残った家来のほとんどを虎口より逃がした。島津軍はそれを狙い打ちにすることも可能だったが、戦意を失った者をなぶるような真似《まね》はしなかった。

兵には情けをかけるが、蒲生範清の首だけは取るつもりの貴久に、義弘は恐れながらと進言した。

「父上……敵ながら蒲生範清は殺すに惜しい人物でござる。ここは和睦《わぼく》をする手もあるのではありませぬか」

和睦とは拮抗《きっこう》している勢力同士が、被害を少なくしたり、手を結ぶことで利を得るために行うことである。完全に勝利した島津側が、敵将と五分の関係を作る必要はない。

思えぬがな」

「奴は、蒲生範清は偏屈なくらい気骨のある男だ。おいそれと島津の麾下に入るとは

「はい。しかし、蒲生家は元々、島津家を支えてくれていた一族ではありませぬか。慈悲をもって処するべきかと存じまする」

「たしかに本来、本家を継ぐべき蒲生清親殿とは深い付き合いがあったが、範清やその父親の茂清からは、随分《ずいぶん》と酷い目に遭わされた。戦の世とはいえ、『人は容易に信頼してはならぬ』と教えてくれた親子だ」

皮肉めいて言う貴久の気持ちを、義弘は百も承知していた。

島津一族内でも、総州家、奥州家、相州家、薩州家、豊州家などが家督を巡って混乱を極めていた頃がある。それを島津家の衰退と判断し、渋谷一族や菱刈一族と徒党を組んで、島津家を滅ぼしに来たことを、貴久は断じて許すことはできなかったのである。

祁答院良重にしても、薩州家五代当主の島津実久《さねひさ》に与《くみ》した。実久の娘の虎姫を嫁にして血縁を結んでまで、長年、日新斎と貴久父子《おやこ》に刃を向けてきた。その良重と範清は刎頸《ふんけい》の交わりをしている。今や島津宗家の貴久にとっては、宿敵に他ならぬ。

「蒲生氏の中で信じられるのは、清親殿だけ。範清は謀反人《むほんにん》、科人《とがにん》も同然だ」

「しかし、『科ありて人を斬るとも軽くすな　いかす刀も　ただひとつなり』と日新公の〝いろは歌〟にもあるとおり、寛容をもって処するのが、人心を掌握するためにもよろしいかと」

「ふはは。おまえは祖父様の歌が好きじゃのう」

「はい。『論語』よりも繰り返し暗誦させられましたから、耳の奥から離《はな》れません」

「相分かった。奴には和議の機会を与えてやろう」

「さすがは、お父上」

微笑む義弘に、貴久は真剣なまなざしを向けた。

「おまえの懐《ふところ》の深さ、人としての優しさもよう分かった。だが、それが日新公も心配しておられる軽挙だというのだ。まだ若いからだろうが、情けをかけるのはよいが、侮られてはなるまいぞ」

かくして、名実ともに大隅を支配することになる島津家だが、この頃、乱世の〝主役〟たちも天下統一にはまだ遠い所にいた。

京では足利将軍に追放劇を行った三好長慶《みよしながよし》が事件の鍵を握っており、毛利元就《もとなり》は厳島《いつくしま》の合戦で陶晴賢《すえはるかた》を討ち取ったが、武田信玄《たけだしんげん》と上杉謙信《けんしん》による川中島の合戦はまだ続いている。織田信長は弟の信行《のぶゆき》を謀殺したものの、まだ桶狭間《おけはざま》で今川義元《いまがわよしもと》を倒す二年前のことであった。

十三基の地蔵塔の前で、しゃがんでいた野守《のもり》は腰に手を当てながら立ち上がった。線香の煙と霧雨、そして濡《ぬ》れた樹木の匂《にお》いが入り混じって心地よい。その中で、相変わらず、若者は大きな体を微動だにせずに、義弘の初陣の手柄話に、じっと聞き入っていた。

「そんな大昔に、種子島銃を惜しみなく使ったのですな」

感心したように若者が目を輝かせると、野守は地蔵塔に顔を向けたまま、

「今なら当たり前じゃが、信長ですら使《つこ》うてなかった頃に、島津家では必需であり、腕利《うでき》きの鉄砲方も沢山、育てた。それだけでんなか。騎馬の者たちは〝腰差し筒〟という短筒《たんづつ》を鞍《くら》に備えていたし、足軽でも刀とともに差している者もおった。ここぞという時に、威力を発揮したからのう」

と静かに言った。

義弘は岩剣城に入ってから、種子島から取り寄せた硫黄《いおう》、白煙硝、炭灰などの原料を使って、火薬作りに精を出した。そして、鍛冶を招いて、精度の高くて強い鉄砲作りに力を注いだのである。

「まさに……岩剣城は〝鉄砲の城〟と言うてもよかですな」

若者はそう言ってから、老人の野守を振り向いて、

「完膚《かんぷ》無きまで叩きのめされた蒲生氏や祁答院氏は、島津家の家臣にならざるを得なかったのでしょうか」

と訊いた。が、野守は苦笑して、

「それがな、貴久様の言うとおり、義弘公はまだ若く、甘かったとたい。蒲生氏も祁答院氏も本当に降伏するのは、まだしばらく後のことで、範清は貴久が申し出た和議を断るどころか、絶対に頭を下げぬと意地を通したとか……それはそれで骨があるのだろうが、自刃をするほど潔くはなかったとたい」

「最後の最後まで諦《あきら》めぬが、戦国武将の心得だとのことですが」

「いや。肝が据《す》わってなかったとじゃ。元々、奸計《かんけい》を弄するような輩《やから》だ。ばってん、貴久様は、蒲生家の存続を認め、その十八代当主には清親を据えて、美濃守《みののかみ》と名乗らせたのじゃ」

「晴れて正式に、島津家の家臣となられたとですね」

「さよう。蒲生範清とともに戦った祁答院良重に至っては、妻の虎姫に刺し殺された……虎姫とは島津薩州家の実久の娘で、政略結婚に過ぎぬゆえ、日頃から愛情の欠片《かけら》

の子供を弓の的にするような残酷で横暴な人だったとのこつたい」

もなかったに違いなか。良重は、気に食わぬことがあると、家臣でも殺したり、領民

「そげな、むごかこつ……」

「とまれ……島津六代目・師久の流れを汲《く》む総州家。その弟・氏久《うじひさ》の流れを汲む奥州家。氏久の孫となる用久《もちひさ》を祖とする薩州家、その弟季久《すえひさ》が起こした豊州家。さらに、氏久の曾孫《ひまご》となる友久《ともひさ》を祖とする相州家。その弟、久逸《ひさやす》の伊作氏などが入り乱れて戦った末……島津家をまとめた日新斎と貴久父子、その子たち、義久、義弘、歳久、家久四兄弟の薩摩、大隅、日向の三州統一、いや、九州統一は、この岩剣城や帖佐城、蒲生城を手にすることで始まった……義弘公の猛将ぶりを遺憾なく発揮した戦だったのじゃ」

溜息《ためいき》をついて聞いていた若者に、野守は微笑みかけた。

「九州統一までには、まだまだ道のりは長いがのう……島津家は元々、関東から来た大名だが、その家臣や郎党の多くは自ら、薩摩隼人と名乗り、誇りと思うておった」

古代の〝隼人〟とは、大隅を支配していた部族名であり、俊敏で勇猛果敢な男の美称ではない。男も女も含めて〝隼人〟であった。だが、律令制度においては、中央政権にまつろわぬ部族であったがため、大宰府長官の大伴旅人《おおとものたびと》が征伐にきた。平城京

に連れて行かれて、奴隷同然に使われた者たちもいる。

しかし、俊敏で勇猛果敢であったのは事実だった。隼人族からすれば、異境の地から襲撃にきた者たちと自衛のために戦ったに過ぎないが、その優れた戦闘力や粘り強さに大伴旅人は惚《ほ》れ込み、隼人族独特の力強い吠声《はいせい》にも惹《ひ》かれたという。

隼人の後裔《こうえい》である豪族は永々、この地に沢山おり、戦国の世になる四百年程前に来た島津ですら新参者である。だが、島津家は薩摩や大隅の文化に溶けこみ、自らが薩摩隼人と名乗るほどになっていた。

「なるほど……時の為政者には素直に従わぬ気風、気質があっとですな。それは、おいも同じかもしれん」

若者が微笑みながら頷いたとき、先刻、晴れ間が見えたはずだが、また厚い雲が広がってきていた。

「長い道のりといえば、義弘公はここ薩摩に留《とど》まっておる御仁ではなかった……目は海の向こうに向いていたからのう」

その先に何かがあるかのように野守が雲を見上げると、つられて若者も身震いしながら、空を仰ぐのであった。

第四話　万里の波

一

大空から鳥の目で眺《なが》めると、薩摩半島と大隅半島は蟹《かに》の爪のような形をしている。太平洋と東シナ海に突き出ており、桜島を擁《よう》する錦江湾を含めて海に囲まれている。

この辺《あた》りは古来、熊襲《くまそ》・隼人《はやと》が支配しており、中央政権には強く反発していたという。

その気質は戦国の世にも受けつがれており、特に〃薩摩隼人〃は、俊敏で勇猛果敢な男への敬称として用いられている。が、実は、熊襲と隼人は同一である。

隼人は『古事記』や『日本書紀』にも描かれている天皇の守護人の名称であり、律令国家体制においては、隼人司という宮廷の門衛府に属している。

熊襲は薩摩、大隅、日向、肥後など南九州一帯にいた〝民族〟の自称であった。熊には神の意味があり、襲は「曾《そ》」もしくは「贈於《そう》」という〝ソウ族〟のことである。熊は中国でも朝鮮でも神聖な動物として扱われているから、皇帝の名にも使われている。熊襲は神のように輝ける一族の意味であった。

だが、『魏志倭人伝《ぎしわじんでん》』で、邪馬台国《やまたいこく》女王の卑弥呼《ひみこ》が、南九州一帯のことを〝狗奴国《くなこく》〟と侮蔑した呼称を付けたのと同様に、律令政府は辺境にある熊襲に、隼人という蔑称を付けた。

――吠える人、はやす人。

という意味合いだが、誇り高き熊襲とはまったく言葉の響きも違う。

「已に犬となりて、人君に仕え奉《たてまつ》らば、これ則《すなわ》ち隼人の名づくるのみ」

と『令　集解《りょうのしゅうげ》』に記されている。

大和朝廷に組み込まれた熊襲は、平城京にて〝隼人〟として働かされることになるが、なぜか熊襲の人々が、

――隼人という名称はかっこいい。

と思ったのか、自らもそう名乗り、勇猛果敢な薩摩隼人としての歴史が生まれ、続いてきたのである。

島津家初代の忠久が、薩摩、大隅の守護として来るのは鎌倉時代のことだ。いわば古くからいる熊襲という異民族の社会の中に、遥《はる》か遠くから、坂東武者が入りこんできた状況だった。

しかも当時は、この辺りには平家の落人が多く潜《ひそ》んでおり、その勢力も強かったはずだ。壇ノ浦から落ち延びた安徳《あんとく》天皇の伝説は何処《どこ》にでもあるが、この地域もそのひとつであった。平家を滅ぼした源氏の一族、しかも頼朝の落胤《らくいん》が来るとなれば、反発も強かったのではなかろうか。

だが、忠久の母親は惟宗広言と再婚し、それが縁で、近衛基通《もとみち》の猶子となった身分である。惟宗広言の父・忠康《ただやす》は大宰府長官であり、近衛基通は関白であった。その近衛基通の領家である島津荘に赴いてきたのだ。

それほどの出自であるから、周辺の豪族からは文句が出ようもなかった。このとき、忠久は母親の丹後局《たんごのつぼね》を伴ってきている。母子ともに、この地に骨を埋《うず》める覚悟で来たのである。

隼人というのは中央政権の呼び名ではあるが、すでに熊襲の人々は受け入れている。忠久はこの地に溶け込み、自らも勇猛果敢な隼人として生きていくことを胸に刻んだのであろう。

事実、島津家代々、薩摩隼人を名乗り、その気質や才覚は日新斎、貴久、そして義久、義弘、歳久、家久に受け継がれている。

日新斎が本拠地にしている加世田は、その昔、阿多君《あたのきみ》一族が支配していたという。海洋性に富む豪族で、漁猟はもとより海運も盛んであった。義弘が子供の頃、王直と会った湊《みなと》もある。

漁猟や海運に頼らざるを得なかったのは、南九州一帯が山に囲まれていて平野が少なかったからである。

その山の多くは、霧島や桜島、開聞岳《かいもんだけ》など沢山《たくさん》ある火山と噴出物で作られたシラス台地だ。しかも、アカホヤと呼ばれる火山灰層は保水力が乏しいから水田はできず、野菜栽培にも適さない。よって、狩猟と漁猟に頼るところが多く、この戦国の世も同様であった。

違ったのは、異国との交易が盛んになっていたということである。

島津氏とその領国の下にあった勢力は、日明・日琉交易を行っていたのだ。室町幕府や畿内、瀬戸内、北九州の有力大名との関係をうまく作りながら、地理的に有利な立場を使って、船舶の海上交通や物資流通を支配してきた。

むろん、室町幕府を無視して勝手に交易をしていたわけではない。もはや〝熊襲〟

ではなく、細川、斯波《しば》、畠山《はたけやま》、大内らに並ぶ将軍の〝御相伴衆〟である。足利家に従う武家社会に与《くみ》していた島津家は、儀礼秩序を重んじる立場であった。さらに、日新斎・貴久父子《おやこ》が島津家の統一を果たしてからは、〝謹上書衆《きんじょうがきしゅう》〟に格上げされていた。

だが、応仁・文明の乱からの戦国の世にあっては、幕府と明との交流は途絶えがちになり、日明貿易に関して有力大名である細川や大内氏であっても断片的なものであった。それに比べて、島津家は琉球から表敬訪問されるほどの特別な関係があった。ゆえに、琉球を介して、独自に明と交易をしていたのだ。

鳥の目がさらに高くなると——。

竹島、硫黄島、黒毛島、種子島、口永良部島、屋久島などの大隅諸島が見える。

もっと鳥が空高く飛ぶと、その先には、口之島、中之島、臥蛇《がじゃ》島、平島、諏訪之瀬島、悪石島、宝島の七島が続く。琉球人はこの七島を総称して、「トカラ」と呼んでいた。

さらにその先には、一際大きな奄美大島、喜世島、加計呂麻島、与呂島、請島、徳之島、沖永良部島、与論島などの奄美諸島を眺めることができる。その南には、琉球・沖縄島があるのだ。

この九州と沖縄本島の間の薩南諸島には、古くより、沢山の船が航行していた。その海路を、義弘が乗る船は坊津《ぼうのつ》を出てから、琉球に向かって帆を膨らませていた。

坊津は古くから海都として栄えた所で、遣唐使船などが立ち寄る〝唐湊《とうみなと》〟とも呼ばれていた。中国や朝鮮にも知れ渡っており、博多津、安濃津《あのう》とともに、日本三大津と称されている。

振り返れば、半島南端に聳《そび》えている〝薩摩富士〟こと開聞岳の美しい姿が、遥か遠くに霞《かす》むほど離れてきた。

船将は、義弘の叔父の島津尚久。

そして、船頭は坊津に居を構える浜崎家に仕える世之介という海の男だ。

浜崎家の当主・浜崎太左衛門《ふたざえもん》は、島津家の家来として禄《ろく》を得ており、後に〝西の大関〟と呼ばれるほどの、海運の豪商になる。伊勢の三井《みつい》、大坂の鴻池《こうのいけ》、京都の白木《しろき》屋、出羽の本間《ほんま》家と比肩されるようになるのは、島津家と琉球王朝の交易があったればこそだ。

義弘たちが乗っているのは中国風のジャンク船だが、島津領内の船大工が作った大型のものである。

日本の弁才船《べざいせん》の技術に、王直の影響によるジャンクの造船術を合わせて、外洋に相応《ふさわ》しい船を作っていたのだ。ジャンクとはポルトガルの「船」という言葉に由来する。

日本の大型船としては、商船である弁才船と軍船の安宅船《あたけぶね》があった。いずれも小さいもので五百石だが、通常は千石以上で、二千石級のものもあった。弁才船は帆船で、櫓《ろ》を併設するものもあったが、安宅船は風向きに関係なく動かさねばならぬため、五十丁から百六十丁の櫓で動かした。

その大きさは、いずれも長さ三十間《けん》（約五十四メートル）、幅七間（約十三メートル）の頑強なもので、安宅船は舳《へさき》と艫《とも》に櫓を設けた堅牢な船だった。まさしく海上の城で、海戦での攻防や耐波性に優れていた。

しかし、弁才船もそうだが、沿岸を航行するには優れているが、大波やうねりが高い外洋には向いていない。それゆえ、大海原の風や波に強く、大量の荷物を載せられて安定している中国風のジャンク型のものを、島津家では利用していた。

島津家の中でも、怖い物知らずの尚久は若い頃から、船が大好きで、倭寇の頭領として、海賊衆を束ねていた。弓の名手でありながら、五尺の長刀《なぎなた》を振り廻《まわ》して、戦場で戦った武勲も数多い。

倭寇と言っても、その昔、北九州や瀬戸内海を根城にして、朝鮮や中国の沿岸に出向いて略奪行為をしていた〝前期倭寇〟ではなく、明国が海禁政策を取ったために、私的貿易をしていた〝後期倭寇〟のことである。

いわゆる〝後期倭寇〟とは、明国からの懲罰から逃れるために、マラッカやシャムなどに移住した明国人がほとんどで、一割くらいが対馬《つしま》や壱岐《いき》、松浦など九州から出向いた日本人だった。密輸という違法行為をするためには、倭寇と名乗る方が都合が良かったのであろう。

尚久の船にいるのは、ほとんどが薩摩者たちだったが、水先案内人や通訳として、明国人や琉球人も同乗している。これまでも私的交易をしていたのである。

もっとも、貴久が当主になってからは、〝公式〟に交易が行われていた。印判を発行するのは、もう少し時代を下り、義久の治世になるが、貴久に対しては琉球から儀礼船である〝綾船《あやぶね》〟が来貢《らいこう》しており、深い関係にあった。そもそも、永享年間（一四二九〜四一）に、島津家の附庸国になったと琉球の歴史書にもある。附庸国とは従属国のことである。ゆえに、倭寇が非合法に押しかけているのとは違う。お互いに交易を通じて、認め合う間柄であったのだ。

とはいえ、琉球は厳然たる独立国家である。

日本と同じように、島作りの神代の時代から古代を経て、長い歴史があるが、いわゆる一四二九年の「三山統一《さんざんとういつ》」によって、琉球王朝が成立し、東アジアにおける海洋国家としての存在が大きくなった。三山とは、琉球内で南山・中山・北山に分立し拮《きっ》抗《こう》していた〝独立国〟のことである。

琉球の王となった尚巴志《しょうはし》によって成立した〝第一尚氏〟は、日本や明国、朝鮮をはじめ、東南アジア諸地域との交易を拡大し、第六代の尚泰久《たいきゅう》王は、琉球を海洋国家として繁栄させた。日本の室町幕府も積極的に、琉球との交易を繰り返していたが、第一尚氏の権勢は必ずしも盤石とは言えず、按司家（王族で地域の首長）や豪族の勢力が強く、中央政権になるほど安定はしていなかった。日本の戦国時代のように、幾つもの内乱が起きて、王朝壊滅の危機に陥った。

その結果、重臣による反乱がきっかけとなり、一四六九年に〝第二尚氏〟政権が樹立し、地方の按司家を首里に集めることで、中央集権を実施した。それによって、石垣島にて起こった反乱を鎮圧し、さらには与那国島を制圧した。先島諸島を統治し、権勢を広げた第二尚氏が、奄美群島の北の端まで支配するのは、もう少し後のことだが、目の前は薩摩である。

琉球国は薩摩を飛び越えて、将軍足利家との関係を深めたがっていた。島津家は、管領の細川氏や山名氏の取次役に過ぎなかったからである。それでも、琉球は、明との朝貢貿易をする一方で、薩摩に従属するという複雑な関係にあった。

　だが、明との交易は何世紀にもわたる〝国営貿易〟であり、薩摩とは私的なものに過ぎないと、琉球国は認識していた。

　明国から仕入れた陶磁器や絹などは、日本や東南アジアに売り渡す。その代わり、日本からは刀剣や屛風《びょうぶ》、東南アジアからは胡椒《こしょう》や蘇木《そぼく》などを入荷し明国に運ぶのである。しかも、明国からは無償で、大型の海船を提供されていた。それほど、中継貿易国として、明国から頼りにされていたのである。

　琉球の産物である硫黄《いおう》は、火山である硫黄鳥島にて古来より採掘されていた。沖縄島の泊《とまり》湊に運ばれた後、那覇港の硫黄グスクに貯蔵される。グスクとは城砦の意味だ。その硫黄は明国に運ばれて、木炭や硝石と混ぜて火薬が作られるのであった。

　島津家が求めているのも、硫黄や硝石という火薬の材料であり、尚久が大海原を渡って琉球を目指しているのも、それが目的であった。戦国を勝ち抜くには大量の鉄砲と火薬が必要だからである。

　もっとも、義弘といえば、異国への憧憬があったとはいえ、種子島《たねがしま》までしか行ったことがなかった。種子島氏の十四代当主・時堯《ときたか》は、日新斎の娘を娶《めと》っている。義弘にとっては叔母の嫁ぎ先であるから、大隅海峡の荒波を自ら舟を漕いで渡ったこともある。

しかし、此度《こたび》は遊び半分ではない。軍と同じ、命がけの航海であった。潮の流れが速く、波もうねりも大きくて荒れやすい七島灘《しちとうなだ》に、近づいてきた。

二

「どうした、義弘。こんな揺れくらいで、船酔いか」

海風を受けながら、舳《へさき》に腕組みで立っている尚久が振り返った。真っ黒に日焼けした顔は、色白の義弘と違って壮健に見えた。

もう何度も琉球どころか、明国にも渡っていた。日本と琉球では入れる港が違い、制限されていたが、〝倭寇〟を束ねていた尚久は、福州、泉州、遠く広州へも出向いたことがあったから、トカラの海などはまだ庭先に過ぎない。

ザザンザザン――響く波音と満帆にぶつかる風の音が入り混じり、大きなうねりに船体は前後左右に激しく揺れている。船底にドスンと突き上げる音に、帆柱が折れんばかりに軋《きし》んでいた。

船べりにしがみつくようにして、義弘は眉《まゆ》を顰《ひそ》めながら、

「叔父上……なかなか慣れませせぬ……今日は一層、激しいのではござらぬか……七島

灘は常に荒れると聞いてはおりましたが、ここまでとは……」

と喘《あえ》ぐように言った。

七島灘とは、トカラ列島を取り巻いている、航行難関の海域である。この周辺の海民がいなければ、薩摩からも琉球からも船が往来することができなかった。

トカラと呼ばれる七島は、薩摩にも琉球にも属していない、独立した地域である。まさに明国の史書にあるとおり、琉球と日本の境を為《な》す海域である。あまりにも激しい揺れに、かつて遣唐船や鑑真《がんじん》を乗せた船が通ったことを、義弘は感慨深く思い起こすこともなかった。

坊津や山川湊などの廻船商人たちも、七島衆と称せられる海に生きる人々を頼りにしていた。荒海を渡る操船術や航海術を駆使していただけではなく、琉球や明国に対する交易交渉に長《た》けていたからだ。

さらには、外洋に耐えられる造船術も優れていた。それゆえ、島津家としては、是《ぜ》が非《ひ》でも麾下《きか》に組み込みたい海民であった。

世之介ですら、七島衆を頼りにしていた。逆風に向かってジグザグに進む〝間切り走り〟や、潮の流れに逆らう〝潮掛かり〟、横風が強いときに行う〝つかし〟や〝たらし〟によって船を進める技術が神業《かみわざ》だったからだ。

場合によっては、順風よりも横風の方が船が速くなることも多い。とにかく、船という乗り物は止まっているよりは、動いている方が安定している。優れた航海術こそが、誰にも支配されないという、七島衆の命綱とも言えた。

船には、船頭や水手《かこ》、人足の他に、医者、山伏、測量士らも同乗させていた。ただの交易船ではなく、義弘が自ら異国を見聞《けんぶん》するのが目的だからである。義弘は王直と会ったときに見せてもらった地球儀や世界地図を忘れることができず、自らも領国はもとより、周辺国の地図を手がけていた。いつかは世界の海を股に掛けてみたいと願っていたからだ。

海図と羅針盤は船乗りの命綱であった。かつて風水占いのために使われていた羅針盤が、中国の北宋時代になって航海に使われるようになる。

もっとも、有名なメルカトール地図が世に出廻《でまわ》るのは、もう少し後のことだが、地理学者メルカトールは義弘と同世代の人物である。〝大航海時代〟にはまだ、ローマ時代のプトレマイオスの世界地図が頼りであったが、義弘が目にしたのはベハイムが製作した地球儀であり、すでに西洋世界に広まっていた。一四九二年というコロンブスがアメリカ大陸を発見した頃にはもう、地球は丸いと認識されていたのである。

義弘は世界地図を目にして、小さな島国で戦乱ばかりを繰り返していた間に、大洋の向こうでは、鉄砲や地図などの優れた技術が生み出されていたことに感動していた。いつかは、薩摩のように「陸地が尽きて海の始まる所」というポルトガルに行ってみたいとも考えていた。

「そのためには、船酔いを克服しなけりゃいかぬな。岩剣城で初陣《ういじん》を飾り、蒲生城でも敵将を鮮やかに一騎討ちで倒したとは、到底、思えぬ情けない姿じゃのう」

からかうように言う尚久だが、その目は温かだった。

「明国に向かう海は、こんなものじゃなかぞ。板子一枚下は地獄ぞ。よく覚えておけよ」

波を打ち消すような声で尚久が言うと、船頭の世之介も大笑いをしながら、横揺れを抑えるように巧みに操舵していた。

この船は、フランシスコ・ザビエルが鹿児島に上陸した後、貴久が明国のジャンク船を買いつけ、それを模倣改良して船大工に造らせたものである。

頑丈で難破しそうにはなかった。船首から船尾にかけて、船底に通す竜骨がなく、梁《はり》と呼ばれる隔壁で仕切られているため、もし浸水しても沈むことはない。横から受けた風の力を、縦に変える仕組みもある。世之介には自由自在に扱えた。

荒い白波の向こうに、中之島の奇岩が見えてくると、世之介は真顔になって目を細めた。うねりが一層、強くなるからだ。

その奇岩は〝与助岩〟と呼ばれ、世之介とは関係ないが、名前が似ているので、七島衆には恐れられていた。

かつて、日向の東与助という海賊がトカラの島々を襲っていた。それを島の軍司らが誅殺したため、与助の霊魂が岩になったという伝説がある。島の子供らは、「与助が来るぞ」と言われただけで震え上がっていた。だから、七島衆の海の猛者《もさ》たちも、似た名前の船頭世之介には一目置いていたようだった。

大隅諸島やトカラ諸島では、

「一度でも琉球に旅をしない男には嫁にやらぬ」

と言われるほどだった。航海とは、男の腕と度胸が試されるものだったのである。

かつては、八月に吹くアオギタの風で下り、翌年五月のアラバエの風で帰るのが多かったから、すっかり琉球娘と懇《ねんご》ろになったものである。だが、今は順風のニシの風（北風）に乗って数日で琉球に到着し、帰りが逆風になっても、トカラの連なる島沿いに航行すれば、比較的安全に戻ることができる。

むろん、七島衆の水先案内があってのことだ。ずっと後になるが、朝鮮出征のときに、島津家は七島衆の力を借りることになる。

イマキラ岳を擁し、珊瑚《さんご》が美しい宝島辺りまで来ると、南国らしい風景になり、森のように緑豊かな奄美大島までもう一息である。名瀬間切もしくは笠利の赤木名湊に立ち寄り、さらに立神岩を目印にして、大熊《でっくま》湊に向かう。ここは、古来、琉球と深い繋《つな》がりがある。

さらに恩勝《おんがち》湾《わん》の津奈久《つなぐ》湊を経て、台風の避難場所であり、古くから交易の湊として栄えていた焼内《やきうち》湾に至る。

――大船百隻を繋ぐ。

と言われる大湊である。奄美大島の各地には、ノロという琉球伝承の祝女や大屋子《うふやく》、掟《おきて》、目差《めさし》という琉球王朝の役人も多かったから、島に見られる屋敷も異国の風情だった。

徳之島、沖永良部島を経て、与論島の先には、義弘が憧れていた琉球が見えてきた。海の色はさらに明るくなり、陽光に眩《まぶ》しいくらい燦《きら》めいている。

琉球の島々の周辺には、美しい珊瑚礁が張りつくように広がっており、白浜が続く浅瀬も多い。薩摩や種子島とはまったく違う風が吹いており、海の匂《にお》いも甘い感じがする。

那覇は国場川河口にある異国情緒漂う町で、沖の浮島には、尚巴志王によって整備された湊がある。

明国船や南蛮船などが数多く停泊しており、安里川《あさとがわ》河口の泊湊とともに賑《にぎ》わってい た。さすが古くから琉球王朝の貿易港として、明国や東南アジア一帯の中継貿易拠点として栄えてきた趣《おもむき》がある。

珊瑚礁で囲まれた琉球の中で、那覇湾は唯一といっていいほどの深さがあるため、大きなジャンク船やガレオン船が出入りできる。その勇壮な船影の隙間《すきま》から出入りしている艀《はしけ》は、眩しく燦めく透明な海面を埋め尽くしており、湊町独特の活気ある声が耳に飛び込んでくる。聞き慣れない異国の言葉も混じっていた。

湊に近づく船上からの眺《なが》めに、義弘はまさしく異国に来たという昂《たか》ぶりを感じた。

「いや、凄《すご》い。いにしえより栄えてる湊……薩摩の湊とは比べものになりませぬな」

義弘が感嘆の溜息《ためいき》をつくと、尚久は得意げに顔を上げて、

「これくらいで驚いておっては、この先にある福州、広州、ルソン、チャンパ、アユタヤ、マラッカなどを見たら、卒倒してしまうぞ。ふはは。この世は広い。日本国内の戦乱なんぞ、小さな揉《も》め事に感じるに違いないなか」

と笑った。

合戦の昂ぶりとは違う興奮を、義弘は肌身で感じていた。これだけの異国の船が集

まれば、綺麗《きれい》事だけでは済まないであろう。だが、同じ命をかけるのならば、まだ見ぬ世界に踏み出したいと義弘は思っていた。

那覇は、明国人の慰留地であった久米《くめ》村を中心として栄えていた。久米村は琉球の中心である首里城にも近く、古来、福建人が集まって交易業務や外交、通訳などを請け負っていた。これが〃久米三十六姓〃のことである。

福建人は操船術が巧みだったので、明国はここに住まわせ、琉球には勘合符を持たなくても交易ができる特権を与えた。しかも、大型船まで与え、琉球を〃守礼の国〃として認めていたのである。つまり、明国の代わりに、東南アジア全域と交易していたのである。

それゆえ、ルソン島をはじめ、ベトナムの安南、スマトラ島のパレンバン、ジャンビ、ジャワ海のカラバやグレシク、タイのアユタヤからマラッカ海峡にまで活動が及び、明国との朝貢貿易のほとんどを占めていた。よって、那覇には中国と東南アジア各地からの物産が溢《あふ》れており、島津はもとより日本の船が来貢するのは当然のことだった。

湊に上陸した義弘の目に鮮やかに映ったのは、南国の眩しい陽光に相応《ふさわ》しい、色彩豊かな衣装をまとった人々が、薩摩人にも増して明るく働いている姿であった。誰にでも気さくに挨拶《あいさつ》をする習慣があるようだが、異国人が入り混じっている湊町だからこそであろう。

百年以上前に出来た〝長虹堤〟という道によって、国場川と安里川の流域が繋がり、那覇四町として広がった。

かつては、倭寇などの襲撃を受けていたため、海上の島々には城壁や砲台があったというが、今は船の見張り番が立っているだけだ。その真ん中の大きな島には、〝御物城〟と呼ばれる貿易用の石造りの倉庫が並んでおり、不思議な景色を生み出していた。

広い通りには大市《うふまち》という市場が並んでおり、小売り商に混じって、地元の鮮やかな衣装の女たちの姿もあり、大勢の人々で賑わっている。

「叔父上。俺はもうここで暮らしとうなった。気候も良いし、住民たちの人柄も明るそうだ。性分に合ってるような気がする」

大きな体を伸ばすように両手を挙げると、義弘は大きく息を吸った。心地よい風と湊町の雑多な音が、子供の頃から憧れていた冒険心をくすぐる。

「もちろん薩摩はよか所だが、お祖父《じい》様も父上もできることなら、琉球のような異国の地に行ってみたいと言うておられた。だが、島津家や三国をまとめる戦続きで、さようなことは夢のまた夢……その分、叔父上は自由闊達《かったつ》に暴れ廻っておりますな」

義弘は羨《うらや》ましそうに言うと、さほど年の変わらぬ尚久は、豪快に笑って、

「ならば義弘。商いの話が済めば、このままシャムまで行ってみるか」

「まことですか」

「できるかな。おまえは一応、岩剣城の城主であろうが。城代を置いて、お父上にも内緒で俺についてきた勇気は買うが、後でどんな目に遭《お》うても知らぬぞ」

人足たちが忙しく働く姿を眺めながら、尚久は続けた。かくいう尚久も、坊津を管轄する薩摩鹿籠《かご》桜之城の城主である。枕崎の中洲川と花渡《けど》川の合流点にある小高い丘の先端にある島津家の要城だ。

日新斎には、島津家現当主の貴久の他に、忠将と尚久という子がいる。いずれも勇将だが、気性は尚久が一番、日新斎に似ているかもしれぬ。

なにしろ、怖い物知らずの海賊衆を束ねて、暇を見つけては異国に出向く無謀な男である。義弘が聞いた武勇譚《たん》では、得意の弓を使って、異国の海賊どもを蹴《け》散《ち》らしたともいう。一廻り年上の次兄の忠将が、貴久の補佐役に徹するのに比べて、尚久は〝ぼっけもん〟であった。乱暴者の意味もあるが、大胆とか剛胆な人のことをいう。

「おいは七つの年から、兄貴に付いて戦に出ておるからな。わい《おまえ》とは肝っ玉が違うと

ぞ」

「それはもう、俺の初陣はもとより、帖佐の戦で、祁答院と菱刈を倒したことには、感謝しております。むろん松坂城も……」

「戦自慢をしたところで何にもならん。ただただ本音では、広い海の向こうを知っておるがゆえに、できることなら義弘にも、ほんなこつ見せてやりたかとじゃ」

尚久はまさしく〝倭寇の主〟として、琉球はもとより明国でも認証されていた。しかも、薩摩島津家当主の弟であることも知られており、それを記す歴史書も残っている。尚久の桁《けた》外れの行動力や決断力は、日新斎を受け継いでいることに他ならない。

義弘も琉球に来たからには、ひとつ願いを叶《かな》えたかった。一度だけ接したことのある王直に、再び会うことだ。王直こそ、〝倭寇〟の頭領であり、明国、東南アジア、日本を股にかけて交易する大商人であるからだ。会ってまた色々な話を聞いてみたいと思っていた。

「憧れは結構だがな、義弘……王直とは、なかなかの策士だぞ。大商人であることは認めるが、おいはどうも好きにはなれん」

「何故、さようなことを……」

「おまえも子供の頃、見たであろう。王直は鉄砲と火薬で儲《もう》けておった。目当ては日本の銀だ……日本が戦国の世であり続ければ、あいつの懐《ふところ》が潤うのだ。つまりは武器商人に他ならぬ。そこが、どうもな」

鉄砲を実用化するには、火薬の原料となる木炭、硫黄、硝石、銃弾を作る鉛や火縄にする綿糸が必要である。王直が大量に扱っていたのは、硝石と硫黄だった。鹿児島は硫黄がとれるが、アユタヤの硝石を王直から得ることが大事だった。

「叔父上は悪く言うが、俺たちは鉄砲で勝ってきた。しかも、種子島時堯様が尾栓のねじ切りを作って、壊れにくくした上に破壊力を増したからもあるが、これからはもっと大量に必要になるに違いないか。戦国大名たちはみんな自前で作ったり、買い漁《あさ》り始めたようだし」

ふたりは話をやめ、しばらく黙ったまま大市を歩くと、那覇を管轄する〝親見世《おやみせ》〟という役所に辿《たど》り着いた。大きな朱色の楼門作りの門である。

そこには首里役人の〝那覇里主《さとぬし》〟や〝御物城《おものぐすく》〟がおり、交易事務や倉庫官吏をしていた。その御物城・御鎖之側《おくさすのそば》という上級役人である金丸《かなまる》という広袖《ひろそで》に広襟《ひろえり》の宮廷衣装の男が、尚久の顔を見るなり、明国風に両手を合わせて一礼した。貫禄《かんろく》ある中年男で、〝ハチマチ〟という高官位を示す冠《かんむり》を被《かぶ》っているが、若い尚久を下にも置かぬ態度だった。

「大将。来ていたのですか。お久しゅうございます。大変な戦があったことは、噂《うわさ》に聞いております」

親しげに声をかけてきた金丸に、尚久も手を取り合うようにして満顔の笑みで、

「おぬしも壮健そうでなによりだ」

と挨拶を交わしてから、義弘を振り返った。

「この者は、我が当主・島津貴久の次男の義弘という者。先般、初陣を飾ったばかりの若武者だが、いずれ当家を牽引《けんいん》する存在になると思う。よしなに頼みますぞ」

金丸が微笑《ほほえ》んで一礼すると、

「こちらは、那覇の偉いお役人の金丸様。第二尚王統の初代、尚円王の名前を受け継いでおるほどの御仁《ごじん》じゃ。もっとも、若い頃はおいより〝ぼっけもん〟だったらしか」

「ぼっけもん……？」

少し首を傾《かし》げる金丸に、尚久はそれより訊きたいことがあると言った。

「王直殿のことだが、五島で王様のような暮らしをしていたが、松浦隆信《まつらたかのぶ》殿に招かれて平戸に移ってから、薩摩にはほとんど寄りつかなくなった。お元気かと思うてな」

「えっ。知らぬのか」

意外なふうな目になって、金丸は困惑気味に首を横に振ると、

「まあ、とにかく中に入りなされ。積もる話もあるし、頼み事も少しな」

と楼門の中に、ふたりを誘った。

三

楼門の中はガランとした広場になっていて、地面には平らに加工された石畳が敷き詰められていた。濡《ぬ》れたように光っているのは、石の素材のせいだが、一見するとつるつるに見えるが、微妙なざらつきがあった。

これは役所内で争い事ができにくくしているためであろうが、捕らえられた咎人《とがにん》が裸足《はだし》で逃げられない工夫でもある。これでは、剣山を踏むようで痛くて走れまい。

義弘は石塀で囲まれた広場に、ひんやりとした空気を感じて、

——招かれざる客ではないか。

という不安に駆られた。

広場を見下ろす高塀にある通路には、鉄砲を抱えた見張り番が何人もいる。銃口こそ向けていないが、その気になれば、何処《どこ》からでも狙《ねら》い撃ちできるであろう。籠城《ろうじょう》

戦でも、敵兵を行き止まりに誘い込んでおき、櫓《やぐら》や城壁から一斉攻撃する戦法はよくある。

「いつもは、こんなに見張り番がいないが、丁度今、明国からの冊封使《さっぽうし》が来ておりましてな。警戒を強めているのです」

「冊封使――!? 国王が代わられたのですか」

「いえ、そうではありませぬが……」

本来、冊封使とは、琉球や朝鮮はもちろん、安南、シャム、マラッカなど付庸国の新国王が即位する時、明国皇帝の勅書や冠を持って派遣されてくる者のことである。あくまでも、明の君臣であることを継続させるための儀式を執《と》り行《おこな》うためだ。

冊封使が琉球にはじめて訪れたのは、〝三山統一〟前だから百五十年以上前のことだが、冊封体制は続いている。その冊封船には三百数十人の明人が乗っており、季節の風向きもあって、琉球には風向きもあって、半年間ほど滞在をしたという。

だが、公務ではなく、役人がふだんの交易船に便乗して来ることがある。琉球からは交易品を献上するため、北京《ペキン》まで向かい、返礼品を皇帝から貰《もら》う。たとえ琉球の公式使節に組み込まれていても、日本人は随行することができない。湊で待つしかないのだ。

献上した数倍の値打ちがある返礼の品々を琉球に持ち帰る船に、明国役人が見届け役として来る。その者たちのことも、冊封使と呼んで丁重にもてなしているのだ。

「ですから、尚久様たちが気遣うことはありません」

金丸が言った意味は、琉球が明国と薩摩を取り持つ役であることを暗に表現したのだ。明国人が滞在している間、明国側に気を使って日本人を那覇に入れないのは、江戸時代になってからのことであり、当時はまだ比較的自由であった。

本当の冊封使が来るときほどではないが、首里城では、〝七宴《しちえん》〟に準じて、盛り上がっていた。〝七宴〟とは、「中秋の宴《うたげ》」や「重陽《ちょうよう》の宴」など、首里城の御庭《うなー》で琉球舞踊を披露したり、爬竜船競漕《はりゅうせんきょうそう》を楽しませたりすることだ。

「折角《せっかく》ですから、後で首里城の宴に参りませぬか」

誘う金丸に礼を言いながらも、尚久は先程、話しかけていた王直のことを尋ねた。

〝親見世〟の一室に招かれた義弘と尚久は、差し出された茶を飲みながら、思ってもみないことを聞かされた。

「実は昨年……王直殿は明国に囚《とら》われの身となった……奸計《かんけい》にはまってな」

王直は抜け荷……つまり密貿易を生業《なりわい》をしている集団の頭領である。だが、海禁政策を続ける明国に対抗して、民間で行っていた大規模な交易であり、密貿易と呼ぶには相応しくない。

殊《こと》に、天文二年（一五三三）に石見《いわみ》銀山で大量の銀が産出されてからは、東シナ海、東南アジア全域はもとより、西洋にも影響を与えることとなるのだ。石見銀山は鎌倉時代の末に、周防《すおう》の大内氏が露頭を見つけていたが、渡来人による灰吹法による銀の精錬術によって、膨大な銀を得られるようになった。

そこで、王直ら大商人によって、年に四、五百万両もの銀が日本から海外に流出することになったのである。日本は西洋から〝黄金の島〟と呼ばれていたが、ポルトガル商人たちは鉄砲や絹と引き換えに、銀という莫大な富を吸収したのだ。戦乱の日本は、都合良く利用されたと言ってもいい。

日本でも当然、戦国大名と結びついている豪商が、交易や海運はもとより、金山や銀山、銅山などを開いて営み、鉄砲などを製造して大儲けしていた。だが、海禁政策を取っている明国から見れば、いずれもが密貿易に他ならなかった。

とはいえ、明国としても、公然と交易をされたのでは面目が立たない。そこで、軍隊を派遣して、福建や浙江にある密貿易の拠点となる港を攻撃した。それでも、一日に千隻も二千隻も往来している海域すべてを封鎖することは不可能だった。もともとは無限に広がる海に暮らす海賊たちだから、制御しきれるわけがないのだ。

そんな怖いもの知らずの海賊たちを束ねていたのが、王直であった。度胸だけでなく、優れた判断力や知略に長けており、その上、どんな手下にでも目をかける義理と人情も持ち合わせていた。それゆえ、〝海の梁山泊《りょうざんぱく》〟とも称せられるほどの凄腕ばかりが家来となった。

王直は拠点を明軍に奪われても舟山列島から日本は長崎の五島列島、さらには平戸に拠点を移し、

――海上ついに二賊なし。

と言われるほどの大密輸商人となっており、平戸の戦国大名・松浦隆信の庇護《ひご》のもと、二千人の手下を連れて、この地で暮らしていた。平戸湾に面した勝雄山の山麓には、唐風の豪勢な屋敷を建て、出身地にちなんで〝徽王《きおう》〟と称し、明の各地と交易を続けていた。王直のお陰で、平戸には博多商人はもちろん、ポルトガルやイギリスからの商船も来るようになっていたのである。

一方、王直の腹心だった徐海《じょかい》は、薩摩を拠点としており、大隅の新五郎という海賊と結託して、薩南や種子島の者たちとも連携し、浙江省の海岸を荒らし廻ったが、明軍に捕縛された上、処刑された。あくまでも海禁政策に拘《こだわ》る明国の見せしめである。

王直たちは戦乱に乗じた、海賊同様に武力をも辞さない貿易商であるから、国禁を犯

した者を明国が成敗するのは当然であろう。

この時の明国の役人は、王直と同じ出身地の胡宗憲《こそうけん》という浙江省の総督であった。

「私は胡宗憲様と面識はないが、その部下から直《じか》に聞いた話ですと……」

と金丸は渋柿を嚙《か》んだような顔になって、

「王直殿は、胡宗憲様に嵌《は》められたのです。徐海が処刑されたことに、王直殿は少なからず動揺したのでしょうかな」

「徐海なら俺も知っておるが、奴はいかにも腹の読めぬ男……王直殿とはあまり馬が合わず、暗殺を画策したこともある。それを徐海の叔父が辛くも止めたのです」

尚久はそう言ってから、王直は身内ですら信じることができなくなった、という噂を聞いたと話した。それを受けて、金丸は溜息をついて、

「だから、胡宗憲様を信じようとしたのかもしれませぬな……」

「同じ徽州府の出身だからですか」

「いや、そうではなく……王直殿は明国にとっては逆賊ですからな。王直殿の妻子は囚われて牢獄に入れられていたのです。ですが、胡宗憲様は情けをかけて、妻子を解き放った上で、王直殿に向けて文を書かせました」

「どのような文を……」

「自分は胡宗憲様によって助けられて感謝しているという内容だったとか。そして、胡宗憲様は、王直殿に公式に交易をさせると約束すると言ってきたのです」

「正式に……？」

「とはいっても、勘合を与えるという意味です。今や日本の銀は、明国にとっても垂涎《すいぜん》ものですから、密貿易をさせずに、民間に交易を許すことが重要だと考えています」

「当たり前のことですな」

「王直殿は、明国に成り代わって、莫大な富を母国に与えている自負がありましたからね……胡宗憲様は自分の責任において、必ず交易を公許すると約束したのです」

もっとも明国に成り代わって交易を行っていたのは琉球である。那覇と福州の間には太くて強い繋がりがあって、明国からは船が沈みそうなほどの陶磁器などの商品を積んで来ていたのである。今般の船もそうである。

福州は高い城壁に囲まれた町だが、そこには琉球館という〝商館〟まであった。そこから北京まで正式に貢ぎ物を届けるのだ。東南アジアの各国が渡航回数を制限されている中にあって、琉球は他国の何十倍もの渡海を認められていた。それゆえ、日本も王直も、琉球を頼らざるを得なかった。

「浙江省の総督とはいえ、巨大な明国では胡宗憲様とて一介の役人。交易を約束できるとは、思えませせぬが」

義弘が疑念を投げかけると、もっともだと金丸は頷いた。

「ええ。王直殿も慎重な男ですからね、使者のひとりを人質にとって、胡宗憲様の真意を何度も確かめました」

「それで信じたのですか、王直殿は……」

「お互い人質を取り合っての交渉ですからな。胡宗憲様は本気で、乱暴な海賊行為さえ押さえ込むことができれば、王直殿に交易を認めると約束しました。王直殿は自分の部下を胡宗憲様の軍に預け、海賊狩りに参加させてまで、明国に対する己が忠誠心を示したのです」

「忠誠心を……」

「はい。自分は明帝王に反逆するつもりなど毛頭ない。交易をして国を豊かにしたいだけだとも訴えました」

「それでも、胡宗憲様はそれに応えず、裏切ったというのですか」

憤懣《ふんまん》やるかたない思いに、義弘は駆られたが、金丸は毅然《きぜん》と答えた。

「いいえ。きちんとした約定《やくじょう》を交わした上で、王直殿は部下の半数を平戸に残し、古巣である舟山列島の港に、千人の部下を連れて戻ってきたところを捕らえられ投獄されたのだとか」

「酷《ひど》いな、それは……」

尚久もまた義憤を感じると、金丸もいたたまれない顔になって、

「それが反逆者に対する明国のやり方です。もっとも……胡宗憲様は最後の最後まで、この捕縛には反対だった。その証拠に、投獄の後も、胡宗憲様は何度も助命嘆願をしている……けれど役人だから、上の命令には逆らえなかったのでしょうな」

「あんまりだ……王直殿は義に厚い人だ。立場はまったく違えど、同郷の士を信じたに違いあるまいに……」

「今は、杭州に連れて行かれてますが、おそらく王直殿は処刑されるでしょう」

「なんとかならんのかっ」

「それは、誰にも……」

力なく金丸は首を横に振るだけであった。

黙って聞いていた義弘は、世の無常を感じていた。かつて目にした王直は、穏やかな表情ではあるが、いかにもアジアの海を股に掛ける自信に満ち溢れた姿をしていた。それが今、罪人として牢獄にいる。

「戦に騙《だま》し討ちはつきものだが、戦略戦術とは話が違う……人の情けを出汁《だし》にして、背中から斬り付けるような真似《まね》は、決してしとうないですね、叔父上」

さぞや王直は無念であったろうと、義弘が語ると、尚久も頷《うなず》いて、

「うむ……理も法も立たぬ世ぞとてひきやすき、心の駒の行くにまかすな……〝いろは歌〟にもあるとおり、どんな世でも、己の行いだけは真っ直《ます》ぐでありたいのう。そのためには、己に厳しくし、怠惰であってはならぬ」

「怠惰……」

「国とて同じことじゃ。一生懸命に命がけで交易している者の富を、横合いから掠《かす》め取るようなことばかりしているのは、政事《まつりごと》ではない。誰もが安心して、商いができるような世の中にすることこそが、侍の務めではないか……少なくとも俺はそうありたい」

尚久の言葉に感銘を受けたのは、金丸の方だった。さすがは日新斎の息子で、貴久の弟だけのことはあると納得した。

それにしても、義弘には釈然としないことがある。何故《なにゆえ》に、明国が海禁政策を取っているかだ。むろん、海禁は、海賊の防止と密貿易を取り締まる政策に違いないが、結局は、密貿易をするための海賊を増やしたことになっている。

「領土領地と違って、海は様々な遠い国々と繋がっている。誰もが自由に往来し、誰にも支配されずに商いができるようにしたいものだ。俺はそういう国にしたい」

琉球の風に吹かれて、義弘は改めて決意を固めた。

「叔父上。できることなら、王直殿が処刑されぬよう、琉球王からも嘆願して貰いとうござる。そうは思いませぬか」

「さよう。兄じゃにも相談の上、そう願うことにしよう」

尚久は当然のように返したが、金丸は心配そうな顔になって、

「そこまでやっては、薩摩も〝海賊〟と見なされますぞ。明国が日本に攻めてくる理由を与えかねませぬ。事は慎重に……」

と助言したとき、表通りからダダダン、バチバチバチと爆竹が激しく鳴り始めるとともに、太鼓や銅鑼《どら》の音も響き渡った。明国から来た客人への宴が始まったようだ。

四

その夜、金丸に誘われて、守礼門まで来たが、さすがに首里城内に入ることはできなかった。正式な冊封使ではないので、宴も御庭で執り行われるわけではない。

城の南側に〝識名園《しきなえん》〟ができるのは、百四十年程後のこと。そこで冊封使は夜ごと歓待を受けたが、この当時も王家の別邸は、崎山、久保川、浦添などにいくつもあり、正使であっても、普段は別邸にて歓待を受けていた。

「いやあ、これは凄かね……」

義弘が首を折って城門を見上げた。薩摩の城とは違い、紫禁城など中国の影響を受けており、建築物はすべて朱色の漆塗《うるし》り、屋根には高麗瓦《こうらいがわら》が葺《ふ》かれており、龍の装飾が多かった。龍は中国でも国を守る伝説があるから、それに倣《なら》ったのであろう。

御庭はもとより、正殿、北殿、南殿、奉神門などの内郭は見ることができないが、瑞泉門《ずいせんもん》や広福門《こうふくもん》、そして歓会門から久慶門《きゅうけいもん》など外郭の様子は、金丸の話から窺《うかが》い知ることはできた。

いつかは、正殿前の御庭に入ってみたいものだと思った義弘だ。が、儀礼に使われる南殿は、義弘が後に島津家当主になってから、薩摩の接待に用いられようとは、このときは考えてもいなかった。

宴会が行われる首里城東側の瀟洒《しょうしゃ》な別邸に来たが、義弘と尚久が薩摩からの客であることは内緒にしており、着物も琉球風のものに着替えていた。正式な冊封使ではないとはいえ、朝貢相手である明国の役人に気遣ってのことである。

「いよいよ、始まりますな。形ばかりの宴ですが、どうです。物見遊山《ゆさん》のつもりで」

金丸に用意された庭園の一角に座ると、設《しつら》えられた舞台に登場した、鮮やかな衣装の踊り子たちに目を吸い寄せられた。踊り子といっても、宮女の装いをした少年たちである。舞踊は冊封使に対する最高のもてなしだった。正使であれば、王族の按司、沖縄の士族である親方《うぇーかた》や親雲上《ぺーちん》らも臨席するが、首里城内の御庭ではないため、簡素な宴であった。

とはいえ、三線《さんしん》、提琴《ていきん》、笛太鼓に小鑼《しょうら》など立派な楽団の演奏に合わせて、武舞《ぶおどり》、鞠踊《まりおどり》、竿踊《かさおどり》などが繰り広げられた。

音曲も舞方も日本のものとは違う不思議な雰囲気に、義弘は思わず体を揺すった。茶道や能楽を嗜《たしな》んではいるが、いずれも形が大切で窮屈であったが、琉球の踊りは、明るくて伸びやかだから、義弘には肌があった。

武術にも似た舞が終わると、仕掛け花火や爆竹が庭園中で破裂し、松明《たいまつ》の灯《あか》りのもとでさらに大騒ぎが続くと、酒も進んで客人たちもみな陽気に踊っていた。

目の前に並ぶ琉球料理も、薩摩にはない珍しいものばかりであった。皮付き豚の角煮のラフテーは明国の東坡肉《トンポーロー》みたいなものだという。豚の塩漬けであるスーチカも、名は明語で羅火腿と書くらしい。

義弘は料理を堪能しながら、〝泡盛《あわもり》〟と呼ばれる蒸留酒を味わっていた。この酒を造る技法はシャム伝来のもので、日新斎が子供の頃には薩摩にも伝わっており、すでに米の焼酎も造られていた。が、酒精《アルコール》は琉球のものの方が高く、まろやかな風味や香りが独特で、義弘はすぐに顔が赤くなった。

この酒は、首里において、わずか三ヶ所の酒造所だけが王朝から製造を許されており、後に徳川の治世になったとき、島津家が幕府献上の品とするものである。琉球から持ち込まれた〝薩摩芋《いも》〟を使う焼酎はもっと時代を下る。

尚久は何度もこのような接待を受けていたので、ゆったりとした心持ちで、琉球の人々にもてなされる明国人たちを見ていた。

かつて琉球王が、進貢船を送り出すときに神歌《しんか》を詠じたが、それを少年たちが歌った。島々の神々が心をひとつにして、安全な航海を祈ってくれるよう願ったものだ。明国の人々をも癒すような透き通るような声が、庭園に広がった。

その時、奥の宮殿の方で、「わあっ」と歓声が上がった。

美しい女性が十数人現れて、美酒や花を振る舞い始めたのだ。金丸によると、御内原《うーちばら》の女官たちだと言ってから、何事だろうと席を外した。

首里城内の御内原には、王妃、王夫人、王女、国母などや、その世話をする女官たちが暮らしていた。大勢頭部《うふせどべ》という最高位置の女官から城人《ぐすくんちゅ》という百姓身分の女官までいたが、才色兼備の選《え》りすぐりが集まって、今宵の接待を担ったようだ。

それには訳がある。琉球王である尚元王《しょうげんおう》に跡継ぎが生まれたので、報告とその祝いを兼ねてのことだった。尚元王は、王位を継承してから、まだ三年目である。この継承に際しても内紛はあったが、見事、勝ち取った。

だが、尚元王は、実はまだ明国から正式な冊封は受けていない。その代わり、島津貴久とは良好な関係を維持していた。今後、冊封を受けることがあっても、薩摩との繋がりには重きを置きたいと考えていたのだ。

女官たちの登場は、予定外の驚きだったが、明の使者たちは殊《こと》の外《ほか》、喜んだ。琉球には、目鼻立ちの綺麗な美女が多いが、艶《あで》やかで眩《まぶ》しいばかりの姿に、若い義弘も心を奪われるほどだった。

「目の保養になるのう、義弘。よく見ておくがよいぞ」

尚久も女官はめったに見ることができないので、妙に浮ついていた。

「もしかしたら、俺たちがここにいるのを尚元王は知ってるのかもしれぬな……なに、兄上から跡継ぎが生まれたときの御祝いを、金丸を通してすでに渡して貰っていたのだ」

「ああ。かねてより、兄上は琉球との交流を深めつつあったからな」

　あくまでも他の戦国大名には入り込むこともできぬよう、日本との交易の主導権を握るつもりであり、明国との繋がりを期待してのことだった。だが、そのことは口にはしない。大隅は手に入れたものの、日向の志布志など優良な湊はまだ伊東氏の掌中にある。薩摩、大隅、日向の三国を不動のものにしない限り、琉球王は強い絆《きずな》を求めてこないであろうことを、貴久は承知していたからだ。

「なるほど……叔父上が、此度《こたび》、琉球に誘ったのは、俺が望んだからだけではなく、いずれ来る日向の伊東との戦を鼓舞するためだったのですな」

「そう受け取っても構わぬ」

「たしかに、薩摩に留《とど》まらず、日向の湊という湊、いや、九州を統一することで、琉球との絆を強め、明国はもとより南方の国々と交易することが、国力をつけることに繋がるに違いありますまい」

「ああ。そうなれば、俺も日本なんぞにおりとうない。何処ぞ遠くの異国に行って、酒池肉林で暮らしたいわ、ふはは」

「酒池肉林とはこれ、叔父上には似つかわしくない言い草ですぞ」

「父上が……」

「買い被るな。俺は兄上たちのように、くそ真面目《まじめ》な暮らしは苦手でな。義弘、おまえとは気が合う。いずれ、ふたりで、この世の果てまで行こうではないか」

「それは頼もしい」

顔を見合わせて豪快に笑ったとき、少しの間、席をはずしていた金丸が戻ってきた。

宴もたけなわだが、一緒に来て欲しい所があるという。義弘も尚久も、酒は強い方だが、思いがけず酔っていた。

連れて行かれたのは、宮殿の奥まった所にある石壁に囲まれた一室だった。

薄暗い壇上には、高貴な顔だちの尚元王が鎮座しており、その周りには、三司官《さんしかん》や表十五人《おもてじゅうごにん》ら、王朝政府の幹部が数人、立ち並んでいた。

だが、直に声をかけてきたのは、尚元王本人であった。

「貴久殿の弟君とご子息と聞きました。此度は祝いをありがたく頂戴《ちょうだい》しました。貴久殿には御礼をお伝え下さい」

ゆっくりと話すと、政府幹部のひとりが、

「ご足労おかけしました。宴の続きをお楽しみ下さい。返礼の品は、親見世にお届け致します。この度は、ご苦労様でした」

とだけ伝えると、金丸が招かれて、義弘と尚久はその場から立ち去った。元の席には戻らず、そのまま湊の宿泊所に帰った。

琉球王の顔を拝めるとは思ってもみなかった。本物かどうかも分からなかった。ただ、非公式であるとはいえ、明国の使いがいる場所で、薩摩島津家の人間にも会った。いずれの顔も潰《つぶ》さぬ手際よさは、王位を勝ち取った尚元王ならではは気遣いであろう。

義弘と尚久からすれば、今後、明国との交易の主導権をますます握れると踏んだ。

そもそも遣明船の航路は、大内氏が牛耳《ぎゅうじ》る瀬戸内海から朝鮮側へ渡るのと、土佐沖から南九州を経て明に向かうのとがあった。島津家には、日向や薩摩を通る細川氏の船を護衛する任務があった。実際は、大内と細川家が交易権を握っていたから、室町幕府による勘合貿易は有名無実であった。

その利権を争っていた大内氏と細川氏の船が事もあろうに、明国の寧波《ニンポー》において武力衝突した。勘合符の正当性を主張する大内氏と、市舶司《しはくし》大監を賄賂《わいろ》で抱き込んだ細川氏が、お互いの利益を誘導するがための騒乱だった。大内側は細川の船を焼き、また細川の味方をした明国役人を殺害する事件にまで発展した。

異国にて騒乱を起こしたことで、勘合貿易はすでに終わっていた。ゆえに却《かえ》って、密貿易が盛んになったとも言える。

だが、その状況は決して良くない。いずれ明国にも海禁政策を止《や》めるように訴え、新たな世界を構築するべく働きかけることを、尚久は考えていたのだ。

「まさに叔父上らしい慧眼《けいがん》でございますな」

義弘が賛同すると、尚久は武骨ながら嬉《うれ》しそうに目を細めて、

「この国は、守礼の国として、勘合符なしで明国と交易できる。薩摩も……いや、日本もそういう立場になることが、急務だと思う。できれば、三国統一と九州制覇は、兄貴に任せて、俺は琉球を根城に交易商になりたいくらいだ」

「それは、いつも聞いてますがね。あながち夢ではないかもしれませぬな。そのためにはまず、俺は日向を完全に掌中に収め、志布志など良好な湊を有益に使いたい」

ふたりは大きな夢を語ったが、それが実現するには、まだまだ遠い道のりだった。だが、義弘も尚久もまだまだ若い。必ずや自分の生きている時代に、薩摩隼人《はやと》の魂をもって日本を変える。そう誓っていた。

五

十三基の地蔵塔の前では、総髪の若い郷士が遠い目になっていた。まるで自分も琉球を見ているような瞳だった。

野守《のもり》の老人は、「おい」と声をかけて、軽く背中を叩《たた》いた。

我に返った若者は、自分もいずれ琉球やその島々に行ってみたいと呟《つぶや》いた。すると、老人はふいに喉《のど》の奥で笑って、

「案ずることはなか。ぬしゃ、奄美大島に潜居させられるとじゃ。そこで惚《ほ》れた女もできる。それから、徳之島や沖永良部島にも流される……かもしれぬのう」

「え……？」

「まあ、その話はよい。夢物語もよいがな、男子が事を為《な》すには、地道な努力が必要たい……義弘公は、時の風が吹くまで、慌てず騒がず待つことを、自戒を含めて抱《いだ》いておった。おぬしもそうであらねばのう」

若者は小さく頷いてから、尋ね返した。

「――その後、義弘公は、日向国も治めましたが、琉球に赴いたのは、ずっと後の〝琉球侵攻〟のときだと私塾で聞いたことがあります。やはり、戦ばかりで、交易などする余裕はなかったとでしょうか」

「繰り返すがのう……その後、日向国を治めた後も、島津家は九州統一のために、豊後の大友家、肥前の龍造寺《りゅうぞうじ》家と熾烈《しれつ》な合戦に明け暮れねばならなかった。農耕地としては貧しい薩摩の島津家が、信長や秀吉に対抗して、薩摩、日向、大隅の三州統一

を皮切りに九州統一へと領土拡大をしていった資金は、古来から続く唐船貿易、南蛮貿易によるものだ」

「はい……」

「琉球は、東南アジア海域における中心地であり、〝貿易中継点〟として繁栄していたが、島津家は琉球を介して、明との交易をしていたのだ……山川湊を島津家の直轄としたのは、天正十一年（一五八三）のことであり、その前年には〝本能寺の変〟があった。俄《にわか》に、豊臣秀吉の天下となっていた時期たい。いずれ秀吉との対決を見据《みす》えた島津家としては、明国船や南蛮船を保護するとともに、山川湊を国際的な自由貿易港として、裁判権なども含めて支配するようになるとじゃ」

「…………」

「琉球王は、明国に対しては形式上その臣下となることで、冊封体制の中で交易をし、室町幕府を上位に見立てていた。その一方、国内では、琉球王を天子として崇《あが》め、独自の考えを持っていたからのう……それを承知の上で、島津家は琉球と付き合っておった」

「はい。琉球からは、貴久様が当主になったときにも、〝綾船〟を送ってきました」

「うむ……琉球人は正直で、奴隷や娼婦を買わないし、全世界と引き換えてでも、自分たちの同胞を売るようなことはしない。彼らはこれについては死をかける。琉球人は偶像崇拝者である。彼らは色の白い人々で、良い服装をしており、気位が高い」

明国交易に関わっていたポルトガル人がこう書き残しているほどだ。

「時代はずっと下って、慶長十四年（一六〇九）に島津家は、三千の兵で琉球王国の領土だった奄美大島に侵攻する。わずか一月後には本島の首里城にまで進軍した」

「………」

「その頃には、もう尚元王はこの世におらず、義弘公たちが会った頃に生まれた赤ん坊も、尚永王《しょうえいおう》となったものの、三十一歳で早死にしておる……尚永王には子がおらぬゆえ、小禄御殿《おろくうどぅん》という王族の分家から出た、尚寧王《しょうねいおう》が継いでおり……この王が和睦《わぼく》を申し入れて、琉球王国は薩摩藩の従属国となったのじゃ。江戸幕府にも使節を派遣し、明国の後にできた清国にも朝貢を続け、薩摩藩との両属体制を取りながらも、独立国家の体裁を保ったのじゃ」

老人がそこまで話したとき、若者は目を丸くして、

「ちょっと待ってくれんね。儂《わし》は、その話も聞いたことがあるが、なんで爺《じい》さんは、なんもかんも見てきたように話すと」

「見てきたからじゃ。いや、ただ地蔵塔を守ってきただけじゃながな……人がよく知

ってることは知らず、人が知らないことは知っておる……」

禅問答のようなことを言い出した老人に、若者は訊いた。

「少しずつ分かって来たような気がする……もしかして、爺さんは、野守と言いながら、本当は、ここに並んでいる十三の地蔵塔のひとりではなかと？」

「儂が……」

「ああ。そんでもって、ずっとここで生きておって、訪ねて来たおいに、何か語ろうとしてるのではなかか」

「何のために」

「慶長の琉球侵攻のことまで知ってるということは、この後、この薩摩がどげんこつになっとるか、本当は知っとるのじゃなかかね」

「…………」

「儂はただの貧乏な郷士ばってん、島津家のことは誰より思うとるとたい。なかんずく義弘公ば尊敬しとるばい」

身を乗り出す若者に、野守は手を掲《かか》げて言った。

「急ぐなよ、又とどまるな。吾《わ》が心、定まる風の吹かぬかぎりは……日新公の辞世の句だ……おまえのような若者には、まだ分からぬかもしれんが、義弘公も同じ気持ちで、日向伊東との戦に臨んだ」

「はい……」

「戦は時の運だ。どれだけ準備万端整えていようとも、時が味方してくれなければ、あっさりと負けてしまう……海を走る帆船と同じで、うまく時という風を受けねば、ひっくり返ってしまう。風待ち、凪《なぎ》待ちが大事だということは、義弘公も琉球への旅で、学んだのかもしれないな」

野守はそう言ってから、無念そうな表情になって、

「日向伊東と戦う前に、残念無念なことがあった……敵は外ばかりにはおらぬ。島津家はまだ安泰ではなかった……あれは永禄四年（一五六一）のことじゃった」

島津貴久が四十七歳、肝付兼続《かねつぐ》が四十四歳のときだった。

肝付兼続は、大隅で勢力のあった肝付家の十六代目だったが、日新斎の娘の阿南を嫁にしており、自分の妹は島津貴久の正室にしている。深く良好な親戚関係のはずだった。

ある夜、兼続は鹿児島で貴久に会った後、島津家の家臣たちを洲崎の自宅に招き、宴会を開いていた。和《なご》やかに過ごしていたが、島津の家臣・伊集院忠朗《いじゅういんただあき》が、ちょっとした不満を口にした。

「本日の馳走《ちそう》はさすがですが、鶴の吸い物がないのが、ちと物足りない」

伊集院忠朗とは、日新斎と貴久父子に仕えて、島津氏の統一から、これまで日向伊東氏や大隅肝付氏との戦いを重ね、黒川崎の戦いでは、奇襲策で兼続の一族である肝付兼演を破った経緯がある。

そんな思いもあってか、肝付家の老臣・薬丸《やくまる》壱岐守《いきのかみ》もまた、伊集院の言葉に対して、含みのある言い草で答えた。

「これはこれは、伊集院殿、相済みませんでした。次の島津殿の宴会の折には、ぜひにでも狐《きつね》の吸い物を所望したく存ずる」

「なんだと……貴様。狐が島津家の守護神と知って、さようなことを申すか」

「これはしたり。我が肝付家の家紋は、〝対《むか》い鶴喰若松〟……そうと知って、鶴の吸い物が欲しいとからこうたのではないか」

「鷹狩りで鶴を射て、めでたい席に料理にして出すのは、古来から、当たり前のこと。狐の吸い物など……聞いたことがないわ！」

怒りのままに、伊集院は太刀《たち》を抜き払い、その場に張っていた帷幕《いばく》の鶴の紋章を、一太刀で切り裂いた。丁度、鶴の首が切り落とされた形となり、兼続は怒り心頭に発し、すぐさま大隅の高山城《こうやまじょう》に帰ると、麾下《きか》の豪族たちにも声をかけて、

——島津討伐。

と挙兵した。積年の恨みが込み上がってきたのだ。それに呼応するかのように、島津の大隅平定によって大人しくしていた禰寝《ねじめ》氏や垂水城の伊地知《いぢち》氏ら有力国人《こくじん》が、島津家に反旗を翻《ひるがえ》した。

突然の情勢悪化に、日新斎は驚き、七十歳の体に鞭《むち》打って加世田から、大隅まで出向いて兼続を説得しようとした。だが、義父の話とて頑として聞かず、とうとう兼続は大軍を率いて、島津支配の廻《めぐりじょう》城を攻め落とした。

これで、貴久も怒りに震え、弟の忠将や長男の義久を従えての大戦となった。この戦は数ヶ月に及び、廻城奪還のために激しく攻め立てた忠将だが、大軍に寡兵で突進したがため、ついには敗北して自刃《じじん》した。

忠将の死を知った島津軍は、全軍を傾ける勢いで反撃に転じた。その猛攻撃に、兼続は這々《ほうほう》の体で逃げ出し、高山城に籠《こ》もった。島津軍は、肝付氏の居城を破壊するつもりで、取り囲んでいたが、この一連の戦で傷を負ったのが原因か、尚久までもが病に陥って死んでしまった。

尚久の海商となる夢は、無惨にもついえてしまったのである。

日新斎からすれば大切な息子ふたりを、貴久からは頼りにしていた弟をみんな亡くしてしまったのだ。内紛とも言える戦で、島津家の中心となる血族がふたりもいなくなり、日新斎はすっかり気落ちしてしまい、何日も嘆き続けた。

義弘とて同じ気持ちであった。忠将は岩剣城の初陣の副将として支えてくれ、尚久もまた蒲生城攻めの折に援助してくれたのだ。殊に、さほど年の変わらぬ尚久とは、荒海をはるか琉球まで渡り、大きな夢を語り合った。

「――なぜだ……なぜ、叔父上がふたりも、かような目に遭《あ》わねばならぬのだ……」

肝付に対する恨みよりも、戦国の世の不条理に義弘は胸を痛めていた。その一方で、戦には勝たねば意味はないという思いも、腹の底から湧き上がってきた。

「見ていてくれよ、叔父上……俺は必ずや、叔父上との約束を果たす。この世の海という海を渡り、交易をする。そのためには、急ぐなよ……まずは日向の湊をいただく。そのためには、肝付兼続を潰《つぶ》す。大隅には揺るぎない安定が必要なのだ」

いつもは穏やかな義弘が、鬼のような形相《ぎょうそう》になった。後に〝鬼島津〟と呼ばれる義弘だが、このときの如何《いかん》ともしがたい無念さに、――鬼になる。

と誓ったのであった。そして、戦は勝たねばならぬと、肝に銘じたのである。

第五話　急ぐなよ

一

初夏の風にしては異様に冷たく、肌が荒れるほど乾いていた。

霧島連山もくっきりと見える。

木崎原《きざきばる》一帯の草原は、雨不足のせいか枯れたように赤茶けた所もあり、これから始まる合戦《かっせん》の血飛沫《しぶき》がすでに広がっているようにも感じられた。

白鳥山の麓《ふもと》に陣取った伊東義祐《いとうよしすけ》は、勝利を確信していた。兜《かぶと》の鍍金繰半月の前立も、風を切り裂くように堂々と天を仰ぎ、鉄地二枚胴の鎧《よろい》は堅牢な砦《とりで》のようだった。伊東の厳《いか》つい顔は自信に満ち溢《あふ》れ、とても還暦を迎えた老将には見えなかった。

先祖伝来の家紋〝庵木瓜《いおりもっこう》〟の段幕が張り巡らされた本陣・入田原《いるたばる》からは、島津義弘の居城・飯野城《いいのじょう》の動勢が手に取るように分かる。自軍の兵の数は三千を超え、島津勢の十倍もの数で身構えている。しかも、日向国で猛者《もさ》で名だたる国人《こくじん》、国衆たちばかりだ。

元亀三年（一五七二）五月――。

日向の勇将・伊東義祐と薩摩の若大将・島津義弘の決戦の火蓋《ひぶた》が、今まさに切られようとしていた。

伊東氏と島津氏の抗争は、南北朝の時代から、天文年間に至るまで百五十余年にわたって続いており、お互い宿敵であった。この伊東氏の出自は、平安貴族の藤原為憲《ふじわらのためのり》と言われ、平将門《たいらのまさかど》の従兄弟《いとこ》にあたる。だが、この平将門との紛争に敗れ、その追手から逃れて後に、やがて藤原秀郷《ふじわらのひでさと》と組んで、将門を討った。いわゆる「承平・天慶の乱」で活躍した武将である。

その武門と貴族出身が相まって、京風文化を取り入れて堪能し、本拠地の佐土原《さどはら》は九州の小京都と言われている。禅、茶道、歌道にも秀でており、名のある僧侶や学者、連歌師などもよく招いていた。

だが一旦、槍《やり》や刀を手に取れば、大軍でありながら疾風の如《ごと》く現れ、敵兵を一網打尽にする。これも先祖伝来の武勇であろうか。

今般も動くのは早かった。今度こそは、島津に勝利し、できることならば大隅を手に入れ、薩摩も支配しようと考えていた。

島津家が日新斎によって統一され、薩摩、大隅を掌中に収めてきたように、伊東義祐もまた伊東家の内紛を悉《ことごと》く鎮めていったが、順風満帆とは言えなかった。島津と通じていた北原氏と手を結んだり、本家を弟に継がせると出家したり、その弟が死ぬと還俗《げんぞく》して、都於郡《とのこおり》佐土原城に入り、日向に勢力を伸ばした。その勢いで、長年、手に入れたかった飫肥《おび》を狙《ねら》ってきた。

だが、飫肥には当時、島津豊州家の忠広がおり、伊東義祐と繰り返し戦ったのである。軍配は常に島津側に上がったが、義祐は諦《あきら》めが悪く、十年以上にわたって執拗《しつよう》に攻めてきた。その間、島津忠広の養子である忠親《ただちか》も加担して、伊東家を打ち破ったものの、忠親の一族で重臣である北郷《ほんごう》忠茂らを失った。

それを受けて、飫肥はなんとしても死守せねばならぬとの思いで、貴久も援軍を送り、伊集院忠朗に指揮をさせた。

伊集院忠朗——例の〝鶴の吸い物〟事件で、肝付氏の帷幕《いばく》を切り裂いた島津家の長老である。忠朗は、島津忠朝《ただとも》とともに、義祐の軍勢を悉く粉砕し、四百人余りの死者を出した伊東軍は大敗を喫した。

当時の戦国武将は、たとえ全軍が滅びようとも自分が自刃《じじん》して果てたりはしない。捲土重来《けんどちょうらい》を期して、何が何でも逃げ延びるのである。その点で、伊東義祐は徹底していた。

〝鶴の吸い物〟事件によって、島津家と肝付氏の間で戦《いくさ》が勃発し、一進一退を繰り返している間隙を突く形で、伊東義祐は総勢二千余りの兵を率いて飫肥に攻め入ったのである。いかにも姑息《こそく》なやり口だが、戦乱の世に善悪などないのだ。

しかも、島津の日新斎のように、綺麗事《きれいごと》を並べる輩《やから》が大嫌いだった。日新斎は幼少の頃に、臨済僧で、〝薩南学派〟を作った桂庵禅師から儒学の教えを授かり、『論語』に通じていた。さらには、禅や神道の奥儀を極めた賢徳の士だということは、日向にも知れ渡っていた。

「ふん。何が薩摩の孔子《こうし》様じゃ。〝いろは歌〟を薩摩論語などと教えおって、その裏では一族を陥れ、己が権勢を摑《つか》みおっただけではないか。虫酸《むしず》が走るわい」

義祐は常々、そう言っていた。京風の学問をしていた義祐だが、日新斎と貴久父子《おやこ》には妬《ねた》み嫉《そね》み以上の悪い感情があった。

島津忠親の方は、ここで一戦交えては、伊東氏によって飫肥を奪い取られると判断したのであろう。それだけではない。島津家と肝付氏の間で繰り返している戦にも悪影響が出るに違いあるまい。

〝鶴の吸い物〟事件は、酒席での揉《も》め事に過ぎなかったのかもしれぬが、戦にまで発展した。そのことを、義祐は巧みに利用したのだ。そこで、義祐は肝付兼続に近づいた。

「手を組まぬか。儂《わし》が飫肥を手に入れれば、おぬしの大隅も安堵《あんど》ではないか」

老獪《ろうかい》に肝付兼続を煽《あお》り立てた義祐は、またもや飫肥に攻め込んだのである。

実は――再三にわたる伊東義祐の攻撃を不安に感じていた島津忠朝は、義弘を養子として迎え、飫肥城に入れていた。

だが、肝付との戦が大きくなり、長引いてきたことから、義弘は薩摩に呼び戻され、後に養子の件も白紙撤回されることになる。

その義弘が引き上げるのを見計らって、義祐は攻撃を仕掛けた。不利と踏んだ忠親は直《ただ》ちに、義祐に和睦《わぼく》を申し入れ、自分の居城であった飫肥城を明け渡し、福島城に逃げるしかなかったのだ。

しかし、そこは名将、忠親である。

実は、これこそが島津得意の戦法、〝釣り野伏せ〟の大仕掛け版だった。和睦と見せかけて敵を城に誘い込み、勝利したと安堵したところを包囲し攻撃する。相手を籠《ろう》城戦《じょう》に持ち込ませ、一気に叩《たた》き潰《つぶ》すのだ。

　自分の城だからこそ、縄張りの裏の裏まで知っている。櫓《やぐら》や隠し堀や数々の仕掛けなどは百も承知であるため、弱点も分かる。一気呵成《かせい》に攻め込まれた義祐は、せっかく手に入れたばかりの飫肥城を捨てて、退却するしかなかったのである。

「またしても、またしても……！」

　義祐は悔しさと不満に満ち溢れていた。この思いは死ぬまで消えぬであろう。消えるどころか、執念の炎は年を経るごとに大きくなった。還暦になって尚《なお》、「島津憎し」の心は醜く膨れあがっていた。

　その一念で、永禄十一年（一五六八）にも島津忠朝の福島城を攻撃した。折しも、忠朝は病床にあったため、都城の北郷時久らが応援に駆けつけようとしたが、それらを事前に封じた義祐は、わずか四十日足らずで福島城を攻め落とした。

　ようやく飫肥の一角を掌中に収めた義祐は、三男の祐兵《すけたか》を城主として、島津に対して睨《にら》みを利《き》かせた。

　ちなみに、この伊東祐兵は後に、豊臣秀吉の家来になり、九州平定の折には、その先導役を買って出た。島津が九州統一をするくらいなら、我が国も滅んでしまってもよいと考えていたのである。

勢いづいた伊東義祐は、再び飫肥を支配下に置き、日向国五郡を支配するに及び、朝廷からは三位《さんみ》の位階も受けた。息子や孫に諸城を任せ、義祐自身は佐土原に住み、豪壮な城を作り、我が世の春を楽しんだ。

時は前後するが、この伊東の勢いを牽制《けんせい》するために、島津義久は、永禄六年（一五六三）に、真幸院《まさきいん》に飯野城を築き、義弘を城主に命じていた。

ここは、伊東氏の拠点のひとつである三《み》ツ山城《やまじょう》の西方に位置する。真幸院は、肝付氏一族の北原兼親《かねちか》の領地であったが、内紛をしている間に、横合いから手に入れたのである。その代わり、北原兼親には薩摩国の伊集院に三十町ばかりの領地を与えたのだった。

伊東氏は、肥後の相良氏と組んで、真幸院を狙っていただけに、先を越された島津家に対して腸《はらわた》が煮えくり返る思いだった。

「飯野城に島津義弘が入城したということは、見張りなどという甘いものではあるまい。我が日向の地を攻撃する気に溢れておるではないか。おのれ、島津……身の程知らずということを、今度こそ教えてやる」

三ツ山城は霧島の西側に位置しており、日向と薩摩北辺の国境である。治承・寿永の乱というから、源平合戦の頃に造られた古城だが、伊東氏にとっては南九州を睨む要塞であった。島津義弘の飯野城からは、すぐ手が届くほどの所だ。当然、虎視眈々《こしたんたん》と日向を狙う島津にとっても、三ツ山城は必ず手に入れねばならぬ城のひとつだった。

だが、この十年近く、三ツ山城と飯野城は睨み合った二頭の虎の如く、微動だにしなかった。島津も伊東も、お互い領内がまだまだ不安定だったからである。しかし、

――真幸院はかつては自分の勢力内にあった。

と思っていた伊東義祐にとって島津は目の上のたんこぶであり、これ以上、放置するわけにはいかぬと考えたのだった。

本陣の義祐のもとには、伊東氏一族で数々の戦歴を上げてきた伊東祐安《すけやす》を筆頭に、その弟の伊東右衛門、祐安の息子の源四郎、甥《おい》の伊東祐勝《すけかつ》、伊東祐信《すけのぶ》らが居並んでいた。いずれも、飫肥城にて軍議をした者たちである。

さらに、重臣である三納《みのう》城主・飯田祐恵《いいだすけよし》、三ツ山城主・米良矩重《めらのりしげ》、須木《すき》城主・米良重方《しげかた》、目井城主の川崎祐長《かわさきすけなが》、鬼ケ城主・木脇祐守《きわきすけもり》、神門星原城主・奈須祐貞《なすすけさだ》、佐土原城代・佐土原左摂《させつ》、酒谷城主・山田宗昌《やまだむねまさ》ら、錚々《そうそう》たる精鋭が集まっていた。

必ずや飯野城を奪い取り、一気に島津を追い詰める覚悟が現れていた。

「密偵によれば、我が軍の数は島津の十倍に上る。ここは一気呵成に突撃して、目にもの見せてやろうぞ」

一際、大柄な武将の伊東祐安が甲冑《かっちゅう》を揺らしながら気勢を上げると、諸将も足を踏み鳴らして声を張って応じた。

祐安は四年前にも、義弘が留守中の飯野城を、大将として攻めたことがある。しかし、島津勢に勘づかれ、急遽《きゅうきょ》、義弘が舞い戻ってきたことにより、善戦するも退去せざるを得なかった。今年四十の男盛りである。如何《いか》なる手段を講じても、敵城を攻落したかった。

「川内川《せんだい》沿いに下り、飯野城の正門より、堂々と討ち入りましょうぞ。三方を川に囲まれ、北には押建山がある険崖の城と言われておるが、山城にしては低いし、寡兵《かへい》にて籠城戦は無理。島津義弘の首さえ取れば、総崩れとなりましょう」

「慌てるな、祐安。敵は引きつけておいて、倒すに限る。しかも、島津には恐ろしい数の鉄砲があり、その技も悔しいが凄《すご》い。下手《へた》に突っ込めば返り討ちに遭《あ》おう」

義祐は、親子ほど年の離れている弟の祐安を振り返った。飫肥城の軍議では、一挙に城を潰しに掛かると豪語していた義祐に、違った考えが浮かんだようだ。

「何故《なにゆえ》ですか、兄上」

焦ったように顔を上げる祐安に、義祐は一枚の板を見せた。そこには、

――伊東奴が真幸の陣は桶平に、飯野欲しさに帯のゆるさよ

と達筆で書かれている。

「この狂歌が、ここ入田原陣屋の真ん前に立てられていた……島津の斥候《せっこう》もすぐ近くに潜《ひそ》んでいるということだ」

「なんと……」

「入田原は桶平とも呼ばれており、帯とは桶の輪っかのこと。この歌は、我らが飫肥と掛けて、箍《たが》が緩んでいると揶揄《やゆ》しておるのだ」

あるいは、帯が緩むほど腹が減って戦にならぬと、からかっているとも読めた。

「おのれ、島津めが。何様のつもりだ。片腹痛いわ」

「憤れば敵の思う壺《つぼ》だぞ、祐安」

陣中にて狂歌を用いて、敵を罵《ののし》り合うのは、源平合戦以来の伝統と言えようか。だが、義祐は冷静だった。床几《しょうぎ》にデンと構えたまま、

「挑発して誘い込み、得意の〝釣り野伏せ〟で攻めてくるつもりであろうが、その手は食わぬ。まずは……」

「まずは……？」

「――加久藤《かくとう》城《じょう》を攻め落とす」

義祐は目を輝かせた。その言葉と表情に、祐安のみならず、他の武将たちもあっと

息を呑《の》んだ。妙案と思う者もいれば、二度手間だと臆する者もいた。

加久藤城とは、かつては北原氏の城だったが、永禄年間に島津の所領となり、新たに城を増築した。城代として、川上忠智《ただとも》が常在していた。

川上忠智――子供の頃、義弘が加世田に旅をした折に、同行した大柄な少年だった、あの助六である。それが、今や城代である。

島津家譜代《ふだい》の家老の家柄で、義弘に仕えており、後に、肥後矢崎城の合戦や肥前沖《おき》田畷《たなわて》の合戦、さらには関ヶ原などで、忠兄《ただえ》ら息子たちとともに活躍する勇将である。

それらはまだ先のことであるが、すでに「島津家にこの人あり」と知られた武将である。

だが、伊東義祐は、「取るに足らぬ奴。島津なんぞ、竹竿《たけざお》一本で倒せる」とかねてより豪語していた。

「されど、兄上……」

慎重な面持《おもも》ちで、祐安が進言した。

「あの加久藤城は、飯野城からわずか一里しか離れておりませぬ。しかも、その短い間に、大明神城《じょう》、掃部城《かもんじょう》、宮之城などの塁櫓《るいやぐら》があります。平城同然とはいえ、断崖《だんがい》に囲まれており、落とすのは難しいかと……」

「おまえは見立てが鋭いのう。機を見るに敏……まさに臨機応変ゆえ、必ずや戦乱の世を生き抜くであろう」

「兄上、冗談を言うている時ではありませぬぞ」

「ならば、こう聞けば、どうじゃ……加久藤城には、義弘の……側室、真那《まな》がおる」

後に、実窓夫人《じっそうふじん》と呼ばれる義弘が寵愛《ちょうあい》した〝正妻〟のことである。島津貴久の家臣で、小野領主の園田実明《そのださねあき》の娘だが、身分が低すぎるため、広瀬助宗の養女としてから、義弘の正妻となった。実窓夫人の実母は亜嘉子《あかし》という名で、薩摩国佐志の広瀬氏出身だからだ。

実窓夫人は、薩摩藩初代藩主になる忠恒《ただつね》の生母である。

「しかも、間もなく四歳になる倅《せがれ》、鶴寿丸《つるひさまる》も一緒じゃ……日向との合戦になるやもしれぬこの地に、大事な妻子を連れて来るとは、島津家の次男坊は、ほとほと間抜けと見える」

「では兄上は、加久藤城を攻めることで、飯野城が手薄になると睨んでおるのですな」

「さよう……弱点を徹底して突くのが戦の常道。これまた愚かな島津義弘が油断したがためだろうが、こっちにとっては千載一遇の好機と言えよう。逃す手はあるまい……今宵《こよい》、夜陰に紛《まぎ》れて総攻撃する」

武者震いする義祐の姿は、とても還暦の老体には見えなかった。配下の武将たちも勝機と確信したのか、カタカタと甲冑が鳴っている。

その夜は幸い、月が雲に隠れ、草木の擦《こす》れるほど風が強くなった。夜討ちをするには格好の塩梅《あんばい》である。

伊東祐兵が率いる騎兵を含む三千余りの兵卒は、加久藤城に向かった。途中、祐兵は飯野城を見渡せる妙見の尾に陣を敷き、伊東祐信と又次郎は別軍として、密《ひそ》かに城下に火を放つべく、じわじわと進軍したのだった。

二

飯野城では、見張りの兵以外は、来るべき伊東軍との合戦に備え、英気を養うために眠っていた。ざわざわと木立が揺れる風が続いているものの、伊東軍の動きに気付いている様子はなかった。

島津義弘が城主となってから、七年になるが、度重なる戦のせいか、歳月は飛ぶように過ぎた。

人は命をかけているとき、精神は別の次元に行くので、時の観念が薄れるという。戦の一場面一場面が、遠い昔のようであり、昨日のようであり、混沌《こんとん》として体に覆い被《かぶ》さっているのである。

父の貴久はすでに隠居し、出家して伯囿《はくゆう》と名乗っていた。永禄九年（一五六六）のことだ。当時はすでに、薩摩、大隅はほとんど支配し、日向も真幸院の西部に領域を広げていた。

それでも、大隅にはまだ肝付氏、禰寝《ねじめ》氏、伊地知氏らが、島津に対抗しており、大隅半島の沿岸部は制海権を掴み切れていなかった。琉球を通じた明国交易を目論《もくろ》む島津家にとっては致命的である。さらに日向に目を移しても、伊東氏が権勢を誇っていた。

島津本宗家の当主は、義弘になってからも、領地を広げるというよりも、奪われないための戦続きであった。殊《こと》に、菱刈《ひしかり》氏との合戦は難儀を極めた。

菱刈氏とは、藤原の支族である菱刈重妙《しげなり》を始祖とする名門で、古来、薩摩と大隅の北部を支配してきた大豪族である。菱刈郡は大口盆地にあり、この一帯は肥沃《ひよく》な土地と知られ、〝隅州《ぐしゅう》の穀倉〟と呼ばれるほど豊かであった。

中でも、大口《おおくちじょう》城主の菱刈隆秋《たかあき》は、大隅で並ぶ者がおらぬほどの剛将として知られていた。隆秋が早世した兄の重豪《しげさと》に成り代わって、まだ幼い跡継ぎの鶴千代丸を補佐していた。実質は菱刈一族の頭領である。

当時はすでに、菱刈氏は島津家に屈伏して従属していたが、隆秋は元々、

――乱世の世は、守護、地頭など飾り物に過ぎぬ。将軍の首ですら刎《は》ねる世だ。

という考えを強く抱《いだ》いていた。

戦国武将なら誰でも、かように思っているわけではない。二君に仕えずという精神でもって、裏切りを悪徳とする武士は多かった。だが、これまでも毛利、大内、大友、上杉、武田、織田など名を馳《は》せる戦国武将は、裏切りの連続だったではないか。この南九州の豪族たちも同じことをしてきた。

――島津には、父上や兄上が不利な状況に鑑《かんが》みて、その場凌《しの》ぎに和睦をしただけ。

俺は俺のやり方で戦う。

との思いで、渋谷一族や相良氏、伊東氏はもとより、羽月、山野《やまの》、湯之尾《ゆのお》、横川《よこかわ》、平和泉、曽木などの国衆に呼びかけて、島津家を追い落としにきたのだ。

それにしても不思議なのは、一度、恭順した国衆たちは、なぜ島津に反抗するのか。その真意は分からぬが、古代より、この地に住み続けてきた豪族たちにしてみれば、

――たかだか三百年ほど前に坂東から来た源氏の係累《けいるい》が何ほどのものか。

と思っているのやもしれぬ。

この十年の間に、義弘の叔父の忠将は肝付との戦で討ち死にし、琉球に案内してくれた尚久も若くして死んだ。島津本宗家頭領の貴久は、将軍・足利義輝の死を悼《いた》むように出家して隠居した。日新斎はすっかり老いて、往年の力はない。

「島津は弱った」

そう判断した菱刈隆秋は、かつての領国を奪還し、あわよくば島津を薩摩の隅っこに追い落とすつもりで、戦を企ててきた。

それを逸早《いちはや》く察した島津貴久は、隠居の身でありながら、合戦の采配を振った。菱刈と相良の連合軍も島津の名将たちを何人も戦死させるほど善戦をした。だが、新納忠元や肝付兼盛、大野忠宗ら勇将らの戦略と戦術、激しい攻撃をもって、ようやく永禄十二年（一五六九）になって鎮静させたのである。

大口城には、新納忠元が入り、薩摩、大隅、日向の三州安定はさらに一歩進んだ。

しかし、この相良や菱刈との戦いで勝利を収める前年、島津家の大黒柱だった日新斎は亡くなった。さぞや無念なことだったであろうが、子や孫が奮闘し、とうとう菱刈を下したのだ。

幾分か体が小さくなった日新斎の手をしっかりと握りしめて、貴久が見送ったのは三年半前のこと。そして、去年の元亀二年（一五七一）、貴久も突然の病《やまい》に倒れ、共に戦ってきた日新斎の後を追うように他界したのだ。

日新斎が加世田の別府城に隠遁《いんとん》してからも、時に陣中に赴いてきたように、貴久も自ら軍議を開くことが多かった。病に倒れる直前まで意気軒昂《けんこう》で、息子たちに檄《げき》を飛ばしていたのが嘘《うそ》のように急に弱ったのだ。

死期を悟ったのか、貴久は息子たち四人を呼んで、それぞれに感謝の言葉をかけてから、静かな声で思いを伝えた。

「日新公が認めたとおり、おまえたちは島津家が誇る勇猛果敢な兄弟だ。気性も合って仲が良く、考え方も似ており、お互いを尊重して結束が固い……これからも兄弟の絆《きずな》を強め、縒《よ》り縄のように決して切れぬ仲でいるのだぞ」

尊敬している祖父、父親、そして叔父たちを次々と失って、残された義久、義弘、歳久、家久の島津四兄弟は、意気消沈した。落胆の涙で島津家は士気が下がっていると、近隣の国人や国衆にも伝わるほどであった。

それゆえ、伊東義祐は、まさに運気が向いたと捉《とら》え、戦を仕掛けてきたのである。

これまで連戦連勝をしてきたのは、日新斎と貴久あってのことだ。島津四兄弟はその血を受け継いで、勇敢で戦上手ではあるが、それとて、祖父と父親がおればこそ。

貴久と同世代の義祐から見れば、義久や義弘などは、まだ尻の青い若造だった。

しかし、士気が下がっているどころか、義弘たちは、心身共に強くなっていた。

領土が爆発的に拡大したわけではないが、その地力は他の戦国武将とは比べようがないほど、堅強になっていた。人体に喩《たと》えれば、背丈はさほど変わらずとも、骨が太くなり筋肉がぎっしりと詰まった感じであろうか。

しかも、兄弟の絆の強さは、貴久に諭《さと》されるまでもなく、誰にも切ることができなかった。兄弟でも殺し合う戦乱の世にあって、島津四兄弟は深く信頼し合い、お互いが疑り合うことなど一点もなかった。これは終生、変わらぬであろう。

だが、島津家が九州の南の一角で勢力争いをしているうちに、戦国大名の地図は大きく変わってきていた。

甲斐の武田家や越後の上杉家、相模《さがみ》や武蔵《むさし》の北条家などは広大な領国を支配し続けていたが、織田信長の台頭によって、東海の今川家はなくなり、代わって三河の徳川家が領土を拡大した。特に、織田信長の勢力は留《とど》まることを知らず、畿内一円にも支配権を及ぼしていた。

中国の毛利家は尼子《あまご》家を潰してから、石見銀山を掌中に収め、〝中国の雄〟としてさらに堅牢な地位にあった。九州にも領国を拡大してきそうな勢いである。

その九州も、橘《たちばな》家や秋月《あきづき》家を押さえ込むようにして、豊後の大友家が安泰。肥前の龍造寺家も力を伸ばして筑前を狙う情勢で、〝肥前の熊〟と恐れられていた。日向の伊東家も大友家との良好な関係を維持し、さらに肥後の阿蘇《あそ》家や相良家とも結び合い、安定した国領支配をしていた。

だが、肝付家や菱刈家との戦に、島津家が勝利していくにつれ、伊東家は威信にかけて南下を進めて、大隅まで奪い取ろうと画策をしていた。

「相変わらず、狭く小さな九州の果てで、小競《こぜ》り合《あ》いばかりを繰り返しておるのう……殊に、織田信長……正直言うて、かような武将がいることなんぞ、今川義元を倒すまで知りもせなんだ」

たったひとつ年上の織田信長の急成長と、その聞こえし無頼ぶりには恐れるというよりは、憧憬の思いすらあった。

同時に、義弘は己の不甲斐なさにたじろぎ、悲嘆に暮れていた。琉球に渡り、明国はもとより、東南アジアの国々に行くつもりではなかったかと、溜息《ためいき》をついた。むろん、薩摩が交易に重要な国だということは百も承知している。古くから続く地の利はある。

だが、今ここで踏ん張って、伊東義祐の野望を跳ね返さねば、大黒柱を失った島津は総崩れになろう。

義弘が来《こ》し方《かた》を振り返っていると――。

飯野城御留守居役を務める家老・伊勢貞真《いせさだざね》が、廊下から声をかけた。

「貞真か。如何《いかが》した。構わぬ、開けよ」

「失礼致しまする」

大将の寝所まで来るとは、尋常なことではあるまい。義弘が起き上がって、険しい顔を向けると、貞真は兜こそつけていないが、いつでも戦に出られる鎧姿で控えた。

その顔だちは、おっとりとした風貌であるが、賢徳で意志が強そうだった。

「伊東勢が、木崎原に陣を取り、その多くは、この宵闇《よいやみ》の中、加久藤城を攻めに向かった由《よし》……〝山くぐり〟からの報《しら》せです」

〝山くぐり〟とは、古来、薩摩三峰に隠棲している忍びのことである。

三峰とは、開聞岳《かいもんだけ》、野間岳《のまだけ》、金峯山を指す。山伏が修行をする霊山であり、殊に金峯山でのものは厳しい修行と知られており、鎌倉時代よりこの地の守護であった島津家と深い関わりがあり、義弘もよく利用していた。

「加久藤城を、な……さようか。そこに目を付けるとは、さすが伊東義祐だ」

義弘は意外な表情も見せず、慌てたり騒いだりすることはなかった。

妻子が命を狙われたり、人質になることとは、戦乱の世では当たり前のことである。それゆえ、三重にも四重にも城同然の塁櫓を設け、ここ飯野城からすぐにでも兵が駆けつけるよう、二八坂越えの裏道も整備してある。

「〝山くぐり〟の者たちは、すでに加久藤城の城郭の内外に潜《ひそ》んで、宰相殿と鶴寿丸君を守っております。私の判断で、先発隊を五十人ばかり送りました」

宰相殿とは、義弘の室・真那（実窓夫人）のことで、家臣たちが慣《なら》わしとしてそう呼んでいる。官位名で呼ぶのは、正室に遠慮してのこともあった。

もっとも妻は今、真那ひとりであり、義弘本人も、「宰相殿」と親しみを込めて言っていた。自ら送る文の宛名としても「宰相殿」としたためていた。宰相とは天子の使用人という意味もある。現代でも妻のことを〝御局様〟とか〝大蔵大臣〟などと言う人もいるが、それに近いのであろう。

「敵は総勢三千、こっちはわずか三百。応援を待つ時もなさそうだな」

「義久様、歳久様にも密偵を送り、援軍を頼みました。ですが、もう伊東の軍勢は、加久藤城に攻め込むに違いありません。威嚇《いかく》するように城下に火を放ち始めました。その様子は、この城からも窺《うかが》えます」

わずかに声が上擦《うわず》る貞真に、義弘は落ち着いた声で言った。

「うろたえるな、貞真……あの城には、川上忠智を筆頭に腕利きの兵を揃《そろ》えておるし、いつでも捨てられるよう仕掛けもしておる」

「しかし、宰相殿と若君が……」

「いざとなれば、大明神城などに逃れて、ここまで逃げて来ることもできよう」

大明神城とは、島津家の守り神である狐を祀《まつ》っている稲荷《いなり》大明神に由来する。加久藤城の御加護を願って、築かれたものだ。

「それでも運が尽きたときは、真那とて武士の娘、潔く覚悟をしよう」

「殿……さようなこと……」

言葉にしてはならぬとばかりに首を横に振った。

「案ずるな。真那は、俺なんぞより、肝の据《す》わったおなごぞ。あの可愛《かわい》らしい顔に、華奢《きゃしゃ》な体つきからは思いもつかぬか」

義弘にはかような急迫した事態でも、軽く冗談を言える胆力があった。それは平常心を保つための言動かもしれぬが、貞真の方は気が気でなかった。

「それより、貞真。この城には、数十人を残して、直ちに、他の兵をすべて加久藤城に差し向けよ」

「えっ……この城がまったく手薄になってしまいますぞ。敵方も斥候を放っているであろうし、そうと知れば、伊東軍は一気呵成に、飯野城に向かってくるやもしれませぬ」

「まさしく、それが狙いよ」

したり顔になった義弘は、何かを確信したように言って、立ち上がった。

「なに、今、思いついたのだ。敵がそう出るならば、こっちにも一捻《ひね》り二捻り、考えがあることを示してやろうではないか。そのためには、今ひとつ〝山くぐり〟に働いて貰《もら》わねばならぬな」

日新斎と貴久父子が、山伏たちを忍びとして使っていたのは、島津家内でも知る者が限られている。山伏は密教を根本とした山岳信仰や神道、陰陽道などを合わせた修《しゅ》験者《げんじゃ》であるため、常人にはない神通力があった。ゆえに、〝怨敵調伏《おんてきちょうぶく》〟などを呪法でもって唱《とな》えさせる。薩摩のみならず、密《ひそ》かに利用していた戦国大名は多い。

諸国には幾つもの修験場としての霊山があり、街道や海道とは違う〝山の道〟を通じて深く繋《つな》がっていた。金山や銀山を探す山師も同類で、その者たちとの交流があればこそ、諸国の戦国大名領の様子を密かに調べることができたのだ。山伏の中には、大名や豪族の傭兵になる者もいた。御家に雇われる忍びと違って、金で雇われるため、裏切りも多かったが、その力を借りずして成り上がった戦国大名はいない。

島津家は日本という国の中では、辺境に位置する。しかも、黒潮と親潮という海流の分かれ道でもある。他国の密偵が入り込みやすいため、それを防ぐことにも気配りせねばならぬ。ゆえに、〝山くぐり〟は重宝されたのだ。義弘は特に、敵が油断しやすい女や検校《けんぎょう》を使うことが多かった。

「それでは、貞真。おまえはこの飯野城を守れ。ただし、敵はとてつもない数だ。いざとなれば堂々と逃げろ」

「いえ。命に代えて守りもそう」

「バカを言うな。飯野城はたしかに日向攻めに必要な城だが、人の命、兵の命のほうが大事だ。ゆめゆめ籠城《ろうじょう》しようなどと考えるな」

「――ハハッ」

貞真は深々と頭を下げたが、もとより命がけのつもりである。

こうして義弘は、敵の動きに対して臨機応変に、数少ない兵のほとんどを加久藤城に移動させたのだ。だが、これは伊東義祐の戦略に合わせた行いであって、次の次の一手が頭の中にあったのは言うまでもない。

三

加久藤城は小高い丘の上にあり、三方を峻崖が囲んでいるものの、千人や二千人の兵に攻め込まれれば、ひとたまりもあるまい。

川内川が自然の堀になっており、その内側には敵兵には気付かれぬように、畝堀《うねぼり》が設けられている。畝堀とは底が激しいデコボコになっていて歩きにくく、武具を備えた敵はすぐに転び倒れる。ゆえに堀の上から、鉄砲や矢で攻撃しやすいのだ。

曲輪《くるわ》の周りは土塁《どるい》や石塁で固められており、切岸《きりきし》という垂直に近い壁があって、決して登れないようになっている。そこからは石を落とす仕掛けがある。

万が一、そこを乗り越え、馬出しや大手を突破して来たとしても、落ちる仕掛けの土橋があり、下には竹槍が剣山のように突き出ているため、敵兵は串刺しとなる。

また本丸に向かう坂は、真《ま》っ直《す》ぐに見えて、実は積んだ石のため足場が悪く、敵兵は転倒しやすく、本丸や二ノ丸、曲輪の狭間《はざま》から、鉄砲や矢で総攻撃を受けることになる。

それでも辛くも通り抜ける敵兵はいるであろうが、枡形《ますがた》虎口を経て、本丸前の扉に来ても、それは扉ではなく、石垣に張り付けた見せかけだけのものだ。実は、表門は作っていない。

この城には他にも様々な、敵を欺《あざむ》く仕掛けがしてある。

つまり、この城は籠城して敵と戦うものではなく、逃げるための時間稼ぎをするために造り直していたのだ。敵軍が攻撃に難儀をしている間に、裏手から大明神城や掃部城、宮之城という塁櫓に待避しながら、飯野城に逃れる仕組みなのである。

それにしても、敵兵の数は、この城を守る兵の何十倍もいる。恐れをなして、士気が落ちることを懸念しそうなものである。

だが、城代の川上忠智は太刀《たち》を摑むと、大柄な体を震わせて、城兵たちの前に立った。わずか数十人ではあるが、十人力を発揮するという猛者のみを集めている。

川上忠智自身、島津家中で指折りの勇将で、義弘とは剣術の稽古《けいこ》も共にした〝竹馬の友〟でもある。この木崎原の戦いなどは序の口で、後の五十数回に及ぶ数々の義弘の戦歴に貢献してゆく。

「伊東勢が、この城を取りに来るのは想定していたことだ。いや、待ってましたというところだ。敵の数は恐れるに足りぬ。我らの務めは、ただひとつ……敵を引きつけながら、宰相殿と鶴寿丸君のお命を守ることだ」

忠智の野太い声は、矢島や坂口ら猛者どもの胸の奥にまで響いた。すでに川内川河畔まで半数ほどの兵を送っているが、幸い川が増水していたがため、敵兵は対岸に留《とど》まっている。

しかし、近隣の百姓や城下の一部には火を放ち、奇声や怒声を上げ、騎馬を走らせながら挑発している。恐れおののかせるつもりであろうが、薩摩隼人《はやと》たちには何の恐怖も起こらぬ。むしろ、武者震いが強く湧いてくるだけであった。

「——無勢とて敵を侮ることなかれ。多勢を見ても恐るべからず……この日新公の歌を、伊東勢にも学ばせたいものよのう」

余裕の口振りで言うと、忠智はまるで勝ち鬨《どき》のような声を張り上げて、

「いざ！　出陣じゃ！」

と鼓舞すると、手下たちも呼応し、味方が陣取る河畔に向かって駆け出した。

一方、本丸では——。

宰相殿と呼ばれる後の実窓夫人、真那と、その大切な一子、鶴寿丸が寄り添うように座っていた。

周りには数人の女官と護衛兵がいるだけだが、真那の瞳は爛々《らんらん》と輝き、落ち着いた様子であった。義弘が言うとおり、眉目秀麗な女であるが、惚《ほ》れたのは容貌ではない。

「しっかりとした子を生みそうな、立派なケツの女じゃ」

そう思ったからだと、周りの将兵や仲間たちには語っていた。しかし、これは気さくな義弘の酒宴のときの冗談紛《まが》いの言い草であって、半ば照れ隠しであろう。

三年前にようやく待望の跡取り息子ができて、義弘は諸手を挙げて喜んでいた。父親が猫可愛がりしていたぶん、真那は厳しく躾《しつ》けていた。三つ子の魂百までという。伝統と格式ある島津家の跡継ぎとして、恥ずかしくない人物に育てたいと思っていた。

「島津家の女たちは、天女のように美しい上に肝が据わっている」

誰にともなく、そう言っていた。日新斎の生母の常盤。日新斎の妻の寛庭夫人《かんていふじん》、島津貴久の妻の雪窓夫人《せっそうふじん》……いずれも絶世の美女で良妻賢母であった。

義弘は、入来院重聡《しげさと》の娘である雪窓夫人の次男として生まれ育ったが、夫人は義弘が九歳の折に他界した。まだ母親の温《ぬく》もりが欲しい年頃だったから、自分の子供たちには母の愛情を味わわせてやりたかった。

最初の妻・お通《つう》は、島津家御一門衆である北郷忠孝《ほんごうただたか》の娘で、義弘の間に千鶴という娘を授かった。

お通は、島津忠親の実弟の娘である。つまり、義弘が忠親と養子縁組みをして、飫肥城に移ったときの政略結婚みたいなものだ。北郷氏出身の忠親が、島津本宗家との結束を強めるためのものだった。

だが、飫肥を狙ってくる伊東氏との合戦続きで、夫婦親子の情けを交わすことが少なかった。飫肥から義弘が立ち去るとき、離縁となったのは、自然の流れだった。

その後、お通は、忠親の息子・時久の後室となり、百歳近い長寿を全《まっと》うした。

義弘の二番目の室は、肥後の戦国武将・相良氏十七代当主の相良晴弘《はるひろ》の娘、亀徳《かめとく》である。つまり、相良義陽《よしひ》の妹だ。義陽は、献金を増やしてまで、朝廷や足利幕府に接近しては官位を買う如く、権勢欲の強い野心家だった。

晴弘の代までは、島津家との関わりに幾多の変遷があったものの、日新斎や貴久とは良好の関係であった。しかし、義陽の代になると俄《にわか》に悪化したのだ。

菱刈氏との戦いでも、常に義陽は敵方であり、今も伊東義祐と組んで、島津に戦を仕掛けてきているほどだ。

嫁ぎ先の島津と、実家の相良の間で、亀徳は思い悩んでいた。これもまた戦略的な婚姻であることに違いなかったが、亀徳は心の底から、義弘を慕っていた。しかし、子ができないこともあって、亀徳は自ら、父親の元に戻ると決心して、女中たちを連れて島津家を出た。

ところが、それは一種の〝愛想づかし〟であって、相良家に帰ることはなかった。

島津家に入ったときに貰った化粧田のある姶良山田の川辺村にて、島津と相良、両家の和睦《わぼく》を願いながら、断食修行をした。それが原因で病になって死んだという。あるいは、義弘が戦死したと誤解し、川に身投げして後を追ったという噂《うわさ》もある。それを後に知った義弘は、丁重に供養をした。

武将の多くが何人もの側室を抱えるのは常識だが、義弘は正室、継室、継々室と三人を娶《めと》っただけであった。その中で、真那だけが自分で選んだ女だった。

真那は初めて義弘と会った日のことを思い出していた。

義弘は〝軍事訓練〟のひとつとして鷹狩りをよくしたが、気心の知れた者とお忍びで出かけることが多かった。

本来、鷹狩りは宮廷儀式のひとつで、御家の格式と関わっていた。単に訓練や遊興ではなく、狩猟儀式を通して領有権を承認することにあった。その鷹場とは、領主から下賜《かし》されたものである。よって、鷹狩りは、自分の領地だと示す示威行為でもあったのだ。

丁度、義弘が通りかかったとき、真那は屋敷の前の小川で、畑から採ったばかりの大根を洗っていた。義弘はふいに、

「大根を一本くれ」

と言ってきた。数人の家来を連れていたものの、馬上の武士がまさか島津家の義弘とは思いも寄らなかった。

真那はすぐさま菅笠《すげがさ》の上をへっこまして皿のようにして、数本の大根を置いて差し出した。それを見た義弘が、

「それは、何かのまじないか？」

訊《き》くと、真那は戸惑いながらも答えた。

「はい。こうすると、とても甘く美味《おい》しゅうなります」

「まことか」

「あ、いえ……冗談でございます。菅笠の頭に触れていた側に、大根を盛るのは失礼かと存じ……大変、申し訳ございません」

「なるほど。細やかな気遣いじゃな。しかも、美味くなるならば、ますますよかこと」

気さくに笑って、義弘はやにわに大根をガブリと噛《か》んだ。水気がたっぷりある大根が、喉《のど》を潤したのであろう。義弘はさらに気持ち良さそうに高笑いして、ずうずうしくも団子や山菜汁なども求めた。

その数日後、島津家から使いの者が来て、

――嫁に欲しい。

と言われたのである。それこそ何かの冗談だと真那は思っていたが、使者は達筆で書かれた義弘の文を持参しており、心ノ臓が飛び出るくらい驚いた。

父親は島津家の家来だが、下級も下級である。よって、丁重に断ったが、義弘は再三再四にわたる手紙攻撃で、真那を口説《くど》き落としたのである。

そんなことを思い出していた真那だが、大根を所望されたときには、ろくに顔も見ていなかったし、再会するまで信じられなかった。が、義弘が領内の村々を巡っては、百姓衆と酒を酌《く》み交わし、楽しく歌い踊っていた〝よかにせ〟だという噂は耳にしていた。だから、後になって、

「ずうずうしい態度だったが、少しも嫌な気分にはならなかった」

と感じていた。

いつも陽気で潑剌《はつらつ》としている夫で、子供の前ではやに下がっている。長兄の義久に何かあれば、島津家の当主になる身分でありながら、四つんばいの馬になって子供を背中に乗せている。

「どうして、私を嫁にしてくれたのです？」

思い出したように真那が尋ねたときは、義弘は必ず、笑いながらこう答えた。

「しゃがんで大根を洗《あろ》うてたときの、おまえの尻が丈夫そうだったからだ」

冗談で受け流しているが、お通や亀徳に比べれば器量は良くないと自分でも思っている。だが、愛嬌《あいきょう》だけは人一倍ある。義弘とふたり一緒にいると笑いが絶えなかった。

その夫が、事に臨んでは、鬼のような形相《ぎょうそう》になる瞬間があるのを、真那はよく知っていた。此度《こたび》もそうだった。家臣には何事も朗らかな態度を取っていたが、ひとり自室で書見をしたり、考え事をしているときは、妻といえども決して近づくことができなかった。

「——今頃も、きっと鬼の顔になっているに違いありませんね」

ぽつりと呟《つぶや》いたとき、傍《かたわ》らにいた鶴寿丸が小さな咳《せき》を繰り返した。生まれたときから、さほど元気な子とは言えなかったが、数日来の初夏とは思えぬ寒さに、風邪を貰ったのだろうかと心配した。

しかも、遠くから聞こえる合戦前に威嚇する足軽《あしがる》たちの猛々しい声に、鶴寿丸は怖いのであろう、身震いをしている。

「大丈夫ですよ。お父上は必ず勝ちます。これまでも、どんな大怪我《おおけが》を負っても、武運強く生き抜いてきました。ご先祖様も守って下さってますよ」

「曾祖父の日新様もね」

「もちろんです。あなたの成長を楽しみにしてました」

日新斎が死んだのは、鶴寿丸が生まれて半年にもならないときだった。その手に抱かれることはなかったが、男の曾孫《ひまご》の誕生を喜んでくれた。島津義久にはまだ継嗣がいないから、鶴寿丸はいつかは島津本宗家を背負う身になるかもしれぬから、大事に育てられていた。そして、必ず戦国の世を生き抜かねばならない。

本丸からは外の様子はほとんど見えないが、櫓《やぐら》からは真幸盆地を一望できる城である。遠くで馬の嘶《いなな》きや鉄砲の音などが湧き起こっているのが、手にとるように分かる。

我が子をしっかりと抱きしめた真那は、風邪に効く薬草丸《やくそうがん》を飲ませた。

「母上、苦い……」

「良薬口に苦しといいます。これで必ず治りますからね。大丈夫」

迫り来る状況とは裏腹に、真那は明るい笑顔で鶴寿丸を励ました。むろん、万が一のときは籠城し、女だてらに甲冑を纏《まと》い、討ち死にする覚悟であった。

四

戦闘はあちこちで勃発していた。法螺《ほら》の音が響き渡り、甲冑や槍などがぶつかり合っていた。だが、それはまだ小競《こぜ》り合《あ》いに過ぎず、合戦には至っていない。

義弘はすでに家臣の遠矢良賢《とおやよしたか》に百人の兵を従わせ、二八坂を越え、飯野川を下る山《やま》間《あい》の抜け道から、加久藤城に向かわせている。

その一方で、村尾源左衛門《むらおげんざえもん》ら七十人を木崎原の東側にある谷間に、密《ひそ》かに潜《ひそ》ませていた。さらに、五代友慶《ごだいともよし》ら五十人は、白鳥山麓の民家や納屋などに潜伏させた。

五代友慶――やはり子供の頃、今の川上忠智と一緒に、義弘に加世田まで随行した勝左右衛門である。義弘が飯野城に入ったとき、従ってきた武将である。

今も、義弘はこの五代と加久藤城を任せている川上とは、子供の頃のままの屈託のない仲である。むろん、主君と家臣の上下関係はあるものの、気持ちは信頼で結ばれた竹馬の友であった。

村尾と五代が任されたのは、島津得意の〝釣り野伏せ〟の下備えだが、相手方には総勢三千の兵がいる。この戦法にどれだけ効果があるかは、戦ってみなければ分からなかった。

飯野城には、肥後民部《ひごみんぶ》らわずかの兵を残し、義弘自身も、上井覚兼《うわいかくけん》・上井秀秋《ひであき》兄弟や鎌田政年《かまたまさとし》ら主立った武将を率いて、加久藤城に向かった。

二八坂に集結した義弘の本隊ですら、百三十人。木崎原の西方に進んだ鎌田政年の軍は、わずか六十人。先発している黒木播磨や富永万左衛門はそれぞれ四十人足らず。加久藤城を支援する遠矢良賢ですら百人余り、城代の川上忠智の軍勢と合わせても、百五十人そこそこである。

大口城からは、今や島津随一の武将である新納忠元が三百の兵を連れて、応援に向かってきているはずだ。それを合わせても、総勢七百足らず。伊東の軍勢の五分の一にも満たない。

しかし、新納忠元は、永禄十二年（一五六九）に、菱刈氏との戦の際、大口城を攻め落とし、その城主となっている。

――武勇は鬼神の如し。

と評判の戦上手である。義弘の幼き頃よりの〝見張り役〟は、その最大の危機に駆けつけてきたのだ。

大口城は、薩摩大隅と日向路、肥後路などの交差する要衝地にある。その城を、主《あるじ》が留守にすれば、まだ燻《くすぶ》っている菱刈の地侍らが刃《やいば》を向けてくるやもしれぬ。憂《うれ》いは少なからずあるが、主君の義弘を失えば元も子もない。決死の覚悟で陣取った。

一方――。

伊東軍の伊東祐信と又次郎の軍勢は、夜の裡《うち》に飯野城を右手に眺めながら、上江村から木崎原を抜けて加久藤城に迫った。民家を焼き払って、一気呵成に城の裏側から攻め入ったが、搦《から》め手に通じる鑰掛口《かぎかけぐち》に向かった。

夜の暗さもあるが、これは完全に、島津側の罠《わな》にはまった形となった。この鑰掛口の手前には、徳泉寺があるが、遠くから見ると搦め手の櫓に見えるのだ。

「謀《たばか》られたか!」

祐信は思わず声を張り上げた。

斥候に調べさせていたにも拘《かか》わらず、とんでもない仕掛けがあるとも知らず、迷い込んでしまったのだ。石垣に張り付けただけの大手門に突進していたとしても、弾《はじ》き返されていただけであろう。

徳泉寺には、樺山浄慶坊の屋敷がある。

この僧は、開聞岳で修行をした密教僧で、島津家の〝山くぐり〟の頭領のひとりとして日向の動勢を探っていた。そして、合戦が始まるや、調伏して敵軍が破滅するよう呪詛《じゅそ》するのである。

搦め手と間違えて攻撃してきた伊東軍に対して、投石などをして分断し、隘路《あいろ》に追い込み、鑰掛口と見せかけた断崖に突き落とすなどして、勇敢に戦った。誰ひとりとして敵兵を加久藤城内に入れることはなかったが、祐信らの軍勢は山津波のように襲ってくる。よく防いだが、浄慶坊は共に戦った息子たちとともに討死した。

だが、この浄慶坊たちの善戦によって、伊東軍は小渡瀬川に退却を余儀なくされた。態勢を立て直そうとしたが、加久藤城の麓にある不動寺からは、僧兵が鉄砲を抱えて出て来て、次々と撃ってくる。

その命中度は高く、逃げ惑う伊東の足軽たちは折り重なるように倒れた。

「怯《ひる》むな！　討って出よ！」

大将の祐信が高い声で叫ぶと、随行していた騎馬武将が呼応して、笞《むち》打って勢いよく駆け出した。川辺まで来たとき、行く手の石塁の陰から、島津の僧兵が発砲してきた。岩剣城のときとは、数段の違いがある性能と技術で、雨霰《あめあられ》の如く騎馬武将に命中した。

まるで暴れ馬から投げ出されるように、武将が転落した。しかも急所に命中したのか、まったく動かない。後続の騎馬や足軽たち兵卒らは、俄に勢いがなくなった。

その間隙を突いて、

「かかれえ！」

加久藤城側から、城将の川上忠智が先頭となって、騎馬を狩り出して突進した。一旦はわずかに引いた伊東軍だが、隊列を整え直し、大軍に相応《ふさわ》しい魚鱗《ぎょりん》の陣に構え、

「えい、えい！」「おう！」

大将の声に、配下の兵たちが応じ、ザッザッと地面を踏み鳴らすように突き進んだ。

一方、川上忠智軍は寡兵でも一点突破を狙う鋒矢《ほうし》の陣を組み、敵陣の真ん中に猛烈な速さで突っ込んだ。

敵陣はまさに矢を受けたように、大きく崩れた……かに見えたが、それは鶴翼の陣形に変化したのだった。中央を突破してくる少数の隊は、自陣に誘い込んでおいて、ぐるりと取り囲むのだ。

島津勢は完全に包み込まれた形となったが、将兵は背中合わせとなって、伊東勢と向かい合った。

一気に叩き潰されるかに見えたが、島津の兵たちは、槍を掲《かか》げて叩き落とす技に長《た》けていた。しかも素早い動きで何度も叩くように繰り返す。その鋭い槍の動きに、伊東の足軽たちの方が引き下がり、円陣が膨らんだ。

——槍は突くのではなく、一撃で叩くと心得よ。

打撃を受けて怯んだ相手を、一瞬の隙《すき》に捻り突きするのだ。

この槍術は、後に島津御家流となる示現流剣術の立木打ちにも通ずる。樫《かし》や栗などの堅い木を、やはり強い柞《ゆす》や椎の木で激しく、左右から交互に打ちつける稽古を、朝夕一万回以上していた。示現流のもとである〝天真正自顕流《てんしんしょうじげんりゅう》〟、さらにはその源流である〝香取神道流《かとりしんとうりゅう》〟の極意であろう。

〝香取神道流〟は甲冑を着て戦うのを想定しているから、無駄な動きがない。刀を受ける間があれば斬る。切っ先で手首や太股《ふともも》を、小さな動きで引くだけでよい。血管が切れて血を噴き出し、相手は倒れる。つまり、相手よりも、わずかに早く仕留めるために、厳しい鍛錬を普段から繰り返しているのだ。

よって、周りに複数いたとしても、素早い一撃で倒すから、ひとりで四人や五人は倒せるのである。その上、至近から浴びせる棒手裏剣の心得もあれば、腰筒もある。最後は組みついて倒し、短刀で喉を突く。甲冑の弱点をついての攻撃だ。

これらの技は多くの戦国武将が取り入れていたものだ。が、鍛錬の度合いで足軽の質が決まり、その質が全体の兵力を上げた。

しかも、島津の兵は基本的に、五人一組となって戦うことになっている。相手がひとりであってもである。攻められる死角を作ることなく、確実に敵を仕留めるためだ。

〝香取神道流〟は実戦剣法であり、槍術、薙刀、居合、柔術、手裏剣術などほとんどを網羅しているが、創始者である飯篠家直《いいざさいえなお》は、

「兵法とは平法なり。武術とは互いに血を流し合う戦のためのものではない」

との信念で、武術の奥儀を究めた。〝香取神道流〟を極め、〝鹿島新當流《かしましんとうりゅう》〟を開いた剣豪・塚原卜伝《つかはらぼくでん》も、

「戦わずして勝つ」

が剣術の極意と悟ったが、それとて幾多の合戦や真剣勝負をして会得したことだ。合戦場は決して綺麗事では片付けられない。殺し合いに他ならないのだ。

日新斎と同世代である塚原卜伝のことを、義弘は祖父から聞いており、自分の剣術にも生かしていた。それゆえ、薩摩隼人の剣術は、生き延びるためにも、初太刀にかかっているのである。

合戦場でも同じである。一撃必倒を心得て戦う薩摩武士は己が命を差し出す、命知らずに見えた。だが、そうではない。わずかに体を躱《かわ》しながら、槍の穂先や刀の切っ先は相手の顔や喉、胸などの中心を向いていた。その最短の間合いで突き抜くことで、敵兵よりも速く仕留めたのである。

しかし――。

やはり多勢に無勢過ぎる。五人一組の態勢も崩れ、目前の兵を倒しても後から後から突いて出てくる槍をすべて躱すのは至難の業であった。じりじりと追い込まれ、川上忠智率いる島津勢は無惨にも全滅になるかと思われた。

その時、小渡瀬川や加久藤城の方から、島津の援軍がやってきた。勢いを増して突進してきたのである。それとて寡兵である。

「怯むな。相手は少数だ。臆せず倒せ。勝利は必ず我らにある！」

伊東祐信は自分の兵に声をかけ、弟の又次郎は真っ先に援軍に向かって馬を走らせた。だが、行く手にある加久藤城からは、狼煙《のろし》が上がっており、それに呼応したのか、遠矢、馬関田、吉田を将とする島津勢も押し寄せてきた。

飛び交う矢や鉄砲玉の間隙を縫うように、川上忠智が駆けつけたのは、先刻、僧兵の鉄砲を浴びて倒れた伊東軍の騎馬武将のもとだった。濡《ぬ》れた草むらで、馬の下敷きになる格好で、虚《うつ》ろな目で横たわっていた。

「――おぬしは、もしや……」

忠智は声をかけて、その武将の兜の錣《しころ》や甲冑の小鰭《こひれ》を摑んで引きずり出した。兜の緒を切り、面具を外して見た。猛々しい濃い武将髭《ひげ》を生やしている。

「やはり米良重方《めらしげかた》殿であったか」

声をかけた忠智に、米良重方は虫の息で、もはや答える力は残っていなかった。

米良重方は、伊東義祐の家来の中で、知勇兼備の将として最も知られている。

数年前の永禄九年のこと。島津義久、義弘、歳久が築城中の日向小林《こばやし》城に攻め入ったときには、義弘に大怪我を負わせ、島津軍に退却を余儀なくさせた男である。島津兄弟は、この戦での敗北によって、精神的な打撃も大きく受けていた。初陣《ういじん》で勝利して以来、快進撃だった義弘たちが、それほど酷《ひど》い負け方をしたからである。

その後の、飫肥での戦いでも、米良は伊東方の代表として、島津方の北郷忠顕《ただあき》と領土交渉などを行った人物だ。「これほどの勇将でも、鉄砲の弾丸《たま》であえなく戦場の露と消えるか」

声をかける忠智に、米良は光が消えそうな瞳の奥で、

——情けは無用。

と呟いたように感じた。

忠智は兜を丁寧《ていねい》に取り外すと、首の根本に太刀の刃を合わせ、「御免」と力を込めて押し切った。ごろんと傾いて落ちた首を両手で支えると、瞼《まぶた》を閉じてやった。

その首に槍の穂先を突き刺すや、天に向かって突き上げ、

「見よ！　米良重方の首じゃ！」

と忠智は叫んだ。

「おおっ……あれは、まさしく……！」

伊東勢の足軽たちに動揺が走った。大将の祐信や又次郎は、僧兵の鉄砲を受けて馬

ごと倒れたときに、米良だとは当然、気付いていたが、士気が下がるため戦いを続けていた。だが、米良を慕っていた兵も多かったのか、俄に隊列が崩れ始めた。

「慌てるな。列を整えよ。米良の仇《かたき》を討つ気概《きがい》で攻めよ！」

祐信は采配を振った。一度、崩れた軍勢は巣を突《つつ》かれた蜂が飛ぶように乱れた。数では勝るとはいえ、このままでは不利である。やむなく、一旦、兵を休ませると判断した祐信は、白鳥山から高原村へ退却させようとした。

「慌てずともよい。肥後からは、相良の援軍が来る。島津の新納忠元の援軍が来ようとも、恐れるに足らぬ」

兵を励ましつつ、急いで白鳥山へ登り始めたときである。

大勢が気勢を上げる鬨《とき》の声がドッと湧き上がり、行く手に、島津十字紋の白い旗がずらりと現れた。一揆の百姓旗も混じって、何百旗も風に靡《なび》いている。さらに、法螺貝の音が響き、太鼓や鐘が激しく打ち鳴らされた。

——どうやら、加久藤城の狼煙を合図に、伏兵や百姓が立ち上がったか。

思いも寄らぬ島津勢の出現に、大将の祐信ですら動揺した。怒声に混じって、槍を叩いたり、地鳴りがするほどの音も聞こえる。百姓一揆を煽《あお》る地侍も多い土地柄だ。

「しまった……たしか山中には、島津ゆかりの寺もあったはず。その僧兵が扇動したか……いや、だが、相良が来るはずだ……相良が……」

頼みの綱は相良氏である。祈るように白鳥山の方を見ていたが、島津の旗はさらに増え続け、峰々の一帯に溢れるほどであった。寡兵である島津を覆ったはずの伊東軍が、逆に広く取り囲まれる陣形になってきた。

「もしや……相良も、あの島津軍に阻《はば》まれて来られぬのかもしれぬな」

仕方なく白鳥山を諦《あきら》め、川内川沿いに、伊東義祐が本陣を構えている木崎原に向かい、陣形を整え直そうとした。

鳥越山辺《あた》り一帯の平らな所は、大軍が激突するに相応しい場所である。たとえ背後から島津の兵が来たとしても、兵の数では圧倒的に伊東軍の方が多い。野戦に持ち込めば、必ず勝利できると、祐信は改めて自分に言い聞かせた。

「兄じゃ。見よ……」

馬の轡《くつわ》を引きながら、又次郎が前方を見ながら、祐信に言った。

「二八坂に構える、あの島津義弘の本陣……なんとも、みすぼらしいではないか。せいぜい百二、三十……応援を待っているのか、動くこともできないでおるようじゃ……しかもポツンと孤立しておる。一気呵成に、踏み潰してやるわ」

大将の首を取れば、戦は終わる。加久藤城を落とすのは、思いがけず失敗したが、狙いは飯野城を落とすことである。

「まずは俺が討ち入りますゆえ、兄上は殿とともに！　いざ、参るぞ！」

又次郎は、義祐の娘婿である伊東祐青《すけはる》、伊東源四郎、落合源五左衛門、飯田祐恵、上別府宮内少輔ら豪の者を引き連れて、真っ先に丘から駆け下り、一直線に島津義弘本陣に向かうのであった。

五

「おお。攻めて来おったわい」

二八坂に本陣を構えていた義弘は、敵が俄に突進してくるのを冷静に見ていた。

「どうやら、手筈《てはず》は上手《うま》くいったようだな」

義弘は、控えている久留伴五左衛門、富永刑部、野田越中坊、鎌田大炊助、久保伴五左衛門、曾木播磨らに向かって、陣形を組んで、伊東又次郎らの軍に突進するよう命じた。

「さすがは、殿。天晴《あっぱ》れでございます」

一際大柄な久留が甲冑を揺らして言うと、その横の富永も口髭を噛むようにして、

「まさか、白鳥山に靡く島津の旗が、権現《ごんげん》様の氏子や百姓衆、案山子《かかし》だけだとは、思うてもおらぬようですな。殿のご推察どおり、伏兵と思い、逃げ場をなくして、こっちへ向こうてきましたぞ」

と言うと、義弘はズイと前に出た。

「いよいよじゃ」

加久藤城にわざわざ目が行くように、妻子の真那と鶴寿丸を置いていたのだ。しかも城兵が手薄である様子を、前々から伊東領内に、菊市という琵琶法師や遊び女に仕立てた女間者らを放って吹聴していた。

それによって、伊東軍が加久藤城を攻めることを、義弘は読んでおり、すでに重臣らとの軍議にて計略を立てていた。

——飯野城の三分の一の兵を、遠矢良賢が指揮して、加久藤城に救援に向かう。

——義弘が出陣するときは、伊勢貞真が留守居となり、時期を見極め、狼煙を上げて、吉松、栗野、大口など味方の城に使いを走らせる。

——白鳥山の寺の座主、光厳《こうげん》まで〝山くぐり〟を走らせ、二百の僧兵をもって防備させ、白旗一千本を掲げさせる。

——五代友慶軍は白鳥山の麓、木崎原の野間口に伏兵し、村尾源左衛門軍は敵の帰路である本地口に潜む。さらに、百姓たちにも白旗を持たせて伏せておき、合図で一斉に立ち上がらせる。

　これら、山麓で白旗などを掲げた百姓を島津軍と思わせて敵兵を混乱させることや、肥後から来る相良軍を引き返させることは、予《あらかじ》め決めていた策謀である。

　ここまで上手く事が運んだのは、義弘のきめ細かな用意周到さの賜《たまもの》だ。常日頃から武備を怠ることなく、領民の暮らしぶりに心を寄せている。しかも、百姓とさして変わらぬ粗食をもって、足軽らとの辛苦を当然のように共にする。家臣に信頼され、領民に慕われる武将だからこそ、いざというときに力になってくれるのだ。

「安心するのは、まだ早い。だが、合戦の勝敗は、兵の数だけではないことを、相手に教えてやろうではないか。みなが一丸となって、勇気を奮って戦えば、必ず勝つ」

　腹を括《くく》った態度の義弘に、他の者は身を引き締める思いで頷《うなず》き、

「義弘様に命を預けましょうぞ。もののふとは、死ぬことと見つけたり」

と力強く気勢を上げた。まさに、武士の本分は、自己犠牲に他ならない。

　大量の旗で、味方が沢山《たくさん》いるように見せかけたとはいえ、自軍の十倍もの大軍を目の前にして、義弘はみじんも怯む様子がない。その姿に、側近たちは改めて感服し、異様なほど奮い立った。

だが、義弘は一同を落ち着かせるように、

「急ぐなよ、また急ぐなよ。世の中の、定まる風の、吹かぬかぎりは」

と穏やかな声で朗じた。日新斎のいろは歌の〝本歌取り〟と言ったところか。武勇に焦ったり、気持ちの昂ぶりほど、判断を誤らせるものはない。

——兵法とは平法。

という香取神道流の真義を今一度、思い起こし、小さな変化の兆しを読み取ることで、己の意を決断し、実行する。しかも、電光石火の如くでなければ勝てぬ。

義弘が言わんとしたことを、諸将たちはすぐに理解した。

長い間、姿も見せずに、白鳥山麓や木崎原の谷間に潜んでいる五代友慶や村尾源左衛門たちが、いよいよ力を発揮するときがきた。

その誘い水のため、まずは富永刑部や野田越中坊、鎌田大炊助らが、伊東又次郎の軍勢に向かって、

「いざ、出陣！」

と突進していった。

川上忠智軍とともに、決死の島津兵たちは猛然と伊東軍の正面と側面へと突き進み、さらに馬関田や吉田らも援軍と共に善戦した。巨大な猛牛の群れに、血走って食らい

つく狼の一団のようだった。

明らかに数では圧倒されている島津軍のはずだが、分散して乱れ、背中を向ける兵を倒すのは容易《たやす》いことだった。しかも、急所攻撃に長ける刀剣術や槍術を日頃から鍛錬していた島津兵である。たちまち敵の軍勢を悉く粉砕していった。

城と間違えて寺を攻撃したほど、下調べもろくにしていなかった伊東軍は、隊列を乱して逃げるしかなかった。米良重方を失っている伊東軍は、さらに中村筑前守や平治部左衛門ら猛者たちも討ち死にして、一挙に士気が失《う》せていった。

本陣から敵と味方の情勢を見守っていた義弘のもとに、忠智の使いが来て、

「敵兵は池島辺りの川で、甲冑を脱ぎ飯を食っております。戦疲れと昨日とは違う蒸し暑さに、たまらなかったのでしょう」

と伝えた。

義弘の目がギラリと輝いた。兜も取らず床几《しょうぎ》に座っていたが、すっくと立ち上がり、

「鎌田政年に命じて、敵軍の背後に廻《まわ》らせるよう、忠智に伝えよ……我が本隊は直ちに木崎原の正面を切り崩す」

と自ら馬を引いて、突進した。

油断をしたわけではないが、わずかな隙を突かれたと思った伊東軍は、態勢を整え

直し、伊東祐信、又次郎、落合源五左衛門らは、義弘の首を目がけて総攻撃をかけた。

「義弘ひとりの首を狙え！　他の者は構わぬ！　敵将の首ひとつじゃ！」

祐信は声を張り上げたが、大勢の兵を殺到させたがため、むしろ混乱した。

しかし、多勢に無勢、木崎原を取り囲む山々や霞《かす》んできた霧島連峰をも揺るがすような激しい合戦となった。

さすがに寡兵の義弘本隊もじりじりと退却を迫られ、先鋒が崩れるや引き下がるしかなかった。遠矢良賢や久留伴五左衛門、野田越中坊らに守られながら、六百歩余りも押し戻されてしまった。

遠矢たちは〝捨てがまり〟となって、義弘を守るべく、膨れあがる敵中に猛進して激闘を繰り広げたが、次々と戦死する者もいた。だが、敵もその倍近くが倒れていく。

おびただしい数の島津側の旗が功を奏して、伊東が期待していた相良の援軍はまったく姿を現さない。その前に勝負を付けねばならぬと、義弘は己に発破《はっぱ》をかけた。

戦死を覚悟して自ら率先して敵と戦う勇姿に、島津の将兵たちは、斥候らが虚旗だと知れば、参戦してくるに違いない。


「大将を死なせるでない！」

とばかりに全身全霊で突き進んだ。

それでも伊東軍は壁のように、どんどんと前に出てくる。

ようやく義弘が陣形を立て直したとき、

「殿！　応援が参りました！」

と誰かが叫んだ。

振り向くと、怒濤《どとう》のように新納忠元の援軍三百が押し寄せてきた。

「遅いぞ、忠元。ぬしゃ、いつもそうじゃ。ガキの時の俺の見張り番の頃から、ぎりぎりまで助けに来ぬ」

笑みを浮かべて、誰にともなく言うと、まるで百万の味方を得たかのように、義弘は猛々しい声を張り上げて、真っ先に敵軍に突進するのであった。

血飛沫《しぶき》が飛び交う激しい戦闘の中で――。

義弘を目がけて飛来する一本の矢があった。射った相手は、柚木崎正家《ゆのきざきまさいえ》という伊東家きっての槍名人である。島津軍の〝釣り野伏せ〟の罠にかかり、伊東軍の殿《しんがり》となって退散中、柚木崎は、まさに一矢報いるつもりで、槍ではなく弓で狙いを定めて射ったのである。

あわや義弘の胸に命中かと見えた寸前、乗っていた栗毛の愛馬が前足を突き曲げて、柚木崎の渾身の一矢を躱した。そのため、義弘は矢を入れる箙《えびら》を掠《かす》めただけで、命が助かった。すでに何本もの矢は受けていたが、いずれも甲冑により致命傷にはならなかった。しかし満身創痍《そうい》だった。

だが、敵将は矢を外して無念とばかりに、弓を投げ出して、義弘の前に平伏した。

「島津義弘様とお見受け致します。拙者《せっしゃ》、日向柚木崎城主、柚木崎正家と申す者でございまする」

「おう。日州一の槍の名手か……それが弓で向かってくるとはな」

「不覚にも命よりも大事な槍を、合戦の最中に落としてしまいました」

柚木崎はそう言いながらも、腰の下に短刀を隠した。

「ならば、柚木崎。降参して城を差し出せ。命までは取らぬ」

「たった今、あなたの命を狙った拙者に、情けをかけるというのですか」

「勝負は時の運。昨日の敵は今日の友とも言うではないか」

「まさしく、人の心や運命は移ろいやすく、あてになりませぬ……だからこそ拙者は、二君に仕えず。この場にて討って下され。敵の総大将に討たれれば、末代までの名誉かと存じまする」

「隙を見て俺を斬るつもりだろうが、二君に仕えずという心がけは気に入った」

義弘は馬上から、槍の穂先を向けた。柚木崎は凝視《ぎょうし》して見上げて、

「我が家の家訓でありますれば」

と言うなり、自ら進み、義弘の槍の穂先に首を突き出した。その穂先で、柚木崎は己が喉を突き、そのまま血飛沫を発しながら、仰向《あおむ》けに倒れた。

「なにをするッ」

声をかける隙もなかった。

柚木崎は、もはやこれまでと悟り、自刃を決意したのであろう。

その時である。憤怒の形相で突進してくる騎馬武将がいた。伊東祐信である。

「卑怯なり！　見たぞ、島津義弘！　平伏して降参した者を無情にも槍で突くとは、断じて許さぬ。覚悟せい！」

伊東には、そう見えたのであろう。だが、義弘は言い訳などしなかった。

死ぬと覚悟した武士は、最後の最後まで諦めぬものだ。降参のふりをして反撃するのは、戦場ではよくある光景である。柚木崎には明らかにその意図があったが、義弘には敵《かな》わぬと観念したに違いない。

「受けて立とう、参れ！」

義弘が体勢を立て直して、槍を構えようとした寸前、矢のような速さで、祐信の槍が突き出されてきた。

――まずいっ。

と思った瞬間、義弘の愛馬がまたしても、膝《ひざ》を突き崩して、伊東の穂先を躱し、兜で受け流す形となった。しかも、丁度、義弘の槍の穂先が、相手の脇腹を突きぬくよう、うまく傾いたのだ。

「きえい！」

裂帛《れっぱく》の叫びとともに、義弘は祐信に槍を突き入れた。カッと目を見開いて、「無念……」と呟きながら、落馬した祐信に向かって、義弘の家来たちが飛び掛かると、見事に首級を取り上げた。

馬上の義弘は、愛馬のタテガミを撫《な》でながら、

「一度ならずも二度までも……おまえこそ、一番の主君思いよのう」

と呟いてから、さらに敵陣に向かって走った。

大将を失った伊東軍にもはや統制力はない。伊東又次郎、伊東祐安、長峰弥四郎、日田木玄斎ら、敵の名だたる武将が次々と討ち倒れていき、夜中から未明、夕刻までの長い一日の合戦は、終わりを迎えた。

義弘はわずか三百の兵で、その十倍の伊東軍を壊滅させたのである。

十三地蔵塔――。

野守《のもり》は激しい戦闘を見てきたように、だが淡々と語り終えると、若者は全身を奮わせるように力を漲《みなぎ》らせていた。

「一国の猛勢、わずか二、三百の人数をもって討ち滅ぼすことは、前代未聞たるべきものか。それより伊東の運命窮まれり」

静かな声で、野守は『惟新公御自記』の一節を口ずさんだ。惟新公《いしんこう》とは隠居後の義弘のことである。

「のう、若いの……戦とは人数ではない。兵ひとりひとりの士気にかかっておる。合戦の最中に、川で休憩したなんぞというのは論外じゃ。飯《めし》も屎《くそ》も、さっさとやるのが兵の基本、歩きながら寝る術《すべ》もな」

にこりと野守は笑った。

「木崎原の合戦のことは、〝九州の桶狭間〟などと喩えられるが、織田信長が、永禄三年（一五六〇）の桶狭間の戦いで、今川義元を討ち取ったのは、大雨の中を奇襲しただけのことじゃ。肥前の龍造寺隆信が、大友宗麟《そうりん》の大軍に取り囲まれた、元亀元年（一五七〇）の今山の合戦では、寝込みを襲った夜討ちに過ぎぬ……だが、義弘公は野戦にて、少数で勝った。しかも、加久藤城に夜襲をかけたのは、大軍を従える伊東義祐の方ぞ……だが義弘公は堂々と木崎原という野原で受けて立った。伊東の戦術とまったく度量が違うわい」

納得して聞いている若者も、遠い昔の合戦場を見ているように目を細めた。

「情けないことに、伊東義祐は逃げに逃げ、亡き息子・義益《よします》の妻が、大友宗麟の姪という縁で、大友家を頼ったが、戦国武将のくせに、奢侈《しゃし》な暮らしは相変わらずで、変えようとはせなんだと。これも義弘公とは大違い。いずれ滅びるのは当然じゃわい」

「この合戦では、島津側が二百五十人余り、伊東方はその倍の五百六十人余りが戦死したそうですが、義弘公は敵兵も丁重に供養し、身元の分かる者は国元に送り返したとか」

戦の後、刀を洗った小川が、血で真っ赤に染まったほどだったという。

「そのとおりじゃ。慈悲深い人でな、激戦地だった三角田に、敵味方関わりなく供養塔を建てたとよ……猛将でありながら慈悲深い……わしゃ、そういう戦国武将は珍しいと思うとっとじゃ」

「誇りに思うとります。義弘公を救ったと言われる栗毛の馬も、長生きしたそうですね」

「〝膝突き栗毛〟のことじゃな。ああ、この合戦から二十五年もな。人の寿命ならば、八十三歳くらいだったそうな。主君を二度も、守ったのだから、名馬中の名馬じゃて」

「はい……」

感慨深げに十三供養塔を見ていた若者は、ぽつりと言った。

「この中に、俺の母方の先祖がおるとです……椎原与右衛門といいもす。その流れを汲《く》む叔父《おい》もなかなか立派な御仁《ごじん》で、俺とは年が変わらんから、兄貴みたいに慕うとりもす」

「ほう。そうだったか……それで、おわい《おまえ》は、ここに参りに来たとか」

「ええ、まあ……」

「この中の、池田六左衛門貞秀《さだひで》は木崎原の合戦にも出ていたお人で、飯野衆として軍議にも呼ばれており、後の数々の合戦を共にした。そういう古い付き合いの者もおっと……何しろ、馬にすら慕われる義弘公じゃて。人が惚れぬわけがなか」

面白そうに笑った野守だが、急にしょんぼりとした表情になった。

「日向の伊東を落として、薩摩、大隅、日向の三国を名実共に支配した島津家だが……義弘公が可愛がっていた鶴寿丸は、憐《あわ》れなことに、まだ八歳で亡くなることになるのじゃ……宰相殿の悲しみも如何ばかりだったか……何事においても幸運と不運は……まこと人の世は無常じゃわい」

まるで十三基の地蔵塔も、義弘の心中をおもんぱかって泣いているようであった。

また蕭々《しょうしょう》と雨が降り始め、杉木立を濡らした。

第六話　花の宗麟

一

木崎原の合戦によって、伊東《いとう》氏が日向南部の実効支配を失ってから、島津《しまづ》家の薩摩、大隅、日向の〝三州統一〟は堅牢なものとなった。だが、家祖である島津忠久《ただひさ》が島津荘の下司識として補任した当初に戻っただけのことだと、義弘は認識していた。

この統一が叶《かな》った頃には、天下の情勢も大きく変わっていた。中国の雄、毛利元就《もうりもとなり》が亡くなり、織田信長《おだのぶなが》による比叡山《ひえいざん》の焼き討ちが行われ、武田信玄も没し、その後の長篠《ながしの》合戦で武田《たけだ》家は叩《たた》き潰《つぶ》された。浅井《あざい》家や朝倉《あさくら》家という戦国の名家も、信長によって亡ぼされ、事実上、室町《むろまち》幕府は瓦解《がかい》した。

天下の形勢は、織田信長に大きく傾いていき、反信長の旗を掲《かか》げる大坂の石山本願《いしやまほんがん》寺《じ》は、信長から執拗《しつよう》な攻撃を受けていた。毛利元就を継いだ輝元《てるもと》が、足利義昭《あしかがよしあき》と与《くみ》して、石山本願寺救援を名目に信長軍と戦ったが、それが引き金となって、秀吉《ひでよし》による中国攻めが繰り広げられる展開となっていた。

織田信長、豊臣《とよとみ》秀吉、徳川家康《とくがわいえやす》という新たな戦国の主役たちが表舞台に登場し、天下統一という大きなうねりを作っていた。

同じく九州も――。

島津が勢いを増してきたことで、豊後《ぶんご》の大友《おおとも》氏、肥前《ひぜん》の龍造寺《りゅうぞうじ》氏と三つ巴《どもえ》の情勢となっていた。肥後《ひご》の阿蘇《あそ》氏や相良《さがら》氏、肥前《ひぜん》の有馬《ありま》氏や大村《おおむら》氏、松浦《まつら》氏などは独立を保っていたが、いずれは大友か龍造寺、島津に飲み込まれる状況であった。

伊東義祐《よしすけ》が豊後に逃走して後は、霧島山の東麓にある高原城《たかはるじょう》は、伊東勘解由《かげゆ》という武将が守っていたが、天正四年（一五七六）八月に、鹿児島から出陣した義久が大将となって、攻め落とした。

先鋒が義弘、後軍として、歳久、家久という島津四兄弟が打ち揃《そろ》っての戦《いくさ》である。まさに武士の本分を全《まっと》うした形となった。

花堂という所に本陣を置き、城へ流れる水路を断つことで、戦わずして勝った。まさに武士の本分を全《まっと》うした形となった。

この勝利で、この一帯の伊東氏の城は次々と落ち、敵の拠点でもあった三ツ山城を手に入れた義弘は、城主として川上忠兄《ただえ》を入れた。弱冠十七歳の若者だが、父親の川上忠智に負けぬ勇将になる素質があった。

伊東氏の要城である小林城を陥落させた後、ここで戦勝祝賀を執《と》り行《おこな》った。その際に、三ツ山城主に指名したのだが、川上忠兄は後には奇《く》しくも小林城に入る運命にある。

久しぶりに、義弘と川上忠智、五代友慶との竹馬の友〝三人組〟が集まって、ゆっくりと心ゆくまで杯《さかずき》を交わした。

振り返れば、まだ戦のこともろくに分からぬ年頃から、屈託のない物言いで過ごした戦友である。もちろん、主君と家来の分別はあるが、義弘は領民と酒を酌《く》み交わす気さくさである。腹の底から信頼している家臣たちとは、まさに刎頸《ふんけい》の交わり。特に、このふたりとは兄弟以上の絆《きずな》があった。

この三人の姿を見て、川上忠智の三人の息子、五代友慶のふたりの息子たちも驚くくらいの仲の良さである。

川上忠智の長男、忠堅《ただたか》はもう二十歳。川上家の頭領としての風格が出てきていた。次男の忠兄は、此度《こたび》、義弘から城主を命じられたほどの器量がある。三男の久智《ひさとも》もまだ十二歳でありながら、ふたりの兄を凌《しの》ぐほどの凜《りん》とした顔だちをしている。いずれも後に、島津家の大戦《おおいくさ》の勝利に貢献する逸材だ。

五代友慶の息子、友泰《ともやす》はまだ八歳の童《わらべ》でありながら、父親にそっくりの武骨然としており、やはり後に、川上の子供らとともに、朝鮮征伐なども含めて、八面六臂《はちめんろっぴ》の活躍をする。

ここに集まっている子らが、島津家を支えて大大名にするだけではなく、後に徳川幕府の時代になっても、多くの影響を与える武将になろうとは誰が想像したであろうか。

「見事な仕儀であったな、忠堅、忠兄……おまえたちのお陰で、日向が島津の軍門に降《くだ》ったも同然だぞ」

大袈裟《おおげさ》に煽《おだ》てるような言い草だが、義弘の本音である。親兄弟、一族、家臣団の結束こそが、戦に連勝する秘訣だと信じている。

「忠智も友慶も、よか息子がおって良いのう。ますます御家が栄えて、頼もしい限りじゃ」

義弘が杯を傾けて笑うと、忠智は素直に喜びながらも、

「我が息子たちも、島津家のために精一杯、働くことを、小さな頃から叩き込んできたゆえ、何も憂《うれ》いはない。盤石であること間違いなしと、親バカながら思うとりま

す」

「ああ。頼りにしとるぞ……鶴寿丸が生きておればほんに良かったが……」

昨年、八歳で病死して、義弘は号泣《ごうきゅう》するほど悲嘆に暮れていたが、次男の万寿丸は五歳を迎え、三男の米菊丸は、まるで鶴寿丸と入れ替わるように生まれてきた。よちよち歩きの可愛《かわい》い盛りである。

万寿丸は後の久保《ひさやす》で、秀吉政権下では、小田原征伐や朝鮮の文禄の役にて武勇を馳《は》せる。弟の米菊丸は後の忠恒《ただつね》で、徳川幕藩体制では薩摩藩の初代藩主・島津家久《いえひさ》となる。

——浪のおりかくる錦は磯山の梢にさらす花の色かな
後に、忠恒が加治木で詠《よ》んだこの歌から、桜島を擁《よう》する海は、錦江湾と呼ばれるようになったという。

だが、今はまだ世の中のことなど、何も分からぬ童も童である。この子たちもいずれ主従の関係を結び、幾多の激戦を勝ち抜いていくのだが、ほんのひととき、何処《どこ》にでもある家族の風景が漂っていた。

この場には、女たちもいた。子供らの母親である。夫たちが刎頸の交わりであるように、妻たちにも強い絆があった。

薩摩生まれの女は〝薩摩おごじょ〟という。おごじょとは女という意味で、古くは「御御」と記され、おごうと呼ばれていた。〝おごじょ〟はまさしく互助であり、女同士が助け合って男を支えるという意味もある。しっかり者で、気立てが良くて優しいが、芯は強い女の褒《ほ》め言葉である。

その薩摩おごじょであっても、子を失った女の悲しみは深い。鶴寿丸を失って、一番苦悶《くもん》したのは、真那であろう。養母を頼まず、自分の側《そば》に置いて、手塩に掛けて育てたから余計に辛《つら》かった。

悲しみが癒えたわけではないが、ふたりの子宝に恵まれ、こうして気の置けぬ仲間たちと過ごせる時が大きな救いとなった。その一方で、戦がなくなったわけではないから、

――いつかは合戦《かっせん》で死ぬのではないか。

という不安がつきまとっていた。

武士の妻ゆえ、覚悟はできているつもりだが、素直で屈託のない子らの顔を眺《なが》めていると、寂寥《せきりょう》感《かん》を抱《いだ》くのは仕方があるまい。

真那は立派になった忠智と友慶の子供たちを眩《まぶ》しそうに見ながら、

「ほんに武将らしい顔だち、体つきになりましたね。幼い頃、廊下や庭を走り廻《まわ》って

いたことを思い出します」

と懐かしそうに言った。

「歳月人を待たず……あっという間です。でも、戦乱の世でありながら、忠堅や忠兄もこうして大きくなり、少しでも島津家のお役に立てて嬉《うれ》しい限りです」

忠智の室・須磨《すま》が言った。伊集院氏の分家の流れを汲《く》む武将・春成久正《はるなりひさまさ》の娘ゆえ、島津一族のひとりである。

勇将川上忠智を支える薩摩おごじょらしく、目鼻立ちもくっきりとしており、物腰も落ち着いていた。三人の息子たちは、はるかに須磨よりも大きくなっているが、母親には頭が上がらぬらしく、常に顔色を窺《うかが》っているように見えた。

五代友慶の妻・光女《こうじょ》は、見かけこそ線が細い美女だが、祁答院《けどういん》氏の出だからか肝が据《す》わっている。

祁答院氏は渋谷一族で、島津家と何十年にもわたり、熾烈《しれつ》な戦いを繰り返してきた。殊《こと》に島津家の内乱が続いていた頃には、肥後国の相良氏や菱刈氏、はたまた東郷《とうごう》氏や入来院氏、北原氏らとともに、島津家にとっては宿敵であった。

そのため、薩州家の島津実久《さねひさ》は娘の虎姫を祁答院良重に嫁がせ、姻戚関係を作っている。が、実久は、日新斎と貴久親子と対抗していたため、さらに複雑な争いを生じさせていたのだ。祁答院良重は、蒲生範清とともに、義弘と過激な戦を繰り広げた相手である。帖佐城での合戦のことを思い出して、感慨に耽《ふけ》っていた。

「虎姫もきついおなごであったのう……元々、祁答院家に嫁に行くのを嫌がってたらしいが、良重殿は暴君だったからのう」

百姓の子供を矢の的にしたり、家臣の失態を責めて粛清したりしたという噂《うわさ》だった。その人でなしぶりを見かねたのか、虎姫はある日、夫を刺し殺すという凶行に及んだ。

「不仲だったともいうが、妻に不意に刺し殺されるとは、武将として、なんとも憐《あわ》れじゃ……側近の家臣が、すぐに虎姫を屏風《びょうぶ》ごと倒して制したが……結局、虎姫も、その場で死んでしもうた」

虎姫を制した家臣というのが、村尾源左衛門——木崎原の合戦の折は、友慶とともに〝釣り野伏せ〟を実行するために、谷間に潜《ひそ》んでいた武将だ。いわば敵対していた相手でも、その才覚を見込んで、信頼に足ると思えば味方に迎え入れる度量が、義弘にはあった。

「それにしても、うちは大丈夫かのう。いきなり背後からグサリなどと……」

義弘が真那を振り返ると、他の夫人ともども意地悪な目を向けて、

「憎らしい。私たちが、さようなことをするとすれば、どこぞに惚《ほ》れた女でもできた

ときでございまするな」

　と言うと、忠智も友慶も「それはない」と断じた。

「大将は、宰相殿一筋。絶対に他のおなごを好いたりはせぬ」

　子供の頃の呼び方のまま〝大将〟を庇《かば》うように言った忠智に、

「そんとおりじゃ。俺たちも同じ……そうでございますな、大将」

　と友慶も続けると、義弘は笑って、

「おまえたちのことは知らぬが、俺はまこと真那一筋じゃ」

「これは酷《ひど》い言い草でござるな。俺たちは〝二君に仕えず〟と同様、室もふたりと持たぬのが武士としての矜持《きょうじ》じゃなかか」

　砕けた話しっぷりに、その場が和《なご》んで、夫人たちも一緒になって笑った。それぞれの夫婦がお互いを信頼している証《あかし》だ。事実、義弘は、後に朝鮮征伐に出向いたときも、情けないくらいに沢山《たくさん》の〝恋文〟を女房に書き送っているし、生涯、宰相殿の他に室を置くことはなかった。

「どうじゃ、忠堅。久しぶりに俺と相撲を取らぬか。図体ばかり大きくなって、どうせ力はなかろう」

　義弘が挑発するように言うと、忠堅は頭を下げながら微笑《ほほえ》み、

「殿にお怪我《けが》をさせては、忠臣として恥ずべきことでありますれば。合戦場に於《お》いても、真っ先に盾となりましょう」

「さようなことを申して、勝てる自信がないのであろう。なんなら、忠兄とふたりまとめて相手にしてやってもよいぞ」

矛先《ほこさき》を振られた忠兄も困惑したように頭を下げてから、

「いえ。拙者《せっしゃ》には到底、敵《かな》いそうにもありませぬ」

「謙遜は美徳ではなかとぞ。さあ、どっちでもよいから、かかってこい」

勢いよく立ち上がった義弘は諸肌を脱いで、「いざ」とばかりに四股《しこ》を踏んだ。義弘の胸板は厚く、金剛力士のように筋骨隆々であった。だが、体のあちこちに痛々しいばかりの傷痕があり、黒ずんだみみず腫れとなっている。

唖然《あぜん》と見上げている忠堅と忠兄は、その異様さに目を見張った。父親にも同じような創傷はあるものの、尋常でない義弘の肌は、まるで刺青《いれずみ》のようでもあり、これまでの戦の凄《すさ》まじさを物語っていた。

「これくらいの傷に驚いておるのか。敵の槍《やり》や矢を食らうということは、こっちが未熟だからだ。さあ、こい。遠慮はいらぬ」

義弘が四股を踏みながら声をかけると、忠智に頷《うなず》かれて、忠堅が立ち上がった。

「――では……私に稽古《けいこ》をつけて下さい」

「稽古と思うな。真剣勝負だ」

土間に下りると義弘に続いて、忠堅がついていった。そして、お互い相手の肩に顎《あご》を乗せて腰を摑《つか》み合うと、忠智の合図でふたりは力を込めた。押し合ったり、投げようとしたりするが、いずれもどっしりしており、まさに仁王がぶつかり合ったように動かない。

だが、良く見ると、四十過ぎた義弘は余裕の笑みを浮かべており、忠堅の顔は真っ赤になっている。

「案外と見かけ倒しじゃのう。こんなことじゃ、槍を受けたら一撃でやられてしまうぞ。もっと腰を入れんか」

ぐいぐいと押してくる義弘に対して、

「なにくそ……えい！」

と必死に押し返した次の瞬間、忠堅の体が宙を舞うように背中から倒れた。地響きのような音がした。

「合戦場では、矢が尽き、刀が折れれば、最後の最後は組み打ちとなる。倒された方が脇差《わきざし》や短刀で殺される。絶対に屈してはならぬのだ。足軽《あしがる》の話ではない。武将とて、己ひとりになれば、我が力だけが頼り。自分だけで戦わねばならぬ」

「はい……」

「いや。武将なればこそ、真っ先に突進し、敵を倒さねば、下の者はついて来ぬ。そのためには、まずは足腰じゃ」

義弘がそう言いながら、忠堅を引き起こすと、忠兄も吃驚《びっくり》した目で見ていた。

「殿……兄じゃは他の誰よりも相撲は強かばってん、あっさり倒されもした……天晴《あっぱ》れ。殿には恐れ入りもうした」

「おまえたちの父、忠智は俺より強い。一度も、勝ったことがないくらいだ」

「そうなのですか……」

「だが、島津家にはもっともっと強い者がおる。新納のおじきなんぞ、まだまだ誰にも負け知らずじゃ。剣術や槍術は当然のことだが、相撲や柔術も日頃から鍛錬せよ。よかな」

ふたりの兄弟に声をかける義弘を、真那や須磨、光女夫人たちも微笑ましい目をしながら、頼もしそうに見ていた。心の奥には、「決して子供らは死なないで欲しい」という思いはある。だが、

――敵が攻めてくる上は、命を賭して領民を守らねばならぬ。

との思いで、義弘たちが幾多の合戦を重ねてきたことを、真那たちは百も承知している。これからもそうであろう。

予《かね》てから義弘は、自分たちの国さえ安堵《あんど》できれば、無用な戦はしたくないと真那に言っていた。薩摩、大隅、日向という祖先からの領地が穏やかであればいい。ましてや、九州統一や天下統一など頭にはない。

しかし、兄の義久には少なからず、九州平定の野望がある。いや、野望というより、使命感である。かつて朝廷にとっては蛮族であった九州の地を安定させたいという思いであるが、それとて義弘には不要だった。

――ここは大海の始まる所。

という考えが今でもあり、その目は遠く琉球や明国、南蛮に向けられているからだ。

だが、その背中を突いてくる者たちには、真正面から向かい合うしかない。

そんな義弘の思いを、真那はよく知っており、陰ながら支えると心から誓っていた。

二

大友家二十一代目当主の宗麟《そうりん》は、キリシタン大名であり、九州統一の覇者として最も有力な戦国武将だ。

領国は地勢的に見ても中央に近く、瀬戸内海や豊後水道に接しており、宿敵とも言える大内氏が倒れてからは、九州のみならず中国地方でもその存在感を示していた。

大友氏は、豊後を本拠地として六ヶ国の守護、さらに九州探題《たんだい》を任じられ、かねてから保護していたキリスト教を通じて、カンボジアやポルトガルなどとの貿易を熱心に行っていた。

それに対して、大内氏も周防《すおう》を本拠地として中国の西部や九州北部七ヶ国の守護となり、かつては明や朝鮮との貿易にも幅広く手を染めていた。応仁の乱においては、大内氏は西軍の総大将として力量を発揮し、その権勢をもって九州の実力者である少《しょう》弐《に》氏と大友氏を屈伏させ、北九州と中国に跨《また》る覇者として確たる地位にあった。

さらには、上洛して室町幕府にも影響を及ぼし、管領代として幕政をとりまとめる守護大名として、その地位を築き上げた。特に、大内義隆《よしたか》の頃には、周防、長門、石見、安芸《あき》、備後、豊前、筑前を支配する西国では最強の戦国大名となった。交易の面でも、細川氏と覇権を争っていたが、大内氏が明国交易を独占することになった。西の京と言われた山口は繁栄を極めており、鹿児島や平戸、博多などより華やかだと、フランシスコ・ザビエルも伝えているほどだ。

しかし、出雲の尼子氏や筑前の少弐氏、さらには安芸の毛利氏、豊後の大友氏と戦ううちに衰退し、宿痾《しゅくあ》のような家臣とも言える陶《すえ》氏の奸計《かんけい》に落ちて義隆が自害してから、大内氏の権勢は一気に失われた。そのため、中国では毛利氏が大きな勢力として台頭し、豊後では大友氏が盛り上がってきたのである。

もっとも、大内氏と大友氏には多少の複雑な経緯がある。大友宗麟の弟である義長《よしなが》が、大内氏に養子に出されて当主となっていた。しかし、兄の宗麟としては、肉親の情よりも、いわば同盟関係を結んでいた毛利氏との絆を強めることが大事だった。元々、義長を大内家に送り込んだのは、陶隆房の要望であったことだが、結果として大内氏は滅ぶことになり、毛利の勢力が長門にも広がってきたからだ。

大友宗麟はすでに天正四年（一五七六）に長男の義統《よしむね》に家督は譲っているものの、実質はふたりで統治していた。息子があまりにも頼りにならず、家臣からの信望も不足していたからである。

元亀元年（一五七〇）の肥前の熊・龍造寺隆信との今山の合戦では、自ら大将として出向いたにも拘《かか》わらず、弟の親貞《ちかさだ》が戦死してしまった。大友氏にとっては、楽勝となる小さな戦のはずだったが、これがきっかけとなって、龍造寺氏の筑前や肥前への拡大を許すことになった。

日向に於《お》いては、盟友関係にある伊東氏が木崎原の合戦にて、島津勢に叩きのめされてから一気に衰退したがため、大友氏としても危機感を増していた。大友宗麟にしてみれば、

――毛利、龍造寺、島津。

という軍事力の強い戦国大名にかこまれている情勢であった。

毛利氏は大黒柱の元就が既《すで》にこの世におらず、継嗣の隆元《たかもと》、吉川元春《きっかわもとはる》、小早川隆景という〝三本の矢〟が支えていたが、信長と秀吉が中国に攻めてくるため、九州どころではなかった。龍造寺氏は今でこそ勢いがあるが、今山の合戦の勝利は〝大まぐれ〟であり、隆信には人望が全くないため、いずれ自滅すると宗麟は踏んでいた。

ゆえに、最も恐れていたのは、島津家である。戦術戦略の巧みさ、兵ひとりひとりの精神力と高度の武術は、宗麟も認めるところであった。しかも、義久、義弘、歳久、家久という島津四兄弟の結束の固さは鋼《はがね》に喩《たと》えられるほどだ。日新斎・貴久親子はすでに他界しているが、その鉄壁のような島津魂は、この四兄弟が受け継いでいた。

――肉親の結束の固さ。

大友宗麟にはないものである。いや、まったく理解できないことであろう。それも仕方があるまい。なぜなら、父親に殺されかけた身だからだ。自分も弟を犠牲にして、

今の地位にいると言っても過言ではない。

戦国武将は多かれ少なかれ、親兄弟が血で血を洗うのが宿命のようなものだ。島津四兄弟のように〝仲良しごっこ〟をしているのも、小さな領地ゆえのこと。国が大きくなって、己が権力や名誉を求めるようになれば、不仲になることは目に見えるようだと、宗麟は思っていた。

天正六年（一五七八）十月――。

宗麟は自ら、臼杵城《うすきじょう》から務志賀城《むしかじょう》まで出向き、個々を本陣として、日向攻めの陣頭指揮を取っていた。この出陣には、角隈石宗《つのくませきそう》という軍師や斎藤鎮実《しげざね》ら重臣たちのほとんどは、反対していた。島津家と戦う大義名分はなく、島津軍の勢いと強さもよく知っていたからである。

ましてや、居城である佐土原城を捨てて逃げてきた伊東義祐、その孫義賢《よしかた》を庇《かば》い、復讐に手を貸す謂《い》われなどない。武士として腹も切らず、逃げ廻ってきた伊東たちに対して、宗麟の家臣たちは、「武士の風上にも置けぬ奴らよ」と不甲斐《ふがい》なさを感じていたのだ。

かような逃げ腰の武士のために、日向攻めを行うとなれば、大友氏が天下に向かって、伊東の味方と宣言したようなものである。それを口実にして、日向攻めを断行したと誤解もされよう。

だが、宗麟の腹の内は、まさに日向国を掌中に収め、その勢いを駆って、大隅や薩摩なども平定しようと目論《もくろ》んでいた。

それだけではない。領内での耶蘇《やそ》教の信仰を認め、教会堂の建設も率先してやってきた宗麟は、日向に〝切支丹王国〟を作ろうという野望があった。妄想ではない。デウスの力を背景に必ず実現するという自信が、宗麟にはあったのである。

もっとも、宗麟自身が洗礼を受けたのは、耳川の合戦直前のことである。そもそも「宗麟」というのは、禅宗に帰依《きえ》し、剃髪《ていはつ》入道した後の名である。臼杵には、大徳寺の治雲禅師を招いて、寿林寺を建立《こんりゅう》したほどの熱の入れようだった。

しかし、それ以前に宣教師たちを受け入れ、布教の許可をしたのは、ひとえに交易や鉄砲、西洋医学などを取り入れるためである。その一方で禅宗を重んじていたのは、家臣統制の意味合いがあった。

それでも、今般、カブラル神父から洗礼を受け、フランシスコの霊名を授けられたのは、悪妻との評が高かった妻と離縁し、後添えとその娘も切支丹《キリシタン》であったからだ。日向を新しい国にするという思いに偽りはなく、強く決意していたのだ。

そのために、四万とも五万ともいう大軍を率いて、南下する道々、仏閣を片っ端から破壊し、燃やしてきたのである。仏を信心してきた領民たちには、鬼夜叉《やしゃ》の仕業《しわざ》にしか見えなかったことであろう。
「殿のお気持ちはよく分かります。ですが、あまりにもやり過ぎではございませぬか。
義統様ですら、畏《おそ》れております」
角隈は愚行と罵《ののし》るまではしないが、何度も、島津攻めを押しとどめようとした。だ
が、もはや宗麟に聞く耳はない。漕ぎ出した船は、突進するしかなかったのである。
まさに、後妻のジュリアを伴った西洋の軍船風の船団には、白い緞子《どんす》に赤十字という
旗を掲げ、家臣群はみなロザリオを胸にかけていた。
合戦場となる耳川とは、日向国を流れる川の名である。
狙《ねら》いは、その川の先にある新納院高城《にいろいんたかじょう》であった。伊東氏四十八城であり〝日高三
高城〟のひとつで、日向では最も険しい要害だと言われていた。獅子《しし》奮迅の活躍で手
に入れたこの城を、島津が容易に手放すはずがなかった。
だが、宗麟にとっては、日向を支配するためには、どうしても攻落せねばならぬ要
城である。北の谷瀬戸川、南の高城川に挟まれた岩戸原の高台にあり、九州山脈が見
渡せる西側以外は、すべて急峻な絶壁。その西門の外は、五つの大きな空堀《からぼり》で守られ
ていた。

空堀に落ちると、蟻地獄のように這《は》い上がることが難しい。ましてや武装した重い体ではろくに身動きができず、上から一斉に鉄砲や矢で攻められてしまう。

伊東氏の城とはいうものの、元々は、島津氏四代当主・島津忠宗の四男、時久が建武年間に築いた城郭である。つまり、新納家の初代の城である。

その後、南北朝時代から戦国時代を通じて、畠山《はたけやま》一族の者や土持《つちもち》氏らが城を奪い合ったが、長禄年間になって、勢力を強めていた伊東氏に帰属したのだ。木崎原の合戦で、島津家が取り戻したとも言えるこの名城は、義久の命によって地頭職に就いた山田有信が城主となっていた。

山田有信が此度の合戦の最前線にいるわけであるが、

——いずれ大友とも刃《やいば》を交えねばなるまい。

と見込んでいた義久の采配振りが冴《さ》えていたといえようか。有信は幼い頃、島津貴久に小姓《こしょう》として仕えていた流れで、長男の義久に奉公し、領内の地頭などを長年務めた上で家老となった。いわば叩き上げの家臣で、此度の合戦では、太刀《たち》持ちを任された。

そのような名将が守る難攻不落の高城を、思いつき同然の戦で勝利することができようかと、角隈は何度も無駄な合戦をするべきではないと、宗麟に訴えていたのだ。

「おぬしは、島津との合戦が長引くと見ておるのであろう。その隙《すき》に、毛利が攻め込んでくると……それは杞憂《きゆう》じゃ」

宗麟は自信をもって、家臣たちの意見を跳《は》ね返した。

「しかし、殿。これまで悉《ことごと》く仏閣を焼き払ってきたことに、領民たちは不安と怒りを隠しきれず、かり集めた足軽の中には逃走を図る者たちもおりました」

「さような者たちは軍紀に従って処分せよ」

「領民に恨みを抱《いだ》かれるのは得策ではありませぬ。聞けば、島津家では常日頃から、領民との交わりを大事にしており、合戦相手の領民をも手なずけているとか」

「角隈……軍師らしからぬ物言いよのう」

眉根《まゆね》を寄せた宗麟は、甲高《かんだか》いが苛《いら》ついた声になって、

「余のやり方に不満があるならば、国元に帰って、年寄りや子供の面倒でも見ておれ」

と吐き捨てるように言った。

角隈石宗は、大友義鑑《よしあき》、宗麟父子に仕えてきた軍師である。兵法や気象学に優れているだけではなく、大友家内では屈指の人格者として尊敬する家来も多かった。気性の激しい宗麟を諫《いさ》めながら支える存在だった。

「礼節謙虚は人の嗜《たしな》み。戦は道理をもって臨まねば、人から信頼されぬ」

そう家臣たちに説いていた。兵法はもとより、自らの剣術や槍術の技も優《すぐ》れておりながら、篤実で温厚な人柄であった。それは宗麟も認めていることで、一旦、事に臨めば、得意の槍のように真《ま》っ直《す》ぐ一筋に突き進む、勇敢な武将だった。

にもかかわらず、此度の島津との戦には二の足を踏む態度に、宗麟は腹が立っていたのだ。肝っ玉がどっしり据わっていなければ、負け戦となるであろう。

角隈が心配しているのは、宗麟よりはむしろ、義統の方であった。武将としての知勇もなければ、統率力にも欠けるため、家臣団からの信望は薄かった。大友義鑑、宗麟父子に比べて見劣りする段ではなく、不信感すらあった。島津四兄弟が、日新斎や貴久にも増して優れた武将であるのと、大違いであった。

「戦に勝ったとしても、人心が離れれば、御家は安泰とは言えませぬ」

義統が頼りないと口には出さぬが、角隈は丁重《ていちょう》に戦の再考を促《うなが》した。すると、宗麟はじっと睨《にら》みつけたまま、

「島津家は、源頼朝様を始祖と崇《あが》めておるが、怪しいものだ。だが、大友家は本姓は藤原《ふじわら》、大友経家様の娘を母親に持つ左近将監能直《よしなお》様は、まごうかたなき頼朝様の御落胤《らくいん》だ。鎮西《ちんぜい》奉行を拝命したのも、その証である」

その能直から数えて二十一代目が宗麟で、幼い頃より学問をよくし、武略にも優れていたのは、角隈のみならず誰もが認めている。二十歳《はたち》そこそこで菊池義宗を倒して、肥後国を奪い、二十六歳のときには、豊前国の宇佐《うさ》一族を討って屈伏させ、筑前の秋月清種を滅ぼして北九州一帯も支配下に組み込んだ。

南九州の田舎《いなか》大名とは違うのだという思いがあった。それは驕《おご》りにも見えた。自慢しても仕方がないことだ。ゆえに、角隈は自制を求めたのだが、宗麟は地勢上も数の上でも圧倒的に有利だと考えていた。

「戦は数ではございませぬ。そのことは、島津が伊東を破ったことでも、よく分かったではありませぬか」

「黙れ、石宗。余の勝ち戦、これまでも側《そば》で見てきておったであろう」

「だからこそです」

「なんだと」

「龍造寺との今山の合戦でも、我が軍は数で圧倒しておりましたが、殿の弟君をはじめ大事な武将や兵を何人も失い、撤退を余儀なくされました。伊東の例もあります。その二の舞は踏みたくないのでございます」

「今山では、運が悪かっただけだ」

「木崎原の伊東も、運が悪かった。果たして、そうでしょうか。戦略、戦術において島津のほうが上だったのです……たしかに合戦には時の運がありましょう。だからこそ逆に、時の運に任せるのではなく、時を味方にせねばならぬのです。今は、その時ではないと思いまする」

角隈の真剣なまなざしを受け、宗麟はしばらく黙っていたが、

「――相分かった」

と頷き、静かに続けた。

「おまえはやはり、臼杵城に帰っておれ。万が一、余が破れ、島津勢が豊後まで押し寄せてきたら、おまえが臼杵城を守れ」

「殿、それはできませぬ」

「おまえは余に楯《たて》を突くというのか」

「主君を戦地に赴かせ、居城にいる軍師が何処《どこ》におりましょうや」

好機があれば九州を攻略するという野望は、かねてより宗麟にはあった。そのことを角隈も重々、承知していた。だが、島津との合戦は好機と言えるかどうか、角隈は一抹《いちまつ》の不安を拭《ぬぐ》えないでいたから、日向に下るのに反対していたのだ。

しかも、〝切支丹王国〟を作るという妄執は、災いをもたらすのではないかという

不安すらあった。だが、どうしても重臣たちの反対を押し切るとなると、角隈もやむを得ないという顔になって、

「拙者、背水の陣を敷いて、全力を尽くしもうす」

と答えた。その直後、角隈は自分の兵法書をすべて焼き捨てて、最前線に向かったのであった。心の何処かに二度と臼杵には戻れぬという思いが去来したからだ。

八月十二日、宗麟は歩騎三万五千を率いて府中を出立し、十九日には務志賀に到着している。その間、神社仏閣は悉く火を放って焼き、これ見よがしに踏みにじってきた。領内や日向北部の兵が寄り集まって、総勢五万になる——と記録にある。

いよいよ島津と大友の後の世にいう耳川の合戦（高城の合戦）の火蓋《ひぶた》が切られる。

三

佐土原城には、島津四兄弟の末弟、島津家久がいた。大友宗麟の動きはすでに摑んでおり、薩摩の義久にも使いを出していた。

天孫降臨伝説のある高千穂を擁する日向は、九州山脈から滔々《とうとう》と流れいずる五ヶ瀬川、耳川、小丸川、一ツ瀬川など十二もの河川に恵まれていた。日向灘に向かう川が

自然の恵みをもたらすとともに、各地域を分断する要塞ともなっていたのだ。

特に耳川は、日向の奥地から険しい渓谷を経て、美々津に流れ込んでいる。ここは神武《じんむ》天皇の東征出発の地であり、日明貿易の湊《みなと》としても栄えていた。由緒がありながら、交易の要《かなめ》である土地柄ゆえ、宗麟は日向灘から船団を送り込んできたのだ。

耳川と、その南地に位置する小丸川を挟んで、島津軍と大友軍が向かい合ったのは、天正六年（一五七八）の十一月のことだった。

山田有信が守っている新納院高城には、次々と日向国内の島津勢が集まっていた。都於郡《とのこおり》の鎌田政近《かまたまさちか》、財部城《たからべじょう》の川上忠堅、塩見城の吉利忠澄《よしとしただずみ》、宮崎城《みやざきじょう》の日置忠充《ひおきただみつ》、比志島国貞らである。

さらに、日向の郷士たちは、伊東家が豊後に逃げてから、一斉に島津家になびいた。中でも国人で、松尾城主《まつおじょう》の土持親成《つちもちちかしげ》が味方についたのは大きかった。大友宗麟に、娘を人質に出してまで忠誠を誓っていたが、武士の風上にも置けぬ伊東義祐の仇討《かたき》ちとして、島津に刃を向けたことに対して義憤に駆られたのだ。

だが、宗麟にとって、土持の離反を看過することはできず、島津と一戦を交えるよりも先に、義統をして土持討伐をさせていた。耳川の合戦に至る半年以上前に遡《さかのぼ》る。

松尾城攻めには、大将の義統以下、田原親賢《たわらちかかた》、佐伯宗天《さえきそうてん》、田北鎮周《たきたしげかね》、吉岡鑑興《よしおかあきおき》、戸次鎮連《きしげつら》、朽網宗暦《くたみそうれき》、吉弘鎮信《よしひろしげのぶ》ら、耳川の合戦で活躍する錚々《そうそう》たる顔ぶれが参加した。

——裏切り者は叩き潰す。

という宗麟の執念を受けたものだった。

島津義久の応援を待つ間もなく、松尾城は陥落し、土持親成は捕らえられ、豊後の川原で切腹させられた。これにて、三十三代も続く名族土持家は滅んだのである。

義久の悔しさは、弟の義弘や歳久、家久にも伝わっている。島津に対する威嚇《いかく》や見せしめのようにも感じられた。しかも、松尾城という日向の要城を奪われたことに、義弘は憤りを隠せないでいた。その折、一気呵成《かせい》に大友軍を攻めようとしたが、冷静な義久が止めたのであった。

此度の合戦は、大将を家久とし、義久、義弘の軍、そして従兄弟《いとこ》にあたる島津以久《もちひさ》の軍は後ろ盾《だて》となって支える陣形となっていた。丁度、高城を挟む耳川と小丸川の間にある三角地帯が、合戦場となるであろうことは、両軍とも想定していた。

大友軍は遥《はる》か五十里（二百キロ）の距離に押し寄せてきており、迎え撃つ島津軍は各城にも兵や武器を備え、万全を尽くして構えていた。

義弘は小丸川沿いを西に向かい、義久に挨拶《あいさつ》をし、密《ひそ》かに山田有信が守る高城に入っていた。陣営の確認と戦の助言をするためである。島津四兄弟の中で、家久だけは母親が違うが、貴久のもとで分け隔て無く育てられた。胆力も気骨も上の三人よりも強いほどだった。

その兄弟のうち、家久は義弘に一番、懐《なつ》いていた。武芸の師匠が義弘だったせいもあるが、もっとも気が合ったからかもしれぬ。しかも、此度は大友という大敵との合戦を任されたのだから、感慨がひとしおだったが、家久の胸中に去来するのは、

――無事、戦えるか。

という思いだった。むろん、勝算はある。高城主として、山田有信はこの地を知悉《ちしつ》しているから、島津得意の〝釣り野伏せ〟を使うこともできよう。しかし、土持親成が怒濤《どとう》のように攻め込まれる様を、目《ま》の当たりにしている家久としては、大友軍の強さも知っていたから、一抹の不安は消せなかったのだ。

家久は三十二歳の立派な武将である。だが、一廻り年上の義弘から見れば、まだまだ若造に感じていた。

「兄じゃ。大友宗麟は異教の信者となり、デウスが味方してくれると豪語しておるとか。さようなことが許されようか」

家久はもちろん真言の徒であり、耶蘇教を忌《い》み嫌っていた。鹿児島がフランシスコ・ザビエルが最初に来た土地であり、逗留《とうりゅう》の許可をしたにもかかわらず日新斎は、

浄土真宗門徒と似ていると感じて布教は認めなかった。

「祈りを捧げ、神を信じる者は救われる」

という思想は、南無阿弥陀仏と一心不乱に唱《とな》えてさえいれば西方浄土に行けるというに等しいと思ったのだ。弱き者たちの盲信とまでは言わないが、神仏に身を委《ゆだ》ねた庶民の強さを日新斎は身をもって知っていたからだ。島津家からすれば、大友軍という異教徒軍団が自分たちの領域を侵し、皆殺しに来たという脅威も感じていた。

「教えというものは恐ろしいものだ。人心を惑わすこともある。事実、宗麟は行軍の道々、神社仏閣を破壊して燃やしてきた。もはや、これは人のすることではない。まさに悪魔の為《な》す業《わざ》であろう」

義弘も同調して頷いた。仏教は人を殺さずという信念も抱いていたからだ。

「ならば決死の覚悟で、宗麟を追っ払わねばなりませぬな」

武者震いする家久を、義弘は励ますように、

「跳ね返すだけでは物足りぬであろう。どうせなら、宗麟の豊後まで攻めていこうではないか。でなければ、耶蘇教の信徒になったのだから、またぞろ攻めてくるやもしれぬ」

「はい。大人しくしてるとは思えませせぬ。しかし、義弘兄は、義久兄と違《ちご》うて、他国

を領有する気などなかったのでは」

「事情が変わった」

「信長や秀吉が天下統一に向けて力をつけて来たからですか」

「さよう。毛利ですら、その麾下《きか》に組み込もうという勢いだ。いずれは九州にも攻め込んでくるであろう。そのとき、大友宗麟や龍造寺隆信ではあまりにも頼りにならぬ。九州を束ねる器ではない」

琉球などを見てきた義弘は、これまで以上に東南アジアとの交易圏を広めなければ、日本は孤立してしまうと思っていた。同胞が争っていては、世界の潮流にあっという間に飲み込まれてしまうであろう。

「九州を含む西国には、切支丹大名が増えたが、みな異国の神を信じるというよりは、交易の利益を考えてのことだ。日向も肥後も豊後も肥前も、布教を許し、宣教師が増えた所は必ず交易が盛んだ。しかし、宗麟も交易に重きを置いているが、耶蘇教を信じていると、いずれ異国の軍隊も招き込んでしまうことになろう」

「でごわすな。他の国々もそうして、ポルトガルに支配されてきた」

「西洋医術や鉄砲などの武器などに学ぶところも多いが、魂まで奪われてはならぬ。特に宗麟には、人々の暮らしを守ろうという信念があるとは思えぬ。我執が強く、部下にすら酷い仕打ちをしている」

薩摩の忍びである〝山くぐり〟を豊後にも放っていたが、宗麟に対する住人たちの評判は良くない。家臣の中にも不信感を抱いている者がいる。その痛いところを突けば、しぜんに内部崩壊するかもしれぬ。

耳川の北岸に配置した敵兵の様子はすでに把握している。

高城の山頂は狭いが、本丸から、都農《つの》や財部は丸見えである。しかも北麓に切原川、南麓には小丸川という要害がある。

この高城の麓《ふもと》にある広大な台地に、大友軍の先鋒・佐伯宗天軍、その北側には田北鎮周軍、東側には田原親賢と田原親貫《ちかつら》、吉弘鎮信、木村親慶、斎藤鎮実、臼杵鎮続《うすきしげつぐ》らが陣取っていた。土持親成の松尾城を攻めたのと同じ軍団で、切原川を挟んで、高城を見上げる形で対陣している。

この先鋒から高城までは、わずか二百数十間（約五百メートル）という近さである。台地の南方は小丸川が自然の濠《ほり》のようにあるとはいえ、大軍によって一気呵成に攻め込まれては、落とされるかもしれぬ。それほど切羽《せっぱ》詰まっていたが、不思議と義弘も家久も、負ける気がしなかった。

日向には領域を分断するように、沢山の川が流れているにも拘わらず、五十里の道のりを恙《つつが》なく進行できたのは、たまたま川が枯渇したり、水位が低かったからである。

だが、折からの小雨が少しずつ、河川に流れを作りつつある。九州山脈を見れば常に重い雲が垂れており、上流の山間《やまあい》にはかなりの雨が降っていると思える。

「この高城に来る前に、義久兄の本陣に立ち寄ったが、こんな話をしておられた」

本丸から眼下の大友軍勢を眺めながら、義弘は言った。

「薩摩から数千騎を従え、船にて発《た》った後、大隅国の浜之市に上がり、そこから霧島山を越えて日向国高原城《たかはらじょう》へ着いた夜のことだ。兄上は、不思議な夢を見たとか……その中で、『伐つ敵は竜田の川の紅葉《もみじ》かな』という一句を詠《よ》む武将が現れたそうな」

義弘は、敵兵が逃げ惑いながら、川に倒れ伏し血を流す光景を目に浮かべた。

「それは勝ち戦の前兆ということですか」

「うむ。兄上が高原城から、川上忠智や新納忠元、伊集院忠棟ら重臣が待つ佐土原城に入ってから雨が降り出し、九日の間、ずっと降り続けておるのだ」

佐土原城にて義弘も合流し、ここで軍評定《いくさ》を行った。この城は元々、伊東氏一族の田島《たじま》家の本城だが、島津家領とした後、家久を城主にしていた。

「まさに吉兆の島津雨……！」

家久は飛び上がらんばかりに喜ぶと、義弘も微笑み返し、

「意気揚々と来た大友軍だが、いずれ川の水嵩《みずかさ》は増してくる。背後の逃げ道が断たれたということだ」

軍評定では、財部城に本陣を置き、島津家の老臣・伊集院久治《ひさはる》が守り、その城の周辺には〝釣り野伏せ〟の備えをすることにした。先鋒は、本田親治《ちかはる》、北郷蔵人《ほんごうくらんど》らが高城川に面して陣営を置いた。その後方や左右の羽翼陣には、鎌田政近、村田経定《むらたつねさだ》、伊集院忠棟《ただむね》、上井覚兼らが固めた。いずれも義弘に心酔している家老職ばかりである。

家久が大将であるが、実質の指揮は義弘が執り、千数百人の別働隊を耳川上流に配備していた。総大将の義久は、根城坂に本陣を据え、島津も総勢四万余りが結集していたのである。

実は、義久や義弘の応援が来る前まで、高城にはわずか三千の兵しかいなかった。しかも、渇水状態の上に、大友軍が城下の民家を焼き払い、糧道を立たれて孤立無援の状況に陥っていた。かろうじて城内の井戸水が使えたので、兵たちは飢えを凌《しの》いだが、

――もはや籠城《ろうじょう》戦にて死ぬしかない。

と家久と山田は覚悟していた。折からの雨もあって、援軍が来ないからである。

「その折、何を考えてのことか、大友軍から陣中見舞いの酒樽《さかだる》が送られてきました」

家久が言うと、義弘はさもありなんと頷いた。意外な目を向ける家久に、

「合戦前や合戦中、滞陣しておる時に、敵同士が互いに酒や食べ物を送り合うのは、よくあることだ」

「しかし、兄じゃ。こっちは水も断たれておる。もしや毒でも入っているのかと疑いもした。ところが、山田有信が、送り主が角隈石宗と知って、さようなことをする武将ではない。こちらからも、酒と川魚の酢漬けを送り届けるべきだと助言され、そのとおりにしたとです」

角隈石宗は大友家の優れた軍師であり、高徳な人物であることは、島津家でも知られていたのである。その山田の行為を、義弘も喜びながら褒めると、

「しかし、義弘様……私はこの一件によって、勝ちを確信しました」

「ほう。それは、どうしてじゃ」

「返礼の使いに出した家臣の話によれば、大友の軍勢はいずれも、飲めや歌えやの大騒ぎ。たしかに、この高城まで聞こえるほどでございました。土持氏を落としたときよりも容易なる戦だと油断していると見えもした」

「うむ……」

「それだけではありませぬ。佐伯宗天や角隈石宗ら宗麟の指示を仰ぐ慎重派と、田北

鎮周ら急進派の諍《いさか》いがあったそうです。討ち死に覚悟の田北陣営は、角隈の言葉には耳を貸さず、自陣に戻って酒宴を開いたとか」

合戦直前の酒宴は、討ち死に覚悟を意味する。単独で、高城に攻め入るつもりだった田北は家来たちに、今生《こんじょう》の別れの杯を交わしたというのだ。

そのときは、佐伯によって、かろうじて身勝手な行動は抑えられた。だが、わずか三千の寡兵《かへい》の城を攻めなかったのは、宗麟の失策であり、佐伯や角隈の判断が悪かったと、田北は暴言を吐いた。

しかし、島津家にとっては幸いだった。

高城を大友軍に奪われ、家久や山田が戦死するようなことがあれば、日向における島津支配は総崩れになるからだ。鹿児島や飯野から、義久と義弘の援軍が来るまで持ちこたえたのは、山田の戦略もさることながら、大友軍が二の足を踏んだことによる。

「その後、田北鎮周は完全に佐伯や角隈らと袂《たもと》を分かち、軍法を無視して、宗麟の指揮も仰がず、大将の義統の命にも背《そむ》き、自軍だけでも攻撃するつもりです。その証に……」

「その証に……？」

義弘が訊《き》くのへ、山田は凜と目を輝かせて、眼下の大友軍の布陣を眺めながら、

「ご覧のとおり、夜通し篝火《かがりび》を掲げたままで、未《いま》だに酒盛りをしております。斥候《せっこう》の話では、田北は家宝同然の鞍《くら》を打ち割って、篝火に投じたとか……戦死を決めた者に、家宝など惜しくもないと」

「なるほど。先鋒同士で争っているようでは、全軍が乱れるのは自明の理。しかも、宗麟も悠長に動かず、義統も法螺貝《ほらがい》を吹けぬとは、島津家も舐《な》められたものよのう」

義弘は全軍に伝令を送り、敵兵の分断作戦を授けた。内部で疑心暗鬼に陥っている大友軍を混乱に陥れるべく、〃南郡衆〃と呼ばれる国人《こくじん》や土持に与《くみ》していた土豪などを牽制《けんせい》し、大友軍に対して、裏切ったように見せかけるよう吹聴して廻った。

将兵が一致団結していなければ、大友のように乱れてしまう。義弘の耳には、

――心こそ軍《いくさ》する身の命なれ、そろふれば生き揃はねば死す

と言う日新斎の声が聞こえていた。

こうして、両軍の決戦は刻一刻と近づいてきたのである。

四

十一月十二日未明――。

田北鎮周が率いる軍兵は、薄暗い中を切原川の上流に向かい、高城のある岸辺に向かって渡り始めた。降り続いた雨によって、水嵩が増えており、しかも霜月の水は冷たく、流れが急な所は氷のようになっている。じわじわと兵卒の体力が消耗する。

それでも、抜け駆けをした田北軍を見て、佐伯軍も遅れてはならじと先鋒として動き始めた。すると、他の吉弘軍、木村《きむら》軍、斎藤軍、臼杵軍、吉岡軍、蒲地《かまち》軍なども川を渡り始め、角隈軍も腰を上げた。大将の命令のないまま動くことに、それぞれの軍将や兵卒たちは、忸怩《じくじ》たる思いがあったに違いない。

しかし、重い岩は転がり始めると勢いが増して、誰も止められなくなる。軍師の角隈の声すら、もはや届かなくなっていた。だが、総勢三万五千人の大友軍が川を渡る姿は、高城や対岸からも丸見えである。

相手の動きが手に取るように分かりながら、わざわざ川を渡らせたのは義弘が、

――逃げ場を失わせる。

という作戦を立てていたからだ。

案の定、田北軍を追い抜く形で、佐伯軍が真っ先に攻め込んで行くと、他の軍勢も負けじと財部川の川辺に布陣してから、島津軍に向かって鉄砲を撃ちかけながら一斉に突きかかっていった。

「島津、何するものぞ！　討て討て！」

無駄のない見事な先制攻撃である。島津軍は相手の動きを見抜いていながらも、敵の先鋒の猛烈な勢いに押され気味になった。島津の第一陣は脆《もろ》くも崩され、思いがけず、先鋒大将のひとり本田親治は、佐伯軍の弾丸《たま》を受けて戦死した。

わずかだが島津軍に動揺が走ったが、北郷蔵人は太刀を振るい上げながら、

「怯《ひる》むな！　下がるな！　敵を川まで押し返して足下《あしもと》を攻めろ！」

と味方を鼓舞し、自らもわずか数名の手下を連れて、率先して敵陣に突っ込んだ。

北郷も先鋒を預かるほど、武勇の将として知られており、力強い長い太刀でもって敵兵を次々と倒した。だが、横合いから攻めてきた田北軍の雨霰《あめあられ》と降る矢が命中し、落馬した。そこに佐伯軍の足軽たちが五人ばかり駆け寄って、突き殺したのである。

「む……無念……」

うつ伏したまま絶命した北郷を嘲笑《あざわら》うかの如《ごと》く、大友軍は勢いを増した。先鋒の将ふたりを失った島津軍はさらに混乱し、足軽たちは浮き足だった。

「引けい、引けい……！」

鉄砲の音や矢が飛来する中、島津の兵たちはじりじりと退却せざるを得なかった。

大友軍はさらに二の陣、三の陣で追い討ちをかけて、島津軍を押しやった。先頭に立

つ田北は、得意の槍を馬上から薙《な》ぐように振るい、

「高城よりも、根白坂の島津義久本陣を狙え！」

と声を張り上げた。

島津家の当主の首を取れば、高城など取るに足らぬ。宗麟に対して、大きな土産《みやげ》になると、大友の武将らは歓声を上げげた。それに同調するように、大友の軍勢たちはいずれも、小丸川まで進み、そこを渡って、根城坂の高台で後詰めとして布陣している義久の本陣に向かおうとした。

だが、すでに小丸川を渡って、大友軍と対峙《たいじ》している川上忠智や新納忠元らも、乱れる先鋒の後ろ盾となって、決死の覚悟で阻止しようとした。川上も新納もさすがに島津屈指の勇将である。敵の武将を蹴散《けち》らすほどの善戦を繰り広げたが、やはりジリジリと小丸川の北岸の方へ押しやられてきた。

そのような情勢を――。

小丸川の対岸、下流に当たる右備えに陣取っていた義弘は、冷静に見ていた。心の中で、戦死した本田や北郷ら武将と兵卒たちの姿に感謝しながら、おもむろに采配を振った。

「今だ！　それ！」

義弘に従っていた歳久と伊集院忠棟の軍勢が、一斉に小丸川河畔に駆けつけ、渡ってこようとする大友軍に向かって、得意の鉄砲を浴びせかけた。三段撃ちなどで、間断なく次々と弾丸を浴びせられる大友の兵は、川に足を取られて倒れたり、逃げようとして流されたりした。水嵩も増えており、一旦、川に入った足軽たちは、もはや案山子《かかし》同然で、狙い撃ちにされていった。

それでも田北や佐伯らは引き返すことなどせず、ひたすら前に進めと足軽に命じた。退却するという選択肢はない。もはや決死の覚悟である。引いても切原川が邪魔となり、島津軍に攻められるのは火を見るより明らかだったからだ。

「引くな！　行け行け！」

武将の声も聞こえぬほど、大友軍も混乱していたが、それに輪を掛けるような出来事が起こった。

鉄砲が合図のように、高城の周辺に伏せていた島津家久と山田有信の兵が突進してきたのである。懸命に小丸川を渡ろうとしたり、あるいは退《ひ》いて戻ってきた一団の横っ腹を刺すような態勢である。

まさしく、島津得意の〝釣り野伏せ〟の大仕掛け版であろう。

大友軍とて、この戦法は熟知していたはずだが、いずれの川も浅瀬になっており、進軍を素早くできたがために、はまってしまったのである。いや、それよりも、諸将たちの軍評定もまとまらないほど、乱れた足並みが招いた不覚に違いない。

浅瀬から高城に近い荒瀬にかけて戦場が広がっていく中、義弘や家久の軍勢が一挙に小丸川を渡った。しかも、予《あらかじ》め、小丸川の川底には、自軍にだけは分かるように、渡石《とせき》を敷き詰めていたのだ。

「討ち取れ！　ひとり残らず逃すな！」

猛然と討ちかかる島津勢に怯んだのか、一転して、大友の先鋒は俄《にわか》に崩れ始め、ずるずると倒壊していった。だが、大友軍の後発隊が次々と後ろから押し寄せてくる。退却しようとする先鋒と大友軍の本隊がぶつかり、さらに混乱に拍車をかけた。

しかも、川上と川下両方から、大友軍の側面を突いてくる島津軍に、もはや大友軍は抵抗する術《すべ》を失っていた。逃げ惑う蟻のように足軽たちは乱れ、背中を向けて逃げる兵たちは次々と狙い撃ちされた。

「おのれ、島津義弘！　俺と正々堂々と一騎討ちをせい！」

義弘の軍勢が押し寄せてくるのを見て、田北は絶叫したが、次の瞬間、飛来した矢が喉《のど》に突き立ち、声も出せずに落馬した。その十数間《けん》離れた所には佐伯もいたが、家久の兵がその首を討ち取った。

大友の名将といえども、あえなく戦死したのである。

緒戦は優勢と見ていた大友軍はあっという間に、無秩序な戦闘となり、じわじわと取り囲むように迫っていく島津軍によって悉く打ちのめされた。

「退却、退却！」

大友軍の総指揮官である田原親賢は、総崩れになる自軍を目の当たりにして、自ら殿《しんがり》となって逃がそうとした。が、簡単に渡ってきたはずの切原川が大きな障害となって、思うように軍勢は動けなかった。

それを見て取った根白坂本陣の義久は、一気呵成に川原に殺到した。これにより、島津四兄弟が打ち揃い、大友軍を壊滅に追いやるのである。

決死の大友軍の武将はまるで自滅するかの如く討ち死にする者が多かった。敵に背中を向けて逃げたところで、川で足を取られ死ぬのは目に見えているからだ。

合戦場はいつでも何処《どこ》でもそうだが、修羅場《しゅらば》に他ならない。大友軍の過半は、川に溺《おぼ》れ、淵の川面《かわも》に漂う結末となった。かろうじて切原川を渡って逃げた大友の兵たちも、川幅が広がっている耳川で足止めされた。

来たときと違って、滔々《とうとう》と川は流れており、腰まで沈むほどの深みとなっていた。ここでも冷たい川の中で逃げ惑い、島津軍に討たれる前に溺死する者もいた。まるで

筏《いかだ》のように重なって流れる死体もあった。その様子は、

——水に浮沈すること紅葉の秋水に浮かぶ如し。

と表現された。

合戦直前に、義久の見た夢は、正夢となったのである。

高城から耳川までの七里（二十八キロ）の間、大友軍の討ち死にした兵は、累々《るいるい》と重なっていた。

豊後や肥後に逃げた者に対しても、島津軍は執拗《しつよう》に探し出して討った。朝五つ（午前八時）から夕七つ（午後四時）まで続いた合戦の結果は、島津軍の大勝に終わったのである。

島津軍は数千人の戦死者を出したが、大友軍は総勢の半数近い二万人余りが犠牲になった。これほど過酷な戦は珍しい。

義弘は真っ赤に染まった川原を眺めつつ、気持ちの昂《たか》ぶりよりも、ふいに無常感にとらわれた。敵に仕掛けられた戦とはいえ、ここまで人の命を失わなければならぬものか。もっと他の手立てはなかったものかという思いが、夜風とともに去来した。

篝火の下で、首を検《あらた》めている中に、斎藤鎮実、田北鎮周、臼杵鎮続ら大友の勇将に混じって、紅顔の美少年があった。臼杵家の者だが、その一族三十人とともに討ち死

にしたのだった。あまりにも憐《あわ》れなので、

「さぞや、無念よのう……」

と義弘は思わず涙を流した。敵味方関わりなく供養する島津家の態度や思いが、大友側に伝わったかどうかは知らぬが、斥候による報《しら》せによると、

――務志賀城にて敗戦を知った宗麟は、そそくさと豊後に逃げた。

という。総大将としてなんとも情けないではないか。自分が振った采配で命をかけた家来たちの供養ひとつせぬのかと、胸がキリキリと痛む義弘であった。耶蘇教の信者になったとはいえ、神の慈悲もない人間なのかと思うと、胸の痛みが怒りに変わってきた。

五

野守《のもり》は十三の地蔵塔に手を合わせると、

「それに比べて、義弘公はなんと慈悲深い御方よ……宗麟には追い腹をする家臣なんぞ、いなかったであろうのう」

と呟《つぶや》いて、傍《かたわ》らの若者を見上げた。

義弘と同じようにグッと唇を噛《か》んで、同情するように涙ぐんでいる。

「この耳川の合戦は、西の〝関ヶ原の戦い〟とも言われるようになるが、まさに島津家と大友家の明暗を分けたものじゃった……いずれによせ、日新公のいろは歌のとおり、将兵が一致団結せねば、勝ち戦も負けるわい」

若者は黙って聞いていたが、ふいに野守の前に立ち、

「義弘公はそこまで慈悲深いのに、〝鬼島津〟と恐れられたとか」

「さよう。だが、それはもっと後、豊臣秀吉の命で、行きとうもない朝鮮征伐に加担してからのことたい」

「そうでしたか……」

「まっこと、誰にでん、優しか御仁《ごじん》じゃった……耳川の合戦の後も、木崎原のときと同様に、血塗《ちまみ》れの敵兵たちをひとりひとり集めて、身許《みもと》の分からぬ者は供養塔にて祀《まつ》り、判明した武将は亡骸《なきがら》を清めてから、送り届けたのだからのう」

戦地の供養塔は、山田有信が、数年後に建てたものだが、その碑文には、

――迷いが故《ゆえ》に三界の城、悟るが故に十万空、本来東西なし、いずくにか南北やある。

と刻まれている。敵味方は、人の心が作っているものだ。本来、みんな等しい仲間

であるのだという仏の教えであろうか。

「そうだったとですか」

「だが、宗麟からは礼状のひとつもない。何がゼウス様の国を作るだ。片腹痛いわい」

自分が見てきたかのように野守は吐き捨てて、少しばかり憂鬱《ゆううつ》な顔になった。

「義弘公が最も心配しておったのは、大友家の軍師、角隈石宗のこつたい」

「今の話に出ておりましたな。そげな凄《すご》か人でごわしたか」

「首検めの中にはなかったので、義弘公は一安心したとか。じゃどん、後で知ったことじゃが、角隈様は、この合戦の直後、戦死していたのじゃ……」

兵法書を焼き捨ててまで耳川の合戦に臨んだが、大友軍が壊滅したため、宗麟を止められなかったことに責任を感じて、自刃《じじん》したとも言われている。

「義弘公は、角隈様のことを道学兼備の人と尊敬の念すら抱いておった」

「敵ながら、天晴れと」

「義久公とも長い付き合いがあったゆえ、もし縁があれば、島津家に仕えていたかもしれぬ……無謀な戦だと宗麟に進言したが、それも無駄だった……それこそ無駄死にではないか」

「…………」

「義久公と義弘公は、角隈石宗の廟《びょう》を作って大明神として祀ったそうな……何処に敵将を祀る者がおろうか……それほど島津の殿様は慈悲深く、敵味方に分かれるのは天分によるものであって、決して心通わぬ者同士でも、恨み合う者同士でもないと思うておられたのじゃ」

野守は天を仰いで目を閉じると、義弘の心を代弁するかのように、

「大友の家臣には、田原親賢という優れた武将もおった。出家して後、紹忍《じょうにん》と名乗ったが、この御仁も角隈様同様、篤《あつ》い仏教徒で、宗麟が切支丹王国を作るために日向に侵攻するのには反対だったとか」

「たしか、大友家には立花道雪《たちばなどうせつ》など優れた武将がおりもしたな」

「宗旨は違えど、田原親賢……紹忍様は宗麟に忠誠を尽くしておった。ばってん、宗麟は狭量な心なのか、高城を落とせず、耳川の合戦で敗北したのは、すべて総指揮を執った紹忍のせいだとして、所領を没収したらしか。義弘公が見たところでは、紹忍が最も奮戦していたとのことじゃ」

「宗麟は、自らは最前線にも出向かず、酒宴に溺れていたとか……」

「ほんなこつ、情けなか大将たい。負け戦を部下のせいにするのは、最低のこつたい

……それでん、紹忍様は宗麟を恨むことはなく、同族本家を継いだ田原親貫が宗麟に謀反《むほん》を起こしたときにも、主君の宗麟を守るために親貫討伐に出向いておる」

義弘は、そういう骨のある武将が大友家にいる限りは、またいつか合戦をしなければならないと覚悟したという。

しかし、大友義統には武家頭領としての才覚はなく、立花道雪が宗麟を再び家長に戻そうとしたほどであった。計画は、宗麟が固辞して叶わなかったが、それほど大友家は、耳川の合戦の敗北によって、急に凋落《ちょうらく》の一途を辿《たど》ったのである。

豊後、豊前、肥後、肥前などを麾下《きか》においていた宗麟の勢いは衰えた。威厳がなくなると、それまで崇拝していた武将にも、平気で背くのは世の常である。

肥後の国人、国衆、豪族らが次々と叛《はん》すると、宗麟は次々と征伐に向かったが、その都度、島津家は応援を頼まれた。

それに応じて、鎌田政年や川上忠智、佐多久政《さたひさまさ》らをどんどん送り込んだ。大友軍は、耳川の合戦で完敗したことによって精神的な傷でも受けているのか、島津十文字の旗印を見ただけで逃げたのだった。

「こうして、宗麟と同盟を結んでいた多くの肥後の有力者たちの多くも、島津と親睦を重ねるようになったとじゃ」

「…………」

「が……相良家だけは、何代にもわたって島津家と対立してきただけに、容易に靡《なび》くことはなかった……ましてや、義弘様の正室になった亀徳様は、相良家当主の娘でしたからな。離縁した経緯もあり、何かと反目していたのです」

相良氏は、やはり源頼朝の家人、相良頼景《さがらよりかげ》を始祖とする。建久年間、肥後国人吉院《ひとよしいん》に入封してきたのだが、ここは薩摩の牛屎院《うしくそいん》と隣接しており、紛争を繰り返していた。

牛屎氏は桓武平氏の平信基《たいらののぶもと》の子孫で、代々牛屎院の院司を務めてきている。平信基を始祖とする種子島氏とは同族である。この牛屎氏と相良氏は領地を巡って戦ってきており、これに菱刈氏も加わって、さらに島津氏が絡むことになった。

島津九代目・忠国《ただくに》の妹が、相良九代目・前続《さきつぐ》に嫁いだりしたが、相良とはねんごろの伊東氏と忠国が戦ったりしたため、さらに複雑な関係となった。忠国の母親は伊東氏の出だが、何代にもわたって確執が続いてきた仇敵なのである。

「島津家と相良家の古い話はともかく、当代の島津義久公と相良義陽は、菱刈家を挟《はさ》んで幾度も戦をしておるとよ。相良との戦では、義弘公を筆頭に、新納忠元、川上久明、遠矢良賢らが善戦を繰り広げてきたもんの、なかなか相良もしぶとい。じゃどん、日向の伊東を打ち破り、豊後の大友を倒した今、肥後の相良は孤立無援も同然……」

「いよいよ肥後に進出するのですな」

「ほうよ。とにかく、相良義陽はしぶとい男だった……相良家の領地は今も話したとおり、肥後と薩摩の国境にある。殊に、不知火海《しらぬいかい》のある水俣《みなまた》という要所は頑《かたく》なに守り、球磨《くま》、葦北《あしきた》、八代《やつしろ》を支配下に置いておる」

天文二十四年（一五五五）に晴広《はるひろ》が死去したため、まだ十二歳で家督を継いで、人吉《ひと よし》城主《じょう》となった。外祖父が後見していたが、幼い頃から聡明であり、長じるや様々な工作をし、肥後国では古豪で有力な阿蘇氏や菊池氏、宇土氏とも均衡を保つ外交をするようになる。

だが、外祖父が亡くなると相続絡みの内紛が起きたり、隣国の菱刈氏との戦い、島津家との激闘を繰り返してきたが、朝廷や室町幕府、権勢を強めてきた織田信長にもかなりの献金をして、その地位を高めてきた。薩摩の大口城の支配を窺っていた義陽には、

——島津家何するものぞ。

という気概《きがい》があった。そのため伊東や大友と手を結び、御家の安泰を図ると同時に、薩摩侵攻を虎視眈々《こしたんたん》と狙っていたのだ。しかし、頼りの伊東と大友が、いずれも激戦の末、島津に負けてしまった。相良にとって、風向きはガラッと変わったのである。

耳川の合戦の翌年にはすぐ、島津家は義久のもと肥後に進み、相良氏の要城・水俣城を攻めた。

この十年程前のこと。新納忠元は、相良の勇将・赤池長任《あかいけながとお》と戦い、一対一で槍を合わせたとき、危うく殺されそうになった。当時、相良配下にあった大口城を、島津義弘が攻めた折も、城守の赤池長任によって敗走させられていた。この戦で、義弘は武将の川上久明を失っている。だが、その翌日には、家久とともに雪辱を果たし、大口城を落とした。

「かように……島津家と相良家は因縁があったため、義陽は徹底して抵抗したとじゃ」

野守はまた見てきたように話を続けた。

「しかしのう、義久公は義弘様とともに、佐多久政殿を大将として、肥後の合志城《ごうしじょう》を攻め、伊集院久治《ひさはる》は城壁を登って城内に斬り込み、その城を落とした。勢いがついた島津軍は、天正九年（一五八一）に、相良との決着をつけるために大口城に集結し、敵の本拠地である肥後国葦北郡に侵攻した。第一軍は義弘公を大将に八景ヶ尾に、第二陣は島津征久《まさひさ》を大将に、川上忠智、新納忠元らが銭亀ヶ尾に構え、第三軍の樺山親久、第四軍の島津義虎《よしとら》たちが続いたとじゃ」

「錚々たる顔ぶれでごわすな」

「相良義陽は水俣城から佐敷城《さしきじょう》に来て戦おうとしたが、もはや薩隅日の三国の太守となっている島津家には勝ち目はないと諦《あきら》め、このふたつの城を明け渡して、島津の軍門に降ったと」

その直後、義久は義陽の真意を確かめるように、人質に取っていた息子の忠房《ただふさ》を返した上で、阿蘇氏を攻めさせた。義陽は阿蘇氏に事前に密偵を送り、

――攻撃するふりをして、合流した上で、島津を討とう。

と持ちかけたが、肥後国御船城《みふねじょう》城主の甲斐宗運《そううん》は、それこそが奸計だと疑い、義陽を攻めて追い詰めた。その混乱の中で、義陽は床几《しょうぎ》に座ったまま、潔く敵兵に討たれた。

「元々、相良と甲斐には密接な関わりがあったとじゃ。だけん、義陽は自分の首をかけて、御家存続を望み、甲斐宗運はその義陽の内心を感じ取って斬った……とも言われておる。いかにも戦国武将らしかこつたい」

「…………」

「それをもって相良との決着がつき、義久公は、義陽の息子の忠房を当主として、相良家の存続を安堵させたと。その後、すぐに義弘公は飯野城から、八代城に移ったん

じゃ」

　まさに肥後国を攻略せんがための最前基地であった。〝肥前の熊〟と恐れられる龍造寺隆信との戦いを見据えてのことだった。

「なるほど……肥後には無数の豪族がおらしたが、島津や大友、龍造寺のような大きく束ねる戦国武将はおらなんだということですかいのう」

　若者はしみじみと言うと、野守も静かに頷き、

「逆に言えば、安定していたとも言える。だが、戦国の大きな波には耐えられなかったのじゃろう」

「おいどんの先祖は肥後の出だと聞いたことがあっと。菊池氏の支族の家臣だったとか……江戸時代の元禄年間になって、島津様に仕え、薩摩藩士になりもした」

「ほう。肥後が、な……そういや、まだ名を訊いておらなんだのう」

　野守は知ってか知らずか尋ねてみた。

「西郷吉之助《さいごうきちのすけ》でごわす」

「――なるほど、その体格や風貌に負けぬ、立派な名じゃのう」

「あいがてお言葉……おいは義弘公ば尊敬しておるもんで、もっと話を聞きとうござる。それにしても野守さんも……一体、どなたでごわすか」

「ふむ。おいのことより、義弘公のこつば、たんと話してやるから、耳ばほじくってよく聞くがよか」

好々爺《こうこうや》のように、野守は目尻を下げるとぼそぼそと話を始めた。

相変わらず雨はしょぼついている。

第七話　肥前の熊

一

天正十年（一五八二）、肥後国八代城に入った島津義弘は、まだ安泰ではない国情を心配していた。御船城の甲斐氏や合志城の合志氏らは島津に降《くだ》っていたものの、阿蘇氏や隈部《くまべ》氏らは抵抗し、各地で小競《こぜ》り合《あ》いが続いていたからだ。

大友氏を倒した島津にとって、次は〝肥前の熊〟との異名がある龍造寺《りゅうぞうじ》隆信《たかのぶ》を平定することであった。だが、龍造寺もいまや筑前、筑後、豊前、肥後などを支配下に置き、〝五州二島の大守〟を自称するほどの力をつけてきていた。

島津家と龍造寺家はよしみがあって、取り立てて反目しているわけではなかった。しかし、八代まで北上したことは、龍造寺家にとって面白くない。

——いずれは一戦を交えねばならぬな。

と隆信も感じていたことであろう。それゆえ、〝山くぐり〟の偵察同様に、龍造寺の密偵も肥後国内に出没していた。

龍造寺は鎮守府《ちんじゅふ》将軍・藤原秀郷の子孫であるという。七代目秀幸《ひでゆき》のとき、源為朝《みなもとのためとも》に仕え、肥前小津郷《おづごう》を拝した。八代目の季家《すえいえ》が平氏を討ったことから、龍造寺荘を授かった。それから龍造寺家を名乗っている。

隆信は幼名を長法師丸《ちょうほうしまる》といい、七歳の時に、叔父にあたる僧侶・豪覚《ごうかく》のもとに出家させられた。法名は円月《えんげつ》といい、祖父の剛忠《ごうちゅう》は、隆信の気質が穏やかで賢いから、僧侶として生かす道を勧めていた。だが、なぜか剛忠は亡くなる直前、孫を還俗《げんぞく》させて龍造寺家を継がせよと命じた。

一族の頭領の命令は絶対である。十八歳で還俗した隆信は、幼い頃の色白の華奢《きゃしゃ》な小僧ではなく、源為朝のような巨漢で、熊に喩《たと》えられるほどの力持ちになっていた。しかも、出家をしていた頃に学んだ仏法をはじめ、『四書五経』に通じる立派な賢人となった。ゆえに、龍造寺家頭領に相応《ふさわ》しいと、祖父は認めていたのである。

祖父の期待以上の活躍をし、肥前統一を成し遂げただけではなく、北九州一帯を牛耳《ぎゅうじ》る戦国大名に成り上がった。さぞや草葉の陰で喜んでいることであろう。

　しかし、その本質までは見抜けなかったのか、あるいは隆信自身が成長したのか、なかなか老獪《ろうかい》な武将になっていた。耳川の合戦は、龍造寺家にも恩恵をもたらし、隆信は大友氏が領有していた肥前の一部を奪い取り、これまで対等に付き合っていた周辺の国人《こくじん》や国衆を麾下《きか》に置くようになっていた。

「この龍造寺を倒すには、大友に立ち向かったのと同様、四兄弟が一丸となって戦わねばなるまいのう」

　島津義弘は、八代城の本丸から不知火海を眺めながら呟《つぶや》いた。しかも、頭の切れる策略家との評判も高い。でなければ、五州二島を掌中に収めることなどできまい。

　最前線のこの城には、家久も、日向佐土原から五百の兵を連れて応援に駆けつけていた。いや、義久の指示により、龍造寺攻めの大将の采配は家久が執ることになっている。むろん、他の三人の兄も万全を尽くして後援するが、末っ子の家久を立てる配慮であった。他家では、なかなか見られない風習だ。

　兄たちの胸を借りるつもりで、家久がここ八代城に来たとき、不知火海は文字通り、不思議なほど海上に、狐火《きつねび》のような光が燦《きら》めいていた。蜃気楼《しんきろう》に過ぎないが、狐火は大雨同様、島津家には吉兆である。

　――龍造寺にも勝てる。

という思いが、義弘の胸中に広がっていた。

吉か凶かは分からぬが、再会した家久が放った言葉は意外なものだった。

「織田信長殿が、家臣の裏切りにあって亡くなられたそうです」

「なんと……!?」

「京の本能寺にて、自ら火を放ち、自害されたとか」

義弘はあまりのことに、驚きを隠せなかった。しかも、信長からは大友との和睦《わぼく》勧告の文を受け取ったばかりであったからだ。

「……して、裏切り者とは」

「明智《あけち》光秀殿……でございまする」

「まさか……さようなことが……明智殿は羽柴《はしば》秀吉殿や柴田勝家殿と並んで、信長殿の側近中の側近ではないか」

尾張の一領主に過ぎなかった織田信長が、桶狭間の戦いで、駿河の今川義元を倒してから、二十年程で〝天下人〟に成り上がった。一歳しか違わぬ義弘から見れば、羨望するほどの大出世である。将軍を掌《てのひら》で扱い、帝《みかど》も意のままに操っている。もはや、信長に真っ向から楯突《たてつ》く戦国大名などはいないと思っていた。

「それが……側近の裏切りとは……」

下剋上の戦国の世とはいえ、数十年前の混乱の時代ではない。あまりにも衝撃的な報《しら》せに、義弘は愕然《がくぜん》となった。

たしかに、比叡山の焼き討ちや越前や長島など一向一揆《いっこういっき》の制圧、大坂の石山本願寺《いしやまほんがんじ》への攻撃など、仏法を恐れぬ所行ばかりだった。伴天連《バテレン》を保護する一方で、常識外れの安土城《あづちじょう》を建築し、自ら〝天主〟と名乗った。毀誉褒貶《きよほうへん》の多い人物ではあったが、その実力を見せられるたびに、諸大名は震え上がり、武田信玄や毛利元就ですら一目置いていた。

家臣団も豊臣秀吉をはじめ、優秀な者が多かった。勇猛果敢というよりは、策謀家で戦上手《いくさじょうず》という印象が強いが、圧倒的な人員と物量で敵を倒していく姿は、桶狭間の戦いのときとは正反対である。

「明智光秀殿は、どうなった……俺は全く知らぬが、おまえの話では、朝廷との繫《つな》がりも深く、信長殿を裏で支えるほどの人物。それゆえ、京の治安を任されていたのであろう」

義弘が訊《き》くと、家久は無念そうに頷《うなず》き、

「――残念至極にございまする」

と声を殺して嗚咽《おえつ》した。

家久は天正三年（一五七五）に、島津家の安泰と薩摩、大隅、日向の三州平定を祈願するため、伊勢神宮に参拝した。その折、上洛し、明智光秀をはじめとする武家、京や堺の公家衆《くげ》、有力な豪商から能楽師らと交流を深めることができた。上洛中は、連歌師の里村紹巴《さとむらじょうは》の世話になったのだが、その案内によるものだ。

連歌師とは、連歌会を仕切り、和歌について論評し、当時の古典である『源氏物語』などの解説もしていた知識人である。もっとも、それは一面であり、実は諸国を漫遊しながら、戦国大名らの間を取り結ぶ〝外交官〟の役割があった。著名な僧侶などが仏法を語りながら〝参謀〟の役目があったように、連歌師は文学を語りつつ、情報提供をしていたのだ。

もっとも、政事《まつりごと》のことを直截に話すことは避けた。悪い施策などを、歌に託して詠じることによって、知識豊かな大名は自らを省みて、政事に生かすのである。教養と表現形式に熟達し、阿吽《あうん》の呼吸があってこその芸当である。

里村紹巴が〝連歌法師〟と呼ばれるように、連歌師は、法橋や法師という僧侶の身分として扱われる。それゆえ、戦乱の世の中を自由に往来することができたのだ。もちろん大名同士を繋ぐだけではなく、公家や豪商などとの間を取り持つのも、連歌師の役割であった。

日新斎が〝いろは歌〟を残すほど、そもそも薩摩国は連歌と縁が深い。高城《たき》一族の珠全《しゅぜん》法師はかの飯尾宗祇《いいおそうぎ》の薫陶を受けた連歌師で、三條西実隆《さんじょうにしさねたか》という当代一流の知識人の公家と繋がりがあった。

この高城珠全の子や孫である珠玄《しゅげん》や珠長《しゅちょう》は、島津家と深い関係があった。島津家の重臣である上井覚兼《うわいかくけん》は、このふたりから和歌を学び、三日三晩通して行う〝千句連歌〟という会にも参加している。

上井覚兼は、近衛家とは縁の深い不断光院芳渓《ふだんこういんほうさい》にも連歌を学び、近衛前久《このえさきひさ》を島津義久に引き合わせている。

天正十年の二月、近衛前久は朝廷の最高職である太政大臣《だじょうだいじん》になっている。この前久が薩摩に来た折、義久は古今伝授を拝受しているのだ。その縁によって、家久は上洛したときに、多くを学ぶことができたのである。

里村紹巴の高弟には、昌叱《しょうしつ》と心前《しんぜん》がいるが、家久は心前の邸宅に逗留《とうりゅう》した。紹巴の隣に建てた家だ。心前は僧籍に入って後、紹巴の弟子になったが、温厚な人柄で、誰からも好かれていた。

「その心前殿が、師の紹巴様とともに……明智光秀殿が、山城国愛宕《あたご》山の威徳院《いとくいん》で執《と》り行《おこな》った『愛宕百韻《ひゃくいん》』という連歌会に参加していたのです」

家久が話すと、義弘は神妙な顔で聞いていた。愛宕山は、武将から信仰されていることは承知しているが、それが何を意味するかは分からないからだ。

「明智殿は、愛宕神社でお神籤《みくじ》を何度も引いたそうですが、すべて凶だったとか」

「――凶……」

「その後、連歌会の発句で、明智様は……『ときは今　あめが下しる　五月かな』と詠《よ》んだそうです……それを受けて、威徳院住職の行祐《ぎょうゆう》様が『水上まさる　庭の夏山』と詠み、続けて、里村紹巴様が『花落つる　池の流を　せきとめて』と詠じたそうです」

「なんと……！」

義久や家久ほど花鳥風月には詳しくはないが、苦いものが込み上がってきた。

「とき……とは、明智殿の出自である土岐《とき》氏のこと、雨が下しる……は天下と読める……住職の詠んだ、庭の夏山は本能寺か……信長殿が夏場に上洛した折、好んで逗留していた寺……紹巴様が続けた花落つる……は命のこと、か」

「かもしれませぬ……私は謀反《むほん》を決意したと解釈しました……『水上まさる』は、源氏の出の光秀殿が、平家の出の信長様に勝る……さらに、『庭の夏山』の庭とは、古来、朝廷のことです。夏山を、〝まつ山〟と掛ければ、朝廷が待ち望んでいるとも……」

「なるほど。さすがは家久……。〝まつ山〟は歌では待望の意味ゆえな」

真意は分からない。だが連歌会が、本能寺の変が起こるわずか数日前だったことに鑑《かんが》みれば、この場に集まった者たちは、明智光秀の覚悟を知っていたとも受け取れる。

「いずれにせよ、明智殿は信長殿によほどの恨みを抱《いだ》いていたのであろうな……死力を尽くして得た丹波や近江の領地を召し上げられ、まだ毛利の支配地である出雲や石見を与えたと聞くが……それとも、この歌のとおり、主君よりも勝っている自分が、天下人になるべきだと考えていたのか……」

「それは到底、無理な話です」

家久は首を横に振って、あっさりと答えた。

「明智殿はわずか十日程の後、羽柴秀吉殿に討たれもうした」

「!?――なんだと……」

「秀吉殿が主君の仇討《かたき》ちをしたのです」

「しかし……秀吉殿は、備前美作《みまさか》の宇喜多直家《なおいえ》殿を味方につけ、八万の軍を率いて、毛利家との戦のため、たしか備中高松城《たかまつじょう》に遠征していると聞いておったが……」

「本能寺での異変の報せを受けて、すぐに毛利側と談判し、京へ引き返しました。そして、天王山の麓《ふもと》の山崎にて、明智軍は秀吉軍によって壊滅されました」

後に言われる〝中国大返し〟のことである。

「だが、備中高松城の城主・清水宗治《しみずむねはる》は類《たぐ》い希《まれ》な武勇の者とのこと。水攻めにされても孤軍奮闘しているらしいが」

「京に向かって秀吉殿が引き返す前日、軍師の黒田官兵衛《くろだかんべえ》殿が、清水宗治殿と直談判《じかだんぱん》し、備中、美作、伯耆《ほうき》を織田側に譲ることを約束させました。これ以上、死屍累々《るいるい》の土地にしたくないと……その上で、清水家を安堵《あんど》したため、宗治殿自身は、高松城中にて切腹したのです」

「なんと……それでは詐術ではないか。織田信長殿が、明智殿に討たれたと知っておりながら、さような約定《やくじょう》をさせたのか」

「そこが秀吉殿らしいといえば、らしいのでしょうが……私は悔しくてなりませぬ」

家久は苦々しい顔になって、膝《ひざ》を打った。上洛した折、最も世話になった武将は明智光秀だからである。近衛前久を通じてのことだが、明智の居城である坂本城《さかもとじょう》や多聞山城《たもんやまじょう》にて過分な接待を受けていた。船遊びをしたり、茶会に出たり、一緒に風呂にも入った。

秀吉には会っていないが、信長の姿は洛中にて少しだけ見かけた。ゆっくりと移動する馬上で眠っていたという。

「明智殿は戦国武将というよりも、まるで公家衆か歌人のような優雅さと教養が滲《にじ》み出ておりました。家臣や客人への気遣いも素晴らしく、私もああいう人になりたいと思ったほどです」

「うむ。その人柄については、おまえからよく聞いておった」

「にもかかわらず、さような凶行を行ったとは、まだ信じられませぬ」

「……秀吉殿の留守中に、信長を討った……しかも、あっという間に、明智殿はその秀吉に……何か裏がありそうだな。あまりにも事がとんとんと運びすぎておる」

本能寺の変については、明智光秀の突発的な謀反ではなく、秀吉とともに計画したことだとか、明智が嵌《は》められたのだとか、朝廷が絡んでいるとか様々な憶測が飛んだ。

が、事実は、

――信長が明智に暗殺され、秀吉が誰よりも先に仇討ちをした。

ということだ。

織田信長のもとには、柴田勝家《しばたかついえ》や前田利家《としいえ》、徳川家康など有力な武将が何人もおり、下手《へた》をすれば御家騒動が起こって、内乱になってもおかしくはない。だが、秀吉が一気呵成《かせい》に謀反者を、大義名分のある〝処刑〟にしたことで、俄《にわか》に諸大名から信頼を得たのだ。

「さすがは秀吉……毛利家に楔《くさび》を打っていたのが大きかったようだな」

義弘が唸《うな》ると、家久もしかと頷いて、「恐るべし、秀吉……」と呟いた。島津四兄弟は後に、秀吉軍と全面対決をするのだが、家久には特別な恨みが澱《おり》のように残っていた。

「信長が死んだとなれば、諸国にも影響があろう……この九州もだ。〝西の信長〟と呼ばれる龍造寺隆信が調子づいて、領国を広げていくに違いあるまい。まずは、目の前の敵だ。龍造寺を打ち破らねば、毛利も秀吉も打ち負かすことはできぬな」

「兄じゃ……」

家久は神妙な顔になった。

「義久兄と違《ちご》うて、天下には興味がないと思うておった。万民が安心して暮らせる世にするのが、武士の務めだと常々、言うておられたゆえ……」

「そのための戦だ。信長とはわずか一歳しか違わぬが、戦乱の世を早馬のように駆け抜け、急に蠟燭《ろうそく》の炎が消えるように死んだ」

「…………」

「それが世の常とはいえ、まさしく無常。夢幻の如《ごと》くよのう……死なうは一定《いちじょう》、しのび草には何をしよぞ、一定かたり遺《のこ》すよの……」

室町時代の流行《はや》り唄を口ずさむ義弘を、家久はいつもと違った感慨をもって見ていた。

二

信長死す――との報は諸国の大名に伝播し、龍造寺隆信にも当然、報されていた。

その後、羽柴秀吉が家臣団の中で大きな力を持った。だが、織田家の後継者を決定する〝清洲会議〟にて、信長三男・信孝《のぶたか》を推す柴田勝家と嫡男・信忠《のぶただ》の子、三法師（織田秀信《ひでのぶ》）を推す秀吉とが激しく対立した。

それが原因で、柴田と秀吉が賤ヶ岳《しずがだけ》にて、雌雄を決することになる。織田家が二分する激しい合戦《かっせん》となったが、まさかの秀吉勝利に、天下はまたひっくり返ってしまった。柴田勝家や佐久間盛政《さくまもりまさ》ら武勇で知られた旧臣が負けるとは、誰が想像したであろうか。これによって、秀吉の天下人が誕生したといってよい。

「ふははは。それでこそ、戦国の世じゃ。この九州もそうじゃ。出家小僧だったこの儂《わし》が、五州二島の大守になるなんぞと、誰が思うておった……秀吉なんぞ、元を辿《たど》れば百姓に過ぎぬ。いずれ毛利を倒し、秀吉も飲み込んでくれるわ」

佐賀城本丸《さがじょうほんまる》では、龍造寺隆信が居並ぶ重臣を前にして、豪気な言葉を発していた。いつものように、少弐冬尚《しょうにふゆひさ》や千葉胤頼《ちばたねより》、神代勝利《くましろかつとし》という肥前の剛勇大名を撃破してきた自慢話を肴《さかな》に大酒を食らっていた。

だが、家臣の中でひとりだけ、憂鬱《ゆううつ》そうな目で見ている者がいた。

鍋島直茂《なべしまなおしげ》である。

隆信の腹心であり、右腕として重宝されていた。穏やかで温《ぬく》もりのある顔だちゆえ、武将というよりも僧侶のようだったが、武勇と智恵に優れており、後に豊臣秀吉や徳川家康と深く交わり、佐賀藩の藩主になる人物である。

隆信と直茂は従兄弟《いとこ》同士である。が、隆信は自分の母親を、直茂の父親・清房《きよふさ》の後添えにして、強い絆《きずな》を築いたと言われている。つまり、隆信と直茂は義兄弟でもあるのだ。隆信の母親も龍造寺家十六代の娘で、〝尼将軍〟と呼ばれるほど、したたかな猛女だったらしく、このふたりを巧みに操ったのであろう。

とまれ、隆信と直茂の義兄弟は二人三脚で、立ちはだかる難関を突破してきた。生きるも死ぬも共にと誓った仲である。

「のう、直茂。儂とおまえなら、九州平定いや、天下の統一も成し遂げることができようぞ。さあ、今宵《こよい》は乾杯じゃ」

織田《おだ》信長が死んだ年、隆信は五十四歳であり、直茂は四十五歳。それぞれ武将として深みを帯びた年であるが、信長が成し遂げてきたことに比べれば、まだ九州の一角を押さえたに過ぎない。ただ、博多湊《みなと》のある筑前を支配していることは大きかった。いずれ毛利か秀吉と対決することは必定《ひつじょう》だと考えていた。

「殿……お言葉ですが、浮かれておる時ではありませぬ」

「儂が浮かれておると……」

「今山の合戦では、我が軍は運が良かっただけのこと。たしかに、筑前攻めは、我らも多大の犠牲を払いながら、博多の町衆を突き崩すのは大変でしたが、今の龍造寺家の繁栄があるのは、大友宗麟が島津に負けたからに過ぎませぬ」

「何が言いたい、直茂……今更《いまさら》、おまえが仕掛けた、今山の合戦の奇襲を自慢したいのではあるまいな」

この合戦に勝って後、鍋島家は家紋を剣花菱から、大友家が使っていた杏葉《ぎょうよう》紋へ替えている。それほどの大勝利だったのだ。むろん、直茂は昔の話をしているのではない。今の龍造寺家の状況を冷静に見ているのだ。

「我らが、大友に勝ったのではありませぬ。耳川の合戦では、大友が自滅したも同然ゆえ、龍造寺家の方も、持ち上がっただけでございまする」

「直茂。おまえは我が軍が、島津には勝てぬとでも思うておるのか」

隆信は少しムキになって、直茂を睨《にら》みつけた。

「我らは少弐の残党を滅ぼし、肥前の有馬や大村らもひれ伏せさせた。昨年は、島津と通じておった、筑後柳川《やながわ》の蒲池鎮漣《かまちしげなみ》を倒して、柳川城もこの手に入れた。だから、島津も畏《おそ》れをなしておる。この儂が、たまさか勝ったというのか。大友が島津に負けたお陰だというのか」

「されど、蒲池殿については、戦というよりも、能の宴《うたげ》に誘っての誅殺でござる」

「なんだと。島津と通謀しておった奴を、騙《だま》し討ちにして何が悪い」

大柄な体を打ち震るわせ、顔を真っ赤にして今にも噴火しそうだった。家臣たちは恐々と見ていたが、直茂は冷静に子供に教え諭《さと》すような態度で続けた。

「蒲池鎮漣殿は仮にも、筑後十五城の筆頭大名だった御仁《ごじん》でございます。大友宗麟殿とも関わりが深かった。騙し討ちは、夜討ち朝駆けの戦法とはまったく違いまする。騙し討ちにしたことは、九州のみならず、諸大名の耳にも届いておりましょう」

「それが、どうした」

「評判というものは、大事でございまする」

「ふむ。おまえは昔から、人の顔色ばかりを気にする。信長はそんな人間ではあるまい。我が信じる道を、己だけの方法でのし上がってきた。儂も同じよ」

自信に満ち溢《あふ》れた隆信は、大杯の酒を飲み干すと、何が気に入らないのか、家臣団に向けて投げつけた。そこには、龍造寺信周《のぶちか》、龍造寺長信《ながのぶ》ら一門や、鍋島清房、四天王と呼ばれた成松信勝《なりまつのぶかつ》、江里口信常《えりぐちのぶつね》、百武賢兼《ひゃくたけともかね》、木下昌直《まさなお》らもいた。誰にも当たりはしなかったが、勢いよく転げて跳ね返り、柱に強くぶつかった。

一同は困惑して顔を背《そむ》けただけだが、すぐさま直茂が諫《いさ》めるように言った。

「殿は近頃、そうして感情を剝《む》き出しにするようになられた。かの信長は、家臣のわずかな失敗を咎《とが》め立て、気分次第で首も刎《は》ねたとか……それゆえ、家臣の中には反感を抱いていた者がいたのやもしれませぬぞ」

「ならば、おぬしも俺の寝首をかいてみよ」

「誰がそのような……」

「黙れ、黙れっ。おまえの顔を見てると虫酸《むしず》が走るわい。説教は沢山《たくさん》じゃ。ぬしゃ、いつから龍造寺の頭領になったとじゃ」

上座から立ち上がると家臣たちを睥睨《へいげい》したが、わずかに体が崩れ、床に手をついた。

思わず駆け寄ろうとした家臣に、「余計なことをするな」と怒鳴りつけた。

「殿……近頃、酒の飲みすぎ、贅沢《ぜいたく》な物を食べすぎて、足腰が弱っております。どうか、自制をなさって……」

言いかけた直茂に、高膳を投げつけて怒鳴り散らした。

「うるさい！　二度と顔を見とうない！　今後はおまえの力なんぞ借りぬ！」

かなり足が痺《しび》れているのか、小姓《こしょう》に支えられながら、隆信は足を引きずるようにして奥の間に立ち去った。

家臣の間から、深い溜息《ためいき》が漏れた。

近頃は合戦場に行くときも、自分では馬に乗ることも大変で、乗ったとしても鞍擦《くらず》れが酷《ひど》く、山駕籠《かご》に乗って移動することもあった。何より、酒による中風や体調が悪化することを、家臣たちは憂《うれ》えていたのだ。

「……かような状態で、島津と一戦を交えることなんぞ、できましょうや……しかも、近頃はとみに仁愛に欠ける言動が多くなったように思われまする」

木下昌直がぽつりと言った。他の者たちの代弁のようだった。それに対して、直茂は何も答えなかった。ただ、作戦は用意周到にすべきだと伝えた。

戦国の世とはいえ、毎日、合戦をしているわけではない。だが、

——治にいて乱を忘れず。

という考えは重要で、常に大名同士の外交や諜報活動によって、いつ何時、事が起

ころうとも万全を尽くしておかねばならぬ。自軍の兵士の度量や技量、武器弾薬よりも大事なのは、敵を知ることであった。

時には混乱を生じさせるために偽書をばらまいたり、密偵を敵兵に潜入させて攪乱《かくらん》することもあろう。戦に勝つための布石は大切なことだが、それよりも孫子の兵法ではないが、「戦わずに勝つ」ことにもっと腐心せねばならなかった。

和睦《わぼく》をするということが、領土拡大や安定のために必要なこともある。合戦は最後の手段と心得て、繊細で緻密《ちみつ》な交渉を重ねることこそが、軍師の役目でもあった。

直茂は鉄砲や槍《やり》を交えるだけではなく、外交戦略によって、同盟を結ぶことが領国安泰となると信じ、これまでもできる限り、敵方と約定などを交わしてきた。むろん、その約定を破った方に理はないため、宣戦布告をすることもできよう。

だが、隆信は、直茂の交渉上手な面を、本音では忌《い》み嫌っており、力業《ちからわざ》で相手をねじ伏せたいと思っているのだ。しかし、戦は最も危険な賭《かけ》に過ぎない。直茂はできることならば、島津との戦は避けたかった。

だが――。

天正十二年（一五八四）三月、龍造寺隆信はとうとう動いた。

島原半島で島津に通じている有馬晴信《ありまはるのぶ》を討つためであった。一度は龍造寺に与《くみ》すると見せかけて、実は虎視眈々《こしたんたん》と〝肥前の熊〟退治を狙《ねら》っていたのだ。そうと察した隆信は、自ら三万五千もの兵を率いて、肥前須古城《すこじょう》から出陣した。途中、土豪などの兵も含めると、五万に膨れあがった。

実は、隆信はすでに隠居し、家督は息子の政家《まさいえ》に譲り、須古城で隠居していたのだが、軍事の実権は握っていた。これもまた、大友宗麟と同じで、まるで〝院政〟を敷くようなものであった。二頭体制が家臣にとって、良い結果は生まない。だが、一度、権力を握った者は、同じ過ちをするものだ。

龍造寺家と有馬家の因縁も色々とある。

有馬氏は島原半島にあって、長門、筑前などを支配していた大内氏と同盟を結ぶことにより、高木《たかき》、彼杵《そのぎ》、藤津《ふじつ》の三郡を領していた。が、勢力を持った豊後大友氏に近づき、領土を肥前杵島《きしま》などにも広げたが、その都度、龍造寺から激しい攻撃を受け、侵略されてきた。

当代の有馬晴信は、まだ十八歳になったばかりの若殿だが、父親義貞《よしさだ》が築いてきた領地を奪還すべく、南島原の日野江城《ひのえじょう》を根城にして、抵抗していたのである。

晴信も父と同じく切支丹の洗礼を受け、ドン・プロタジオの霊名があり、日本初の切支丹大名の肥前の大村純忠《すみただ》は、叔父である。その大村純忠や大友宗麟とともに、天正遣欧少年使節を派遣したほどで、この後も何万人もの切支丹を保護することになる。

切支丹大名嫌いの龍造寺隆信は、有馬家を潰《つぶ》すよう息子の政家に命じていたが、まったく功績を上げることができないまま、虚《むな》しい日々が過ぎていた。痺れを切らして自ら、須古城を出て日野江城に乗り出してきた。

「政家。おまえは何をためらっておる。嫁の実家が有馬だからといって、矛先《ほこさき》が鈍っておるのか！　さような手加減は無用じゃ！」

隆信は息子を無能者呼ばわりし、陣頭指揮は自ら執ると宣言した。それに対して、政家の臣下たちの中に異論を唱《とな》える者もいた。仮にも龍造寺家の当主は政家だからである。

「儂に逆らうというのか。よかろう……そやつらは、たった今、儂に刃《やいば》を向けた者と見なす。前に出て来い」

怒鳴りつけて太刀《たち》を抜き払った。六尺三寸（百九十センチ余り）もある巨漢で鬼のような形相《ぎょうそう》で睨まれると、誰ひとり立ち向かう者はいなかった。

しかも、肥後の赤星統家《あかほしむねいえ》が差し出していた人質を、あっさりと川原で磔《はりつけ》にして殺したばかりである。島津征伐に向けて、赤星が素直に従わなかったというのが、隆信の言い分である。

肥後の諸将や土豪たちは赤星と同様、無慈悲な隆信からすっかり心が離れていった。我が子を無惨に殺されて、怨念を抱かぬ親がおるであろうか。いかに戦国の世とはいえ、さしたる理由もなく、大事な人の命を安易に奪えば、遺恨が残るに決まっている。

赤星はすぐさま島津側に寝返り、隆信が攻める有馬晴信を救援することとなった。そのことが、さらに隆信の怒りに火を付け、島原の神代海岸《こうじろかいがん》から三会城《みえじょう》に進軍、有馬の居城まで一気に攻めて、島原全体を掌中に収めようとした。

三会城から、日野江城まではわずか七里（二十八キロ）ほどである。肥前、豊前、筑後から呼び寄せた龍造寺の兵はさらに増え続けていた。その勢いで肥後、薩摩まで乗り込む勢いである。斥候《せっこう》の報せでは、有馬に対して、島津からの援軍は来ていないという。

「だとすれば、日野江城は三千にも満たぬ城兵ゆえ、一息に踏み潰す」

隆信が意気揚々と気勢を上げたが、やはり今一度、踏みとどまらせようとしたのは、直茂だった。

「殿……これには何か罠《わな》がある気がします」

嫌な予感がすると訴えたのだ。

「今頃になって尻込みするとは、直茂、おまえも焼きが廻《まわ》ったのう」

「大友宗麟が耳川に打って出たときと、状況が似ております。トントン拍子に幾重もの川を渡り、寡兵《かへい》の高城を大軍で攻め込むはずでしたが、一気に反撃されました」

「まったく違う。島原は周りがすべて海だ。しかも見よ。有明海は時化っておる。後ろ盾なんぞ、できるわけがない」

「海だからこそ、島津の船団が押し寄せてくるやもしれませぬ」

「来たとしても三千の兵がせいぜい。所詮《しょせん》は数が違い過ぎる。畏れるに足らぬ」

ぐずぐずしている間に、肥後からも裏切り者が来るかもしれぬ。それゆえ一気呵成に日野江城を奪って、有馬を滅ぼせば済む話だと隆信は高をくくっていた。

直茂の助言を押し退けて、横岳家実《よこだていえざね》、馬場鑑周《ばばかねちか》を先発隊として向かわせた。そして、執行種兼《しぎょうたねかね》と諸岡安芸守《もろおかあきのかみ》を先鋒として配置させるのであった。

ところが、沖田畷まで来ると、数日来の雨のせいか湿地帯が酷くなっている。

まっすぐ延びている道は狭く、わずか三人ばかりの兵が横並びになってしか前進できなかった。まるで畦道《あぜみち》のようで、路肩も崩れかかっている。その先には、粗末な柵や逆茂木《さかもぎ》が設けられていて、見るからに少数の足軽《あしがる》たちが見張り番をしていた。

それを、六人担ぎの駕籠から見ていた隆信は、

「さても、さても侮《あなど》られたものよのう……寡兵も寡兵、しかも急場凌《しの》ぎの柵で、この

儂の軍を追い返せると思うておるのか」

「殿……これは、やはり罠にございます。私の手の者の調べでは、島津家久の軍、三千がすでに船にて、渡ってきているよし」

「ふん。たったの三千がなんだ」

隆信は声を張り上げて、

「ぐずぐずするな！　先鋒に突っ込ませろ！」

と命じた。

縋《すが》るように駕籠の下に駆け寄った直茂は、必死に訴えた。

「敵には必ずや秘策があるに違いありませぬ。島津には得意の〝釣り野伏せ〟があります。この隘路《あいろ》を進むのは危険かと存じまする」

「黙れ！」

「ならば、殿だけでも、この場は下がって戴《いただ》きとう存じまする。そのお体で、自ら前線に出向くのは無謀というもの」

直茂が最後の進言とばかりに申し述べると、隆信は手にしていた槍の柄で激しく突き飛ばした。直茂はその場に崩れたが、隆信は冷ややかな目で、

「臆病者は、おりもしない幽霊を見て怯《おび》えるものだ。直茂、おまえにはほとほと呆《あき》れ

果てた。この裏切り者めが」

と穂先の鞘《さや》を振り落とし、その切っ先を向けた。だが、直茂は憤懣《ふんまん》やるかたない顔で、凝視《ぎょうし》して隆信を見上げていた。

そのとき、先鋒の方で、わあっと声が上がった。

駕籠の上にいる隆信の目には、怒濤《どとう》のように押し寄せていく先鋒の姿が見える。だが、有馬の兵たちは、萎縮《いしゅく》したように柵の内側で身構えていただけであった。

三

「待てよ。まだだ……もっと引き寄せてから、攻撃に出よ」

総大将の家久は、鉄砲隊のすぐ後ろに立っていた。床几《しょうぎ》に座らず、敵の先兵が突っ込んでくるのを目《ま》の当たりする位置にて、攻撃の合図を見計らっていた。

本陣には一門の島津忠長、島津彰久《てるひさ》、重臣の鎌田政近らが同行して構えていた。沖田畷の正面にある柵や芝垣には、赤星統家が先鋒として控えており、その後ろには鉄砲騎馬隊を率いた川上忠智が手ぐすねを引いて待機している。

――この戦は、有馬晴信を応援に来たのではない。島津が龍造寺を叩《たた》き潰すものだ。

家久は心に刻んでいた。

この沖田畷に陣取るまで、家久には様々な葛藤《かっとう》があった。有馬の救援要請を受けたとき、義弘はすぐさま兵を出そうとしたが、長兄の義久は逡巡《しゅんじゅん》したからだ。

理由は、肥後の豪族たちとの絆が堅牢でないこと、冷酷な龍造寺隆信との決戦の時ではないと踏んだことだ。しかも、島原半島は島津にとっては未知の土地であり、八代や天草から船で渡って行くしかない。どう考えても不利だった。

しかも、〝五州二島の太守〟と名乗っている隆信は決して大袈裟《おおげさ》ではなく、島津が大友を破ったことで、却《かえ》って勢いづいていることも承知していた。義久は容易《たやす》く破れる相手とは考えていなかったのである。これまで二度、有馬を救援し、そのうち一度は敗走していることも躊躇《ちゅうちょ》する理由だった。

それに対して、義弘は如何《いか》に龍造寺隆信が無慈悲で残忍な武将であるかを訴え、生かしておいてはならぬ人間だとまで言った。

「兄じゃの気持ちも分かる。これまで、沢山《たくさん》の兵を犠牲にしてきた。これ以上の大きな戦はならぬ、島津は天下を取るために犠牲を強《し》いる御家ではなく、〝三州〟だけを守ることが大切なのだと」

義弘はそう言いながらも、切々と言った。

「ですが、大友がそうであったように、龍造寺もまた薩摩を狙ってきております。有馬晴信殿を倒すだけなら、数万ともいう大軍を集めて来ましょうや」

「まあ、そうだが……」

「俺は八代城に入ってから、肥後の豪族たちと和をもって絆を結ぼうともしてきた」

「それが、上手《うま》く運んでいるとは言いがたいが？」

「残念ながら、やむを得ないときには、武力で戦うしかありませぬ。この間、龍造寺家に属する阿蘇氏の支城、矢崎城《やざきじょう》の中村惟冬《これふゆ》、御船城の甲斐宗運などを降伏させ、肥後国内の竹迫《たかば》や末山《まつやま》、坂利《さかとし》、高森《たかもり》などの城を攻め落としてきもした」

「おぬしの戦歴はよく分かっておる」

「肥後の豪族たちは、たしかにこれまで薩摩とは相容《あいい》れないことが多かった。されど、龍造寺だけは許せぬという思いが強い。赤星殿しかり、有馬殿に同情している者は多ござる」

「うむ……」

「しかも、信長殿が死に、天下が秀吉殿に大きく傾いておりもす。ここで龍造寺を叩いておかねば、何をしでかすか分かりませぬ」

「秀吉殿と組む……とでも？」

「かねてより、龍造寺は周防長門から中国の毛利の領国まで見据《みす》えております。秀吉殿と通じて挟《はさ》み撃ちをするやもしれませぬ。むろん、それは島津とは関わりなきこと。ですが、〝肥前の熊〟が暴走して、さらに巨大になれば……九州の安泰はありますまい」

「おぬしは、九州の覇者になるつもりか」

「私がなるのではありませぬ。兄じゃがなるのです。島津家の安泰のために、凶暴な熊は退治せねばなりませぬ」

「たしかに龍造寺隆信は、残酷で人望もない。民百姓の暮らしを守ることもせぬ」

「はい。ここは我ら四兄弟がまたぞろ一丸となって、迎え撃つしかありますまい。絶対に負けられぬ戦です……ですから、これは有馬殿への援助ではありませぬ。狙うは、隆信の首ひとつ」

確たる信念を語る義弘に鼓舞される形で、義久は総指揮を執ることとなった。

四男の家久を大将として、その子の豊久《とよひさ》、川上忠智、新納忠元、図書頭忠長ら三千に加えて、肥後天草の大矢野や志岐《しき》などの兵も合流し、宇土浦から肥前島原の有江浦に到着した。

そこで家久は退路を断つため、味方の船団を宇土浦に帰るよう指示した。艫綱《ともづな》を切兵士たちに伝えたかったのだ。それによって、島津軍の士気は大いに上がった。

　家久の子、豊久はまだ前髪立《まえがみだち》の十五歳である。初々《ういうい》しさの残る顔だちで、体もまだ大きいとは言えない。家久は息子に鎧《よろい》を装着してやり、上帯を結び終えると、その先を短く切って捨てた。

「これで、自分では鎧を解くことはできぬ。万が一、生き残れば、父がまた解いてやるゆえ、死力を尽くせ」

　心を鬼にして、家久が言うと、豊久は真剣なまなざしで、

「もし打ち倒れて、龍造寺の兵がこの上帯を見れば、二度と鎧を脱がぬ覚悟で戦場に臨んでおるのだと分かりもそう。これが島津の心意気でござる」

「よう言うた……龍造寺の人質だった赤星殿の子は、おまえと同い年だが、無惨にも殺された。その無念、同じ親としてよく分かる。だが、おまえも島津の子。思う存分、暴れてくるがよい」

　感慨深い顔になって家久は、豊久の肩を叩いた。家久の初陣《ういじん》は十六のことだったが、それよりも若くして合戦に出向く息子のことを、最も心配していたのは父親自身である。

しかも、有馬の軍勢を加えても、直に激突するのは、龍造寺軍の十分の一ほどの数である。広い平地での合戦は不利なことは、百も承知している。

有馬晴信はかねてより、寡兵で戦うのならば、沖田畷で決するべしと考えていた。地元の地理に詳しいから判断できたのだ。島原の前山の山麓から海までは、沼沢地が多くて、葦《あし》が生い茂っている。ゆえに敵兵は、細い畦道を通らざるを得ない。そこで待ち伏せるしかないと進言した。

家久は島津得意の〝釣り野伏せ〟も考慮し、沖田畷を合戦場と決した。

そして、今——先手となるのは、家久軍と赤星一党、山際には新納忠元ら千人、森《もり》岳城《たけじょう》には有馬晴信軍五百と、東の浜には伊集院忠棟らが陣取った。もちろん、山際と海側にはいずれも伏兵を潜《ひそ》ませており、龍造寺軍が正面を突いてくるのを待っていた。

獣の雄叫《おたけ》びのような声をあげて、龍造寺軍の先兵たちが突っ込んできた。まっすぐ一本槍のように勢いを増してくる。

隆信のいる本陣と家久が構える所には、わずか二十間《けん》（三十六メートル）程の距離しかないのだ。激しい勢いのまま、柵や芝垣を破壊されれば、まさに根こそぎ倒されるに違いない。だが、家久は、

「まだだ。もっと引き寄せよ」

と命じていた。あっという間に、敵兵が近づいてきた。槍の穂先がはっきりと見えるほど迫ってきたときである。

「今だ。撃て！」

家久の号令で、島津軍の鉄砲隊が一斉に発砲した。前山に谺《こだま》するほど、轟音《ごうおん》が響き渡り、激しい火花が飛び散った。柵越しに飛来する弾丸《たま》は、突っ走ってきた龍造寺軍の足軽の桶側胴《おけがわどう》や陣笠《じんがさ》を打ち砕いた。至近からの鉄砲の威力は倍増する。

わずか三人しか通れない畦道のため、先頭が倒れると、後ろから突進してきていた兵たちは、足を取られて面白いように転倒した。まさに将棋倒しである。

動けぬ敵を狙い撃ちするほど簡単なことはない。龍造寺軍は、鉄砲千丁、弓、槍、さらに大砲まで備えて八千の先発隊が押し寄せてきている。だが、ほとんど一列でしか突進できない畦道では、退却のしようもなかった。

「撃て、撃て！」

怒声を上げる家久に呼応し、得意の鉄砲隊が第二弾、第三弾と撃ち続ける。同時に、弓隊も柵越しに空に向かって放つと、龍造寺軍の第二陣にも雨霰《あめあられ》と降ってくる。避けきれぬ足軽たちはたまらず戻ろうとするが、後ろから押し寄せてくる自軍とぶつかり、二進《にっち》も三進《さっち》もいかなくなった。

押しくらまんじゅうのような状態になった龍造寺軍の兵卒たちは、やむなく湿地の方に滑り下りたが、葦が体に絡みつき、さらに泥状の底地が足を動けなくする。逃げようとも、その場で喘《あえ》ぐことしかできないのだ。これまた、狙い撃ちにされるだけであった。

隆信は先陣が悲惨な状況にあっているとは気付いてもいない。逆に、善戦をしていると勘違いしたのだ。

「よいぞ、よいぞ！　その勢いで柵を倒せ！　踏み潰してしまえ！」

と隆信は叫んだが、先鋒からの伝令が戻ってくることもなかった。混乱しているのは、寡兵である有馬軍だと思い込んだのだ。とにかく前進して、打ち倒すことだけしか、隆信の頭にはなかったのである。なぜなら、

——有馬晴信は、籠城《ろうじょう》覚悟で日野江城にいる。島津軍はまだ到着すらしていない。

と前夜に、密偵から報されていたからである。その直後、夜陰に乗じて、島津軍も含めた五千余の軍勢が、そこかしこに潜んでいようとは、考えてもいなかったのだ。

「行け行け！　その勢いじゃ！」

隆信には今でいう糖尿病の気《け》があって、目も霞《かす》んで見えなかった。それに加えて、

朝靄《あさもや》が広がっていた。

　龍造寺軍がぶつかり合いながら、後陣が半ば無理矢理に前方に押し出てきた。すると、徐々にだが、先発の赤星軍が引き始めた。すると、龍造寺の後軍が懸命に盛り返そうと、前進してきた。赤星軍は頃合いを見計らったように逃げ出し、柵門の方に退却した。

「今だ！　一気に踏み潰せ！」

　先発の大将が采配を振って突入をしようとしたそのときである。

　柵門の両脇の灌木《かんぼく》に潜んでいた鉄砲隊、反対側に待機していた弓隊、さらには湿地の葦原に隠れていた島津軍が一斉に、攻撃を開始した。同時に、島津十文字の紋の入った軍旗が一斉に立ち上がったのだ。

「うおお！　島津軍が来ておったぞ！」

　おびただしい数の島津十文字の白旗の群れに、龍造寺軍の足軽たちは思わず立ち止まった。さらに両側から、鉄砲や矢を撃ち込まれ、怒号とともに逃げ場を失ってさらに混乱した。

　それでも隆信はまだ戦況を把握できないのか、

「進め！　我が軍は五万ぞ！　多少の犠牲は覚悟の上じゃ！　踏み潰せ！」

の一点張りである。大平原での合戦ならば、圧倒的に有利であろう。だが、この隘路に誘い込まれたとあっては、一旦、引き下がるのが常識だ。数に溺《おぼ》れて、その判断すらできなかったのである。

――大友宗麟と同じだな。

家久は胸中でそう思っていた。日新斎が繰り返し言っていた、「無勢とて敵を侮ることなかれ。多勢を見ても畏るべからず」という歌を思い出していた。

島津は常にそうした戦いを心がけてきた。我も従うと、家久は自ら法螺貝《ほらがい》を手に取ると、思い切り吹き鳴らした。

すると、退却していた赤星軍が再び、刀を抜いて突進し、新納軍や伊集院軍が東西から攻め込んだ。さらに、伏兵として出向いてきていた義弘の家臣、酒瀬川武安《さかせがわたけやす》や四元主税助《よつもとちからのすけ》などの軍勢も斬り込んだ。

龍造寺軍は逃げようとする兵同士がぶつかり、あっという間に大混乱となった。それでもまだ隆信は、善戦をしていると思い込んでいた。島津十文字の旗は、

――木崎原の合戦のときと同様に、案山子《かかし》に過ぎない。

と思い込んでいたのだ。かくも判断違いを是正するのは難しいのか、総大将の命令に隷従したがために、自滅するかの如く、龍造寺軍は大量の血を流さざるを得なかっ

た。

合戦の途中から、靄が霧となって広がり、さらに雨に変わってきた。ここでも、〝島津雨〟が味方をしたのか、湿地帯はさらに泥沼のようになり、龍造寺軍の兵卒たちは溺れるように戦死していった。

朝から続いていた合戦は昼頃には、島津と有馬の連合軍の勝利の形勢となった。まんまと〝釣り野伏せ〟にはまってしまったのだ。隆信の思惑とはまったく違う展開となり、龍造寺家の小川《おがわ》、納富《のうとみ》、千布原、綾部《あやべ》、土肥《どひ》などの武将は悉《ことごと》く憤死し、四天王の江里口、百武、木下の勇将も鉄砲や矢、足軽の槍などにあっさりと倒れてしまった。佐賀城で軍《いくさ》評定の場にいた面々は、全滅したのだ。

四天王筆頭の成松だけは懸命に隆信を守っていたが、ついに主君の盾とはなりきれず討ち死にした。

駕籠から落ちた隆信は、何事が起こったのかも分からない状況の中で、家来たちに抱えられながら必死に畦道を山中に向かった。情けないほどの悲鳴をあげながら、足が悪いためか這々《ほうほう》の体で逃げた。

だが、島津軍の目的はただ蹴散《けち》らすだけではない。隆信の首を手にするまで、戦は終わらないと考えていた。でないと、数にものを言わせて、再度、仕掛けてくるかもしれないからだ。その芽を摘んでおきたいのだ。息子の政家に統率力はない。隆信が死ねば、必ず島津の軍門に降ると思われていた。

一刻も早く三会城へ帰り、態勢を立て直そうとしていた隆信だが、味方の軍は混乱し、俄《にわか》仕立ての応援軍も戦わぬまま引き上げていた。

その混乱している敵陣の旗本衆に混じって、島津義弘の忠臣・川上忠智が一子、忠《ただ》堅《かた》の姿があった。家来の万膳《まんぜん》仲兵衛《ちゅうべえ》ら数人だけを引き連れている。むろん、龍造寺軍の武将や兵の素振りをしている。

――是《ぜ》が非《ひ》でも、隆信の首を取る。

と敵兵にバレる危険を犯してまで、執拗《しつよう》に隆信を探していたのだ。

「殿……天は島津の味方をしてくれましたぞ。あれを……」

万膳が槍の穂先を向けた。駕籠は目立つから、徒歩にしたのであろうが、雨に祟《たた》られ、足も思うように動かぬのであろう。小さな百姓家の屋根の下で、疲れ切った顔で休んでいた。その巨漢や様子から、隆信本人であることは間違いあるまい。

おもむろに川上忠堅は近づいて、

「龍造寺隆信様とお見受け致しました」

と声をかけた。隆信も側近たちも、味方と勘違いしたのか、敵意を見せなかった。

「拙者《せっしゃ》、島津家が家臣・川上左京亮《さきょうのすけ》忠堅という者でござる」

名乗った途端、隆信の家来たちは騒然と槍や刀を向けて隆信を守ろうとしたが、忠信はいち早く槍で薙《な》ぎ払いズイと進み出て、穂先を突きつけた。

「尋常に勝負なさるか」

「――川上忠堅……ほう……島津義弘の重臣として、その名は知っておる……肥後阿蘇氏の将、中村惟冬も倒して、矢崎城を攻め落としたのも、おぬしだとか」

わずかに震えながら、媚《こ》びるような目を向けている。これが〝肥前の熊〟と恐れられた武将なのか、五州二島の太守なのかと、忠堅は呆れた顔になった。やはり、義弘様が言っていたとおり、九州統一をする大将には相応しくないと感じた。

「それは父上のことでござる。命乞いは無駄ですぞ。お覚悟を」

忠堅はさらに相手の喉元《のどもと》に、槍の穂先を向けた。

「ま、待て……儂は病人じゃ……しかも、かように負け戦で逃げておる。さような者を討っても、おぬしの名は上がるまい」

隆信が嗄《しゃが》れ声で言うと、その家来たちが槍を突きつけてきた。が、万膳たちが刀で叩き落として押し返した次の瞬間、

「問答無用……」

と忠堅の槍が一閃《いっせん》し、隆信の胸を突き抜いた。同時に、万膳が駆け寄り、その首を見事に刎《は》ね落としたのである。

ぐらりと隆信の体が地面に倒れると、側近たちは息を呑《の》んで逃げた。家来にすら見捨てられた隆信の亡骸《なきがら》は、惨《みじ》めなほど驟《しゅう》雨に打たれ続けていた。

四

龍造寺軍の敗戦は凄惨を極め、沖田畷の周辺には三千の兵の屍《しかばね》が斃《たお》れていた。それでも、耳川の合戦に比べれば、犠牲者が少なかったと言える。島津はこれまでどおり、敵の兵も丁重に葬った。

隆信の首が、肥後佐敷《さしき》城《じょう》にいる島津義久のもとに届けられたのは、その翌日のことだった。前夜のうちに、有馬晴信も確認しているが、間違いなかった。

この三層の天守のある佐敷城は、相良義陽を倒して後、支配下に置いたものだが、島津にとっても後々の合戦に重要な城である。

「なんとも憐《あわ》れよのう……大友宗麟もそうだが、何十年もかけて成り上がってきたのに、たった一度の合戦で失墜する」

義久は首を改めながら、やはり義弘同様に無常を感じていた。

「信長しかり……その信長がかつて桶狭間で討ち取った今川義元も、合戦場にて首を取られたが、俺ならば敵に討たれる前に、腹を切るがな……命乞いをしたのは本当か」

振り返ると、そこには義弘と家久がおり、此度《こたび》の合戦で大手柄を挙げた川上忠堅とその父の忠智、新納忠元、伊集院忠棟ら重臣も同席している。

「はっ。潔さとは縁のない武将でした」

忠智が息子に代わって、隆信の最期《さいご》の様子を自分が見たことのように話すと、一同、憐れむように首を振った。

合戦が終われば、大概は喜びの祝宴となる。将兵らは自分がどれだけ敵を倒したか、首級を挙げたか、何人蹴散らしたかなどの自慢話で盛り上がる。足軽たちの慰労はしているが、今回の戦は大勝したにも拘《かか》わらず、まるで敗北したかのような沈鬱《ちんうつ》な雰囲気が漂っていた。

その理由は、この場にいる者たちには分かっている。龍造寺隆信に成り代わって、九州を統一せねば、信長を引き継いだ羽柴秀吉といずれ戦わねばならぬ時がくると、肌身で感じていたからだ。

事実、沖田畷の戦いの翌年、天正十三年に、秀吉は関白となり、豊臣姓を朝廷に奏聞して許される。〝源平藤橘《げんぺいとうきつ》〟と違う新たな豊臣姓を名乗り、近衛前久に成り代わって、従一位太政大臣にも叙任され、事実上、この国の最高位となるのだ。

義久はむろん怯えているのではない。事実上、大友宗麟や龍造寺隆信とは桁《けた》違いの大敵が、大津波のように押し寄せてくる予感がしていたのだ。それゆえ、目の前の合戦に一喜一憂するのではなく、気を引き締めたかった。

その沈鬱とした空気を入れ換えるように、義弘は、末席にいる豊久に声をかけた。

「豊寿丸《ほうじゅまる》……初陣ながら、おまえも敵将の首をひとつ挙げたらしいな。天晴《あっぱ》れじゃ」

あえて幼名で呼ぶことで、和《なご》やかな場にしたかったのだ。

「まだ元服前なのに、大したものだ」

「はい。お陰で、父上に鎧の上帯を解いて貰《もら》うことができました」

豊久の働きについては、義久も我が子のことのように喜んだ。

「よかったのう。死地に赴く覚悟があればこそ、生き残ったとも言えよう。此度の合戦のことを忘れず、これからも島津家のために、せいぜい尽力してくれよ」

「ハハ。有り難きお言葉」

素直に喜んで頭を下げる豊久の微笑《ほほえ》みが、一同の緊張の顔をほぐした。

「手柄と言えば、兄じゃ。この川上忠堅が一番でござろう」

義弘は自分が首級を取り上げたかのように、話の矛先《ほこさき》を向けた。忠堅は控え目にしていたが、老臣の新納忠元が膝《ひざ》を進み出して、

「こやつめ、合戦の前、出陣の酒を酌《く》み交わした折に、『隆信の首を取るのは自分である』と豪語しおった。まさに有言実行、俺からも褒《ほ》めてつかわそう」

と冗談めいて言うと、父親の忠智の方が真顔になって返した。

「何をおっしゃる、新納様。あなたは、そのようなことができるわけがない。血気にはやるのはよくないと、申されたではないか。まずは倅に、詫《わ》びて貰いたいですな」

「なんだと。そこまで自慢をしたいか」

「もちろんでござる。此度の合戦は、隆信の首を取ることと、何度も義弘様に言われておりましたので、忠実に実行したまでだが、無理だと鼻で笑《わろ》うたではありませぬか」

「おのれ。主君のために、家臣が手柄を立てるのは当然のこと。それを自慢話にするとは、バカだと思われるぞ」

「バカだとはなんだ」

「おまえの手柄ではあるまいに、親バカだと言うておるのだ。ならば、忠智。儂は、

秀吉の首を取ってやろうではないか」

鬼武蔵の異名を持つ新納は、還暦近いのに豪気に言ってのけた。数々の戦場を駆け抜け、此度も大いに敵将を倒した。武勇は鬼神の如しと言われただけある。

「大きく出ましたな。その老体で、やれるものなら、やって見せて下され。秀吉の首を取れたら、今度は俺が土下座しもそう」

「聞いたぞ、忠智。武士に二言はないな」

「新納様こそ」

お互い罵《のの》り合うかのようにぶつかって、眉《まゆ》を吊り上げた。

だが、これはいつもの冗談である。睨めっこをしていたような顔から、ふたりとも噴き出すように笑い出すと、義弘たちは腹を抱《かか》えて大笑いした。話の種にされた忠堅も苦笑している。

キョトンと見ていたのは、豊久だけであった。

その後、みな合戦場での自慢話を始めた。酒を酌み交わしながら、詳しい戦況を伝えることで、次の合戦に向けての反省や作戦にも繋がるのだ。

「実は、私も危うかった……もし、殺されていたら、豊久の上帯を解くことができなかったかもしれませぬ」

家久は穏やかな声ながら、切羽詰まった様子で話した。

「〝釣り野伏せ〟が効いて、敵兵が混乱し、本陣を離れて、私も槍でもって馬上から一暴れしていたとき、敵将の血濡《ぬ》れた首を抱えた武将が近づいてきました」

その武将は駆け寄るなり、首を家久に投げつけるや刀で斬りかかってきたのだ。

咄嗟《とっさ》に身を翻《ひるがえ》して馬から飛び降りた家久だが、相手の刀の切っ先は履き物の紐《ひも》を切っていた。足場も悪く、家久の体が傾いたところへ、二の太刀を打ち込んできた。

槍で受けて弾《はじ》き返したが、相手もなかなかの強者《つわもの》。さらに激しく打ち込んできたところを、家久の槍の穂先が相手の脇腹を切り裂いたが、それでも暴れ馬の如く突っかかってきた。そのとき、家久の家来たちが一斉に躍りかかったが、

「殺すな。生け捕りにせい」

と命じた。殺すのは勿体《もったい》ないと思ったからだ。だが、相手は、

「情けは無用。拙者、龍造寺隆信が家臣、江藤正右衛門なり」

そう野太い声で名乗って、最後まで諦《あきら》めないで必死に斬りかかってきたため、やむを得ず討ち取らざるを得なかった。

「その名は知らなかったが、龍造寺家にも豪の者は大勢おる。四天王がみな討ち死にしたのは、大将の無策の犠牲になったと言ってもよいでしょう……その者は近くの寺

に葬ってやりました」

「家久らしい優しい心遣いよのう……」

義弘が声をかけると、義久も頷いた。家久は、家来に謀反とも受け取れる動きがあっても、切腹をさせることはなく、寺入りをさせていた。重罪の者を出家させることである。そんな面がある家久だから、何事もなくて良かったと、重臣たちも深い溜息《ためいき》をつきながらも、改めて安堵した。

「君子の一言……という言葉がある。君子というものは、金も力もなかったとしても、たった一言の助言で人を救うことができる。そういう意味だ。隆信に、家久のような心が少しでもあれば、運命は変わったやもしれん」

居並ぶ家臣たちを見ながら、義弘は言った。

「いずれにせよ、隆信は驕《おご》り高ぶり、我々島津を寡兵だと思って侮った。それが敗因だ。しかも、四万、五万の大軍とは言うても、勝ち馬に乗りたいと新たに駆けつけた者たちに過ぎぬ。まったく指揮統制が取れておらず、決死の覚悟もなかったのであろう」

大将の器量が戦を決める。島津の者たちも油断することなかれと心に誓った。無策無謀の末、取られた大将の首を祭壇に祀《まつ》ってから、丁重に当主の龍造寺政家に送り届けようとした。

しかし、なぜか龍造寺側は、受け取りを頑《かたく》なに拒んできた。その差配をしているのが、鍋島直茂であった。

隆信の右腕と言われた武将ゆえ、沖田畷の戦いにて討ち死にしたか、自刃《じじん》したと思っていたが、生き延びていたことに、義弘たちは驚いた。何度かの交渉の末、ようよう隆信の首を引き取らせることができたが、その会談場所は肥前柳川城《やながわじょう》となった。

柳川城は、龍造寺家の鍋島直茂も、大友家の立花道雪も落とせなかった難攻不落の城である。ゆえに龍造寺が奸計《かんけい》をもって、当主だった蒲池鎮漣を誅殺したのだ。

その因縁の城に、直茂を呼び出したのは義弘である。

隆信を倒してから、肥後と肥前の豪族たちは続々と島津に降った。抵抗を続けていた阿蘇氏も例外ではない。

義弘はすぐさま日向飯野城から、肥後吉松城に入ると、合志、隈部、宇土《うと》、赤星らは軍門に降り、さらに北上して肥後高瀬城を押さえると、筑後の草野、筑前の秋月、原田《はらだ》ら豪族が島津に従った。ついには、龍造寺政家も人質を義弘に差し出すようになったのである。

だが、鍋島直茂はしたたかであった。佐賀城を明け渡すつもりなどさらさらなく、で〝降伏〟しようとしていた。

「龍造寺隆信殿とは違《ちご》うて、穏やかな気性の知将だと聞き及んでおりましたが……君主が戦死しながら、まさか合戦場で切腹もせずに逃げていたとは思いもしませなんだ」

　ようやく主君の塩漬けされた首を受け取った直茂に、義弘は皮肉を込めて言った。だが、直茂はそれには答えず、ただただ御家存続と政家の安堵を願った。それが当主の後見である忠臣の働きだとでも言うようであった。

　実は、直茂は沖田畷にて、もはやこれまでと死のうとしたが、他の家臣たちに引き止められていたのだ。四天王は討ち死にし、政家は頼りにならぬから、なんとしても生きて貰わねば御家は全滅だと思われたのだ。

「島津義弘様の武勲、そのお人柄は、私も聞き及んでおりました。こうして、お目にかかれることは、至極、名誉であります」

　大人しく控え目に言っているが、腹の読めぬ相手だと義弘は感じていた。

「当方としても、政家様から人質を差し出されましたので、今後は、行動を共にできるものと確信しております。直茂様には大いに力になって貰いたいと存じます」

探るように義弘が述べると、直茂は有り難い言葉だと礼を言った。しかし、容易に島津十文字紋を受け入れるとも思えなかった。大友を破った後、杏葉紋《ぎょうようもん》を〝盗んだ〟ほど、したたかな武将でもあるからだ。

「九州統一を果たした暁《あかつき》には、羽柴秀吉と戦わざるを得ませぬ。中国四国を飲み込むような勢いであり、すでに九州征伐するなどと公言しております」

義弘が言うと、直茂は素直な態度で頷いてみせた。

「さようでございまするな」

「この九州の地を、あの田舎侍《いなか》に奪われても良いのでござるか」

「田舎侍とな……これは島津の御大将のお言葉とは思えませぬ。秀吉様が田舎侍なれば、拙者も所詮《しょせん》は田舎侍の出でござる。由緒ある源氏を祖とする島津家とは格が違いますれば、平伏して従わざるを得ませぬ」

「――本心を言え」

義弘は強い口調で迫った。

たったふたりで話し合っているとはいえ、隣室にはお互いの家来がいる。しかも、義弘には幼い頃からずっと一緒の川上忠智と五代友慶も随行している。事と次第によっては、直茂を斬るつもりである。

「私は心底……まことに心底……我が主君であった龍造寺隆信様が、九州の覇者にならずに良かったと思うております」

「だから、首を返されるのを拒んだのか」

「そう思って貰って結構です。されど、政家様に仕える身としては、このまま引き下がるわけにも参りませぬ」

「島津と一戦を交えると？　筑前の秋月殿が仲介をしているはずだが、それも反古《ほご》にすると言うのか」

「違います。そういう意味ではありませぬ。義弘様を稀に見る名将だと感じましたから、正直に申します。私の母上は龍造寺家の出ではありますが……今後は、鍋島家を盛り上げて貰いたいと存じまする」

直茂は深々と頭を下げてから、

「私にも守らねばならぬ大勢の家臣がおります。その者たちは龍造寺家の存続よりも、この杏葉紋が栄えることを切望しております」

と羽織の家紋を見せた。

「主君を裏切るというのか」

「私の主君はもうおりませぬ。ただ、前の主君の子を補弼《ほひつ》してはおりますが、残念ながら、沖田畷で拾った命をかけられる人物ではありませぬ。これが正直な私の思いでござる」

どこまでが真意かは分からないが、主君を守りきれなかった男が、その子まで見下している態度に品格の欠如が現れている。知将としては優れているらしいが、

――こやつとは肌が合わぬ。

と義弘は感じていた。だからこそ、敢《あ》えて言った。

「よくぞ、心の裡《うち》を話してくれた。ここで聞いた話は、この島津義弘、墓場まで持っていこう。その代わり、主君隆信様の御首の前で、腹を切ってみせてくれぬか」

「えっ……」

唐突な言い分に、直茂は驚きの目を向けた。

「さすれば、そこもとの長男、勝茂《かつしげ》殿を当主に据《す》え、鍋島家の繁栄を私が確約しよう」

「…………」

「どうじゃ」

迫る義弘に、直茂はしばらく考えていたが、

「承知致しました。一度は島津軍に討たれたはずの命。喜んで差し上げましょう」

と言うなり、この場にて腹を切ると申し出た。しばらく睨み合っていたが、義弘は真剣なまなざしのまま、

「相分かった。その覚悟があるならば、今後は島津に従え。さあ、隆信様の首を持って、佐賀城に帰るがよい」

直茂の顔に安堵の表情が広がった。もう一度、深々と一礼をし、かつての主君の首を抱えて、柳川城を後にするのであった。

「甘いですぞ、殿っ。問答無用で斬り捨ててもよい奴ではなかですか」

忠智と友慶は、そう主張した。禍根を残したことは否《いな》めない。鍋島直茂が島津家にとって、厄介《やっかい》な存在になろうとは、この時の義弘は思ってもみなかった。

——やはらぐと怒るをいはば弓と筆、鳥にふたつのつばさとを知れ
優しさと厳しさの両面があってこそ、部下に信頼される。義弘はまさにそういう人物だった。だが、したたかな相手には、〝情けが仇《あだ》〟となることを知らぬと、竹馬の友ふたりは心配したのである。

第八話　闘将と愚将

一

龍造寺を討ち下し、肥前と肥後を制した島津義久は北上して、筑前に進撃した。

むろん、元は大友氏の支配下にあった土地柄ゆえ、国人《こくじん》、領主たちの中には抵抗をするものもあった。が、大友宗麟と義統父子《おやこ》が耳川の合戦以降は、逃げ腰だったため、島津に与《くみ》する者が多かった。

宗麟は〝肥前の熊〟を討った島津に、自ら反撃することができぬと判断しており、関白太政大臣になっている豊臣秀吉に対して、救援を求めていた。

秀吉は渡りに船とばかりに、宗麟の意向を受け、島津義久に対して、和睦《わぼく》勧告の書状を送りつけた。まさに関白太政大臣の立場から、九州の一大名に過ぎぬ島津に、下命同然に叩《たた》きつけたのである。

「ふん。何が関白だ。太政大臣だ。田舎《いなか》侍めが、片腹痛いわ」

とばかりに義久は無視していた。

明智光秀によって謀殺された信長を継いで、一気に成り上がったが、〝天下人〟と呼ぶにはまだまだ遠い。大大名の毛利と通じ、四国の長宗我部を攻め落としたとはいえ、坂東に目を移せば、北条はまだ健在であり、奥州の伊達《だて》には秀吉の影響など及んでいない。

同じように九州に攻撃して来るなどは、無謀も甚《はなは》だしいと、義久は思っていたのだ。九州のほとんどを掌中に収めているのは、島津であるという自負があった。

だが、慢心していたわけではない。筑前と豊後を手に入れない限り、堅牢とは言えぬ。それゆえ、着実に攻め落とそうと策略を立てていたのである。

しかし、義久は日向から全軍で攻め入るか、肥後より筑前に攻め上がるかと迷っていた。そのため、開聞岳から呼び寄せた密教僧に護摩《ごま》を焚《た》かせ、何度も籤《くじ》を引いて、いずれが良いかを神仏に委《ゆだ》ねた。

決戦の出立日や合戦場《かっせんば》の吉凶を占うのはよくあることである。だが、己の決意を神頼みにするとは、武家の頭領として如何《いかが》なものかと、上井覚兼や新納忠元は心配していた。

　そんな家臣たちの思いを汲《く》んで、義弘は家長である義久と意見を戦わせた。

「兄じゃ。俺の考えは、全軍でもって日向より豊後を攻め、大友宗麟と義統の首を取るのが先手だと思います」

「むろん……それも考えたがな、義弘……さようなことをしている間に、まだ地盤が固まっていない肥後の国衆……特に阿蘇の造反が心配だ……柳川城を押さえたとはいえ、鍋島茂直の動きも気になる」

「たしかに、不安はないとは言えませぬ。しかし、大友宗麟父子《おやこ》は死んではおらぬのです。逃げ足ばかり速いふたりが生きている限り、島津の安泰はない」

「それを言うなら、耳川の合戦の直後に攻め込んでおればよかったのだ」

「あの時、攻めておれば、薩摩が龍造寺に攻められておるでしょう。信長が、大友と島津に向けて仲裁に入っていた折ゆえ、安心して相良など肥後攻めができもした。ですが、今は違う。大友は、秀吉に援軍を頼んでおります」

　義弘は確信したように言った。

「和睦を勧めているのは形式上であって、その間に、じっくりと毛利を説得し、大軍を九州に送ってくるに違いない。〝山くぐり〟からの報《しら》せでもあります」

「だが……大友宗麟という本丸を攻め落とすよりも、筑前の岩屋城を落とす方が、宗麟にとって大きな打撃になろう」

たしかに宗麟にとって、岩屋城は、立花城《たちばなじょう》と宝満城《ほうまんじょう》とともに、自領以外を支配するための要城である。ここを陥落させれば、豊後豊前を封じ込めることもできるであろう。その後に、日向と筑前から、大友の領国を攻めるという考えである。

「作戦としては悪くありませぬ。しかし、岩屋城は、大友家で最も優れた武将の高橋《たかはし》紹運《じょううん》が守っております。立花城と宝満城も、その子らが守っており、いずれも難攻不落の城ですぞ」

「だからこそ攻め落とすのだ。高橋紹運を倒せば、大友宗麟ももはや、我らに手出しはできぬであろう」

「俺が案じているのは、岩屋城を攻めあぐねている間に、秀吉軍が大友の領国まで到達してくるということです……宗麟と義統ふたりの首を取れば、秀吉が大友家を援護する大義名分はなくなります」

「うむ……」

煮え切らない義久に、義弘は語気を強めて言った。

「秀吉と真っ向勝負するのは、大友を始末し、名実共に九州統一をしてからの方が、全力を出せるというもの。大友を滅ぼせば、豊後豊前はもとより、筑前筑後の大名や国人はすべて、島津の軍門に降《くだ》りましょう」

「…………」

「こうしている間にも、秀吉軍は着々と大友援護に向けて動いているはず。一気に豊後に攻め入るべきかと」

力説する義弘だが、どうやら義久にはその気がなさそうだった。秀吉はまだ動かぬと判断したのだ。なぜならば、大友との和議を勧告してきたのは、沖田畷の合戦の翌年のこと。それを無視していると、今度は千利休《せんのりきゅう》や細川幽斎《ほそかわゆうさい》を通じて、勧告書を寄越した。

それは、正親町《おおぎまち》天皇の勅書として、届けられたものだ。とはいえ、形式に過ぎず、天皇の署名すらない。文言も高圧的で無礼であり、偽書とも言えるものに従う謂《い》われはない。義久はそう判断したのである。

むろん義弘もその勧告書を読んでいる。教養の足りない文面には怒りすら感じた。だが、それに立腹しても仕方がない。理由はどうであれ、

――関白太政大臣の立場である秀吉に逆らえば、総攻撃をかけるぞ。

という脅しである。

「だからこそじゃ、兄上……大友宗麟父子の首を先に取ってしまえば、和議勧告は意味をなさぬではありませぬか。秀吉が次に取る手立ては、全面衝突しかないのです」

「…………」

「その覚悟が、秀吉にありましょうや。島津にはあります……ですが、最後の決断は、兄上がなされること。俺は如何《いか》なる戦略であろうと、命がけで従いましょう」

義弘の進言は重かったが、義久は結局、岩屋城を先に攻めると決めた。二度目の勧告書に対して、義久はこう返している。

――先の関白・近衛前久様を介した、信長様の和議勧告に従わず、島津家の領地に何度も攻め入ってきたのは大友家の方である。島津家は自領を守るため防戦をしただけである。今後も同様の事態になれば、戦うしかない。

あくまでも自衛である。龍造寺隆信を倒した今、肥前はもとより筑前を島津家が領有するのは自明の理。その筑前に、未《いま》だに居座っている大友を追い出すというのが理屈だ。

「なるほど……豊後に踏み込めば、その理が立たぬということか……」

一応は納得した義弘だが、一抹《いちまつ》の不安はあった。

実際、まだ島津家には誰からも伝えられていないことだが、秀吉は毛利家当主の輝元と大友家当主の義統を和睦させ、臣下になることを約束させていたのである。

そうとは知らず、島津軍は一路、岩屋城に向かい、日向口の東廻《まわ》りと肥後口となる西廻りの二手に分かれて侵攻した。

東廻りには、家久を大将として、義久が支え、祁答院、入来院、本田や肝付という島津譜代《ふだい》の武将が日向から攻め込んでいく。

本隊である島津義弘軍には、島津忠長《ただなが》、島津歳久、新納忠元、上井覚兼、伊集院忠棟、山田有信、野村忠敦《のむらただあつ》らが従軍し、宇土《うと》、赤星、川尻、山鹿、隈部、合志らの肥後の豪族が従い、筑後に入っても、三池、蒲地、草野、田尻らの諸将が加わった。いずれも、義弘が降してきた国人や国衆、郷士らである。

さらに、肥前からも龍造寺、有馬、松浦、筑前からも秋月、原田らが駆けつけ、大友の領国である豊前からも島津に従う者が増え、総勢五万となった。

その間、一度は島津側に立っていたが、大友側に寝返った筑後国人・筑紫広門《つくしひろかど》を降伏させ、太宰府の高尾山を本陣とし、岩屋城を取り囲んだ。内口、観世口、崇福寺口、太宰府口などに布陣した兵は、鼠《ねずみ》一匹逃さぬ態勢であった。

かくして、岩屋城の城下に陣取ったのは、天正十四年（一五八六）七月十二日のことだった。

高橋紹運が守る岩屋城さえ落とせば、他の立花城と宝満城は容易に明け渡してくるであろうと思われた。

島津五万に対して、三つの城で三千人足らず。主将が籠城《ろうじょう》する岩屋城を守るのは、わずか七百人ほどであろうか。誰がどう見ても、多勢に無勢。完全に孤立した岩屋城が落城するのに、時はかかりそうになかった。

決戦に先立ち、義弘は軍僧である快心《かいしん》を使者として、高橋紹運に対して、降伏を促す勧告書を届けた。

「此度《こたび》は、筑紫広門の裏切りに対して攻めてきたものです。すでに筑紫広門は降伏しています。元来、宝満城はこの筑紫広門が占拠した城ですので、島津の軍門に降った限りには、島津のものです。あなた様の子息が入っている城をすみやかにお渡し下さい」

紹運本人に口頭で伝えた上で、勧告書を渡そうとしたが、拒まれた。

紹運は甲冑《かっちゅう》に身を包み、今すぐにでも戦《いくさ》を仕掛けてくるような気迫《きはく》を湛《たた》えていた。

だが、物腰は落ち着いており、丁寧《ていねい》な口上で、

「筑紫様を諫《いさ》めるために、わざわざ薩摩から大軍の仕儀、ご苦労様でございました。この岩屋城、立花城、宝満城の三城は、私と倅《せがれ》が主家の大友家から城代として預かっ

ているものでございますれば、お渡しするわけには参りませぬ」

　と答えた。

「和議によって、明け渡して下されば、島津義弘様は全軍を引き上げると申しております れば、ご考案下さい」

「筑紫広門殿は、そもそも肥前の武将で、これまでも大友家とは諍《いさか》いがあり、私や立花道雪殿とも戦ったことがあります」

　立花道雪は、〝大友三宿老〟のひとりで、高橋紹運とともに龍造寺隆信とは死闘を繰り返した勇武将である。紹運の息子・統虎《むねとら》は嫡男ながら、立花道雪に請われて、婿《むこ》養子となっていた。

「残念ながら、道雪殿は、昨年、柳川城攻めの出陣中に病死しましたが、その遺志を継いで、私たち父子で、この三城を守っております。どうか、その旨《むね》、島津様にお伝え下さいませ」

　あくまでも礼節をもって言っているが、大友の家臣として、籠城は死守すると覚悟している態度である。だが、快心は〝最後通告〟であるかのように続けた。

「義弘様は、兵士が無駄に死ぬのを良しと致しません。あなた様のご家来のことも篤《とく》とお考え下さい。和議が整わず、あくまでも抵抗なされるのなら、直《ただ》ちにこの城を攻め落とすことになります」

「先程も申しましたが、この城は主家の大友家から預かっているものです。大友家はすでに豊臣家の臣下となっておりますれば、高橋家と立花家も関白太政大臣の御家人《ごけにん》の立場であります。つまり、この岩屋城も秀吉様の城でございます」

「秀吉の城……」

「はい。よって、秀吉様からの御下命がない限り、貴軍に明け渡すわけには参りません。私、高橋紹運、統虎以下、城兵たちは守り通すだけでございます」

改めて、籠城して死ぬ覚悟だと断言した。そこまで言われては、快心は退散せざるを得なかった。去り際、振り返って、

「武運を祈ります」

と快心が皮肉を込めて言うと、紹運は淡々とだが、

「島津様こそ、これで武運が尽きることなきよう、お祈り申し上げます」

自信に満ちた顔で言った。あくまでも抵抗する気迫に溢《あふ》れていた。

紹運の態度や岩屋城の様子を聞いた義弘は、心の片隅に小さな不安が浮かんだ。

――やはり、豊後の〝本丸〟に一気に攻め入るべきだった。

との思いが蘇《よみがえ》ったのである。

大友宗麟と義統父子のしたり顔が見えてくる気がする。だが、このまま放置するわけにはいかぬ。紹運があくまでも和議を突っ返してくるならば、こちらも島津魂の威信にかけて奪い取るまでである。

「あれが秀吉の城、とな……」

山上に高楼が聳《そび》える岩屋城を、義弘は険しい目で見上げた。

二

高橋紹運はすでに立花城と宝満城に伝令したとおり、一分の隙《すき》もないよう堅牢に籠城支度をさせていた。

博多湾が見下ろせる立花城も、岩屋城の背後に聳《そび》える峻険な宝満城も、本来、大友氏の築いた城である。島津から、筑紫広門の城だと言われる筋合いはなかった。

もっとも戦国の世は、昨日と今日とでは敵味方が入れ替わるのは常。紹運自身、一時期、大友氏を離れ、中国の毛利家に仕えていたこともある。だが、今般は秀吉が背後にいる戦であり、正義がこちらにあることも、名将島津義弘ならば理解してくれるであろうと、紹運は思っていた。

宝満山山上の宝満城からは、豊前から筑前筑後のみならず、朝鮮半島をも見渡せるほどだ。この山は古くから、信仰の対象であり、山伏たち修験者も〝山入り〟していたほどの霊山である。

この宝満城は、紹運の次男・統増《むねます》が守り、妻子をはじめ、老人などを避難させていた。長男が立花家に入ったため、統増が高橋家当主となっており、父の紹運とともに岩屋城にて籠城を決め込んでいたが、

「必ずや関白秀吉様の援軍が来る。それまで儂《わし》が食い止めるゆえ、おまえは母親と妻子を守るのだ。よいな」

と強く命じていた。

島津軍に攻め込まれたとしても、自分は城を枕に討ち死にする。だが、息子たちには遠慮なく降伏し、高橋家を存続させるようにと伝えていた。

その際、立花城の守将・統虎は、紹運に懸命に訴えている。

「宝満城は高山にありますが、岩屋城は籠城には相応《ふさわ》しくありませぬ。しかも、立花城の方が要害であり、島津の大軍と合戦するならば、我が立花城の方が良かろうと存じます」

「儂とて、倅たちと生死を共にしたいのは山々じゃ。だが、ひとつの城に、三人の将

がいればどうなる。混乱して捻《ひね》り潰《つぶ》され、すぐに壊滅するであろう」

「しかし……」

「島津家を見てみよ。今は亡き貴久殿を中心に、四兄弟が一つの束になっているが、合戦の折は、軍を分けて戦っておる。それゆえ逆に堅牢なのだ。間違っても、島津家が滅びることはない」

　紹運は島津軍の武力や作戦も熟知していた。耳川の合戦といい、沖田畷の合戦といい、寡兵《かへい》によって大軍を駆逐した〝釣り野伏せ〟の凄《すご》さは認めている。だが、自らが攻め入る籠城戦に対しては、幾たびも難儀していることを承知していた。

「相良や阿蘇などは結果として島津に降ったが、戦に負けたとは言い切れぬ。あの義弘殿にして辛酸を舐《な》めているのだ……なぜだか、分かるか、統増」

　問いかける紹運に、すぐさま統増は答えられなかったが、統虎が代わりに言った。

「籠城する方は決死の覚悟で逃げないからです。最期《さいご》は城には自ら火を放って、全滅することを私も目にしてきました」

「敵に取られるくらいなら灰燼《かいじん》に帰した方が増しだということだ。それほど、籠城戦は攻めにくい」

「はい……」

「人の命に限りがあることに比べれば、城の寿命は長く、御家の存続は遥《はる》かに長い。御家を守るためならば、我ひとりの命なんぞ惜しくはないわ」

紹運は高揚して、ふたりの息子に言い聞かせるように続けた。

「敵軍がいかに巨大であっても、二千人、三千人と犠牲が出れば、攻撃の手は緩む。儂は、岩屋城にて十数日、いや一月は持たせてみしょう。その間に、必ずや秀吉様の軍勢が駆けつけてくれる」

「では、父上は御自らを犠牲にして敵軍を岩屋城に引きつけておき、立花城と宝満城を守ろうというのですね」

「さよう。立花城さえ残れば、道雪様もご満足であろう。立花城が守れれば、宝満城も安泰。大友家への顔も立つ」

「御意《ぎょい》」

「ただし、ひとつだけ言っておく、島津軍の挑発に乗って、絶対に城から出ぬことだ。亀が甲羅に身を隠すが如《ごと》く、じっと耐えるのだ。ひとたび城から出れば、〝釣り野伏せ〟のような奇襲を浴びることになるぞ」

紹運は父親の覚悟を、統虎と統増に切々と訴えた。まだ十五歳の統増も打ち震えながらも、しっかりと頷《うなず》いた。

こうして、紹運は息子たちにはそれぞれそれぞれ千二百の城兵を与え、自分は八百の兵にて、岩屋城に籠《こ》もった。その際、家老の屋山種速《たねはや》をして城兵全員を集めさせ、

「余はこの城を枕に討ち死にする。たったひとりでも戦う。それができぬ者は直ちに、この城から出てゆくがよい。咎《とが》め立ては一切せぬ。各々《おのおの》の考えや意志を重んじる」

と紹運は不退転の決意を伝えた。

誰もみじんたりとも動かなかった。それどころか、「殿と共に死ぬることこそ名誉にござる」と語り、家臣同士で血判を交わした。

「だが、よいか。島津の武力を侮《あなど》るなかれ。筑紫広門を攻めており、最後に残った鷹《たか》取城《とりじょう》の筑紫晴門《はるかど》は、島津の川上忠堅と一騎討ちとなった……いずれも武勇で知られた者同士だ」

ふたりは、それぞれ歌を与え合った。

――打ち向かう太刀《たち》の下こそ産屋《うぶや》なれ、ただ切りかかれ先は極楽

忠堅の歌に対して、晴角はこう返した。

――斬らば斬れ刃《やいば》にかかるものもなし、本来心に形なければ

いずれも朗々と詠じ、槍《やり》で激しい戦いをした末、忠堅が相手を突き伏せて勝った。

さすがは、龍造寺隆信を倒した武将である。だが、この忠堅も手傷を多数受けてお

り、岩屋城攻撃の前に死んだ。享年二十九であった。しかし、父親の川上忠智は涙ひとつ見せず、息子の奮闘を讃《たた》えたという。

そのことを紹運は承知しており、忠智の親心も察しながら、

「この時世、歌を詠《よ》み合う風情のある武将など少なくなった……恥も外聞も捨てて、逃げ惑う大将もおれば、かように堂々と戦う武将もいるのでな」

暗に大友宗麟と義統親子のことを言ったようにも、家臣たちには感じられたが、誰もそのことは口にしなかった。

「島津にはそのような武勇を持つ侍が多いと聞く。ゆえに、決して……」

油断するなと、紹運は改めて注意喚起をした。

一方、立花城からは、紹運の命令に背《そむ》く形になるが、泣きの涙で、共に死にたいと二百余りの兵が駆けつけてきて、城の周辺を固めたのである。

早速——。

島津軍の総攻撃が始まった。だが、四王寺山中腹にある岩屋城は、三方を山の斜面で囲まれており、一気に攻め込むことは難しい。

それでも、島津軍はおびただしい数の島津十文字の旗《はた》を掲《かか》げて、城門を目指して真っ向から突っ込んできた。ドドドン、ドドドンと軍太鼓《いくさ》を激しく打ち鳴らしながら、

鉄砲を撃ち続け、矢を射かけて城兵を威嚇《いかく》したが、幾重にも防御している城門はびくともしなかった。

城の何処《いずこ》の曲輪《くるわ》や櫓《やぐら》からも、島津軍の陣形は丸見えである。

太宰府観世音寺《かんぜおんじ》に本陣を敷いた義弘軍は動かず、島津忠長、伊集院忠棟、川上忠智らの軍が城の囲みをしだいに狭くしていくのが、手に取るように分かる。

――逃げ場はない。

紹運たちは攻めてくる島津軍に対して、狭間《はざま》から鉄砲や弓で反撃する。戦では当然、上から狙《ねら》う方が有利である。眼下からは城兵のひとりひとりは見えないが、城櫓からは一目瞭然《りょうぜん》だからである。

島津の兵は無惨にも次々と倒れていく。その屍《しかばね》を踏み越えて、怒濤《どとう》のように正門に押しかけてきて、大木をぶつけようとしても、内側には石垣などを埋め、予《あらかじ》め堅牢に固めておいたため、破壊することができない。

それでも必死に突き進もうとする島津軍の兵たちには、頭上から岩のような石や重い大木が落ちてくる。城壁や石垣を這《は》い上がろうとする兵にも、容赦《ようしゃ》なく熱湯や石、砂利、粘土、材木などが降り注ぎ、転落していった。兵が兵を道連れに落下する姿は、櫓から見ていても面白いほどだった。

寄せ手は山の側面からも、急斜面を登って来ようとする。が、そこにも仕掛けが張られており、大木がごろごろ転がってきたり、縄で支えていた樹木が倒れかかってきたりした。

それを乗り越えたとしても、尾根を断ちきるように作った無数の堀切や迂回《うかい》できない仕掛けの竪堀などが無数に隠されており、しかも中には竹槍が仕込まれていた。後から来る兵団に押されて、次々と転落した足軽《あしがる》たちは、あえなく堀の底で絶命した。

しかも、それらの堀は内側に湾曲しているため、這い上がれないようになっている。必死に這い上がろうとしても滑り落ち、足掻《あが》けば足掻くほど泥壁が崩れて、埋もれてしまうのである。

万が一、城内に踏み込んでくることがあっても、薬研堀《やげんぼり》や障子堀があって、そこに落ちると城兵から一斉射撃を受けることになる。また畝《うね》状の堀や土塁《どるい》が複雑に重ねられ、敵兵は方向感覚が崩れ、同じ所を廻ることになり、味方同士で槍で突き合ってしまう。

様々な防御の工夫がされており、幾ら大軍が押し寄せても、まさに亀の甲羅のようにびくともしなかった。

島津軍の兵卒が次々と殺され、何百人も累々《るいるい》と死体を重ねていくのに対して、紹運の籠城軍にはほとんど犠牲が出ていない。

猛攻撃はうだるような暑さの中で、重い甲冑にも動きを阻《はば》まれながら、まったく効果が出なかった。昼間から夜中まで、二昼夜休む間もなく仕掛けたが、岩屋城はびくともしなかった。

幾ら守りが固いといっても、落石や落木には数に限りがあろう。鉄砲に弾薬や弓矢もいずれは底を突く。何より、城兵の食糧が不足すれば、判断力も体力も鈍くなり、やがては元気もなくなってくるものだ。

しかし、岩屋城には背後の宝満城からも援助の物資が届いているし、地元の紹運を支持する土豪や百姓たちが密《ひそ》かに食糧などを送り届けているようだった。

一進一退どころか、十日経《た》っても埒《らち》があかなかった。徹底して城兵の姿も見せずに反撃してくるため、一方的に戦死者が増えている島津軍は士気すら衰えてきた。

「いや。城内の方が苦しいはずだ。奴らは死に物狂いなだけだ。怯《ひる》むな。攻め続けよ」

岩屋城攻めの総大将・島津忠長には焦りの色があった。

忠長は、貴久の末弟・尚久の嫡男である。尚久は大隅国の肝付氏との激闘の後、三十二歳の若さで戦死している。この戦の折には、忠将も戦死しているため、島津家にとっては最大の危機だった。

まだ十歳そこそこだった忠長は、伯父の貴久に育てられ、義久の家老となったが、最も尊敬しているのは義弘であった。此度の出兵についても本当は、

——豊後に直《じか》に攻め入る考え。

だったが、義弘とともに筑前岩屋城を落としに来たのである。それを命じた義久に対して、後で正論を唱《とな》えるためにも、絶対に手に入れねばならぬ城だった。

だが、高橋紹運がここまでしぶといとは考えてもいなかった。

「やむを得ぬ……搦《から》め手でいくしかないか」

頭上の岩屋城は本丸の高楼を中心に、四方八方を睥睨《へいげい》する形になっており、城兵もそう配備されている。だが、背後に聳える宝満山から何らかの援助があるとすれば、その間道があるはずだ。

そこまで登って、上から攻め入るということも考えて、忠長はまずは数十人先兵隊を送った。生い茂った夏草や灌木《かんぼく》で覆われた獣道《けものみち》を、まるで岩山に登るように縄などで引っ張り合いながら、中腹まで登った。

山上にある宝満城が近づき、離れた所には立花城も見える。いずれも堅牢で、しかも筑前支配に必要な城砦だと改めて分かる。

この先兵隊の軍将・赤塚真賢《あかつかまさかた》は、

「──これでは、攻め入るのは無理ばい」

と深い溜息《ためいき》をついた。

赤塚は蒲生や菱刈との合戦の折から、足軽としていくつもの敵の首を取り、義久から槍を賜《たまわ》ったほどの武人となり、長年、仕えている。義弘が飯野城へ入ったときには同行し、日向伊東氏から三ツ山城を奪った後は、その城の城代も務めた。いわば叩き上げの島津武士である。

時には、〝山くぐり〟として、敵陣に忍び込み、諜報や誅殺という汚れ役も買って出ていた。だが、この筑前攻めに関しては、事前の調べを、赤塚はしていない。てっきり総攻撃をかけるであろう肥前の方を、詳しく探索していたからである。

「だから、言わんことじゃない……じゃどん、文句を言うもしょんなかな」

数人の手下に急な壁をよじ登らせ、崖上に見える櫓《やぐら》に近づかせた。そこは裏手になるためか、幸い城兵は手薄のようだった。

ようやく登って、先頭が櫓の下に手をかけたときである。

ぐらり──。

と櫓が傾いて、そのまま崩れ落ち、大きな岩も一緒に落下してきた。櫓と見せかけた大がかりな仕掛けだったのだ。

轟々《ごうごう》と音を立てて落下してきた材木や岩が、崖を這い登っていた兵を飲み込んで、谷底に落下した。頭を打ち砕かれて、無惨に飛びちった者もいた。岩の下敷きになった兵たちは悲鳴を上げながら絶命した。

目の前の惨劇に、さしもの赤塚もたじろいだ。

見上げると、数人の城兵がいて、嘲笑《あざわら》うように立っている。鉄砲を何十発か発した後、城兵のひとりが叫んだ。

「無駄じゃ、無駄じゃ。死にとうなかったら、大人しく薩摩に帰れ！」

この場にいては狙い撃ちされるだけだ。樹林の陰に身を隠しながら、生き残った兵を違う場所に移させようとした。

そのとき、落下した岩が引っかかって止まっている山肌から、じょろじょろと水が噴き出しているのが見えた。

思わず、赤塚はそこへ駆け寄って、手で水を掬《すく》った。清く冷たい水であった。

「なるほど……かような所にな……」

城下はほとんど焼き払い、城の周辺の小川は止めていた。山中の城ゆえ、井戸は掘れぬと考えていたが、このような水脈があったのだ。この宝満山から流れくる水は、岩屋城にも繋《つな》がっている。

「よし。この水脈を断ってしまえ」

これぞ妙案とばかりに、赤塚はすぐさま水路を変え、谷底の方に流れ落ちるようにした。他にも水路があるかもしれぬが、いずれ食糧も不足し、水がなくなれば自滅するであろう。

赤塚はそう考えたのだ。

三

「でかしたぞ、真賢。これで、籠城を続けるのが難しくなるに違いあるまい」

観世音寺本陣の義弘に、裏山の水脈を断ったことを報せに来た赤塚は、膝《ひざ》をついたまま頭を下げていた。

「忠長様にもお伝えしております。我が軍はこれまで多くの犠牲が出たので、攻撃を控えて様子を見る由《よし》……水が途絶えたとなれば、二、三日で敵は降参するはずと」

「うむ……様子を見て後、改めて、紹運に対して降参を勧めるよう、忠長に伝えよ」

義弘は敵兵が衰弱して死ぬ前に、合戦を終えるよう情けをかけたのだ。

しかし――。

紹運の意地は、岩石よりも硬く、崩れることはなかった。

だが、城内の様子は悲惨であることが垣間見られた。櫓にいるはずの見張りの兵はおらず、ときにふらふらになりながら、やけくそで討ち出てくる足軽も現れた。

やはり、断水が痛手だったのであろうと考えた義弘は、改めて大手門からの総攻撃を開始させた。もし、それでも籠城を続ければ、城じたいに火を掛けて燃やそうとも考えていた。

すると、少しずつ山が動いた。

それまで内側から必死に押さえていた兵たちも少なくなったのであろう。弾薬や矢も底をついてきたに違いない。

開戦から十三日目の未明、島津軍はすでに外郭である二ノ丸や三ノ丸への突破口を作っていたが、大手門を打ち壊して城内に雪崩《なだ》れ込んだ。

城門を守っていた紹運の家臣、福田民部少輔《ふくだみんぶのしょうすけ》、萩尾麟可《りんか》、大学父子《だいがくおやこ》が、本丸では家老・屋山種速らが善戦した。だが、ほとんど弾丸《たま》が尽き、矢が折れた状態の家来たちは、槍や刀で戦うしかなかった。その上、水もろくに飲めず、足下《あしもと》も覚束《おぼつか》ない兵卒たちばかりである。数日、休息していた島津の兵たちとは比べものにならぬほど非力であった。その戦いは壮絶というより、悲惨であった。

紹運だけは必死に踏ん張り、島津の足軽たち十数人を切り倒して抵抗した。が、さすがに抵抗する力も及ばず、とうとう観念し、本丸の高楼の上まで登った。

「――かばねをば岩屋の苔に埋《うめ》てぞ、雲井の空に名をとどむべき」

辞世の句を詠むや、勢いよく腹をかっさばいて、介錯《かいしゃく》もないまま果てた。

その姿を見届けるように、残った城兵数十人は一斉に念仏を唱えながら割腹した。この城が墓なりという者もいた。見事な殉死ぶりに、城内に攻めてきていた喜入、伊集院、河野、宮原、有馬、山田ら島津軍の武将たちは、この全員玉砕を、驚きと感涙を入りまじえて見届けた。

城主を倒し、城を奪い取った。だが、犠牲は島津軍の方が遥かに多い。しかも、多くの武将たちも致命傷に近いものを負った。これで勝ちと言えるのかどうか、義弘は胸が痛んで仕方がなかった。

この勢いを借りて、島津軍は立花城と宝満城を攻落しようとしたが、秀吉の命を受けて、毛利軍一万五千がすでに豊前に到着しているという報を受けた。立花城を救援するためである。

数ではまだ勝っているが、島津軍は二十日近い戦で疲弊している。ここで毛利軍と激突するには、厳しいものがあった。

それ以上に驚いたのは、毛利が秀吉の意志で動いているということである。中国の雄である毛利家が、俄《にわか》に天下人となった秀吉に従順になっていることが、義弘には信じられなかった。

「やむを得まい……豊後の大友攻めに最も重要な岩屋城は手に入れたのだ。一旦、退却して、立て直しをするしかあるまい」

義弘はそう判断した。もちろん、毛利が筑後に踏み込んでくれば戦わざるを得ないが、まだお互い静観している様子であった。

一方――。

岩屋城が陥落したと知った大友宗麟は、このままでは早晩、島津軍に飲み込まれ、自分の命も危ないと察していた。岩屋城の合戦の直後にはすぐ、京へ上り、十月になって、秀吉に謁見が叶《かな》った。宗麟は、島津の悪口雑言《ぞうごん》を語り、助けて欲しいと哀願したのだ。

秀吉はすでに毛利を豊前に送っており、そのうち九州に出向くという約束をした。だが、宗麟としては、「そのうち」という言葉が気になった。高橋紹運が岩屋城で踏ん張っている間に、結局、秀吉軍は間に合わなかったため、疑心暗鬼になっていた。

そのことは口にこそ出さなかったが、必ず応援に来てくれるのかどうか、不安だった。

そんな宗麟の内心を察したかのように、

「余を信じられぬのか。九州平定の折は、宗麟殿の力を借りなければ戦えぬ」

と秀吉は約束したという。〝人たらし〟らしい物言いだが、九州平定という言葉を聞いた宗麟は安堵《あんど》した。

片や、島津義久も家臣の鎌田政広《かまたまさひろ》と高僧の南浦文之《なんぽぶんし》を秀吉に謁見させている。

鎌田政広は今般の戦にも参加した四十半ばの勇将で、父親は島津家をずっと支え続けてきた重臣・鎌田政年である。政年はすでに亡くなっているが、父親譲りの勇敢な薩摩武士で、義弘の肥後攻めの折には猛烈な活躍をしている。

文之は、薩南学派の始祖・桂庵玄樹の孫弟子の玄心に学び、学徳が高く、義弘から尊崇され、薩摩の郷中教育のもととなる文教政策はもとより〝外交僧〟として活躍していた。桂庵玄樹には、日新斎が幼き頃に師事しており、その縁も深い。

鎌田政広と文之が謁見した頃には、秀吉はすでに聚楽第《じゅらくてい》の建設に着手していた。御所と二条城《にじょうじょう》の間に広大な城郭を造り、その権勢を誇示するのであろう。

政広は秀吉に謁見し、大友宗麟父子のことには触れず、歴代の島津家の功績や戦歴を語り、丁重に頼んだ。

「島津家を九州全土の守護職にしていただけるよう、平にお頼み申しあげます」

文之は後に、島津家久が開く大竜寺の開山、つまり創始者となり、徳川家康の依頼で建長寺《けんちょうじ》の儀式を執《と》り行《おこな》った名僧である。すでに島津家当主の義久のもとで、明国との外交文書などを担当している。秀吉も承知している僧侶である。だが、

「はて。島津家が九州守護などとは、もっての外。島津の本荘は薩摩と大隅であろう。だが、島津家の幾多の合戦を評し、日向、肥後、筑後の半分を島津家に与えるとしよう。筑後の半分は豊臣家支配の公領とするが、豊後、豊前、筑後、肥後の半分は大友家の所領とする。そして、日向の半分は伊東家に戻し、肥前は毛利家が封じることとする」

と秀吉は一方的に述べた。すでに天下は自分が案分するという姿勢である。

政広が反論すると角が立つので、文之が丁重に、

——島津家が九州守護になると、如何に豊臣家が栄えるか、天下統一が安泰となるか、明国や琉球、朝鮮との繋がりも有利か。

などと述べたが、秀吉の意向が翻《ひるがえ》ることはなかった。

改めて正式な使者として、黒田官兵衛こと孝高《よしたか》と、仙石秀久《せんごくひでひさ》という秀吉の最高幹部が、義久と会談を持った。しかし、義久は島津家の頭領として、秀吉の命令に従うこ

とを頑《かたく》なに拒んだ。

「源頼朝から連綿と繋がる島津家は、九州の薩摩、大隅、日向を授かってから、この地に君臨してきました。肥後、肥前、筑前、筑後、日向、豊前、豊後など九州全土は、この島津義久が己が力で平定してきたのです。たとえ関白様の意向であっても、従うわけにはは参りませぬ」

それでも黒田孝高と仙石秀久は、なんとか義久を説得しようとした。子供の使いではないから、土産《みやげ》もなく京へ帰るわけにはいかないのであろう。

だが、義久の考えは揺るがなかった。これは義久ひとりの考えではなく、義弘や家久ら兄弟はもとより、島津家一党、重臣たちも同じ志《こころざし》であった。

いや、実は、ただひとり歳久だけは、秀吉の使者との会談前に、八代城にて談合した折、義久に対して異論を述べていた。

義久は事あるごとに、

「所詮《しょせん》、秀吉は百姓の小倅、猿面冠者がなにほどのものだ。我らは名門島津家だぞ」

などと感情的な言葉を発していたからである。

――出自がどうであれ、関白太政大臣は朝廷の最高官位で、政事《まつりごと》の最高指揮官である。島津家は武家であるからこそ、その命を謹《つつし》んで承《うけたまわ》るのが筋である。秀吉は戦上手で、これまでの華々しい歴戦を見ても、中国の毛利や四国の長宗我部を麾下《きか》に収めたことなどを見ても、類《たぐ》い希《まれ》な武将として尊敬しなければならない。

歳久はそう説得しようとしたが、義久はその意見を受け止めながらも、

「これまでの苦労を水の泡にするのか。秀吉が戦上手というならば、島津はその上であろう。これまで幾千幾万の犠牲になった兵の命や魂を無駄にはしとうない。敵味方を問わずにだ」

と退《しりぞ》けようとした。

「しかし、兄じゃ、秀吉軍と全面衝突すれば、さらに犠牲が増えますぞ」

「おまえは、岩屋城における高橋紹運とその家臣たちの死に様を、目の当《ま》たりにしたのであろう。そのような気迫をもって秀吉に対抗するのが、まことの武将ではないか」

「それを言うなら、豊後の宗麟に総攻撃をしておくべきでしたな」

「なに……」

「義弘兄も俺も、そして家久も、宗麟の首を取るべきだと言ったはずです。高橋紹運に手がかかっているうちに、宗麟は秀吉に救いを求め、毛利軍が入ってきて、かような事態になったのです」

「俺の判断が間違っていたと」

「さよう。宗麟の首を取っていれば、秀吉に付け込まれることはなかった。向こうから、九州守護を頼んできたでしょう」

「――だから、今更《いまさら》、秀吉には逆らうなと言うのか」

「捲土重来《けんどちょうらい》という言葉もあります。ここは一旦、引き下がるのも作戦かと存ずる」

「それこそ、怯懦《きょうだ》というものだ」

「この俺が、卑怯で意気地なしだと！」

歳久は四兄弟の中では最も感情を表に出す方だが、たとえ長兄からとはいえ、かような言い方をされたのには立腹した。

この場には義弘がいて、ふたりのやりとりを見ていた。

いつもなら仲裁に入る義弘が黙《だんま》りを決め込むということは、それほど葛藤《かっとう》していたということであろう。ただ、宗麟を先に倒しておけばよかったという歳久の意見には賛成である。だが、その話を蒸し返したところで、何の益もない。

「俺は……秀吉を倒す」

義弘は断言した。

「宗麟の首ではなく、秀吉の首を取る。新納忠元が豪語したとおり、天下人の首を取る。さすれば天下はひっくり返る」

生来、豪放磊落《らいらく》な気質とはいえ、関白太政大臣に登り詰めた秀吉に対して、そこまで覚悟ができているのかと、歳久は逆に頼もしくなった。義弘の肚《はら》が固まっているのなら、それに従うと、歳久は言った。むろん、家久も同意した。

「関白だの太政大臣だの、わざわざ官位をちらつかせるのは、心が弱い証《あかし》だ」

わずかに微笑《ほほえ》みを浮かべて、義弘は言った。

「錦の御旗《みはた》を掲げた秀吉に、無条件で従う毛利も毛利だ。俺はのう、兄じゃ……織田信長殿を誅殺した本能寺の事件は、秀吉が仕組んだことではないかと睨《にら》んどる」

義久と歳久、家久はそれぞれ異様な目を向けたが、義弘は当然のように続けた。

「事実、織田家はどうなっておる。主家を蔑《ないがし》ろにし、信長が大切にしていた重臣を駆逐した秀吉に、武士の一分はない」

その思いを聞いて、義久は会談に臨んで、黒田と仙石に対して、秀吉の命令をきっぱりと断ったのだ。すると、黒田は今一度、説得しようとしたのに対して、仙石はすっくと立ち上がり、

「後悔するぞ」

と見下したように言った。黒田はそれを制しながら、

「義久殿の意向は、そのまま関白秀吉様にお伝え致しまする。無駄な血を流さぬことだけを、身共《みども》は祈っております」

丁寧に挨拶《あいさつ》をして立ち去った。

秀吉の家臣の中で、最も優れた武将であり軍師である黒田の方に、義久は感銘を受けた。初対面でわずかな時しか過ごしてないが、見栄えは仙石の方が良いものの、黒田との武将としての力量の差を感じていた。

直ちに――。

島津軍が豊後に向けて進軍すると、志賀親度《しがちかのり》や入田義実《にゅうたよしざね》など大友の武将の中には、主家に背《そむ》いて従ってくる者もいた。入田は義弘の道案内を買って出て、その後もずっと島津家の家臣となる。

先兵隊として、新納忠元は山伏ら兵道家らとともに豊後入りし、敵情を探っていた。

義弘軍は肥後口より、島津忠麟《ただちか》、島津征久《ゆきひさ》、忠長ら一門と伊集院忠棟、鎌田政近らいつもの軍勢三万をもって、肥後から豊後南郡に攻め込んだ。

十月二十二日には、肥後国阿蘇郡野尻城に進んで後、高城を陥れ、一千人の家来と共に迎え出て入田らとともに、松尾城、島獄城などを戦わずして押さえ込み、抵抗していた牟礼城も降伏した。

途中、志賀親度が裏切るという不測の事態もあった。が、そのことで却《かえ》って、豊後の土豪らは義弘の味方となり、豊後国に入るや、一万田一帯を牛耳《ぎゅうじ》ることができた。

一方——義久は日向口から、家久を大将として、上井覚兼、伊集院久治、山田有信、吉利忠澄《よしとしただずみ》ら一万五千で日向路を北上して梓峠を越え、朝日岳城や緒方城などを落としながら進軍していき、豊後国に入ると次々と要城を包囲して陥落させた。

三重郷松尾城に本陣を敷いた島津軍は、いよいよ大友宗麟、義統父子の喉元《のどもと》に矛先を突きつけたのである。

四

命令を無視し、豊後に進軍する島津に対して、豊臣秀吉は怒りを露《あら》わにした。もはや大友家救援ではなく、

——朝廷への謀反《むほん》者を征伐する。

という大儀に変わり、断固、島津を倒すとの決意を新たにした。

島津のことを、逆徒とか悪党という言葉で口撃し、直ちに、仙石秀久を九州先遣隊の軍監に命じ、長宗我部元親《もとちか》・信親《のぶちか》父子、十河存保《そごうまさやす》ら四国勢を送った。

事実上の大将である仙石秀久は、秀吉の最古参の家臣のひとりである。

美濃国の土豪の子として生まれた秀久は、斎藤龍興《たつおき》に仕えていたが、信長に見出《みいだ》されて家臣となり、秀吉の馬廻衆《うままわり》となった。姉川の合戦を始め、中国攻めや四国征伐などで大活躍し、淡路国や讃岐《さぬき》国の大名となり高松城に入っていた。

そこで今般の九州征伐の前哨戦《ぜんしょうせん》とも言える豊後救援には、四国の雄・長宗我部や十河の軍勢ら、総勢六千の兵を引き連れて立ち向かったのである。

だが、そもそもこの混成軍は統一感に欠けていた。長宗我部はまだ秀吉に降伏したばかりであり、十河は、長宗我部とは戦いを繰り広げていた三好《みよし》家の出である。いずれも腹に一物を抱《かか》えていた。

さらに豊後に来てみても、大友宗麟・義統父子の評判は芳《かんば》しくなく、領地内でも造反して島津に与する国人、国衆らがいることに、仙石秀久は唖然《あぜん》となっていた。四国勢と大友軍を合わせれば二万となるから、数の上では島津軍と拮抗《きっこう》していたが、将兵の士気が足りないことも気がかりだった。

――島津は悪逆賊だ。

と鼓舞しても、土豪らの多くは、島津と同じ九州人である。俄に豊臣秀吉の正義を持ち出されても、腑《ふ》に落ちる者は少なかった。戦う者は、ただ大友家への忠義心だけが拠《よ》り所だったのである。

しかし、大友宗麟は島津軍の豊後入りを恐れてか、隠居所の津久見に見切りをつけ、臼杵・丹生島《にゅうじま》城に逃げるように移っていた。ここは干潮時にだけ陸続きになる天然の要害であったが、いかにも敵から隠れている印象が強い。

義統は本拠地の府内にいたものの、有力な武将は少なく、吉弘統幸《よしひろむねゆき》、宗像鎮継《むなかたしげつぐ》ら、わずか四千の兵が守っていたに過ぎない。

かくも人望がない父子を、何故《なにゆえ》、守らなければならないのかという思いが、長宗我部や十河にはあった。だが、総大将格である仙石は、主君秀吉の命令に従っているのだ、という自負があった。

その自負がやがて、自滅へ繋がるのだが、豊後に到着したばかりのときは、まだ意気揚々としていた。

異変が起こったのは、豊後鶴賀《つるがじょう》城の利光鑑教《としみつあきのり》から、仙石に救援の要請が届いたことからである。ここは、大分と臼杵を結ぶ要地であり、島津軍は早くから陥落しようと執拗《しつよう》に攻撃を仕掛けていた。

利光鑑教とは、宗魚《そうぎょ》の名で知られている大友家随一の武将である。島津軍と対決するため、息子の統久《むねひさ》とともに鶴賀城を守っていた。

その城を島津の手に落としてはならじと、仙石は立ち上がったのである。

だが、長宗我部元親と十河存保はまったく乗り気がしない。そもそも、鶴賀城を守れと、秀吉から命令が下っているわけではない。自分たちの使命は、あくまでも大友父子を守ることである。

「これはしたり……前線の大将は何処を攻め、何処を守るかを任されているはず。ひとつひとつ秀吉様からのご下命を待つのは、目の前の火事を放置するも同じこと」

仙石が力説するも、元親は反論した。

「離れの火を消しているうちに、母屋《おもや》に火を放たれたらなんとする」

「鶴賀城は豊後を守るために大事な城。ただの離れ部屋と一緒にするでない。おふたりは、味方を見殺しにすると言われるか」

「ならば訊く……」

今度は、十河が険しい目を向けた。

「お忘れか、仙石殿。府内にいた大友義統殿は、秀吉様の訓戒に背いて豊後を離れ、自領の宇佐郡で反乱を鎮圧するため、豊前まで出向いていった。我らも仕方なく追従したが、その結果、どうなりました」

「それは……」

「我々が府内を離れた隙に、島津家久の軍勢が、宗麟殿のいる丹生島城に陸海両面から総攻撃をかけたではないか」

三日三晩にわたる島津軍の攻撃によって、城は完全に包囲され、周辺の聖堂や建物は破壊され尽くした。信仰している十字架まで焼かれたのである。臼杵城には女子供らしかおらず、城兵も少なかった。

「それでも、さすがは宗麟殿……往年の武勇を思い出したか、南蛮渡りの大砲〝国崩し〟で敵陣を駆逐した。もし、我らが取って返すのが遅れていたら、城下が焼かれていただけでは済んでおらぬ。宗麟殿は今頃、殺されていたかもしれぬのだぞ」

元親もそう言った。だが、仙石は総大将の意地があるのであろう、屁理屈を捏《こ》ねた。

「宗麟殿は、隠居の身。大友家の当主は義統殿だ。守るべき将を間違えてはならぬ。島津軍が丹生島城を攻めたければ、そうさせればよい。この府内を死守するには、鶴賀城を落とされてはならぬのだ」

「死守する、とな……仙石殿が……」

そのようなことは到底できまい、というような口調で元親は仙石を見た。同じような目つきで、十河も見やった。

「軽挙はならぬというのが、秀吉様のお達しではなかったか。仙石殿がやろうとしていることは、義統殿が勝手に府内を留守にしたに等しいことにならぬか」

「この仙石秀久の意志が、秀吉様の命令だ。そもそも、島津如きの田舎侍に、長宗我部や十河という名将が何を恐れておるのだ」

敢然と言い切った仙石に、元親も十河も呆《あき》れ果てて溜息をついた。

それでも、仙石は救援に行くと宣言した。利光鑑教から、救援を求められているのを無視するのは、武士道に反すると言うのだ。

すでに筑後の岩屋城を手に入れている島津は手強《てごわ》いと承知している。だが、鶴賀城から蹴《け》散《ち》らせば、島津軍の攻撃も弱まる。一旦、引き上げさせた上で、秀吉が総攻撃をかければ圧勝すると、仙石は読んでいるのだ。

つまり、秀吉の九州平定の前哨戦であり、その突破口を開こうとの考えである。それでも、渋っている元親と十河に対して、

「相分かった。そこもとらが従わぬのなら仕方がない。我が軍だけでも救援に行く。いや、島津軍を攻める」

と仙石は決意し、大友義統も担ぎ出して、鶴賀城に向かう準備に取りかかった。

それを見捨てるわけにはいかぬゆえ、元親と十河も、他の大友軍勢とともに府内から出立することとなった。軍監の命令には従わざるを得なかったのである。

鶴賀城は――大友宗麟のいる丹生島城と義統のいる府内城《ふないじょう》との中間にあり、両城への道のりもほとんど同じだった。

要城には違いないが、まさか鶴賀城にまで、四国勢が救援に来るとは、島津家久は考えていなかった。まったく想定していなかったわけではないが、総大将が仙石秀久で、それに大友義統も従っているとの報を得たときには、「しめた」と思った。

府内城まで攻めなくとも、大友家当主の方からやって来てくれたからである。

家久はすぐに主立った武将を集めて、作戦を立てた。

「我が軍は完全に鶴賀城を包囲している。これを蹴散らすためには、仙石軍は、大野川下流の戸次川《へつぎがわ》から、園田の渡しを一旦、越えて中津留《なかつる》や山崎に来なければならぬ……城下の利光まで誘い込んでから、坂原山から迂回する右翼と、戸次川左岸を進む左翼から挟《はさ》み撃ちにするのがよかろう」

地勢図を見せながら、家久は語った。

島津軍の主力は新納忠元六千、右翼の本庄主税助《ほんじょうちからのすけ》三千、左翼の伊集院久宣《ひさのぶ》が五千。本陣の家久軍は、鶴賀城から出てくる兵を止めることに徹する。

対して、仙石が総大将の四国軍は、淡路の仙石軍が千人、土佐の長宗我部元親と信親軍が三千、讃岐の十河存保軍が三千。

勢力は島津の方が遥かに多いが、家久が心配だったのは、義弘の軍勢が到着していないということだ。伝令役の報せでは、いまだに豊後国竹田の岡城《おかじょう》を落城できずにいるとのことだった。

標高の高い天神山にある岡城は、源頼朝に追われた義経《よしつね》を匿《かくま》うため築かれたという伝承があるが、建武年間から大友氏が守っていた城である。城主の志賀親次《しがちかつぐ》が粘り強く、義弘軍を寄せ付けなかった。それほど堅牢な城である。

親次の養母は大友宗麟の娘であることから重用され、切支丹となっているが、戦っている義弘も「天正の楠木正成《くすのきまさしげ》」だと賞賛しているほどの勇将で、後に朝鮮征伐の〝文禄の役〟に加わる。立花道雪といい高橋紹運といい、類い希な武将がいる大友家であるにも拘《かか》わらず、現当主の義統は取るに足らぬ大将だと、家久は思っていた。

大友軍から見れば、鶴賀城から島津軍を駆逐すればよいのだ。先頭を受け持つ嚮《きょう》導役《どうやく》、鎧ヶ城主・戸次統常《べっきむねつね》、そして仙石軍が一斉に、待ち構える島津軍の新納忠元の陣営に突進した。後詰めの長宗我部と十河の軍勢もドッと押し寄せてくる。

「かかれえ！」

家久は采配を大きく振った。

真っ向から突進してきた仙石と長宗我部、十河の軍勢は、それぞれ信長が掲《かか》げていた永楽銭、黄色地に黒餅、公饗《くぎょう》に檜扇《ひおうぎ》などの旗印を靡《なび》かせながら、斬り込んでくる。応じる島津勢は打ち揃《そろ》って〝丸に十文字〟がずらりと並んでいた。

島津は家紋も旗印も〝筆十文字〟だったが、義弘や家久の旗は、白地に斜め分けに黒として、白地に〝丸に十文字〟を入れていた。その夥《おびただ》しい数は、島津軍が薩摩から北上してきた勢いを表していた。

敵軍を出来るだけ引きつけて、両側から攻め立てるのが、島津得意の戦法である。だが、戸次川の両岸は川原が広がっており、伏兵を置く所がほとんどない。寡兵《かへい》による急襲もできない場所であることは、家久は百も承知である。

まさに真っ向勝負を仕掛けて、士気を高めるために陣中太鼓を打ち鳴らし、法螺貝《ほらがい》を吹き上げながら、鉄砲隊と槍隊は鬨《とき》の声をあげて攻撃した。正面からぶつかりあう合戦は久しぶりだと、家久自身も高揚していた。

相手の長宗我部も十河も野戦を得意としていた。決死の覚悟の島津勢と互角の戦いをしているのを、家久は目《ま》の当たりにして、

――このままでは、まずい……。

と一瞬、思った。

戦が長引けば、鶴賀城から利光軍が討って出てくるだろうからだ。城からは眼下に応援軍が迫ってくるのが見えているはずだが、まったく動く気配がない。大将の利光鑑教は思慮深い武将ゆえ、絶好の機会を待っているのであろうか。

徐々に、仙石軍が押し寄せて来て、脇津留《わきつる》から迫之口《さこのぐち》という場所まで迫ってきた。充分に引き寄せてから、「よし」とばかりに、家久は狼煙《のろし》を上げさせた。

すると、鶴賀城からは大野川を挟んで対岸にある鏡 城《かがみじょう》という砦《とりで》の麓《ふもと》から、一斉に竹中の渡しを抜けて来た島津の左翼、伊集院久宣軍が敵軍の横合いから後方へ仕掛けた。それに気を取られている隙に、右翼の本庄主税助軍が迫之口に向かって、鶴賀城の東山麓から駆け下りてきた。

両軍が激突したが、三方に分けて包囲網を敷いて殲滅《せんめつ》していく作戦が功を奏し、島津軍に有利な展開となった。

真っ先に崩れたのが仙石の軍勢である。逃げ惑って、川原に転落する足軽《あしがる》たちを、島津の鉄砲隊は狙い撃ちにした。その連発のあまりの速さと凄さに、仙石軍は手出しができなかった。千人の軍がみるみるうちに倒れていくのが目に見えるほどだった。

乱れた仙石軍に向けて、新納軍がさらに突撃し、粉砕《ふんさい》した。

「引け、引けえ！」

〝無〟という旗に、熊毛総髪形《くまげそうはつなり》の兜《かぶと》の武将が落馬した。その周辺に側将らが駆け寄ったが、必死に馬に這い上がって敵に背中を見せると、一目散に逃げ始めた。

総大将の仙石秀久だということは、家久にもすぐに分かった。

「ふむ。軍監自らが逃げるとは、なんたる愚かな所行……追え、追え！」

新納忠元は老体に笞《むち》を打って、家来に命じた。

一斉に追っ手をかけたが、仙石軍と入れ替わるように、長宗我部軍が怒濤《どとう》のように押し寄せてきた。息子の信親《のぶちか》の方だった。

まだ二十歳《はたち》そこそこの若武者である。だが、六尺（百八十センチ）を超える壮健な体軀《たいく》、槍や大太刀の鋭い切れで、あっという間に島津兵を数人、薙《な》ぎ倒した。その家来を指揮する堂々とした態度は、父の元親《もとちか》譲りなのであろう。敵ながら天晴《あっぱ》れと、家久は見ていた。

新納忠元は老将でありながら健闘していたものの、脇津留から押し戻され、苦戦を強《し》いられていた。そこに、さらに迫之口から攻め込んだ本庄軍に対して、長宗我部軍から離れた十河軍が急に突進してきた。さしもの本庄軍も隊列が乱れ、こちらも一進一退を続けることとなった。

竹中の渡しをすべて渡り切った伊集院軍の側面を突き、五千の兵が混乱したところを、さらに本庄軍は大廻りをして、十河軍の背後を攻める形勢となった。

本陣から合戦場を見廻すと、仙石秀久を追うように、大友義統の一団も疾走して退却していくのが見えた。

「なんとも酷《ひど》い大将たちよ……」

今すぐにでも追って首を刎《は》ねたい思いだった。だが、長宗我部と十河がまだ踏ん張っている。そこを突破して、敵の総大将を追尾するのは難しかった。

そのとき――。

鶴賀城の一角から、伝令役が密かに出てきた。合戦中であっても、母衣《ほろ》を被《かぶ》った伝令役は討ってはならないという不文律があった。武器を持たず、大将と家臣の間を繋いだり、あるいは敵将に降参状などを届けることがあるからだ。

だが、その伝令役は身を隠しながら、遠廻りに大友軍の方へ向かうようだった。直《ただ》ちに家久は、その者を家臣に命じて捕らえさせた。すると、伝令役は覚悟を決めた顔で、

「拙者《せっしゃ》、利光鑑教様の側衆《そばしゅう》でござる。実は、殿はすでに亡くなっておられる」

と話したのだ。

「なんと、まことか……!?」

「はい。子息の統久様はおられますが、もはやこれまでと降参するよう、本隊にお伝えしに行く所存でございます」

「亡くなったのは、何故だ」

鶴賀城の抵抗は激しく、一月も島津軍は足止めされ、府内に攻められないでいた。利光鑑教父子の粘り強さは、岩屋城の高橋紹運父子を凌《しの》ぐほどだった。それゆえ、島津軍は一旦、城の囲みを解いたのだ。

「その退散する島津軍を、鑑教様が櫓から眺《なが》めていたおり、一発の弾丸《たま》が飛んできました。山麓に潜《ひそ》んでいた島津軍の一兵卒が、悔し紛《まぎ》れに撃ったもののようでしたが、たまさか殿の喉元に命中し、あえなく果ててしまわれたのです」

「――さようなことが……」

敵将とはいえ気の毒に思ったが、これで形勢は一気に島津側に有利に傾くであろう。

家久は本隊を一気に城門へ向かわせ、勢いをかって乗り込んだ。城兵たちはすでに降伏と観念し、ほとんど抵抗はしなかった。そんな様子を川原から見ていたのであろう。長宗我部軍と十河軍に焦りが生じて、混乱しているところを、新納軍と伊集院軍が一気呵成《かせい》に攻め込んだ。

その激闘の中で、若き長宗我部信親は四尺三寸の大太刀で大暴れしていたが、島津の鈴木大膳に討たれ、十河存保も突撃した本庄によって首を取られた。

信親が討ち死にしたと知った元親は、最愛の我が子を失って狼狽《ろうばい》し、

「この世になんの未練があろう。息子よ、待っておれ」

と乱戦が繰り広げられているところへ、自ら飛び込もうとした。だが、御家が大事と家来衆に引き留められたのだ。戦の後、島津義久から信親の亡骸《なきがら》を届けられた元親はその配慮に深く感謝し、出家して息子の冥福《めいふく》を祈ったという。

片や、城主が死んでいたとも知らず、無謀な戦いを挑んだ総大将の仙石秀久と、御《み》輿《こし》である大友義統はすでに逃げている。

にもかかわらず、四国からの応援軍は惨憺《さんたん》たる状況の中で、千人もの兵が戦死してしまったのである。もちろん、足立図書、吉良主水、小原平馬丞ら大友家の名のある家臣も、殿《しんがり》となって主君を逃がすために、数多く戦死している。

愚将のせいで、散らなくていい命が消えたのである。

島津軍にとっては幸運な戦いだったかもしれぬ。秀吉との前哨戦に勝利した形になったが、また多数の犠牲を出してしまった。さすがに戦続きの島津軍の兵卒たちは疲弊し、厭戦気分も広がってきていた。

いずれ秀吉と真正面にぶつかるとしても、先行きは不透明である。逃げる敵軍に向

かって、勝ち鬨は上げたものの、暁《あかつき》の空に虚《むな》しく響くだけであった。

五

義統は這々《ほうほう》の体《てい》で逃げたが、島津の追撃を恐れて、府内城には入らず、高崎城《たかさきじょう》に隠れた。吉弘統幸や宗像鎮継ら大友譜代《ふだい》の家臣に厳重に守られてのことだった。

「だから、言わぬことではなかったのだ……仙石秀久という武将は、どうも信頼できぬと思うておったのだ」

この戦で戦死した長宗我部信親は、義統より七つも若い。にもかかわらず、この違いは何事だと、家臣たちも胸の裡《うち》では思っていたことであろう。しかも、自分のことは棚に上げて、仙石秀久のことを責めている。

「殿……落ち着きなされ……ここならば安心でござる」

大津留鎮益が慰めるように言った。大津留は、豊後松ヶ尾城主だったが、島津軍に奪われてしまっていた。が、鶴賀城や戸次川周辺には詳しいため、島津の追っ手に見つからぬように、道案内をして義統を逃がしてきたのだ。

「どいつもこいつもヘマばかりしおってからに。危うく殺されるところだった」

義統が苛《いら》ついて怒鳴りつけると、大津留はさらに諫めて、

「嚮導役《きょうどうやく》の戸次統常殿も、一族郎党百人とともに討ち死にしたのですぞ。沢山《たくさん》の犠牲が出てしまいました」

戸次統常は、立花道雪の孫にあたる武将である。長宗我部元親や十河存保と同様、鶴賀城攻めには反対していたにも拘わらず、命を捨てざるを得なかったのだ。

「余のせいだと言うのか」

「いえ、そうではありませぬが……」

「決めたのは総大将の仙石ではないか。自分の意志は秀吉公の命令も同じだと」

「………」

「それに、戸次統常は死んで当然だ。父親の鎮連《しげつら》は島津に内通しておったではないか。所詮は裏切り者の倅よ。嚮導役などと申して、あわよくば島津に仕える気だったのかもしれぬぞ」

それは誤解だと、父子共々、再三訴えたが、義統は一顧だにせず、鎮連を自害に追い込んだばかりであった。統常は、その疑いを払拭《ふっしょく》するためにも、先頭となって敵陣に突っ込んだのだ。

「その切実なる思い……どうか、分かってあげて下され、殿……」

大津留が頭を下げると、義統は腹立たしげに手にしていた湯飲みを投げつけ、

「言い訳なんぞ、聞きとうもないわ。余を守れぬ家臣は、如何に勇猛であろうとも、立派な家臣ではない」

と息巻いた。

だが、一晩過ぎると、この城は辺鄙《へんぴ》な山の奥にあり過ぎて、食い物が足りないだの酒を持ってこいだのと言い始めた。その上、臼杵刑部少輔という側衆を呼び寄せて、

「おまえに頼みがある」

「なんなりと」

「府内城には女を残してきておる。島津の奴らに酷い目に遭《お》うては可哀想《かわいそう》なのでな。この城まで連れてきてくれぬか」

「さようなことをすれば、敵方に殿の居場所が分かるやもしれませぬ」

「島津家久の軍勢は城下を焼き払い、蔵の物を盗んだり、女を犯したり、人身売買をしたりしているというではないか」

戦国の世ゆえ、敵軍の物を奪い取ったり、従僕にすることはよくあったことで、裁かれることではない。ましてや素性の分からぬ兵も混じっているから、不行跡も罷《まか》り通ることがある。だが、島津家では盗賊行為の類《たぐい》はきつく戒めていた。

「余は愛《いと》しい女の身が心配なのだ。皆を連れてくることはない。染乃だけでよい。天野又兵衛の娘だ。おまえなら分かるな」

義統が最も寵愛《ちょうあい》している女である。

「余は、あの女がおらぬと、胸が苦しゅうて、苦しゅうて」

仕方なく、臼杵は府内城まで戻り、島津の軍勢や斥候《せっこう》の目を盗んで、闇夜《やみよ》に紛れて城に入り、染乃を連れ出した。島津勢の者に見つかり、何度も危険な目に遭いながら、自分も腕などに幾つか深傷《ふかで》を負いながら、なんとか高崎城に連れてきた。

大喜びした義統は、床の間の太刀を摑《つか》むや臼杵に向かって、

「ようやった。ようやった。家宝の刀を賜らせるぞ。おまえにはいずれ千石も領地も使わそう。城主にしてやってもよい」

と満面の笑みで差し出した。

拝領するどころか、その場ですっくと立ち上がった臼杵は、

「数度の勲功ありし者、それがし、ひとりにあらず。此度の合戦だけでも、幾らでも武勲を立てたものがおります。にもかかわらず、何の御加恩もなく、用にも立たぬ女を連れてきただけのそれがしに褒美とは、一体、何を考えておるのか。愚か者！　さような心がけゆえ、この恥辱にあっておるのが……おまえには分からぬのか！」

雷のような怒声を張り上げ、目を吊り上げた臼杵に驚いて、義統は腰を抜かした。口を開けたまま反論ができない。

「たった今より、主君でもなんでもない。縁を切る！」

臼杵は吐き捨てて、そのまま城から出ていった。

その異変に気付いた家臣たちは、誰も止めなかった。むしろ、臼杵の言うとおりだと溜飲《りゅういん》を下げ、同様に立ち去る者もいた。

義統は身を震わせながらも、

「愚かなのはおまえだ。偉そうに、なんだ。野垂れ死にするだけぞ……島津軍に咎められて、なぶり殺しにされろ」

と、ぶつぶつ文句を言い続けていた。


「――酷か武将もおったものでごわすな。万死に値するとたい」

十三地蔵塔の前で、若者は熊のような大きな体で、我が事のように地団駄を踏んだ。

野守《のもり》が静かに語りかける。

「大友義統は、譜代の家臣からも次第に見放されてのう。その高崎城からも追われるように、豊前龍王城に逃げるが……こやつは逃げて逃げて、どこまでも逃げて、結局、豊臣秀吉の家臣になって、いい目をみる……もっとも最期は悲惨じゃったが、それも家臣たちを悉《ことごと》く犠牲にしてきた報いじゃろうが、その話はまたいずれ……宗麟もしぶとく逃げたわい」

「では、島津義弘公は、宗麟父子の首を取れなかったとですね」

「無念な思いじゃっただろう。豊後での戦は、義久様ひとりで頑張ったといっても過言ではなか……岡城で戸惑って遅れたことを、義弘公は後々まで悔やんでおった」

深々と頭を下げてから、野守は呟《つぶや》いた。

「儂《わし》も悔しかった……あの時は……」

「──あの時……？」

若者が振り向いたが、それに気付かず、野守はしゃがみ込んで、

「折角《せっかく》、府中城を張っておったとに、臼杵刑部少輔が女を連れ出したのを、きちんと追っておれば、高崎城に隠れとった義統を、引きずり出すことができたのに」

「……なんば、言うとっと」

「臼杵刑部少輔に手傷を負わせたのは、この儂だ。じゃどん、相手は仲間が数人おって、臼杵もなかなかの手練《てだ》れだったもんで、こっちも足を怪我して、逃がしてしもうた」

「…………」

「そいでん、あいつは義統に愛想を尽かして、主君を捨てたが、臼杵は義の者だけん、毛利輝元に拾われた……はは、後で合戦場で会《お》うたときは、びっくりたまげた」

何を言っているのだという顔で、若者は野守を見ていた。その視線に気づいて、

「あ、いや……わしゃ、近頃、頭がぼけてきたのかのう……あの世に近づいたのか、この世とあの世の区別がよう分からん」

と誤魔化《ごまか》すように言ってから、腕に止まった藪蚊《やぶか》を叩いた。

「あ、そうそう……戸次川の合戦で、一番の戦犯は仙石秀久じゃどん、こいつも逃げて逃げて、伊予に渡り、終《しま》いには淡路の洲本まで逃げ帰った」

「こやつも、まっこと愚将。高橋紹運とはえらか違いたい」

「ま、こいつは秀吉の言うことを聞かなかったもんで、領国の讃岐を召し上げられ、高野山に追放処分されたとじゃ……そんでも、逃げる奴はほんにしぶとかねえ。なんだかんだとまた家臣になって、終いには徳川家康に取り入っとる」

「ほんなこつ……」

「いつの世も、小賢《こざか》しく、狡《ずる》く、卑怯に立ち廻る奴がおる。じゃどん、お若いの。薩摩隼人《はやと》に限っては、そげなもんはひとりだにおらんとたい。その真《ま》っ直《す》ぐで、融通の

利《き》かぬ気性が……秀吉には気に入らなかったのじゃろうのう」

「いよいよ、秀吉軍と衝突ですか」

「さよう……儂も死ぬ思いばしたとじゃ」

また訳の分からぬことを呟いた野守だが、今度は真剣なまなざしに変わっていた。

相変わらず蕭々《しょうしょう》と降り続ける雨だが、巨大な樹木が傘となっていた。辺《あた》りはすっかり暗くなっている。まるで負け戦に導くような、不吉な深い霧が広がった。

第九話　おのれ秀吉

一

春爛漫《らんまん》の太宰府天満宮《てんまんぐう》を経て、筑前岩屋城に豊臣秀吉が布陣したのは、豊前国小倉入りしてから、わずか三日後のことだった。

太宰府天満宮に参詣したとき、比叡山の日吉《ひよし》大社から分霊した〝ひよし神社〟に本陣を敷き、宿坊は観世音寺とした。この寺の別当は秀吉に不敬を働いたがため、境内《けいだい》をすべて取り上げられたと言われている。

だが、ここは、島津軍が岩屋城を攻めたときの本陣である。秀吉は九州入りする前から、まっ先にこの城に陣取ることを目論《もくろ》み、準備を整えていたのである。

島津軍が大友宗麟・義統《よしむね》親子を攻めている間に、秀吉は早々と先発隊を出していた。

黒田孝高が、九州に詳しい毛利輝元の家臣の案内で、豊前に来ていたのだ。来るべき島津との激突に備えて、豊前、豊後、筑前、筑後の国情を調べたり、島津に降伏せざるを得なかった国人《こくじん》や国衆、土豪らに工作をして、豊臣方に付くよう仕向けていた。

しかし、島津義久、義弘、歳久、家久の四兄弟は正月を豊後で過ごしていたにも拘《かか》わらず、大友との激闘によって疲弊していた軍兵を修復するには至っていなかった。その上、秀吉軍が二十万もの大軍で押し寄せるとの報を受け、ひとまず退陣すべきと、豊後や筑後から引き上げたのだ。

秀吉はその前から、すでに畿内をはじめとして、東海、東山、北陸、山陽、山陰、四国など三十数ヶ国の兵を集結させ、宇喜多秀家を先鋒として、九州へ向かわせていた。

もちろん、秀吉も腰を上げ、自ら九州に出立している。京には、前田利家を残しているから安心である。秀吉軍が通ると、街道沿いの人々が喝采を浴びせるほどだった。まるで戦《いくさ》に勝った〝凱旋道中〟のような様相を呈していた。

まさに物見遊山《ゆさん》に他ならず、行く先々で派手な接待を受け、古刹《こさつ》に参拝したり、茶会を開いたり、能舞台を楽しんだりする道中であった。安芸の厳島《いつくしま》神社では、同行させた歌人や毛利輝元やその家臣、有力地頭や豪商なども集めて、和歌の会を催したりしている。

——きさしより眺《なが》めにあかぬ厳島　見せばやと思ふ雲の上人
秀吉が詠《よ》んだ歌だ。いよいよ九州征伐に向かって天下統一する姿を、空にいる信長に見て貰《もら》いたいとでも言いたい歌だったのであろう。

歌会場所の宮島《みやじま》大聖院は、弘法《こうぼう》大師が求聞持法《ぐもんじほう》を修めた真言宗仁和寺《にんなじ》の末寺である。朝廷との縁も深く、平家一族が厳島神社に参拝した後、ここ大聖院に詣でて歌会を開いた。秀吉はその雅《みやび》な行いを真似《まね》たのである。

ここでは、小姓《こしょう》より秀吉に仕えてきた、側近中の側近である石田三成も、

——春ごとの頃しもたえぬ山桜　よも霧島の心ちこそすれ
と喜びに満ちた歌を詠じている。

和歌は幼い頃から馴染《なじ》んで、得意であった。すでに征服する九州路の風景でも思い描いていたのであろうか。

同行した増田長盛や長束正家、大谷吉継ら名だたる武将も、桜の花を思い浮かべるような歌を詠んでいるが、太宰府あたりは今まさに桜の花盛りで、岩屋城からの眺めは格別だった。

激闘で血濡《ぬ》れた城でありながら、秀吉がわざわざこの城に入ったのは、島津軍が最

も難儀を極めた城であり、高橋紹運という名将を讃《たた》えるためでもある。

秀吉は、自分が幾多の戦歴を重ねて成り上がってきたからか、武勲優れた者を賞賛する癖があった。それが大将の器量であることの証《あかし》でもあろう。財力を見せつけることで、服従させる狙《ねら》いもあった。

何より九州平定とその後の政事、そして朝鮮へ攻め入る足掛かりとなる対馬も近い。太宰府と博多津を押さえておくのは、当然のことであった。

まだ島津との合戦《かっせん》の傷痕《きずあと》が生々しく残っている城壁や屋形、そして紹運が果てたという高櫓《たかやぐら》に登って、筑後平野や博多湾の絶景を感慨深げに楽しんだ。戦場でもないのに、銀伊予札白糸威胴丸具足《ぎんいよざねしろいとおどしどうまるぐそく》を纏《まと》い、傍《かたわ》らには前立てが蛇の目月形の兜《かぶと》を置いてある。

もっとも〝日々是合戦〟というのが秀吉の矜持《きょうじ》で、娯楽をしているときも油断をしているわけではない。いつどこで誰が狙ってくるかもしれぬという警戒心が、秀吉は強かった。ゆえに本音も、弟の豊臣秀長《ひでなが》の他に、石田三成か黒田孝高、竹中重治《たけなかしげはる》くらいにしか語らなかった。

「その昔、大伴旅人《おおとものたびと》がこの地に来た折には、さぞや高揚したであろうのう……もっとも太宰府名物の梅が花咲く時期はとうに過ぎて、桜ばかりだがな」

傍らに控えている石田三成に、独り言のように語った。

三成は戦国武将としては決して恵まれた体軀《たいく》ではない。並み居る勇猛な家臣に比べて、線が細く華奢《きゃしゃ》に見えた。声も落ち着いた涼やかな声だったが、秀吉の甲高《かんだか》いがさつさとは違って、心地よかった。

石田三成は、近江国坂田郡石田村の郷士だった石田正継《まさつぐ》の三男として生まれた。父や兄・正澄《まさずみ》とともに、近江長浜《ながはま》城主《じょう》だった秀吉に仕えた。

父の正継はかつて浅井長政《ながまさ》に仕えていたこともあるが、本家が滅亡した後、故郷に帰った。村長《むらおさ》をするほど武道に優れ教養に溢《あふ》れる人物で、和歌や『四書五経』にも造《ぞう》詣《けい》が深かった。それゆえ、三成には幼い頃から、地元の寺に預けて、学問と素養を身につけさせていたのだ。

たまたま鷹狩りの途中に、秀吉が立ち寄ったのが、三成が修行していた寺であった。ぬるめのお茶から、徐々に熱く濃くしてゆく〝三献茶〟によって、秀吉はいっぺんで三成を気に入り、小姓として奉公させたのだ。幼い頃からの、人を思いやる気持ちが伝わったのであろう。父や兄も一方ならぬ人物と知り、秀吉は親子三人を同時に家臣にしたのである。

それから幾年《いくとせ》、秀吉の側《そば》で仕え、中国の毛利攻めや柴田との賤ヶ谷合戦、小牧長久手の合戦など、命懸けの戦に従軍した。が、同じ年配で、同じ頃に家来となった加藤《かとう》清正《きよまさ》や、福島正則らに比べて〝武功派〟ではない。

だが、去年、堺奉行に抜擢《ばってき》されたように、内政や民政の方では格段の活躍をしてきた。合戦は刀一本槍《やり》一筋だけでできるものではない。大量の武器弾薬を投じねばならぬし、それを扱う兵の食糧や軍馬などの世話もある。その兵站《へいたん》部が充実していてこそ、勝ち戦に導くことができる。

それゆえ、却《かえ》って裏切りは許されない。〝武功派〟よりも強く「義」を重んじていたのである。だからこそ、秀吉の信頼も厚く、こうして九州まで来たことに、三成は感慨深いものがあった。

「まこと、よい眺めじゃ、のう三成。余はこの城が気に入ったで。何より〝遠の朝廷〟があった土地柄。えりゃあ有り難みがある」

築城は天文年間であり、高橋鑑種《たかはしあきたね》が建てたものだから、由緒があるわけではない。本丸は広くないが、二ノ丸の尾根伝いには無数の堀切や竪堀があり、背後の四王寺山には大きな大野城《おおのじょう》がある。戦国の城としては申し分ないと、秀吉は大層気に入り、高楼の扉に書き残されている紹運の辞世の歌を詠んだ。三成は縁起でもないと諫《いさ》めたが、

「紹運と同じ思いを、島津にさせたいのよ。あやつらは余の情けを、けんもほろろに、

叩《たた》き返してきおったからのう」

　と、わずかに眉《まゆ》を顰《ひそ》めた。

「それに比べて、仙石秀久と大友宗麟のバカ息子は酷《ひど》いものじゃ」

「確かに仙石殿の勇み足は否《いな》めませぬが、領国を取り上げ、高野山預けは厳し過ぎるかと思いまする」

「庇《かば》うのか。この紹運とは大違いの臆病者を……」

「私は臆病者とは思っておりませぬ。とにかく生きて、殿の元に帰らねば、九州遠征という大きな画策も無駄になってしまうからです。小事を捨て、大事を取ったと思われます」

「そうかのう。余には、そう見えやせんだったがのう」

「仙石殿には勝算があったのでしょう。なにしろ、家臣を商人や僧侶に変装させて、九州の諸国を探らせていた。それゆえ、島津家領内の要城はもとより、野山、河川、湊《みなと》、島々の地形など、すべてを掌握できているのは、仙石殿のお陰と存じまする」

「――戦いの地を知り、戦いの日を知れば、則《すなわ》ち千里にして会戦すべし」

　孫子の兵法の一節を、秀吉は唱《とな》えた。三成も当然、承知しており、

「たしかに、おっしゃるとおり、敵を知り尽くしておれば、千里の遠征をしても、戦

の主導権を握ることができましょう。私の頭の中にも、仙石殿から預かった九州の全てが入っております。それほど、仙石殿の働きは大きかったと存じまする」

「命じられた務めを果たすのは、当たりみゃあのことじゃないか」

秀吉は遠くを眺めながら淡々と言った。

「言われたことができぬのは、三流の武将。役立たずじゃ。言われたとおりのことができるのは、所詮《しょせん》は二流の武将。主君の考えを忖度《そんたく》して、言われた以上のことをするのが、一流の武将じゃ……だが、イザという時に逃げ出す奴を信頼できるか？」

「ですから、それは殿の元に帰るのが得策だと考えたのでしょう」

「得策、な」

「島津はこの城を落としたほどの戦上手。それに比べれば、豊後鶴賀城など何ほどでもありますまい。万が一、敵に仙石殿が捕らえられるようなことがあれば、殿が先手を打って、九州諸国を調べていたことも、バレるかもしれませぬ」

「ならば腹を切ればよい。だが、そうはせなんだ。ふはは……」

高笑いする秀吉の横顔を、三成はじっと見上げていた。

「そんなに可笑《おか》しいことでしょうか」

「さしもの三成でも、余の胸の奥が読めないとみえる」

「仙石は余の命令を待たずに鶴賀城攻めを行ったが、予《あらかじ》め言い含めていたことだで。余の真意は……四国の長宗我部や十河らの本音や度胸を試したまでじゃ」

「は……？」

いずれの武将も秀吉の命令を待てと仙石に訴えたのは、君主に忠誠を尽くしている証で、命懸けで戦ったことも立派だと讃えた。

「お陰で、島津軍は戦には勝ったが、豊後から一旦、引き下がらざるを得ないほどの損傷を受けた。仙石は、先陣として過分な働きをしたと思うちょる。だがのう……逃げた仙石をそのままにしちょったら、他の武将の士気に関わるし、何より四国勢が納得しまい」

「では、高野山預けにしたのは……いずれ復帰させるつもりで？」

「じゃのう……」

その後、秀吉が小田原征伐をするときには、充分に働かせ、敵城の虎口を占拠するほどの武功を上げ、金の団扇《うちわ》を下賜《かし》される。仙石家は、豊臣家の大名として残るだけでなく、紆余曲折《うよきょくせつ》はあるものの、徳川の幕藩体制においても、信濃小諸藩《こもろはん》の藩主として生き延びるのだ。

「死ねばすべて終わり。巧みに生き抜くこともまた、武将として大事なこと。まさに三十六計逃げるに如《し》かずじゃ」

秀吉は、現実に立ち戻って、三成に訊《き》いた。

「おまえのことだから、ぬかりはにゃあと思うとるが、鉄砲の弾丸《たま》は三百万発、兵馬は五千頭、食糧も兵が一年暮らせる分くらいは調達しとるじゃろうな」

「それ以上、賄《まかな》えるよう手配りしております。ご安心下さいませ」

「土豪らにも金に糸目はつけるな。領土安堵《あんど》や出世も遠慮のうちらつかせておけ」

「御意《ぎょい》……しかし、島津軍は寡兵《かへい》による奇襲も得意と聞いております。決して、油断めさることは……」

「余計なことを言うでにゃあ。戦のことは黒田孝高に任せて、おまえは武将が遺憾なく力を発揮できるよう、縁の下から支えておりさえすりゃええのだ」

「承知しております」

「だがのう、三成。余は、小姓から仕えておるから言うておくが……島津のことなんぞ、眼中にない。余が見ているのは、あれじゃ」

対馬の遥《はる》か向こうに霞《かす》んでいる朝鮮半島を指差した。晴れ渡っていれば見える。もっと高い山に登れば、手が届きそうな所にある。天下統一した暁《あかつき》には、朝鮮半島を通って、明国まで攻め込むことを、秀吉は語ったのだ。

四国もようやく平定したばかり、兵の数や物量から言えば、九州征伐の勝算はあるものの「勝って兜の緒を締めよ」の言葉もある。寡兵で大軍を何度も打ち倒してきた、島津が相手だ。それこそ油断大敵であった。

「殿は、小倉城《こくらじょう》にて、昨年の暮れ、吉川元春《きっかわもとはる》殿が亡くなる前に、安国寺恵瓊とかような話をしていたのをご存じではありますまい」

吉川元春とは、毛利輝元の叔父であり、小早川隆景の兄である。近年は病に臥《ふ》していたが、秀吉のたっての願いで九州平定に出陣してきたものの、豊前小倉城にて病死してしまった。

小倉城は、永禄十二年（一五六九）に、毛利家が立花城攻めの際に造った城で、この岩屋城を建てた高橋鑑種《たかはしあきたね》が城主だったこともある。

「――元春殿には悪いことをしたのう」

自分への忠誠を試すため、無理矢理引っ張り出したことを三成は承知していたが、それには触れず、安国寺恵瓊と図らずも戦談義になったことを伝えた。三成もその場にいたから、秀吉の耳に入れておこうと思ったのだ。

安国寺恵瓊とは毛利家の〝外交僧〟であったが、すでに秀吉の側近となっており、四国征伐後には、伊予国に二万三千石の所領も得ている。此度《こたび》の九州征伐においても、黒田孝高らとともに先導役となっていた。島津家との交渉役も命じられている。

「その時、安国寺恵瓊殿は、こう言われた……『島津は我が物顔に九州で暴れ廻《まわ》り、大いに威力を振るったが、関白秀吉様がご出馬されれば、島津一門を根絶やしにされるであろう』……と確信をもった」

「さもありなん」

秀吉は頷《うなず》いて聞いていた。

「他の武将も頷いておられたが、吉川元春殿だけは、違うと言われた……『たとえ秀吉公といえども、容易に島津家を潰《つぶ》すことは無理であろう。天下を俯瞰《ふかん》すると、坂東はまだまだ殿下の掌中にあるとは言えぬ。よって、九州の辺境に二十万もの大軍を送り、何年も戦っておるのは得策ではない』……と」

「ふむ。よう言うた」

「さらに、こう続けました……『島津は猛将ぞろいの家柄。激しい抵抗をしてくるに違いない。こちらにも犠牲が沢山《たくさん》出よう。よって、薩摩、大隅辺《あた》りで一大決戦に臨んでから、しかる後に、薩摩、大隅の二州だけは確保する策に、島津は出てくるであろう……薩摩は九州南端ゆえ背水の陣を敷く。よって、豊臣軍は日向と肥後の両方から攻めねばなりますまい。平坦な道はひとつもない。ゆえに、一度に大軍を送るのは難しい』……」

「そのとおりだ。さすがは元春殿じゃな。で、なんとする」

「はい。元春殿は……『秀吉公は、島津家が御敵でもなければ、殊更《ことさら》、恨みがあるわけではない。よって、島津がこれまで手に入れてきた国を元に返せば、三州は安堵する……秀吉公はそれを条件に降伏を迫るであろう』……そう話しておりました」

「なるほど……」

「つまり、殿は財力に物を言わせて、二十万もの大軍を送りながら、本当は戦をするつもりはない。この大軍は交渉のための大見得《おおみえ》であるのだと」

「ふむ……元春殿が生きておれば、やはり先陣を切って貰わねばならなかったのう」

秀吉は本音を見抜かれて、むしろ清々《せいせい》した顔で、

「半分は当たっておる。だが、恭順しなければ……一族郎党、みな殺しにする。それが、勝ち残るための掟《おきて》だからだ」

と断言し、不敵な笑みを浮かべた。不気味なほど肩を震わせ、その目は遠く朝鮮半島の方を見やっていた。

三成は側近でありながら、何十年仕えていても、何を考えているか、本心が分からなかった。秀吉という人間の闇《やみ》のような底のなさが、恐ろしくもあった。

二

秀吉の大軍と豊後で戦うのは、いかにも不利である。

日向国塩見城《しおみじょう》にて作戦を練っていた島津義久が、豊後国野上城の義弘と豊後府内城に陣取っていた家久に撤退の指示を出した判断は正しかった。筑前の秋月種実《たねざね》が意外にもあっさりと秀吉に降伏したのが、撤退の引き金になったのだ。

秋月種実は、島津義久に従属してからは、龍造寺との和睦《わぼく》交渉を引き受け、大友との抗争では大きな戦力となった。島津との絆《きずな》を強くしたのは、大友に支配されていた領地を奪還するためであった。筑前、豊前、筑後の一部を含めて三十六万石もの戦国大名となり、岩屋城の合戦のときも、島津軍にとって最有力の味方だった。

それが、秀吉に寝返ったのは、筑前、筑後の二ヶ国を与えると持ちかけられたからだ。もっとも、秋月種実は島津への義を重んじ、要求を跳ね返した。本拠地の古処山《こしょさん》城《じょう》に籠城《ろうじょう》して一戦を交えたのだが、わずか数刻で降伏せざるを得なかった。あまりもの戦力の差だった。

その際に、恵利暢堯《えりのぶたか》という秋月一族でもある重臣が切腹している。秀吉との交渉に出向いた折、秀吉から三万石の領地を与えると誘われた。その条件と引き換えに、豊臣の臣下になるよう秋月種実に進言し、説得せよと言われたのだ。

恵利は秀吉に言われるがままにした。絶対に豊臣軍には勝てないと冷静に見ていたからである。だが、秋月や他の重臣から、卑怯者の誹《そし》りは免《まぬが》れなかったのだ。一族郎党、女子供も恵利の後を追っている。

秋月種実は、天下三肩衝《かたつき》のひとつ〝楢柴《ならしば》〟を秀吉に献上した上で、剃髪《ていはつ》した。娘を人質に出すことで、御家の存続は許されたが、日向国財部にわずか三万石で移封される。

ここまでできるのは、秀吉が関白で太政大臣だからだ。秋月への処分は、島津への見せしめでもあった。

――薩摩、大隅、日向の一部を安堵するから、大人しく降参しろ。さもなくば、秋月同様、領国をすべて取り上げるぞ。

という脅しに他ならなかった。

実はその前に、島津義久は、羽柴秀長と石田三成に対して、

――仙石秀久たちの戦いは、自領を守るためのものであって、関白には遺恨がない。

という旨《むね》を伝えていた。

だが、豊臣側から見れば、これまで細川幽斎や千利休を通して、大友との停戦を呼びかけていたにも拘わらず、鶴賀城や府内城を攻めていた島津に〝義〟はないと判断したのであろう。何の返答もなかった。

それを受けて、義弘と家久は府中で軍評定《いくさ》を開き、対応策を練っていた。が、思いがけず早く豊後に乗り込んできた黒田孝高軍と、小競《こぜ》り合《あ》い程度とはいえ、犠牲者が出る合戦となった。

直後、一色昭秀《いっしきあきひで》という将軍・足利義昭の側近と、高野山の木食《もくじき》・応其《おうご》とが、義弘に面談しに来た。足利義昭は信長に追放されてから、毛利輝元を頼って備後国鞆《とも》の浦におり、かねてより島津との交流があった。義久には金の無心をしたこともあるほどだ。

案の定、足利義昭からの秀吉との和睦仲介であった。その時、義弘は、

「拙者ひとりでは決することはできませぬ。みなと協議して返答致しまする」

と礼を尽くしたが、一色昭秀は半ば無理強《じ》いするかのように言った。

「これは異な事を。義弘様は、島津家の当主であられるはず。御家の大事は、ご貴殿の一存次第ではござらぬのか」

「当主ではありませぬ」

「しかし、継嗣のおられぬ長兄の義久様は、義弘様を島津家の当主とし、いずれは、

ご子息の久保《ひさやす》様が島津家を継ぐことになっておいでとか」

「まだ〝名代〟に過ぎませぬ。何事も兄上と相談しなければなりませぬので……兄上だけではござらぬ。結果がどうであれ、我が島津家には四兄弟で話し合う慣わしがあります」

「なるほど。されど、義久様はすでに秀吉様に従う旨の話を聞いておりますれば」

　一色のその言い草は、明らかに島津の兄弟を分断させようという意図が感じられた。

義弘はまったく聞いていない話だから、

「拙者は、嘘《うそ》が嫌いな人間でしてな」

　と答えた。

「もし、兄上がそう考えているのなら、真っ先に拙者や弟たちに話しているはず。これ以上の話し合いは無駄でござる。まずは兄上たちと評議致しますゆえ」

「では、秀吉公にそうお伝え致します。しかし、秀吉公はすでに小倉城に入っており、まもなく岩屋城を本陣とすべく兵を集めておりますから、この先どうなるかは、私には何とも分かりません」

　島津軍が大勢の犠牲者を出して、ようやく落とした城を、秀吉は事もなげに手に入れる。一色はそう言いたいのであろう。これもまた、義弘の感情を揺さぶる手だと感じていた。

「さよう。明日のことは誰にも分かりませぬ。我が身も、そこもとの御身も……でござろう、応其殿。それが仏教の無常の教えでは」

　義弘はその日のうちに府内城を離れ、松尾城にいた家久、忠長らとともに、日向に向かったのだった。

　しかし、島津軍は態勢の立て直しをする間もなかった。秀吉の軍勢が押し寄せてくる勢いが速過ぎて、勇猛で鳴らしてきた島津軍の諸将も戸惑いを隠せないでいた。斥候《せっこう》や〝山くぐり〟からの伝令でも、敵兵の数は物凄《すご》く、豊前、豊後、筑前、筑後などの武将が日に日に寝返り、秀吉軍は二十五万に増えた。その勢いに乗じて、豊後から退却を始めた義弘たちに、佐伯惟定《さえきこれさだ》ら若い大友勢が何度も襲いかかってきた。なんとか逃げ切ったが、伊集院久宣、白浜重政、平田宗治、大寺安辰ら有能な武将が討ち死にした。

　その頃――。

　日向の塩見城にいた義久も退散し、すでに都於郡《とのこおり》城《じょう》にまで下がってきていた。

　伊東四十八城と呼ばれた城で、佐土原城とともに要所であったが、今は見る影もない。この城に義弘が逃げ延びて来たのは、府内城を離れてから十日が経《た》ってからだった。随分《ずいぶん》と長く感じた十日だった。

　再会した義弘と義久、そして家久たちは武具を解きもせず手を取り合って、お互いの無事を讃え合った。

　歳久だけは数年来の風疾《ふうしつ》を患っており、手足が痺《しび》れて思うように動くことができず、七年程前から祁答院の虎居《とらい》城《じょう》に移っていた。それまで十八年も守ってきた要塞吉田城で暮らすのが厳しくなったからだ。

　兄弟たちの度重なる激戦を遠目に見ながら、充分に役に立てぬと悔しがっている。だが、こういう体になったのは、義久が〝下戸《げこ》〟だから、祝い事や酒宴のたびに歳久が代わりに、重臣や家中の者たちの杯《さかずき》を受けてきたせいかもしれぬ。義久はそのことを申し訳なく思っていた。

　とまれ、島津兄弟は再会できたものの、大切な家来たちを多く失って、喜んでいられる時ではない。すぐに軍評定をして、攻めてくる秀吉軍との合戦に備えなければならない。新納忠元や伊集院忠棟ら主立った家老が集まり、対策を練った。

「秀吉軍は、日向路と肥後路の二手に分かれております」

　義弘は絵図面を見せながら現状を話した。むろん九州の地形は隅々まで頭に入っているが、秀吉も先発隊が放った忍びたちから、詳細な状況を知っているらしいと伝えた。

「日向路を下って来ているのは、豊臣秀長を大将とする約十二万。毛利輝元、小早川隆景、吉川元長《もとなが》、宇喜多秀家、宮部継潤《みやべけいじゅん》ら中国勢に、曲者《くせもの》の黒田孝高、蜂須賀家政《はちすかいえまさ》らの軍が揃《そろ》っているよし……しかも、大友義統までが道案内で加わっているとか」

大友義統を打ち損ねて逃がしたことが、秀吉の九州征伐に拍車をかけたと、義弘が悔やむと、義久は首を横に振って、

「やむを得ぬことだ。秀吉はそれよりもずっと以前から、九州を睨《にら》み据えていたのだ。それゆえ、将軍義昭公がおられる鞆の浦を擁《よう》する毛利を籠絡《ろうらく》にかかったのだ」

「はい。秀吉は今や、自分は関白として朝廷を代表し、義昭公は征夷大将軍として任じているとまで言うておるとか。まこと身の程知らずにも程があります」

その秀吉は、蒲生氏郷《がもううじさと》、中川秀政《なかがわひでまさ》、細川忠興《ただおき》ら畿内や丹波の武将に、前田利長《としなが》、堀《ほり》秀政《ひでまさ》、長谷川秀一《はせがわひでかず》ら越前、越中勢力ら十三万を率いて、肥後路を下ってきている。

「しかも道中、我ら島津に降っていたはずの国人や国衆を拾い上げるようにして、勢力は膨らんでおります……龍造寺政家も毛利輝元の誘いに乗って、あっさりと秀吉軍に転び、鍋島直茂は三万もの兵を連れて、先鋒まで買ってでたとか……加えて、長宗我部元親も伊予日振島の水軍、毛利水軍と合流して、日向沖に来よらす」

武力によって押さえつけられた者は、より強い者に付き、反撃をしてくる。それが〝義〟など関係ない戦国の条理とはいえ、さしもの猛将義弘も深い溜息《ためいき》をついた。

義久もゆっくり目を閉じて、

「両方から薩摩入りし、一網打尽にするつもりか……」

と呟《つぶや》いた。

「それにしても、まこと腹がきいわっ。そぎゃん島津が憎かとね。猿面冠者にこの九州ば牛耳《ぎゅうじ》られる方がよかちゅうことか」

忠元が思わず声を荒らげたが、気持ちは義弘とて同じだった。だが、義久も家久も押し黙ったままである。

「おいは必ずや秀吉の首を取る。いつぞや話したことは、戯《たわむ》れではなか」

怒りに満ちた顔で、忠元は迎え撃って死に花を散らすと言った。いつもなら、真っ先にそうすると鼓舞するはずの義弘が神妙な面持《おもも》ちでいるのに、忠元は苛立《いらだ》って、

「義弘様！　ご決断を！　子供の頃から、義弘様はいつでん何処《どこ》でん、真っ先に突っ走っていった。それを川上忠智や五代友慶が追っかけとったではなかですか」

「俺はもう子供ではない。それどころか、五十過ぎの老将だ」

「そげなことを言うなら、儂《わし》は還暦過ぎの老いぼれたい。じゃどん、このすっかり足

腰の悪か〝鬼武蔵〟が体に笞《むち》ば打っとるとに、大将ならもっとキバイやんせ」

養育係同然の忠元ゆえ、未《いま》だに主君に対しても厳しい態度を取るが、これが日新斎の〝いろは歌〟にある、

——そしるにもふたつあるべし大方は主人のためになるものと知れ
に拠《よ》るものだ。

主人への諫言《かんげん》はすべきで、主君の方も寛大に受け入れなければならない。その慣習があったからこそ、君主と家臣が一丸となって、難関を突破してきたのだ。

「戦は多勢無勢では決まらぬという日新公の教えもあるが……今度ばかりは、あまりにも桁《けた》が違いすぎる」

冷静に義弘が返すと、忠元はさらに野太い声を強めて、

「誰がなんと言おうと、おいは島津と薩摩隼人《はやと》の名にかけて戦いもす。秀吉は我らが九州に土足で踏み込んで来てるも同じ。なのに、他の九州のもんはなして戦わんとじゃ。勝つか負けるかは時の運。戦いもせず、金に目が眩《くら》んで敵の軍門に降るとは、ほんなこつ情けなか！」

と床を叩いた。

「秀吉軍は余裕を見せておるが、台所はきっと火の車たい。重い武具を着けて、長旅

をするのは合戦より辛《つら》かこつは、我々が一番、知っているこつじゃなかとですか」

「かもしれぬな」

「怪我人《けがにん》や病人も出とるらしか。肥後や日向に入れば、島津に与《くみ》してる土豪などが先陣を切って立ち向かうに違いなかとじゃ」

「ならば、鬼武蔵殿。そちに相応《ふさわ》しい死に場所を与えてやろう」

義弘が真顔のまま言った。その場にいた老臣や家老たちは驚きの目を向けた。

「俺の腹は決まっておる。高城を決戦の場とする」

「高城……今は山田有信が守っておる、耳川の合戦で勝ち取った……」

「さよう」

「ですが、あの城には、喜入久道《きいれひさみち》、平田増益《ひらたますむね》、本田弥八《ほんだやはち》ら、千二、三百の手勢しかおらぬはずじゃが……そこへ、集結させるとでも？」

「そうだ。俺と家久の軍だけでも二万にはなる。寡兵に見せておいて襲撃させ、秀長軍を壊滅する。秀吉が最も頼りにしている弟を討たれれば、さすがに衝撃を受けるであろう」

「なるほど。その勢いで、肥後口の方も攻めるのですな。そちらは、大口城主の拙者《せっしゃ》にお任せあれ。早々に戦支度をば」

大口城は、薩摩、大隅、日向の三国にとっての要所で、特に肥後の人吉を見据《みす》えた場所にあり、必ずや秀吉軍が通る所だ。そこを死守する覚悟が湧き上がり、忠元は高揚した。他の武将からも賛成の声が上がった。

しかし、水を差すように、伊集院忠棟が言った。

「義久様……本当に秀吉軍と一戦を交える気でございますか」

「どういう意味だ」

「私は御家大事と思いますので、あえて愚言を述べますが、相手は関白太政大臣です。朝敵にされるも同然です。万が一、負ければ、島津家はなくなるやもしれません。そのお覚悟がございますか」

「うむ……」

唸《うな》る義久に忠棟は畳み込むように、

「関白様には今のところ、島津を滅ぼそうという気はないと思います。もし、その気があるのなら、総勢二十万を一気に薩摩まで踏み込ませ、海からも攻撃を仕掛け、向こうから合戦を挑んできていると思います」

「様子を見ているのであろう」

「何故《なにゆえ》、様子を見ているとお思いになりますか……関白様は、島津から条件を出してくるのを待っているのだと存じます」

「…………」

「これまでも何度か、細川幽斎様や安国寺恵瓊、将軍の足利義昭公にまで頼って、和睦を申し出ているのです。ここは一度、こちらの条件を突きつけ、妥協できるところまで話し合ってみては如何《いかが》でしょうや」

伊集院忠棟はさすが島津家の筆頭家老だけあって、落ち着いた声で言ったが、新納忠元は腹立たしげに、

「おぬしは殿に、戦わずに秀吉の麾下《きか》に入れと申すのか」

「虎居城を守っている歳久様も、恭順がよかろうと、私は聞いております」

「歳久様はあのようなお体ゆえ、さような弱気に……」

言いかけた忠元は口をつぐんで、申し訳なさそうに俯《うつむ》いた。

その隙《すき》に忠棟が続けた。

「秋月の一件を見ても分かるように、関白様は戦を望んでおらぬ。裏を返せば、島津を恐れており、尊敬すらしておるのだ」

「ほう。聞いたふうなことを……さっきから、関白様、関白様と……ぬしゃ、いつから秀吉の家来になったとじゃ」

忠元の頭には血が昇っているのが、誰にでも分かった。

「落ち着け、忠元……」

義久が制するように声をかけた。

「伊集院忠棟に、京の様子を探らせていたのは、この俺だ……歌道を通して細川幽斎殿ともよしみが深いし、どの道を選ぶのが最も良いか、調べさせていたのだ」

「――それは承知しておりもす。じゃどん……」

「どうやら秀吉という男は、島津が九州を平定するのを待っていたようだ。その証拠に前々から兵を整えておるし、大友とも仲裁と見せかけて、結局は戦を煽《あお》っておった……いわば漁夫の利を狙ってのことであろう」

淡々と義久が話し始めるのを、義弘と家久、他の重職もじっと聞いていた。

「こっちが戦で疲れ果てるのを待っていたのだ。だが、虎視眈々《こしたんたん》と準備はしていた。その証拠に、秀吉にとって最も危険な男……徳川家康にも懐柔策を取っておるではないか」

「懐柔策……」

「九州攻めをしている間に、背中を刺されぬよう、秀吉は実の妹を正室として差し出し、母親まで人質として、浜松城《はままつじょう》に送っておる。その上で、大坂城《おおさかじょう》に呼び出した家康を、諸侯の前で従臣させ、京において正三位に叙任した……関白の名の下で、しかも豊臣家の家臣にしたのだ」

「そうまでして、九州に遠征したと……」

忠元は聞き返した。

「さよう。後顧《こうこ》の憂《うれ》いをなくし、秀吉は九州征伐に徹する覚悟をして、この地に来たのだ——それゆえ、真っ向から戦うべきか否か……正直、この俺も迷うておる」

義久はそう言いながら、一同を見廻して、

「だが、たった今、決めた。高城を枕に死ぬ覚悟で、戦に討って出る」

と断言した。

忠棟は驚きの目で見上げていたが、他の重職たちの意気は、大いに湧き上がった。島津魂を見せつけてやると、忠元は万感の思いで、涙すら溢れてきた。雄叫《おたけ》びを上げる家臣たちの昂《たか》ぶる姿を眺めてから、

「今宵《こよい》は、兄弟水入らずで話したいことがある。皆の者は別室にて、兵たちとともに腹を満たし、大いに酒を飲むがよい」

と義久は言った。

何らかの思惑があるのだろうと、忠元も忠棟も感じ取ったが、ふたりとも今し方の

言い争いはなかったかのように肩を組みながら退席するのだった。

残った義弘たちは、お互い神妙な顔を見合わせていた。

そして、ひそひそと三人にしか聞こえない声で、静かに深く、何かを話し始めた。

三

日向から引き上げてきた島津軍の兵はすべて、この都於郡城に引き留めていた。義久も義弘も、そして家久も戦う限りにおいては勝利しか考えていなかった。すぐに新納院高城の山田有信に伝えて、秀長軍を迎え撃つ態勢を整えた。わずか千二、三百の城兵だが、ふだんは農耕に勤しんでいた土豪たちも集めて、二千近くにはなったものの、十二万の軍隊に対しては蟷螂《とうろう》の斧《おの》に過ぎなかった。

「――いつか見たような風景よのう」

本丸の高楼から、眼下を見下ろしながら、義弘は傍らの家久に言った。

「おまえが、この城に陣取り、俺たちはあの耳川の川原で、大友の大軍を迎え撃った。大友は数を頼みに猛然と攻めて来おったが、その十分の一にも満たぬ我が軍によって、死屍累々《ししるいるい》となりおった」

「そうでしたな。あれがもう十年近く前……遠い昔のようで昨日のようで……」

「その間、俺たちの子供たちも一端《いっぱし》の武将になりおった。おまえの子の豊久、歳久の娘婿の忠隣《ただちか》」

「そして兄じゃの久保、忠恒ふたりも……島津の跡取りとして、立派な働きをしてきました。我らが長年かけて勝ち取ってきたものを、おめおめと取られてはなりませぬな」

「だが、家久……昨夜の義久兄と決めた三人の話、歳久にも納得してもろうて、万一の折は御家大事のため……」

「分かっております。ですが今は、目の前の一戦に死力を尽くすのみ」

ふたりは改めて力強く頷き合った。

高城一帯は、島津の者たちにとっては庭のようなもので、地理を熟知している。此度の豊臣秀長軍との合戦も、大友軍の時と形勢はそっくりである。季節は半年ほどのずれがあるものの、耳川などの高城を取り巻く河川の水位は高く、容易に攻め入ることはできないであろう。

しかも、秀長軍の軍勢はさらに膨らみ、〝山くぐり〟の話では十五万にも及ぶという。それゆえ驕《おご》り高ぶっており、幾ら峻険な高城であろうと一気に踏み潰して大隅に侵攻すると豪語している。その様子も十年前の大友軍と同じである。

その大軍を手元まで引きつけておいて、得意の〝釣り野伏せ〟戦法で大軍を滅するのが狙いだ。島津軍も兵を掻《か》き集めて、三万五千くらいに増えている。しかも、豊臣のような寄せ集めではない。決死覚悟の薩摩隼人の集団である。意気込みが違った。

合戦の総大将は義弘だが、家長である義久のその覚悟たるや、

「此度の先陣においては、いずれも繰り詰め鉄砲によって、三発で敵をひとりを撃て。太刀《たち》、槍を取っては、ひとりで敵兵二人を倒せ。それができねば、これまでの功名手柄も没する」

という厳しい命令に表れている。

これまでは、寡兵戦で勝ち抜いたときでも、三人ないし五人で敵ひとりを囲むという必殺必中の策であった。

一兵卒に単身で二人を討ち倒せとは、決死の覚悟に他ならない。だが、薩摩武士は日頃の過酷な鍛錬により、香取神道流を祖とする一太刀で倒す術《すべ》を身につけている。恐れる者はいなかった。むしろ腕が鳴るほどであった。

合戦は兵の数ではない。死を恐れぬ兵の心そのものであることを、島津軍のひとりひとりがよく分かっている。しかも、自領を守るための戦である。負ける気がしなか

った。

だが、豊臣軍も、島津の敵を引きつける戦法や薩摩武士の一撃必倒の強さを、百も承知しているはずである。

秀長はこれまで秀吉を関白まで押し上げた勇将であり、謀略にも長《た》けた策士でもある。しかも、秀長は中国攻めや四国征伐では総大将として、その実力を見せつけている。今や大和、紀伊、和泉など百十万石の大大名で、従三位中納言である。九州征伐後は、従二位大納言になる人物だ。侮《あなど》ることは厳禁であった。

「さあ、いつでもかかって来るがよい」

義久、義弘、家久は手ぐすねを引いて待っていた。

ところが、大友軍のときとは、まったく違う事態が起こったのである。

秀長軍は高城に攻めてくるどころか、根白坂《ねじろざか》に砦《とりで》を作り始めたのである。その物量は物凄く、秀吉による長良川の墨俣城《すのまたじょう》を彷彿《ほうふつ》させる速さであった。根白坂は小丸川に近い要所であり、さらに肥後路や薩摩路と結ばれているため、豊臣秀長は、

――島津軍の後詰めを断ち、完全に高城を包囲する。

という作戦に出たのだ。

これまで秀長軍は新納院財部に本陣を敷いてから、五十一ヶ所にも及ぶ野陣や塁《るい》を

広げ、野や山にまで豊臣の軍旗をはためかせ、夜になれば闇を焦がすほどの篝火《かがりび》を燃やし続けた。明るすぎて、星も見えないくらいだった。

しかも常に酒宴を開いているかのような、大声が響いている。それだけではない。櫓や井楼《せいろう》には大砲を設置して、城に向かって撃ち、爆音を轟《とどろ》かせた。弾丸は届かないが威嚇《いかく》には充分である。これには、島津軍兵はもとより、周辺の百姓らも恐怖に感じ、秀長軍の巨大さを身に以《もっ》て感じていた。

根白坂に築かれた砦は、秀長本陣から五十町（約五キロ半）程の所で、黒田孝高や宮部継潤《みやべけいじゅん》らが前衛として構えていた。

黒田孝高は九州平定後、豊前国六郡を与えられ、その後、筑前福岡藩祖《ふくおかはんそ》となる人物である。黒田官兵衛や黒田如水《じょすい》の呼び名の方が馴染み深いかもしれない。

宮部継潤は幼少の頃より、比叡山の僧侶として育てられたが、三十七歳の折、浅井長政に仕えた。浅井家が滅んでから、信長・秀吉に拾われ、いまや鳥取城代である。だが、僧侶らしからぬ残忍性の持ち主だとの風評は島津軍にも届いていた。

この豊臣軍屈指の策略家ふたりが取り組んだ根白坂城は決して堅牢とは言えぬが、無数の濠《ほり》や高い柵を張り巡らせて、来るべき一戦に備え、悠然と構えている。

――来るなら来てみろ。

と城が挑発しているように見える。

これは、義弘としては誤算であった。大軍にて高城を一気呵成《かせい》に攻めてくると思っていたからである。だが、相手は籠城戦に持ち込み、じっくりと時をかけて高城を攻め落とすつもりであろう。

備中高松城《たかまつじょう》の水攻めのように、高城を孤立させることはできない。大隅からの援軍路や日向灘の海路は確保できているからだ。しかし、秀長軍は焦る様子もなく、島津軍が痺れを切らすのを待っているかのようだった。

事実、義弘や家久はともかく、新納忠元や川上忠智、五代友慶ら諸将は今か今かと合戦の合図を待っていた。高城主の山田有信も歯ぎしりする思いで、状況を見ていた。

「相手が来ぬなら、こちらから攻めましょうぞ、殿」

忠元はまるで嘶《いなな》く馬のようにいきり立っていた。だが、義弘はまだ攻撃の合図を出すことはできなかった。相手の腹が今ひとつ読めないからだ。何か罠《わな》があるに違いない。

「ですが、こうしている間も、豊臣軍が力を蓄えているかもしれませぬぞ」

他の武将たちも今ならば、一気呵成に倒せると確信しているが、義弘は薩摩からの援軍を待って、秀長軍の背後からも同時に攻めようと考えていた。

「敵の先鋒・宮部継潤は、かつて鳥取の吉川経家《つねいえ》を攻めた折、徹底して兵糧攻めにして餓死させ、人肉を食わねばならぬほど追い込んだ。僧侶にあるまじき残酷な男……宮部はこの日向でも米蔵などを漁《あさ》り、我が軍に届かぬ策略もしているとか。まずは、こやつに槍を突きたててやりもそう」

今にも駆け出しそうな忠元を受けて、忠智が義弘に声をかけた。

「拙者が放った〝山くぐり〟の報《しら》せによりますと、山を崩して薩摩路や肥後路を断ち、川の上流を堰《せ》き止めた後、氾濫《はんらん》させて城ごと流そうとしている節があります」

たしかに雨量も多くなっている。耳川の合戦のときは恵みの雨となったが、日向の川は氾濫するとひとたまりもない。島津雨があだとなるかもしれぬと、忠智は案じている。

「まさか。さようなことが、できようか……」

「黒田孝高も宮部継潤も策士ゆえ、敵陣の様子を見に行きがてら、こちらもひとつ策を立ててみとうございます」

「何をする気だ、忠智……」

心配そうに顔を向けたのは義弘だった。

「お任せ下され」

直《ただ》ちに、忠智はわずか十人ばかりの家来を連れて、根白坂砦まで馬を駆って行った。使番《つかいばん》の母衣《ほろ》をかけて、木柵や高垣で囲まれた門まで来ると、朗々と声を張り上げた。

「頼もう。拙者、島津義弘が家臣、川上三河守《みかわのかみ》忠智である。黒田孝高様もしくは宮部継潤様にお目通り願いたく馳《は》せ参じた」

敵味方に拘わらず、使番には攻撃してはならない。秀長軍の物見番頭が甲冑《かっちゅう》を打ち鳴らしながら、門内に立った。

「中納言秀長様にはもはや恭順するしかないと評定にて決まりました。高城を潔く開城いたしたく存じまするが、その際、城中にいる我が軍の将兵の命だけは助けていただきたく申し上げまする」

それを物見頭の後ろで聞いていた宮部が、ずいと前に出てきた。なかなかの偉丈夫で眼光も鋭いが、どことなく卑しさが漂っていると忠智は感じた。人を蔑《さげす》む目つきだ。

「川上忠智殿といえば、かの龍造寺隆信殿を討ち取った武将の父上ではござらぬか」

「存じていて下さり、有り難きこと」

「貴殿のことも、百戦錬磨の島津家にこの人ありと、承知仕《つかまつ》っておる。さような立派な御仁《ごじん》が使番とは妙なことと存ずるが」

「総大将から預かった文がありますれば」

忠智が取り出したが、宮部はそれは受け取れぬと押しとどめて、

「これまで関白秀吉公の提案を悉《ことごと》く撥《は》ねつけておいて、この期《ご》に及んで開城するとは俄《にわか》には信じがたいこと。この門を開ければ、その辺《あた》りに潜《ひそ》んでいる伏兵を乗り込ませるおつもりだろうが、その手は食いませぬ」

「あくまでも戦にて決すると」

「それを望んだのは、島津殿でござろう。薩摩隼人は勇猛な武士ばかりと聞いておりましたが、怖《お》じ気《け》づいたのですかな」

挑発するように宮部は言ったが、忠智はそれには乗らずに、今一度、頼んだ。むろん、相手も素直に答えるとは思っていない。

「いずれにせよ、拙者は総大将の島津義弘様の使いで参りました。豊臣秀長様に話も伝えず、ご貴殿が勝手に判断されると言うのですかな。いつぞや秀吉様の命令を無視して、鶴賀城に突入して散々な目に遭《あ》い、恥も外聞も捨てて逃げ出した、仙石秀久殿と同じことをなさるので」

「なんだと……」

わずかに宮部は気色ばんだ。

「そういえば、合戦場から逃げに逃げ廻った大友義統も引き連れているとか。卑怯者

揃いで、まともな戦ができましょうや」

「無礼にも、程があるぞ。立ち去れい！」

「ならば結構。この降伏書は、そこもとに破られたも同然と持ち帰りますが、その旨、御大将にお伝えなさるがよろしかろう」

忠智は出した文をわざと破って、懐《ふところ》に戻した。

「貴様……！」

門柱を摑《つか》んで、宮部は忠智を睨みつけ、

「よくも愚弄しおったな」

「こちらの誠意を大将に相談もせずに、踏みにじったのは、そこもとでござろう。比叡山の坊主が聞いて呆《あき》れるわ。かような生臭坊主に頼らねばならぬ秀長様も、さぞやご苦労しておいででしょうな」

「言わせておけば……！」

みるみるうちに宮部の形相《ぎょうそう》が変わった。だが、忠智は淡々とした口調で続けた。

「悔しいのはこちらでござる。無下に追い返されるのですからな。腹が立つなら、合戦にて晴らせませい。さあ、いつでもかかってきなされ。落とせるものなら、堅牢不抜の高城を今すぐ、落としてみるがよろしかろう」

忠智は砦《とりで》の様子をちらちらと見ながら、そう唆《そそのか》した。そして、背中を向けると家来たちとともに立ち去った。

宮部は今にも砦の兵たちに鉄砲で忠智に撃ちかけよと命じようとしたが、その肩を黒田孝高が摑んだ。朱漆塗合子形兜《しゅうるしぬりごうすなりかぶと》は、素朴だが意志の強さが表れている。

「挑発に乗るでない、宮部殿。このことは、秀長様には俺が伝えておくが、砦の防備を強めておくべきのようだな」

「打って出ないのか。あんな城、赤子《あかご》の手を捻《ひね》るようなものだぞ」

「相手は痺れを切らして、高城に攻めさせようとしているのだ。その方が向こうは戦いやすい。あの城ひとつ取ったところで、何にもならぬ。放っておくがよい」

「しかし……」

「島津義久は、密《ひそ》かに薩摩に帰った節もある。本気で降伏するとは思えぬ。向こうには歳久もいる。肥後口から攻める秀吉公本隊と事を構えるためであろう。その本隊攻撃に、義弘を行かせぬためにも、この高城でじっくり戦おうではないか」

黒田に反論しようとしたが、少し落ち着いた宮部も考えることは同じだった。根白坂に砦を構えたのは、島津軍を完全に分断させるためでもあった。

すぐさま黒田は、老臣の友田らに命じて人夫を千人程掻き集めて、砦の周囲にさらに深くて広い濠を張り巡らせ、山からは木材を伐《き》り出して、逆茂木《さかもぎ》を設けさせた。人海戦術の凄さも、秀長軍は見せつけた。

だが、その様子は高城からは丸見えである。

砦の周りに深さも幅も二、三間《けん》（約五メートル）はある濠を造るであろうことは、義弘も想像していた。柵や逆茂木は敵を寄せ付けぬ防御になるが、自分たちが攻めて出られない壁にもなる。

天正十五年（一五八七）四月十七日——。

今宵は月が丸々と出ており、青々と繁る山の樹木の枝葉まで、はっきり見えるほどだった。そのせいか、いつもの篝火を焚《た》いていない。相変わらず宴会を催している賑《にぎ》わいだが、月見酒とでも酒落《しゃれ》込んでいるのであろうか。

根白坂砦を見下ろせる丘に、島津軍が集結していた。

敵が高城に攻めてくることはないと判断した義弘は、二万の軍勢を三方に分けて、一気に敵の砦を潰す夜討ち作戦に出たのだ。

真ん中の本隊は義久、左翼は義弘、右翼は家久が率いた。だが、義久の甲冑を着ているのは実は新納である。

本隊は上井覚兼、鎌田政近、肝付兼寛《かねひろ》ら七千。左翼は島津忠長、北郷時久ら七千、右翼は島津忠隣、伊集院忠棟ら七千。精鋭揃いの各隊一斉に、鬨《とき》の声を発して総突撃を開始した。高城守備は、山田有信、喜入久道ら千八百が担っていたが、戦況によっては後詰めとして加わることになっている。

秀長勢は、守将の宮部継潤をはじめとして、木下貞基、亀井広政、潮屋光成、福原高直ら一万五千が防御態勢に入っていた。襲撃をかけられるのは、予め警戒はしていたが、さすがに夜襲とは思っていなかった。

しかも、高城にこれほどの人数の兵が潜んでいるとも考えていなかった。ざっと二万と踏んだ宮部は、すぐさま秀長の本陣に伝令を出したが、その使者は山道に潜んでいた薩摩の〝山くぐり〟に討たれた。これによって、しばし本陣に異変の報せが届くのが遅れる。

突然、目の前に鉄砲隊が現れ、至近から柵越しに討たれた秀長軍の足軽《あしがる》たちは、仰《あお》向《む》けに吹っ飛んだ。しかも繰り込めで続けて打ち込む島津軍の猛攻に、砦兵たちは奥に逃げるように離れた。

「引くな、撃て、撃て。こっちも鉄砲で撃ち返せえ！」

宮部の絶叫が深閑とした森に響いた。

わずかな月明かりの中で、鉄砲で狙い定めるのは至難の業《わざ》だ。弾丸や火薬を込めているうちに、敵に狙い撃ちにされる。しかも、自分たちが必死に立てた柵や逆茂木が邪魔になって、まともに狙うこともできず、撃った弾丸も弾《はじ》き飛ばされる始末だ。

対して島津軍はこれまでも夜襲の鉄砲に慣れている。しかも土地鑑があり、耳川の合戦にも出兵していた者も多く、突撃戦は有利に運んでいった。

ただ闇雲に突っ込むわけではない。木幔《もくまん》や転楯《まくりたて》という、いわば移動式の防御板で鉄砲玉や矢で跳ね返したり、濠には草や土を投げ落として埋めたり、橋や梯子《はしご》を架けて渡った。

さらに、合戦場の土木衆らが一斉に逆茂木や柵に駆け寄り、大斧や鉤棒《かぎぼう》、熊手、長鎌などで倒し、綱を掛けて大勢で引き倒しにかかった。それに向かって、敵兵から鉄砲や矢が飛んで来たが怯《ひる》むことなく、柵を乗り越えて砦内に入り込んだ。

二重三重に立てられた柵や逆茂木を、島津兵は次々と倒して乗り込んでいく。矢を受け弾丸を浴びても、前のめりに倒れ、濠の中に落ちても、

「俺を踏み越えていけ」

と叫びながら、兵士たちはあえて後続の足場となるように伏せるのだった。死体が次々と重なっていく。まるで、後続のために絶命した後も、意志があるかのように整然と並んでいた。

その異様なまでの光景を、宮部たちは恐怖の目で見ていた。撃たれても斬られても怯まぬ島津軍に、ほとんどの柵が破壊された秀長軍はじりじりと退散し、中には逃げ出す兵もいた。踏みとどまる者と突撃する側の迫力の差であろうか。

島津の三隊がジリジリと砦を打ち壊していくと、いつの間にか宮部の姿もなくなっていた。秀長軍の後方が崩れて逃げ腰になると、合流した島津軍は太い一本の矢となって、勢いを増し、敵を全滅させるかのような激しさで突き進んだ。

夜が白み始めた頃には、砦を突き崩し、根白坂をそのまま突進し、秀長本陣軍と激突するかに見えた。夜のうちには気付かなかった死体が、あちこちに無惨に散らばっている。

「行け、行け！　狙うは、秀長の首だ！」

義弘と家久は、お互いが競い合うように先頭に立って突進した。

ふたりとも既《すで》に、甲冑が壊れるほど満身創痍《そうい》であるが、その先に現れたのは、猛然と突っ込んでくる槍部隊の一団だった。

黒田孝高と、その子・長政《ながまさ》の隊である。さらに、紅糸胸白威二枚胴具足《べにいとむなじろおどしにまいどうぐそく》の藤堂高虎を先頭に、小早川隆景、宇喜多秀家から名将の軍が左右の山麓から駆け下りてきた。

これでは、まるで島津得意の〝釣り野伏せ〟を奪われたようなものである。

「兄じゃ。敵は砦が壊されるのは織り込み済みで、宮部もわざとにげたのでしょうか」

家久の表情に怒りが湧いてきたのへ、義弘も口元をゆがめるが、冷静に言った。

「九州のことを隅から隅まで、事前に頭に入れておる秀吉のことだ。我ら島津の戦法や戦術、兵の数や武器のことも徹底して調べておったのであろう」

「死に時ですな」

「まだ、おまえに死なれては困る、家久。勝負はまだついておらぬし、こういう状況こそ、こっちも想定しておったであろう」

「さようでしたな……では、お互い武運を祈りもそう。はいや！」

馬に笞打つと、家久はまるで先鋒のように敵軍に突進した。大将が先に走り、その後を追う島津先鋒は健在である。兵卒は死ぬのが当然のように激走した。

だが、突き進んでいた島津軍は、あっという間に混乱に陥った。しかも、伊集院忠棟隊も新納忠元隊もやや遅れている。

そんな中で、肝付兼寛が踏ん張っていた。加治木城主・肝付兼盛の嫡子で、弓矢の名手と知られる。

一本の矢で二人も三人も倒せるほどの腕前で攻め入っていた。沖田畷や岩屋城の合戦でも大活躍した猛者《もさ》である。この時、すでに被弾をして深傷《ふかで》を負っていたようだが、血濡れた姿で矢を射かける姿は、味方に勇気を与えた。

その後ろから、怒濤《どとう》のような馬の足音と野太い声が聞こえてきた。

「こっちじゃ、こっちじゃ。かかって来んか！」

死屍累々の地獄が原のような所に、一際大きな騎馬で突進してきたのは、島津忠隣であった。体を悪くして合戦に参加できない、義父の歳久のぶんまで働いてきた。まるで攻めあぐねている家久を庇うかのように、敵中に突進していった。

忠隣は猛然と槍で敵兵を倒していき、秀長軍の一角が崩れた。

だが――敵軍から三十丁くらいの鉄砲が同時に発砲され、忠隣は真正面から弾丸を受けた。弾かれるように落馬すると、さらに鉄砲隊に撃たれ、後続の家来たちも次々と弾丸の犠牲になった。

「忠隣を守れっ」

思わず義弘が叫ぶと、家来たちが肩を組むようにして忠隣に覆い被《かぶ》さったが、すでに目は朦朧《もうろう》となり虫の息だった。

「と……殿……だ、大丈夫ですか……」

最期《さいご》の力を振り絞って訊いた忠隣を、駆け寄った義弘が抱きかかえた。家久はその前に駆け出し、槍を振り廻しながら迫ってくる敵を牽制《けんせい》している。

義弘は今一度、忠隣を強く抱きしめ、

「傷は浅い。しっかりせい。こげな傷で倒れたら、歳久に申し開きができまい。俺はこのとおり無事じゃ」

「――良かった……み、水を……」

虚《うつ》ろな目の忠隣が消え入るような声で言った。

「誰か！」

家来に声をかけたが、みな激しい合戦で水入れや竹筒を失っていた。すると供侍のひとりが、近くにあった山桃の木から、ひとつぶの実をもぎ取り、「恐れながら」と懐紙《かいし》に載せ、義弘に差し出した。

「木脇祐昌《すけまさ》の家来、後藤兵衛だったな」

酒宴の席にもよく顔を出す家来ゆえ、覚えていたのだ。義弘は山桃の実を受け取り、すぐに口に含ませてやると、

「俺は……島津に生まれて……ほんに良かったとです……」

満足そうに忠隣は笑みを浮かべて果てた。まだ十九歳であった。

その早すぎる死に、島津軍は動揺したが、その後も突進していった。

砦を取り崩し、一度は秀長軍を敗走させたのに、あまりにも兵の数、武器弾薬の量が違いすぎた。倒しても倒しても、坂の向こうから敵兵が現れてくる。鉄砲の音が爆竹のように無数に破裂し、空から巨大な剣山でも落ちて来たかのように、矢が飛来した。

敵陣の中で、「秀長様が来たぞ！」という声が聞こえた。

おそらく嘘であろう。あれは黒田孝高の声だ。それによって、一旦は逃げ腰になった兵たちを鼓舞しているに違いない。宮部軍も蘇《よみがえ》ったように突進してきた。それからは、島津軍はずるずると後退せざるを得なかった。

砦を破り、秀長本陣に近づいたにも拘わらず、七百人にも及ぶ島津の兵が、後詰めの鉄砲の餌食《えじき》になったのだ。

東の空には日が高く昇り、凄惨な戦場を燦々《さんさん》と照らしていた。

四

根白坂での負け戦を受けて、島津義久は直ちに、入来院の菩提寺《ぼだいじ》・雪窓院《せっそういん》にて、剃髪して隠居の身となり、龍伯《りゅうはく》と名乗った。入来院は、義久の母の実家である。

義久に連なって、島津忠長、伊集院忠棟ら重臣ら数人も剃髪し出家している。合戦後の五月六日のことである。

その二日後、肥後路を南下し、薩摩川内の泰平寺《たいへいじ》に構えている秀吉の本陣に出頭し、法衣姿の義久は殊勝な態度で降伏した。わざわざ泰平寺を降伏の地として秀吉が選んだのは、川内が古代においては薩摩国府があり、今も薩摩の中心であるからだ。

「薩摩武士は命知らずの豪の者、気骨者揃いと聞いておったが、余も驚いたわ。捕虜にした薩摩兵はみな『生きて帰ること願わず』と紙に書いて、髻《たぶさ》の中に結んであったとか。その上、生き恥は晒《さら》したくないと、潔く首を刎《は》ねられた」

秀吉は微笑《ほほえ》みながら言った。よほどの余裕があるのであろう、根白坂の合戦などなかったかのように接した。

「その薩摩士魂は、侍だけじゃのうて、僧侶にもある。この寺の住職、宥印坊《ゆういんぼう》も島津家とともに運命を共にすると、頑固なまでになかなか本陣として使わせて貰えなんだ。いやあ、感服致した」

「恐縮至極でございます」

感心したと繰り返しながら、秀吉は始終、機嫌が良く、備前包平《びぜんかねひら》と三条宗近《さんじょうむねちか》という二振りの名刀を義久に与えてから、

「薩摩隼人は武士として見上げたものじゃが、未だに意地を通して降伏せぬ者もおる。貴殿の采配で大事が起こらぬよう、よしなに頼みますぞ。よろしいかな」

と丁重に言った。

高城の山田有信はまだ開城しておらず、日向飯野城に戻った島津義弘、祁答院の島津歳久、大隅清水の島津以久、大口の新納忠元、庄内の北郷忠虎《ただとら》らは、秀吉の軍門には絶対に降らないとまだ戦う覚悟である。

それらを承知した上で、秀吉は念を押すように、

「のう、義久殿。剃髪したとはいえ、島津家頭領としての差配を見せて下されよ」

と言った。慇懃《いんぎん》で甲高い声が、余計に高圧的に感じられた。

義久は初めて秀吉の顔を拝したわけだが、やはり心の奥底では、

――こんな痩《や》せ細った〝猿面冠者〟にしてやられたか。

と忸怩《じくじ》たる思いがあった。

「おのれ秀吉！」

受け取った刀で斬り返したら、どれだけ気分が晴れようかと感じた。

だが、一時の激情で島津家を潰してはならぬ。そのことは根白坂の合戦の直前、都於郡城にて、義弘と家久と協議し、歳久とも確認し合ったことだ。当主の義久が真っ

先に、剃髪して入道することは、御家存続のための手立てのひとつである。それゆえ、じっと我慢していたのである。

しかし、秀吉が義久に安堵したのは、薩摩一国であった。しかも、義久本人と子女、義弘の嫡男、一門衆や老中らも〝人質〟として、上方に差し出せと要求された。三河、遠江《とおとうみ》、駿河《するが》など五国の大守である徳川家康ですら、諸侯の前で平伏させたのだ。義久に臣下の礼を尽くさせるのは当然のことであろう。

結果として、義久は美女の誉《ほま》れが高い亀寿を差し出した。まだ十七の娘で、後に義弘の子、忠恒の妻になるが、このときは秀吉にどのような目に遭わされるか不安だった。

だが、内心はどうであれ、義久としては従わざるを得なかった。

義久を降伏させてすぐ――。

秀吉は、平佐川から川内川を上って、祁答院の虎居城に向かった。もちろん、島津歳久に降伏させるためである。

大挙して来た秀吉軍に、虎居城の城兵たちは度肝を抜かれた。が、すでに面高善哉《おもだかぜんや》坊《ぼう》という〝武僧〟を通して、義久から伝令が下っており、抵抗をする者はいなかった。それどころか、槍や弓、鉄砲など武具も見えないように片付けていた。抵抗する意志はないと表明していたのである。

面高善哉坊とは山伏の家系であり、開聞岳の真言僧としても修行を積んだが、島津貴久に仕えてから、面高頼俊《よりとし》とも名乗っている。日向の伊東氏との合戦などに従軍し、将軍・足利義昭や織田信長や諸大名との〝外交僧〟として、義久に仕えてきた。今般の豊臣軍との戦後処理も担い、高城の山田有信への開城説得などにも当たっている。

その面高善哉坊の説得でも、歳久は秀吉に頑《かたく》なに会おうとしなかった。

「義久様も剃髪して会い、恭順を誓ったのです。これ以上の混乱は避けましょう」

善哉坊に対して、歳久は全身を震わせながら、

「降伏すると……言うておるではないか……たとえ、兄じゃたちが関白豊臣家の軍門に降っても、お、俺ひとりは頑張るつもりじゃったが……この体じゃ……槍どころか、箸《はし》もろくに持てぬ……」

と言ったが、その声も震えており、風疾がまた酷くなっているようだった。

「かような姿を……天下人の関白様にお見せするのは、ぶ、無礼というもの……降伏書も、すべておぬしに任せるゆえ……代筆をして、よしなに頼む」

たしかに見ている方も苦しくなるような、痛々しい状態である。他の兄弟の誰よりも頑固で、その分、危険も顧みず、幾多の過激な合戦で数々の武功を挙げてきた。

だが、実は、秀吉軍が九州に押し寄せてくると分かったとき、家中で最初に和睦するべきだと言ったのは、歳久である。天正三年（一五七五）に弟の家久と伊勢や京など畿内を遊行した折に、信長や秀吉の凄さを目《ま》の当たりにしていたからだ。

直《じか》に会ったわけではないが、公家《くげ》や諸大名、豪商、歌人らに接していると、秀吉は只者《ただもの》ではないと肌身で感じていたのだ。百姓の身から、大きな権力を握るまでには、運だけではない神懸かりの才覚があるはずだ。修羅場《しゅらば》を潜り抜けてきた歳久だからこそ、分かっていたのである。

それは家久も同じであろう。だからこそ、真っ先に秀長に降伏し、

――一介の家臣でいいから、豊臣家から禄《ろく》を戴《いただ》きたい。

と恥も外聞もなく申し出たのだ。

むろん、家久がこうすることも、歳久は承知していたことだ。が、今更《いまさら》、和平はあるまい。和睦するなら、根白坂で戦う前に、いやもっと前に九州に上陸したときから、和睦しておくべきだったたと思った。

「だが、それを言うても……あ、後の祭りだが……もし、都於郡城に、俺がいたら……け、決戦は、選ばなかったかもしれぬな」

「そうでしょうか。義久様、義弘様、家久様は、歳久様にあることを託して、合戦を

したはずです……根白坂がなければ、秀吉様もかように、島津家の兄弟や重臣ら、ひとりひとりを訪ねて来ましょうや」

四兄弟の秘めたる思いを、善哉坊だけは知っている口振りで見つめて、

「相分かりました。歳久様の関白様への思いは、拙者がお伝え致します……この後、関白様は大口城の新納忠元殿と会い、義弘様とも会談をなさることになっております」

と伝えた。

「大口城に……そこへ行く山道は険しく、ま、迷いやすいゆえ、我が家臣、本田五郎右衛門らに……恙《つつが》なく、案内させるよう……篤《とく》と命じておく」

風疾で動かぬ体ながら、歳久の瞳は強い光を帯びていた。

「――御意……」

善哉坊は歳久の思いを秀吉に伝え、和睦推進派であったことも話して、全面的に降伏したことを納得させた。

大口城には、それこそ〝鬼武蔵〟と呼ばれる島津家随一の頑固な武闘派がいる。だが、秀吉はやはり余裕があるのか、

「実はのう、最も会うのを楽しみにしているのは、その〝鬼武蔵〟よ」

と楽しそうに笑っている。

歳久の家臣数人による道案内で、山崩れや崖崩れが少なく、平坦な道を通って大口城へ向かった……はずだった。

人里離れて行くたびに、平坦どころか、駕籠《かご》がやっと一挺《ちょう》通れるような幅の山道になり、しかも急峻な険路となった。

「おい。まこと、この道でよいのか」

秀吉の駕籠にぴたりと付いている供侍が尋ねたときである。

突然、山の上から、何十本もの矢が雨霰《あめあられ》の如《ごと》く降ってきた。一瞬にして、秀吉の列は乱れ、そのうち何本かは駕籠に命中した。さらに第二弾、第三弾と矢が飛来し、秀吉軍の兵が二人ばかり死に、歳久の家臣も怪我をした。

だが……それ以上のことは起こらなかった。

「大丈夫でございまするか！」

歳久の家臣が思わず声を掛けると、隊列の後ろの方から、菅笠《すげがさ》の一兵卒が来て、駕籠の扉を開けた。そこには、誰もいない。

「こういうこともあろうかと、用心しておったのじゃ」

菅笠を取った一兵卒は、秀吉であった。

「さすが薩摩武士。猿でも弓矢が扱えるとみえる」

冗談めかして言うだけで、大したことではないと、さらに道案内をさせた。

その事件があってすぐ――。

島津義弘は飯野城《いいのじょう》を発《た》ち、嫡男の久保を連れて、薩摩鶴田城にて会うことになった。

五月二十六日のことだった。秀吉に降伏をする所存である。

根白坂の合戦の後、豊臣秀長は桑山重晴《くわやましげはる》ら家臣を飯野城に送って、和議に応じるよう迫っていたが、義弘は頑なに使者とは会わなかった。

すでに、弟の家久が秀吉の家臣になっているというのが、理由であった。それどころか、家久を卑怯者呼ばわりしていた。もちろん、これも織り込み済みである。

だが、歳久が、秀吉を襲い損ねたのであれば、話はまた変わってくる。どう出てくるかを確かめたかったのだ。

鶴田城に現れたのは、石田三成だった。

平服の小袖《こそで》姿で、いかにも文官らしい落ち着いた物腰である。まだ三十歳前の青年で、義弘から見れば、若造でしかない。だが、清廉潔白な様子で、威風堂々としている。

初対面ではあるが、家久とは京や堺で何度か会ったことがあり、豊臣家にあって、武闘派に負けぬ知将である噂《うわさ》は聞いていた。

「率直に話します」

石田三成は型通りの挨拶《あいさつ》は置いておいて、秀吉の申し出には素直に従って欲しいと、穏やかな口調で頼んだ。

「――先鋒というわけですか」

義弘がそう返したが、やはり余計なことは言わずに、

「義久様には、薩摩を安堵しました。義弘様には、大隅と日向の一部を与えたく存じます。お気持ちは察しますが、おふたりで家祖の荘領は守れることになります。どうか、ご納得下さい」

それが嫌ならば、もっと縮小するとでも言うような姿勢を感じた。強圧的ではないが、そこは秀吉に人生を捧げてきた石田三成の思いの強さもあるのであろう。

「ここだけの話ですが……」

三成は小声になって、

「関白秀吉公は、義弘殿のことを最も恐れております」

「――なんと……」

言っている意味が分からぬと、義弘は首を傾《かし》げた。

「これまでの戦いぶりもさることながら、九州統一に向けて邁進《まいしん》し、島津家一党や家臣、領民はもとより、麾下《きか》にしていった武将たちやその民たちも、貴殿のことは武将としての度胸と、人としての度量、優しさがある尊敬すべき御仁だと話しております」

「褒め殺しですかな」

「黒田孝高様や私も、秀吉公が九州入りする前に、沢山のことを調べておりました」

「でしょうな」

「敵情視察だけではありませぬ。最も知りたいのは、敵将の人となりです。もしかして、義弘殿は、日向や肥後の国人や国衆が悉く翻ったのを、御自らの人望のなさと思うておりますか。それは違います」

三成は真剣なまなざしで見つめて、

「中には島津家を恨みに思うてる武将もおりますが、抵抗した者は多かった……それでも秀吉公に降ったのは、金に転んだのです。背に腹は代えられない。領国の安堵や禄高という、財力の保証に負けたのです」

「それは我々とて同じこと……」

信長の死後、秀吉が後にいう〝太閤検地〟をしていることは、義弘も承知している。

これは荘園制度を変えることであり、戦国大名が貫高《かんだか》で領地の値打ちを計っていたのとは違う方法である。より正確な生産量を求めて、〝政権〟が財力を高めるということである。

それを率先して行ってきたのが、三成であることも、義弘には分かっている。秀吉の成金ぶりは、義弘の性に合わないが、認めざるを得ない。このまま天下人になれば、さらに財力を高めるであろう。

「此度も、島津では到底、及ばぬ兵の多さと物量に負けてしまいもした……同じ数の兵の数、鉄砲や弾薬があれば、いやせめて三分の一でもあれば、島津は勝てたと思います」

「さもありなん。ですから、秀吉公は恐れているのです。絶対に、島津家は敵にしたくないのです……よろしく頼みましたぞ」

三成は素直にそう言うと、義弘の傍らにいる久保を見て、

「利発な顔をなされておりますな。かような嫡男がおいでになれば、島津家は安泰でござるな。私には、まだ去年生まれたばかりですが、いずれ如何に育てたら、かような立派になるのか、ご教示願いたいものです」

と微笑んで退室した。

しばらくして、数人の家臣を伴って、秀吉が入ってきた。三成と同じように、久保のことを、父親と同じくいい面構《つら》えだと褒め称《たた》えた。初めて会ったにも拘わらず、親戚の者にでも接したような気さくさで、

「三成の伝えたこと、承知してくれたか」

「はは。有り難く承ります」

「そりゃ良かった良かった。余も一安心じゃわ、ふはは」

ほっと胸を撫《な》で下ろす仕草をした秀吉は、大隅国は義弘に与え、日向の一部は久保に与えると約束した。三成の言ったことと少し違うが、父子《おやこ》に分けたのは、義久のことも含めて、島津家を分断する狙いがあるからであろう。だが、義弘は、

——ここまでは予見どおり。

だと思った。

その内心を見透かしたかのように、秀吉はしばらく義弘を凝視《ぎょうし》してから、

「義弘殿とふたりだけにしてくれ」

と家臣に言った。一瞬、家臣たちは戸惑ったが、早くしろと扇子《せんす》を振った。そして、久保にも微笑みかけて、

「久保殿も、よろしいかのう」

そう優しく退席を促した。家臣とともに、きちんと行儀作法どおり、久保が出て行くと、誰もいなくなった部屋で、秀吉の方から、すっと義弘に擦《す》り寄って、声をひそめた。

「他に何か、望みがあろう?」

「…………」

「隠さずともよい。元の木阿弥《もくあみ》になるのを承知で、島津義弘ともあろう勇将が、余に会ったのじゃ。大隅一国、いや島津一門をしても薩摩や日向だけで、良しとする条件が」

秀吉は〝人たらし〟と言われているだけあって、相手の心の中に素直に入ってくる。義弘も、家臣や領民との間には垣根は作ってこなかった。目の前の秀吉が、そのような人間なのか、計算なのかは分からぬが、妙に不思議な気持ちに囚《とら》われた。

「さよう……ありもす」

「なんじゃ」

「私は、日本の領土を奪い合うことや天下統一にはさほど食指が動きませぬ。それよりも、この薩摩や大隅が向いてる海の方に、興味があります……琉球や南蛮との交易を続けとうございます。そのためには、大隅一国あれば充分と考えております」

「異国との交易を独占したいと?」

「そこまでは申しませぬ。自由にやらせて貰いたい。それが……子供の頃からの望みであり、夢であります」

「子供の頃からの夢……」

「はい。日新斎様……私の祖父から、よう教えられたのです……薩摩の国は日本という国では地の果てだが、大きな海に向かって始まる国であると」

義弘が正直に話すと、秀吉は何がおかしいのか、ふははと大笑いした。ひとしきり腹を抱《かか》えて笑うと、

「よかろう。気に入った。ならば、余もおぬしに夢を聞かせてみしょう」

「どのような」

「──明国を、余の国にする」

「えっ、明国を……」

驚きを隠せない義弘に、秀吉は当然のように言った。

「まだまだ、その段階ではないがのう、いずれ、おぬしの力を借りたい。そのために、琉球や明国、南蛮と好きなだけ交易をするがよい。ふはは、こりゃ千人いや万人の味方を得た気分じゃ、ふはは、ははは」

秀吉の高笑いは、家臣が控える隣室のみならず、鶴田城中に聞こえていた。

その会談の十日程後に、家久は居城の佐土原城で急死した。享年四十一であった。

若すぎる死に、義弘たち他の兄弟は絶望したように泣いた。

野守《のもり》が遠い空を仰いでいると、その隣では大きな体の若者、吉之助が、喜び半分、悔しさ半分の思いで頷いた。

「三十余年もかけて手に入れた九州全土を、ほんのわずかな間に、秀吉に奪われるとは、まこと悔しかとです」

「儂も悔しいわい……」

吉之助の分厚い胸を、野守は拳《こぶし》で叩いた。だが、まったく痛くもなかった。

「じゃどん……義弘公たち、島津の四兄弟は、御家を存続するために……全滅するのを避けるため、誰かひとりが残ればよかちゅう深慮遠謀から、根白坂の合戦を仕掛けたとですね……そんでもって、それぞれが剃髪したり、家臣になったり……」

「さよう。だが、秀吉の方が一枚も二枚も上手だ……豊臣家の家臣にしたはずの家久様が、殺されたからだ」

「こ、殺された……!?」

「真相は分からぬ。だが……歳久様が秀吉の命を狙ったことに対する、意趣返しに違いあるまい。その証拠に、何年後かには、梅北国兼《うめきたくにかね》という島津家の家臣が、肥後の加藤清正に対して一揆を起こしたことで、歳久様はその首謀者にされ、自刃《じじん》に追いやられた」

「そんなこつが……」

「歳久様がそんなことをするわけがなか。じゃどん、許されなんだ。病を悪くさせておったでな、切腹する脇差《わきざし》も摑むことができなかったとか……憐《あわ》れじゃ、ああ悲しや……」

野守は泣きじゃくるように、しゃがみ込んだ。

「──歳久様の娘婿、忠隣様の死に水代わりに、山桃を摘んであげられたのが、儂にとっては、何よりの救いじゃ……うう……」

「ええ……？」

鬱蒼《うっそう》とした十三地蔵塔の前で、吉之助はまた不思議そうに野守を見続けていた。

第十話　三顧の礼

一

瀬戸内海はいつも穏やかとは限らない。大船を転覆させるくらいの大きな波や、漁船なら吸い込むような渦潮《うずしお》もある。

この日も、優雅な船旅とはいかなかった。

義弘は居城の飯野城を出立してから、佐土原を経て、徳之口から帆船に乗り、佐伯《さえき》蒲江《かまえ》など豊後水道から、佐田岬を巡って伊予灘を抜け、芸予諸島や塩飽《しわく》諸島から兵庫湊《みなと》に向かっていた。

天正十六年（一五八八）五月。秀吉に降《くだ》ってから一年が過ぎていた。

昨年、秀吉の九州平定によって、島津義久は人質となって上洛していた。人質の中には、義弘の嫡男・久保と義久の三女・亀寿もいた。この二人は夫婦になるから、島津家自体が人質となっているに等しい。

此度《こたび》の上洛は、兄の義久らと交代で〝人質〟となるためである。

島津家が豊臣の軍門に降ってから、秀吉は火がついたかのように勢いが増した。九州へ自ら出征する一方で、京では聚楽第を完成させ、凱旋してすぐに北野大茶会《きたのだいさのえ》を催している。いずれも、朝廷や民衆に豊臣家の権威を示すため、千利休《せんのりきゅう》や津田宗及《つだそうぎゅう》という超一流を茶頭《さどう》としての大催事であった。

どんちゃん騒ぎをしただけではない。この大茶会の後には、関東や奥羽の諸大名に向けて、〝惣無事令《そうぶじれい》〟を出したり、天正通宝を鋳造したりして、天下人らしい政事《まつりごと》を執《と》り行《おこな》っている。

〝惣無事令〟とは、大名同士の私闘を禁じたものだ。刀狩りや海賊船禁止とともに、大名同士の合戦を、「私闘」と定義したことで、すべては関白太政大臣の豊臣秀吉が決裁すると宣言したのだ。

――秀吉が法であり、裁くのも秀吉。

であるとし、従わない者は咎人《とがにん》扱いにするという〝人治国家〟としたのだ。戦乱の世を終わらせるというのが秀吉の関白としての立場で、これらはすべて天皇の勅命である公儀と定めたのだ。死罪や領地面没収という厳しい処罰もある。

実は、この〝惣無事令〟は九州征伐の前にも発令しており、その権限をもって島津と戦った。まさしく朝廷による征伐なのである。ゆえに、小田原の北条氏征伐にも、秀吉に絶対服従させる意図がある。諸大名はもとより、奥羽の伊達氏ですら豊臣に傾いている時勢であるから、早晩、決着がつくのは目に見えていた。

「それにしても、揺れますな……」

義弘に同行している面高善哉坊が言った。九州平定の際に、島津家と秀吉の間を取り持った後も、義弘は善哉坊を何かと頼りにしていた。

船室は船底近くにあるが、それでも横揺れが激しい。船酔いするほどではないが、瀬戸内海にしては荒波なので、この先にもまた秀吉の何か無理難題が待っているのかと、善哉坊は柄にもなく不安が込み上げてきた。

「さてもさても、心配性よのう。おぬしのお陰で、島津家は安泰。この俺も未《いま》だに命がある。少しは落ち着け」

義弘が笑いながら言うと、善哉坊は青ざめた顔で、

「実は拙僧《せっそう》、かなづちでしてな……泳げないので怖いのです。耳川の合戦の折も馳《は》せ参じておりましたが、敵の銃弾よりも、溺《おぼ》れるのではないかとびくびくしておりまし

た」

　と冗談めいて、水練は得意ではないと告白した。

「さようか。どうりで、種子島に行くどころか、加世田の吹上浜にすら、ついて来ないはずよのう、はは……」

「ですが、山は得意でございます。何年も修行で籠《こ》もっておりましたので」

　善哉坊が言い返すと、義弘は高い所も大好きだと笑った。

「過日は久しぶりに、開聞岳に登った……合戦《かっせん》続きで、折を見て行ってはいたものの、〝山くぐり〟との密談ばかりゆえ、そこからの眺《なが》めも楽しめなんだ」

「で、ございましたな」

「だが、秀吉公に三国を賜《たまわ》ってから、不思議と悔しさよりも、安寧《あんねい》が訪れた気がした。開聞岳から眺めた海は格別だった」

　燦《きら》めく東シナ海に向かって、また帆柱を上げたい欲求に駆られていた。その大海原に比べれば、瀬戸内海の波は可愛《かわい》らしいものである。この船旅には、歌人や能楽師も連れており、和歌を詠《よ》む余裕もあった。

　しかも、かつては、村上《むらかみ》水軍などが跳梁跋扈《ちょうりょうばっこ》しており、船荷を盗まれたり、身の危険もあったが、秀吉のお陰で海の関所もなくなり、無事に航海ができるようになったのだ。

「関白様々だな」

義弘はさりげなく言ったが、打倒秀吉の急先鋒だった武将の変わり身に、善哉坊は肩透かしを食らっていた。

「なに、ただ年を取っただけじゃ」

「そうおっしゃるなら、拙僧の方が老いておりまする」

「お互い、戦《いくさ》ばかりの人生だったのう。合戦は五十回を超えておるわい。裸になって己の傷を見るたび、生きてるのが不思議に思う。ひとつひとつに合戦の思い出も刻まれておるがな、ふはは」

もっとも、義弘は合戦が好きなわけではない。

――平穏無事が、民百姓にとって一番だ。

と常々、考えていることも善哉坊は知っている。ゆえに、九州に平穏が訪れたことを喜び、すぐさま領民たちが少しでも、安心して良い暮らしができるように、領主として頑張ってきた。

時代は少し下るが、太閤検地を受け入れ、文禄四年（一五九五）には完了する。

〝二頭体制〟であるため、義久はあまり歓迎しなかったが、民百姓のためにも累年の本望であるというほどで、平時における民政に重きをおいていた。

さらに慶長年間に下るが、年貢徴収や家臣の統制、領国秩序などに関わる幾つかの〝二十一ヶ条の掟《おきて》〟を作り、領民を守る施策をしている。

例えば、代官が酷《ひど》いことをすれば、百姓が領主に直訴《じきそ》を認めるなど、役人の不正に対して厳しくすることで、領民の苦痛を和《やわ》らげたり、防火対策を徹底して人々の命を守っている。その一方で、一向宗と日蓮宗を禁教とし、一揆を回避する策も講じている。これとて、領内の平穏無事を保つためである。他の仏教は認めており、義弘自身、仏道に深く帰依《きえ》している。

門割《かどわり》制度という耕作地を一定年月で交替することで、作物の出来不出来による不平等を減らしたり、外城制度を作って、各郷に武士を集めて住まわせ、自警度を高めたりした。また、武芸のみならず、『四書五経』の学問や詩歌など文芸を奨励し、教育を充実させた。これらは、後の薩摩藩の礎《いしずえ》となる制度となった。

かように民政に専念するためには、島津家が安泰で平和であることが一番だ。ゆえに、秀吉の人質となっても、御家を守り、存続させることが大切だったのだ。

領国に平穏無事が続けば、自分だけではなく、家臣や領民の中からも、東シナ海に出て行き、異国と交流する人々が沢山《たくさん》、出てくるであろう。そのため、坊津や山川湊などをさらに整備している。いつかは、薩摩、大隅、日向に異人があふれ、国際色豊かな国になる。堺や博多のような町にすると義弘は考えていた。古来、そういう土地柄だったのだ。

自分にもまたいずれ、琉球はもとより東アジアから遠くインドやペルシャの方にまで行く夢があるから、五十半ばを迎えて尚《なお》、少年のように気持ちも高鳴っている。此度は、船に乗るというだけでも、心躍っているのであろう。

だが、現実は——遥《はる》か遠い国々との交易ではなく、朝鮮との悲惨な戦が待っているのだが、この時にはまだ実感がなかった。

兵庫湊まで出迎えに来ていた義久と再会した義弘は、もう何年も会っていないかのように抱き合って喜んだ。

「兄上、ご苦労をおかけしました。顔色も良さそうで、無事息災でなによりです」

「おまえも何かと大変であったろう。此度の長旅も疲れただろうが、これからも島津のため薩摩のため、よしなに頼むぞ」

久しぶりに兄弟の顔を見て、お互い涙が出そうになってきた。

そこには、有川貞真《ありかわさだまさ》も待っており、義弘は苦労を労《ねぎら》った。有川貞真は貴久の頃から島津家に仕えている古参である。義弘が飯野城に入ったとき家老となり、この二十年余り合戦で生死を共にしてきた、薩摩伊勢氏の祖である。久保の世話人として、上方に同行しているのだ。

一晩を過ごして、泉州、堺に到着した義弘は、家久たちから聞いていたよりも繁華な印象を受けた。自分が如何《いか》に田舎《いなか》侍かと、引け目に感じるほどだった。

信長が攻撃していた頃とは様子は随分と変わっているのであろうが、やはり町人自治の町である。博多のような外敵から守る城門があり、至る所に見附櫓《やぐら》が聳《そび》え、屈強な番人たちが見張っていた。かつては、町人が武装していたが、今は刀狩り令も出たし、物騒な時代ではない。

海側には大きな湊が広がり、ジャンク型の明船、カラヴェルやカラックなどポルトガルの帆船などが沢山、停泊していた。その船の間を縫うように、無数の艀《はしけ》が、桟橋との間を往復している。蔵が立ち並ぶ湊の辺《あた》りには、山積みの荷があり、大勢の人足が声をかけあいながら蟻のように働いていた。

古より栄えてきた薩摩の湊に比べても賑《にぎ》わいや規模が違う。明や東アジアとの交易で栄えている琉球の那覇を彷彿《ほうふつ》させる。

「――これは……凄《すご》か……」

義弘は何度も溜息《ためいき》をついて、同じ言葉を繰り返した。

陸側は市中に流れる川と用水路として利用している堀川が、濠《ほり》のように町を取り囲んでいる。しかも二間《けん》（約三メートル半）の高さの塀に取り囲まれていて、戦国の余波が残っているように見えた。

しかし、さすがにこの繁華な町の風景は、日本一ではなかろうか。ここは熊野や高野山参詣の宿場として栄えただけではなく、鎌倉時代には荘園となり、南北朝、室町時代を通じて支配者は色々と代わったものの、〝納屋衆《なやしゅう》〟という特権商人によって運営される自治都市となった。

応仁の乱の後には、明と交易する湊として、博多津とともに繁栄した。金銀銅を扱う手工業はもとより、絹織物や毛皮などを扱い、武家社会とは一線を画する巨大な富を築いていることがよく分かる。通りという通りには、商家や問屋が並び、出商いの職人がぶつかるように往来している。物見遊山《ゆさん》の善男善女も散策しているし、異国船から下りてきたであろう肌や目の色が違う異人も多かった。

飛び交う人々の上方訛《なま》りの声に混じって、歌舞音曲が何処《どこ》かから流れてきている。見世物《みせもの》小屋が軒を連ねているし、広小路には猿廻《まわ》しや独楽《こま》廻しなどの大道芸人の姿もある。

その賑わいを目の当《ま》たりにしながら、

――織田信長が、どれだけ武力を使ってでも欲しがったはずだ。

と実感した。

それが秀吉の治世になって、さらに繁栄が増している。堺が本城ならば、博多は支城みたいなものだ。しかも、博多には未だに、龍造寺と大友との戦の傷痕《きずあと》が深く残っている。だからこそ、秀吉は統一の後、すぐに博多の再建に取り組んでいた。

その日は、湊近くにある堺屈指の豪商・今井宗久《いまいそうきゅう》の屋敷に立ち寄った。戦国大名の屋敷と見紛《みまが》うほどの立派な堅牢な屋敷で、大勢の奉公人が働いていた。さすがは会合衆三十六人の肝煎《きもい》りも務めた人物だ。

今井宗久は、千利休、津田宗及と並んで、茶家三宗匠とも称され、〝飯後の茶〟の創始者である。信長の死後には、茶頭として秀吉に仕えて三千石を賜り、千利休の娘婿・万代屋宗安《もずやそうあん》や松永久秀《まつながひさひで》の子・住吉屋宗無《すみよしやそうむ》らとともに、秀吉の御咄衆《おはなししゅう》を務めたほどだ。昨年の北野大茶会にも加わっている。足利義昭とも交流が深かったため、義弘が訪ねることは予《あらかじ》め決まっていた。

義弘よりも十五歳ほど年上だが、矍鑠《かくしゃく》としており、商人というより武士の頭領のような風貌であった。

「島津屋敷は伏見にありますが、木津川を使えば一日で往き来できるところ。義弘様は、茶の湯はもとより、和歌や能楽などにも造詣《ぞうけい》が深いと聞いております。これからも遊行に来て下され」

「こちらこそ、異国の話をたんまりと聞きとうござる。薩摩の田舎者ゆえ、今後ともよしなにお願い仕《つかまつ》る」

「いえいえ。薩摩や日向は古来、堺と繋《つな》がりの深い所。こちらこそ、琉球や南蛮の話をお聞きしたいと思うておりました」

たちまち親しくなったのは、前もって石田三成が〝地均《なら》し〟をしていたからだ。この夜は、石田三成や大谷吉継ら秀吉側近の武将らも集まり、大接待の宴席となった。人質であることに間違いはないが、一国の戦国大名であるから下にも置かぬ配慮である。

義弘は我が子の久保とも堺で再会でき、この場にいる人たちに、

——島津家の跡継ぎ。

であることを、充分に売り込んでいた。親馬鹿ではあるが、これからの平和な国造りのために遺憾なく才覚を発揮できるであろうことも、しっかりと伝えた。

それほど、義弘は久保に期待をし、愛《いとお》しんでいた。一年見ぬうちに、逞《たくま》しい顔つきや体軀《たいく》になっていることも頼もしかった。

「ほんに、いい夜だ……」

筆まめな義弘は、今宵《こよい》の楽しさを国元の正室・真那にも書き送っている。

二

数日後、義弘は大坂城に招かれ、秀吉に謁見した。鶴田城にて降伏したとき以来だが、不思議と緊張はなかった。堺で過ごしていた折に、石田三成らに親しく接して貰《もら》ったからであろう。

特に、石田三成には初めて会ったときから、妙に心惹《ひ》かれるものがあった。年齢は息子と言ってよいくらいだが、持って生まれた品性と育つ過程で身につける教養、さらに仕事によって培われた責任感や実行力が、人の魅力として溢《あふ》れている。いや、そこはかとなく滲《にじ》み出ていた。

――秀吉公の態度にはどこか嘘《うそ》が垣間見えるが、石田三成には嘘はない。

と改めて、義弘は感じていた。

大坂城では、本丸の北端にある山里曲輪《くるわ》での、茶会に招かれた。

秀吉の他に、島津家との和睦《わぼく》に力を注いだ千利休、細川幽斎、木食・応其、さらに津田宗及らが参列し、島津家筆頭家老の伊集院忠棟も末席にいた。

忠棟は家老として〝戦後処理〟に当たった、島津家存続の功労者である。歌道にも通じており、細川幽斎と親交が深かったため、伏見の島津屋敷では義久や久保などの世話をしながら、豊臣政権との繋がりも深めた。秀吉からは、直々《じきじき》に肝属《きもつき》一郡を与えられており、石田三成ら奉行衆とともに政事にも深く関わっている。

後の話だが、太閤検地の後には、北郷氏に代わって、日向庄内に八万石の所領まで受けることになる。それが、島津家に暗雲をもたらすのだが、まだこの頃は、島津家一筋の武将であった。

この茶会では、秀吉自身が席主となり、会席料理をゆっくりと味わい、質素な中にもさりげない贅沢《ぜいたく》が込められていて、義弘は感嘆し続け、後で料理の絵まで描いて、薩摩の妻に送ったほどだ。

――いや、まったく素晴らしい……。

と義弘は褒めちぎっている。

今井宗久から聞いていた様子とは違っていたからだ。秀吉の茶会については、さりげなくではあったが、華美すぎると批判めいたことを言っていた。

戦国武将が、戦地においても茶を淹《い》れるのは、精神を研ぎ澄ませるためである。禅の思想を日常の中で実践させたのが、千利休による〝侘《わ》び寂《さ》び〟に徹した茶道である。

「侘びとは深い諦《あきら》めの境地であり、寂びとは足るを知りて心を安んずること」

であると利休は説いている。この精神はまさに、生死を目の前にした武将にこそ必要な心構えであった。

禅の思想は仏教でありながら、浄土宗や浄土真宗のように、極楽の存在を認めていない。一切は「無」である。が、「無」とは何もないのではなく、すべてに「有」るということで、人間が存在する森羅万象を知るためには、修行を重ねなければならない。厳しい修行をした親鸞《しんらん》ですら、

――未だに修行が足りない。

と思ったことに〝懺悔《ざんげ》〟めいたことを言っている。人には「ただ念仏を唱《とな》えよ」と言いながら、自分は仏に身を委《ゆだ》ねていないということに苦悶《くもん》したのだ。それはまさに禅の教えである。

茶の湯の一期一会《いちごいちえ》は、無限の世において、有限の己を知ることである。それゆえ、あらゆるものを削《そ》ぎ落とし、簡素で静寂な領域にまで高めた芸道なのだ。

にもかかわらず、北野大茶会は、黄金の茶釜《ちゃがま》を持ち込み、名物と呼ばれる茶道具ばかりを取り揃《そな》え、輝かしく眩《まぶ》しい贅沢三昧《ざんまい》の雰囲気によって催された。だが、千利休

ですら、〝侘び寂び〟を語るどころか、他の茶人たち同様に、成金趣味の茶会を認め、異を唱えることはなかった。

そんな話を、今井宗久がしていたから、義弘は目の前の茶席が、利休の理に適《かな》っており、嬉《うれ》しかったのだ。心の底から感銘を受けたせいで、少し調子に乗って、

「北野大茶会とは大違いですな。豪勢な茶会も覗《のぞ》いてみたかったとです」

と義弘が言ったとき、臨席している茶人たちの間にぴりっとした緊張が走った。

異様なものを、義弘はすぐに感じ取ったが、秀吉は頬《ほお》を歪《ゆが》めて笑っているだけである。酒席などでは、つい本音を漏らしたり、面白可笑《おか》しく話を大きくすることがある義弘だが、ふだんの茶席では無駄口は叩《たた》かない。相手に気遣う態度や言葉が全てである。

「聚楽第が完成した祝いと、九州の大大名である島津殿が、この秀吉めに情けをかけてくれたから、大盤振る舞いをしたまでじゃ。いつもは、利休の教えに従っておる」

秀吉は場の緊張を解くように言ったが、利休ですら、顔が強張《こわば》ったままだった。それを承知の上で、義弘はあえて言った。

「その贅沢な茶会をしないよう止めたのは、山上宗二《やまのうえそうじ》殿だけだったとか。噂《うわさ》を耳にしただけですが……」

「あいつは、ちと変人だったゆえな」

当然のように、秀吉は茶を点《た》てながら言った。

「変人……」

「頑固者と言ってもよかろう。理を説くというよりは、己の考えに理を付ける。屁理屈もよいところじゃ」

「…………」

「だもんで、大坂から追放したら、高野山に逃げた。だが、それは九州征伐に行く前の年のこと。北野大茶会のことに口出しなんざできん。そんな話は、宗二を贔屓《ひいき》にしている者の作り話じゃろう」

「そうでございましたか」

宗二の実家は『薩摩屋《さつまや》』という屋号の会合衆のひとりだったので、島津家の薩摩とは関わりはないが、気になったまでである。

「のう、利休……奴はおまえの高弟でありながら、本当の〝侘び寂び〟も分かっておらなんだ。勝手次第は結構だが、天地をひっくり返すようなことばかりしおった。まさに臍《へそ》で茶を沸かすような出鱈目《でたらめ》ばかり」

秀吉が話を向けると、利休は不肖《ふしょう》の弟子だと詫《わ》びた。

「あやつめ、高野山からも逃げ出した、今はなんと、北条の世話になっているとか。愚かも度が過ぎると、己が何をしているのか分からなくなるのであろうのう……これで余もまた、北条を征伐しに行く理由が増えたということじゃ」

この二年後の北条征伐では、利休の取り持ちで山上宗二を再度、取り立てようとしたが、やはり逆らったため、目と鼻を削がれた上で打首となった。それほど山上宗二を憎む秀吉の気持ちはまったく理解できない義弘だが、この場の雰囲気が物語っているように、秀吉には絶対に逆らえないのだ。

しかし、義弘は、実兄や息子が人質にとられていようと、万が一のときは、

──この場で秀吉の首を刎《は》ねる。

覚悟もあった。それほど肝が据《す》わってなければ、己が生きている意味はあるまい。

「何を考えておる、義弘殿……」

内心を見抜いたかのように、秀吉は目尻を下げた。

「この日本には愚か者がふたりおる。ひとりは、この秀吉だ。あんな遠い九州まで大軍を率いて、地の利を得ている島津に立ち向かうとは、愚か者でなければやるまい」

「…………」

「もうひとりの愚か者は……義弘殿、おぬしじゃ。地の利を使って、勝ち戦に導けた

かもしれぬが、あと一歩のところで降参しおった……つまりは、余に運があっただけのこと」

「とんでもありませぬ」

「だが、北条は違う。武勇で名高い島津までが降ったのだから、上洛して臣従の令を取れと再三、申し送っておるが、『真田《さなだ》の沼田領を北条のものと認めれば、上洛する』なんぞとぬかしおる」

　秀吉はにこりと微笑《ほほえ》んで、

「三成らは反対したがのう……余は北条氏政《うじまさ》の言うとおりに、沼田をくれてやった。真田にとっては先祖ゆかりの土地だが、わずか八万石程の地。それを惜しんで、関東くんだりまで疲れた兵を送るのは忍びないじゃろ」

「でございますな……」

「ところが、奴は約束を破った……関白との約束を反故《ほご》にした。さように信頼できぬ人間だ。諸将や兵士も北条に非があると認めて、豊臣に与《くみ》することとなろう」

　そうなることも計算尽くであったに違いないと、義弘は思ったが黙っていた。

「であるからして、義弘殿。北条征伐に向かう折は、ご嫡男の久保殿も関白軍として、同行してくれるな」

「…………」

「なに、危ない目には遭《あ》わせぬ。相手にはじっくり飢えて貰うだけじゃ」

すでに、小田原周辺には、物資の流れを断つ方策を打ち出しているという。

秀吉の戦略は物凄い数の大軍で一気呵成《かせい》に踏み潰《つぶ》すか、徹底して籠城《ろうじょう》させる策である。小田原攻めの折は、城をというより町自体を取り囲むことになる。秀吉の狙《ねら》い通りに陥落するのは、この二年後であり、その勢いに乗じて、島津家も朝鮮出兵に駆り出されるのだ。

かように、諸行無常の世にあって、秀吉は間違いなく天下人になった。朝廷の権威を持ち出してはいるが、今や秀吉に刃向かうものはいない。領国安泰のみを諸大名は願っていたのである。

しかし、恐怖心によって人心を抑えることができたとしても、それは一時のこと。必ずや、小さな綻《ほころ》びから滅亡へと崩れることは、これまでの権力者を例に出すまでもない。そのことだけは、義弘は余計なことながら伝えておきたかった。

「〝仏神《ほとけがみ》他にましまさず人よりも、心に恥じよ天地よく知る〟……」

呪文のような調子で義弘が歌うと、聞いていた秀吉は小さく頷《うなず》いて、

「余は己の良心に恥じることなく生きておる。誰も見ておらぬところでも、余は天地

にだけは見られていると心得ておるつもりだ」

「でございましょう…… 〝昔より道ならずしておごる身の、天のせめにしあはざるはなし〟……道理を外して驕《おご》る者には必ず天罰が下ることも、平家の末期が物語っております」

「それも、日新斎殿の〝いろは歌〟というものか」

秀吉が訊《き》くと、義弘はしかと頷いて、もう一首、詠じた。

「〝私《し》を捨てて君にし向《むか》はねば、うらみも起こり述懐もあり〟……」

歌人としての素養もある義弘の〝いろは歌〟を、秀吉はじっくり聞いていた。

「主君に仕えるためには、私心を捨てなければなりませぬ。そうでなければ、不平不満を言ってしまうものです……私利私欲は捨てて無になることこそが、家臣の務め。茶は、良き家臣になるための修養でもござろう」

と義弘が面と向かって言うと、利休も宗及も真っ青になっていくのが、手に取るように分かった。それほど義弘の言葉には、魂が込められていたのだ。

「私は、秀吉様に対して、さよう心得ております」

「さすがよのう、義弘殿……まこと敵にせずによかった」

「一年前に戦いはしましたが、秀吉様に恨みがあったわけではありませぬ。ただ、関白であらせられる秀吉様に刃《やいば》を向けたことは、帝《みかど》に向けたも同然ゆえ、悔いております」

じっと見据えた義弘の眼光に、秀吉はほんのわずかたじろいだように、肩を揺らせた。だが、居並ぶ者たちを見廻すと、まるで証人になれとでも言うように、

「義弘殿には、正式な官位を渡したいと思う。これより、皆の者も島津家のことを、就中《なかんずく》、義弘殿のことをよしなにな」

と述べた。

その十日後には、侍従に任じられ、従五位下に叙せられた。さらに一月後には、従四位に上がり、豊臣姓を名乗り、羽柴氏となることを許されたのである。

これから義弘は、上方にいる一年余りの間に、何度も秀吉から茶会に誘われた。義弘自身が席主を務めることもあった。その間、最も親しく交わったのが、千利休と石田三成であった。

千利休は義弘よりも一回り年長であり、石田三成は息子といっていいほど若い。だが、年の差など関わりなく、〝水魚の交わり〟ができたのは、茶の媒介もあるが、やはり人と人との心が通じたからであろう。

利休には茶の師匠となって貰い、その神髄を学んだ。

三成には〝三顧の礼〟をしてでも、これからの武将としてのあるべき姿を学びたかった。〝三顧の礼〟とは、目上の者が目下の者を何度も訪ねて、礼を尽くして迎えるという意味である。

それほど義弘は、このふたりに傾倒していたのだった。もちろん、秀吉との交流も亡くなるまで続くことになる。

三

天正十八年（一五九〇）九月――。

義久と交互に〝人質〟となっていた義弘は、再び上洛する。

この間、義久も秀吉はもとより、近衛前久、秀吉の五奉行、あるいは能楽師や大判座頭人ら、豊臣政権中枢と交流を深めていた。

九州征伐以来、島津との取次役は、細川幽斎と石田三成である。義久と義弘が揃ったところで、肥後豪族が起こした梅北《うめきた》一揆の処理も含めて、薩摩の領国経営についても深く話し合われ、数々の法度《はっと》が決められた。

義久と義弘という島津家の頭領が、秀吉の遊興に付き合っていたのも、

――あらぬ嫌疑をかけられぬため。

ではあったが、臣下の礼を尽くすことは御家大事という政治的な配慮である。

とはいえ、義弘は歌道同様、心底、茶の湯を堪能していた。国元においても、年に六十数回も茶会を開くほどであった。

この日は――細川幽斎の京・吉田の邸宅に、義弘は招かれていた。幽斎と三成、利休の四人だけであった。

利休が茶の師匠なら、幽斎は歌道の師匠であった。義弘と同い年くらいだが、藤《ふじ》原《わら》定《の》家《ていか》の歌道を受け継ぐ〝古今伝授《こきんでんじゅ》〟の施しを受けていた。〝古今伝授〟とは、『古今和歌集』の読み方とか解釈の方法で、三条西家のみの秘伝だという。それを、幽斎は引き継いでいたのだ。

義弘は常々、魏《ぎ》、呉《ご》、蜀《しょく》という三国の覇権争いを描いた歴史書『三国志』でも引用されている、

――文章は経国の大業であり、不朽の盛事である。

という魏の初代皇帝・曹丕《そうひ》の言葉に傾倒していた。曹丕の『典論』の一節である。

文章とは、文学の意味である。経国の大業とは、国を治める上で最も大切な事で、永遠に朽ち果てることのないものだ。

人の寿命は尽きるが、文章は生命を持ち続ける。目先のことだけに囚《とら》われず、百年も千年も先のことを考えることが大事だとも、義弘は考えていた。ゆえに、幽斎に〝古今伝授〟の教えを請《こ》うていたのだ。

また魏の武帝と呼ばれた曹操は武将として優れており、家臣は家柄よりも才覚で選んだ。『兵法』を編纂《へんさん》したのも曹操の偉業である。なぜか、物語の『三国志演義』では悪役にされているが、多くの武将は、仁義礼智信の〝五常の徳〟をもって戦乱の時を生き抜いた曹操に学んだはずだ。

幽斎も元々は、信長の家臣で、丹後宮津十一万石の大名であった。

信長の死後は剃髪《ていはつ》して幽斎と名乗ったが、義弘や三成同様、「義」を重んじてきた武将である。明智光秀の娘・ガラシャの義父としても知られているが、本能寺の変の後は光秀と袂《たもと》を分かっている。

一日中、何度か茶席を繰り返し、義弘は利休を何度も質問攻めにした。

亭主の出会う場所、手水《ちょうず》の方法、茶を擂《す》る時期、棗《なつめ》や茶碗を勝手から運び出す順序、炭を直す時刻など基本的なことから、茶器の善《よ》し悪《あ》しや置き方、客人に対する作法などの問答を繰り返した。

「茶碗は何回くらい拭いたらよいか」「炭と釜との間は、どのくらい離れていたらよいか」「自在鉤《かぎ》は下座に向いていた方がよいか」「壺《つぼ》の覆い、緒の切口は、どちらに向けるのがよいか」「客人が小壺を見る作法は」「炭を直してから箸《はし》の置き所は」「五徳の脚の向け方は」「濃茶のときの茶碗のたたきようは、夏冬によって変わりがあるのが」「濃茶、薄茶の湯の汲《く》み方は」「柄杓《ひしゃく》に湯を汲み入れる時期は」「茶たてを取って、客人の前に小壺を出す方法は」……など後世には確立されてきたものを、細やかに問いかけた。

「――客人が座敷に入ってから後で、座敷に掛金《かけがね》をかけたものか、どうでしょう」

さらに義弘が訊くと、利休がすぐに答える。

「掛金はかけない方がよろしい」

「なるほど、帰った後もすぐには掛けないし、行灯《あんどん》を消すこともありませぬな」

「つまりは相手への心配りです」

「茶道を突き詰めれば、思いやりですな……小壺や棗など、これは袋に入れておいた方がよいのか、迷うときがあります」

「肩衝《かたつき》や棗などを袋に入れるのは、茶が風邪をひくといけないから、その用心のためです。特に寒い折は……ですが、夏にかけては、その必要がないでしょう」

「まさに、人に対するのと同じですな」

「さよう。義弘殿が、家臣に対する心構えと同じでしょう」

利休が言うと、その熱心さに驚きながら、三成が頷いて、

「ほんに、義弘様こそ〝五常の徳〟に長《た》け、人の道という大儀を大切にし、主君への忠義、家臣や領民への仁義を実践なされてきた。〝三顧の礼〟などとんでもない。拙《せっ》者《しゃ》の方が、学ぶことが多ござる」

と感心すると、幽斎もまことにと微笑み返した。

――似たるこそ友としよけれ交《まじわ》らば　われにます人　おとなしき人
これも日新斎の〝いろは歌〟にある。人は似た者同士で集まるものだが、自分よりも優れた人、才覚ある人、思慮分別のある人と交われということだ。

目の前の三人は、義弘にとって、まさに歌のとおり、理想の人物であった。

いつものように和気藹々《あいあい》と過ごしたが、夜の会席では、いつもの陽気な雰囲気とは打って変わって、神妙な面《おも》持ちになった。

「――実は今日、お招きした本題でござるが……」

三成が切り出したのは、朝鮮出兵についてのことであった。未だに小田原征伐も終えてない段階で、異国に攻め入ると考えていることに、義弘は秀吉の驕りを感じた。

たしかに、九州平定で降伏した折、義弘とふたりだけになったとき、〝唐入り〟つ

まり明国に攻め入るのが夢だと話していた。ただ力試しのため合戦をしにいくのではない。明国の皇帝を秀吉に跪《ひざまず》かせ、日本の臣下にすることを本気で考えていたのである。

「秀吉公は、自分の考えだけで〝唐入り〟したいわけではありませぬ」

穏やかに語る三成の話を、幽斎と利休は目を閉じて聞いていた。このふたりは、すでに事情を知っているのであろう。明国征服を目論《もくろ》んでいるのは、側近の一柳末安にも語り、少しずつ準備を整えていた。ちなみに、この一柳末安は小田原征伐にて戦死する。

「実は……私も関白様から直々に聞いておりました。降伏した鶴田城でです」

心を許している三成だから話したのだが、他の者たちもある程度は承知していたらしく、秀吉の過激な思いに、ほとほと困っているという感じであった。

深い溜息をついてから、三成はさらに続けた。

「九州を平定してすぐ、秀吉公は西国の海に面している諸国に、兵船を造らせていることは、義弘様もご存じでござろう」

「当方は、遅々として進んでおりませぬが……」

「それどころか九州遠征に行く前に、クエリゥという宣教師に対して、『日本中の富を手にした自分にはもう望むものは何もない。ただ後世に名を残すために、朝鮮と明国を征服することを決心したので、二千隻の船を造るつもりだが、ポルトガルからも戦船を用立てて貰いたい』……と正式に依頼しているのです」

「まさか……」

「本当のことです。明国に遠征するというのは、秀吉公が考えたことではなく、元々は信長公が計画していたことなのです。武力で明国に攻め入るためには、軍船による大艦隊が必要だと、秀吉公に話していたとか……そして、自分が明国の皇帝になれば、この日本の六十六ヶ国は子供らに分け与えるとまで……」

信長ならばさもありなんと義弘は思ったが、その頃はまだ、妄想に過ぎなかったかもしれない。しかし、常日頃から聞いていた秀吉は、本能寺の変の二年後には、側近の者たちには、

――いずれ、信長様の夢を叶《かな》えて差し上げる。

と話していたという。

九州征伐に行く途中、宮島の歌会で詠じた歌には、この思いも込められていたのだ。だが、秀吉は信長と違って、明国の皇帝になるとか、紫禁城《しきんじょう》に住むことなどは考えておらず、日本に帰属させ、交易を有利に行うことを考えていた。

「明国を支配下におくなどと……私も明国とは交易を深めるべきだと考えておりまするが、それは対等の立場ででござる」

「支配下に置くとはいっても、領土を奪うという意志が、秀吉公にあるわけではありません。ただただ武力によって、有利な交易を図りたいということだと思います」

ポルトガルやスペインが行っている軍備を伴った重商政策に他ならない。強い者が弱い者から、搾取するという考えなのだ。

「そのためには、島津家の武力、しかも海洋に強い船の力が欲しいと、秀吉公は考えているのでしょう。実は信長公も、一番恐れていたのは、島津家です。九州と与しない限り、〝唐入り〟など到底、無理であろうと」

「…………」

「ですが、今、明国の力は少し落ちている。だから、秀吉公は攻めるなら今だと考えておるようです。ですが……」

三成ははっきりと言った。

「私は反対なのです。ここにいる利休様も幽斎様も、無益なことだとお考えです。下手《へ》《た》をすれば、豊臣家が倒壊しかねませぬ」

実は、この頃、欧州では多くの国王による〝絶対主義国家〟が乱立して争い始めたことを、秀吉は宣教師から聞いて知っていた。日本は、豊臣政権による安定国家となったとはいえ、相変わらずポルトガルとスペインによるアジア支配は続いている。

そこで秀吉は、堺や博多の豪商たちが東アジアに交易に行くのを保護するため、朱印状を整える計画を立てている。東南アジアの多くの場所に、日本人町が形成され、日本にも富がもたらされるようになる。こうした中で、バテレン追放令が発布され、耶蘇教も禁止となったのだ。

いわば、神国日本を中心とした世界を、秀吉は造ろうとしているのだ。

「これは、とても危ない考えだと思います。明国の〝中華思想〟も同様かもしれませぬが、日本に攻めてくる気配はありませぬ。もし、日本に、異国人が来て支配しようとしたら、激しく抵抗するでしょう。事実、信長公は、ポルトガルやスペインに勝てるくらいの軍備を整えておりましたし、秀吉公も……」

「異国に攻め入るなど、愚の骨頂だ」

義弘は思わず言った。たしかに、秀吉とふたりだけの話では、聞いていたことだ。が、それは夢というよりも妄想で、あくまでも交易によって結びつくべきだと考えている。

「人の国を伐《う》ちて、以《もっ》て歓を為《な》すは、仁者の兵にあらざるなり……」

これは敵陣地で浮かれるなという意味合いだが、その裏には無用な戦はせぬべきだとの願いもある。義弘は、この言葉を呟《つぶや》いて、三成たちに向かって訊いた。

「御三方は、〝唐入り〟に反対なのですな」

「秀吉公の本音が分かれば、ほとんどの武将が反対だと思うでしょう、心の中では……しかし、命じられれば行かねばならない」

「私は、秀吉公の征服欲とか、名誉のために戦おうとは思いもはん」

義弘は少し興奮気味に言った。もし秀吉が聞けば、即刻、咎められるであろう言い分だ。しかし、大儀のない戦はするべきではないと、義弘は強調した。

もちろん、明とは国交がなく、正式な交易ができない以上、明を屈伏させて利を得ようとする秀吉の考えもあろう。だが、本当に交易をしたいのなら、島津家に任せるべきだと言った。法や慣習、文化も違う異国だからこそ、対話から入らねばなるまい。

「もしかしたら、秀吉公はバテレン追放令を出したように、ポルトガルやスペインを脅威に感じ、それへの反発から、明国を平定して力を誇示したいのかもしれませぬ」

幽斎が言うと、三成も頷いた。だが、義弘はしばらく間を置いて返した。

「それも否《いな》めませぬが、私が思うに……朝鮮に兵を向けるのは、国内の戦が終わったけれども、まだ不安がある。よって、異国に兵を出すことによって、諸大名の戦力を削ぎ落とそうとしているのではあるまいか……違いますかのう、三成殿」

「――それも否めませぬな……」

「ですが、秀吉公の財力や兵力は、誰もが承知しております。寝首を掻《か》くような真似《まね》をする者など、おりますまい。何より、天下泰平が一番。もう戦は懲《こ》り懲りです」

義弘が断言すると、幽斎も頷きながら、

「私もそう思うのですがな、信長公の暗殺が頭から離れぬのかもしれませぬ。猜疑心《さいぎしん》が拭《ぬぐ》い切れておらぬのかも……」

「困りましたな」

「実は、正親町上皇や後陽成《ごようぜい》天皇も、朝鮮出兵のことを小耳に挟《はさ》んだらしく、反対をしております。しかし、上皇はすでに譲位しておられるため、政事への口出しには遠慮されておりますし、後陽成天皇はまだお若いので、秀吉公の言いなりです」

この年の一月、足利義昭が朝廷に征夷大将軍の職を返上した。秀吉は四月に後陽成天皇を聚楽第へ行幸させて、実質の〝天下人〟になっている。誰も逆らえない状況で、秀吉の考えを止めるのは難しい。

三人の顔を交互に見ていた義弘は、わずかに仰《の》け反《ぞ》るように、

「――まさか、お三人は……この私めに、秀吉公を説得せよとでも？」

と訊いた。

「それは如何にも無理な話でござろう」

「いや、それが、秀吉公はいつも『島津、島津』と親しみを込めて話しておりましてな、義久・義弘ご兄弟の仲は、秀吉・秀長以上の固い絆《きずな》で結ばれておる。余が最も信頼している武将だと」

「ですが、私なんぞの話には耳を傾けますまい。もし、真剣に訴えるのであれば、前田利家様、徳川家康様や毛利輝元様など幾らでもおるではありませぬか」

「いえ、秀吉様は内心では嫌《きろ》うております」

「ならば、三成様を始め、浅野長政様、前田玄以様、増田長盛様などが……」

「奉行の私らは、直臣ゆえ、もっと聞き入れますまい」

後の五大老や五奉行らの進言を無視するくらいならば、それまでの人物と思い、謀《む》反《ほん》でも起こせば良いではないか――と喉元《のどもと》まで出かかったが、義弘はぐっと押し殺した。

四

この年、義久は薩摩に帰る直前、秀吉から琉球使節を京に呼ぶよう命じられた。一年後には、義久が連れてくるのだが、その間、義弘は、針の筵《むしろ》に座らされている思いだった。

毎日のように繰り返される能楽師による『井筒』『梅枝』『胡蝶』『砧』『西行桜』『野守』などの能や茶会も、素直に楽しむことができなかった。幽玄能ではないが、この世とあの世の境が分からぬように、自分が何処にいるのか不安定な心持ちだった。

——〝水魚の交わり〟と思っていた三成ですら、心の奥底では、自分をいつか利用していたのではないか。

とすら感じていた。

紅葉が美しくなったある日、義弘は、聚楽第内の千利休屋敷に呼ばれ、秀吉とふたりだけの茶席をもった。

黄金に燦めく極楽浄土をこの世に再現したような聚楽第には、そこかしこに池が張り巡らされ、小舟を浮かべている。金閣寺《きんかくじ》に倣《なら》ったような三層の楼閣が、絢爛《けんらん》豪華な情景を醸《かも》し出しており、義弘は圧倒された。

この城郭の辰巳《たつみ》の角に当たる所に、千利休の茶室があった。

屋敷は、鬱蒼《うっそう》とした樹木や竹林に包まれており、庭には植え込みが広がって、豪勢な大名屋敷のようだった。だが、さすがに黄金色は廃して、藁葺《わらぶ》き屋根の素朴な邸宅が並んでいた。

その片隅に、わずか二畳という大人がふたり入れば窮屈すぎる茶室があった。派手好きな秀吉だが、なぜか密談はここで行うことが多く、義弘を招き入れたのだ。

ふたりだけである。利休もいない。

――利休、幽斎、三成に……してやられたかな……。

疑心暗鬼に陥っていく己を、義弘は嫌になっていたくらいだが、腹は括《くく》っていた。

躙口《にじりぐち》から入ったとき、真っ暗で目が見えなくなった錯覚に陥った。茶室に立って入れるのは亭主だけで、客は膝行《しっこう》しなければならない。経験のない狭すぎる茶室に、義弘は息が詰まった。躙口の正面に床があり、余計な物は一切なく、柱や梁《はり》も真《ま》っ直《す》ぐで、壁は炭小屋のように薄黒く汚れているようだった。

墨染めの茶人姿の秀吉は、真剣なまなざしで、いつもの愛想笑いもない。

炉の前で、目顔で挨拶《あいさつ》をすると余計な言葉は発せず、黙々と茶を点《た》て始めた。袱紗《ふくさ》を捌《さば》いたり、棗や茶杓《ちゃしゃく》を清める作法は手際よく行われた。義弘は、千利休仕込みの手捌きを、感心しながら見ていた。

——かような繊細な動きもできるのだ。

無心で、一服の濃茶を差し出すためだけに、茶筅《ちゃせん》を動かしている。その姿を見て、侮《あなど》ってはならないと思った。

手にあるのは黒い楽茶碗。光を覆って闇《やみ》に包んでしまうようだ。いつもと違って、丁寧《ていねい》で繊細な点て方だ。その黒楽の中で、濃い緑色が見事に映えている。

義弘はきちんと一服、頂戴《ちょうだい》してから、型通りに、「大変、美味《おい》しゅうございました」と丁寧に返すと、秀吉は静かに、

「どう思う」

とだけ訊いた。目は伏せたままである。

「恐れながら、ふだんの秀吉様とは、別格のようなお点前《てまえ》でした」

「そうではない。この茶室の主《あるじ》、利休のことだ」

「どう……と言われましても、お答えしかねまする。何かありましたか」

「惚《とぼ》けるでない。余はのう、義弘殿……おまえだけを信じておるのだ。九州征伐の折、薩摩くんだりまで行ったのは、島津に対する〝三顧の礼〟のつもりじゃった」

「………」

「おぬしは腹を割って話してくれた。琉球や明、南蛮など沢山の異国と交易するのが夢じゃと話してくれた」

「今でも変わりませぬ」

「うむ……」

秀吉は短い溜息をついてから、

「だがのう。このふたりの夢を潰そうとしている輩《やから》がおる……利休に幽斎、三成までもじゃ」

三人の茶会には、秀吉はいつも乱波《らっぱ》でも張り付けていたのであろう。すべてを承知している目つきで、義弘を睨《にら》んだが、部屋が暗すぎて、秀吉のくすんだような瞳の光しか見えなかった。

義弘は自分からは何も言わなかった。すると秀吉が痺《しび》れを切らしたように、

「あやつらはのう、上皇や天皇まで担ぎ出して、余の〝唐入り〟をやめさせようとしているのじゃ。どう思う」

「………」

「異国に攻め入ることなど、常軌を逸《いっ》しておるとぬかしおる。余は別に戦に行くので

はない。おぬしとともに、商いをしたいだけじゃ。それが、いかぬことかのう」

秀吉はポルトガルやスペインによる、キリスト教布教とともに、世界を支配することが西洋の〝国是〟であることをよく承知している。日本では幸い、居留許可をしただけで、植民地になることはなかったが、一歩間違えば、この国は滅んでいたと、秀吉は言った。

その考えは、義弘も同じである。偶然なのか、神の采配かは分からぬが、日本が戦国時代であったのは、これ幸いであった。もし、平穏な治世であったなら、一気に大軍に攻められていたかもしれぬからだ。事実、明王朝に対する侵略行為も行われている。

九州征伐の直後、秀吉が自分の目で見た異国の軍船や武器の威力に度肝を抜かれただけではなく、キリシタン大名による民衆の扇動によって、武力征服をしようとしているポルトガルやスペインの〝軍事計画〟に危機感を抱《いだ》いていたのである。

「――であろう、義弘殿……おぬしとて、平穏無事に手に手を取って、浮かれ気分で明国や南蛮と交易できるなどとは、ゆめゆめ考えておるまい」

「…………」

「力が少し衰えたとはいえ、ポルトガルとスペインが、この世をふたつに分け合うという馬鹿げた策略による危険に、この国もまた晒《さら》されているのだ」

その事実は、義弘も認めざるを得なかった。

海の世界は、倭寇が争っていた時代とさして変わらず、陸の法や論理は通じない。強い者だけが支配していくのだ。ゆえに秀吉は、明国や朝鮮だけではなく、琉球や高《こう》山国《ざんこく》（台湾）、ルソンなど東南アジアの国々すべてを管理下に置くことが使命だと考えている。

「そのためには、義弘殿……明国を牛耳《ぎゅうじ》らねば、この国までもが伴天連どもから、危険に晒される……宣教師が最初に来た薩摩でありながら、禁教としたらしいが、それは危ういと判断したからであろう？」

「…………」

「明に入るためには、朝鮮を通っていかねばならぬ。もし、余力があるならば、琉球や高山国を経て、南から入り、南北から攻めてもよい。その際は、島津が軍船を率いて出征して貰いたい」

そこまで聞いて、義弘はやはり、誇大妄想であると感じた。あまりにも現実離れしていた。そのことを義弘は伝えて、

「私の考えでは……いきなり武力で攻め入るのではなく、ポルトガルやスペインがや

っているように、日本の仏教や神道を伝えつつ、商人を送り、日本人町を形成していくのが順当かと存じまする」

「相手が武力で逆らってきたら如何《いかが》する」

「むろん、護衛の軍船は必要かと存じまするが、いきなり合戦を仕掛けるのとは、まったく違いまする」

秀吉が怒り出すのは覚悟の上で、義弘は続けた。

「まずは話し合うこと。相手は同じ人間ですから、金儲《もう》けのためなら、お互い融通しあったり、取り引きしたり、折り合いをつけましょう。我が国では、古来、そういう交易をしてきたではありませぬか」

「ふむ……」

「我が薩摩は古来、琉球や奄美を通じて明国と深い繋がりがあります。交易によって知ったこと、明国から来た僧侶による文献などからも、明国は我が国とは比べものにならぬくらい巨大だと分かります……秀吉公が日本を統一した暁《あかつき》には、武力によらず、正々堂々と明国と交易をして栄えるべきと存じます」

義弘は改めて、薩摩の南方は、種子島、屋久島、奄美大島、徳之島、沖永良部島など諸島が連なり、東シナ海の航路として使われ、明国と繋がっていることを伝えた。

琉球と薩摩の間では、対等に交流がなされていたが、これこそがこれからの国の役に立つと話した。

「なるほどのう……」

素直に頷いたが、秀吉は言い返した。

「だが、強さを見せつけておかねば、いつかは必ず、大国が攻めて来るぞ。そのときに慌てて防御なんぞ、できるものか」

「そのことと、明国や朝鮮に攻めることとは違います。よしんば、征服したとして、その後は如何《いかが》するお考えか」

「そこよ……」

ようやく、いつもの秀吉のように、ほくそ笑んで、

「明国の皇帝には、後陽成天皇になって貰い、日本の帝には、秀次《ひでつぐ》を据える」

と平然と言ってのけた。

秀次は、秀吉の姉の子だが、豊臣家の後継者となっていた。後に、秀頼《ひでより》が生まれて、出家させられた上に切腹という悲劇が待っているが、それまで秀吉は実の子以上に可愛がっていた。

「恐れながら……」

義弘が言いかけると、秀吉はもうよいと掌《てのひら》を向けて、

「説教はよい。賛成か反対かだけを聞かせてくれぬかのう」

「いえ、そうではなく……その大ぶりの茶入《ちゃいれ》。お見事な逸品でございますなあ」

話の腰を折ったわけではなく、義弘は端《はな》から気がかりだったのだ。秀吉は傍《かたわ》らの茶入を手にして、相好《そうごう》を崩した。

「さすがじゃ。これは、〝平野《ひらの》肩衝〟といっての平野道是《どうぜ》という商人が持っていたものだ……さあ、篤《とく》とご覧あれ」

茶会では茶碗や道具などをじっくりと見る。口縁部の捻《ひね》り返しが深く、薄造りの胴には六筋の箆跡《へらあと》が残っている。しかも少し高低がつく。まさに、義弘が好んでいたものである。

「気に入ったのなら、差し上げよう」

あっさりという秀吉の顔を、義弘は意外な目で見返した。

「いえ、とんでもありませぬ。かような優れた茶入、私には勿体《もったい》のうございます」

「遠慮するでない。余とおぬしの仲ではないか。実はな、これが気に入るのではないかと持参したのじゃ。なに、おぬしとは数多く茶席を重ねてきた。お互いの嗜好が分かるほど、気心も知れたのじゃからな」

「いいえ。私には不釣り合いでございます」

何度も断ったが、秀吉は半ば無理矢理に押しつけるようにして、

「謙遜するでない。天下を取る器量がおぬしにはある。その大気《たいき》、勇気、智恵を兼ね備えた武将は、おぬしをおいて他にはおらぬ。余は、同じ九州の鍋島直茂殿もなかなかと思うておるが、おぬしには遠く及ばぬ」

「恐れ多いお言葉……」

とうとう褒め殺しに来たかと、義弘は腹の裡《うち》で思っていた。

「この〝平野肩衝〟を持つに相応《ふさわ》しい御仁《ごじん》じゃ。まこと、そう思うぞ。遠慮は無用……その代わり、朝鮮出兵のこと、よしなに頼む。島津家だけが頼りなのじゃ」

と言った。

その言葉を聞いて、義弘は一瞬にして、胸の中の何処かが破裂した。

――もう何を言っても無駄だ。とどのつまり、金品で人の心を操ろうとする、さもしい人間だ。天下人の器ではない。

義弘は憤怒の形相になるのを抑えるのがやっとだった。

「国を治める上で、この茶入が何の役に立つとお思いでしょうや。もし、外敵が襲ってきたときには、主君のために命を捨てて戦い、主君に代わって討ち死にする。私も、

私の家来たちもそうでした」

「おい、義弘殿……余は、何もそこまで……」

秀吉は困り顔で引き留めようとしたが、

「お点前、お見事でございました」

と義弘は静かに頭を下げて、〝平野肩衝〟をその場に置いたまま、躙口から退散するのであった。

朝鮮出兵の前年——。

なぜか千利休が秀吉の逆鱗《げきりん》に触れて、切腹となった。

その理由として、様々な憶測が飛んだ。茶器を高額で売って私腹を肥やした、茶道に対する考えが違ってきた、堺の権益を守ろうとした、はたまた秀吉を暗殺しようとしたなどと……何人もの武将や茶人が助命に奔走したが、利休は一言の弁明もせず果てた。

——科《とが》ありて人を斬るとも軽くすな　いかす刀もただひとつなり
主君たるもの軽率に処罰してはならない。慎重に処せよと日新斎は言っている。かような慈悲のかけらもない秀吉である。

利休の死を薩摩で聞いた義弘は、何日も号泣《ごうきゅう》していたという。

第十一話　鬼石曼子《グイシーマンズ》

一

「島津はまだか！　何をぐずぐずしておるのか！」

「先発隊はもう朝鮮に渡ったぞ」

「猛将というのは嘘《うそ》か！　尻込みして逃げたのではあるまいな！」

「恥を知れ。田舎《いなか》大名が。肥後の佐々成政《さっさなりまさ》のように成敗されるのが落ちじゃわい」

肥前名護屋城《なごやじょう》に集まった諸将たちは、朝鮮出兵の出立に大幅に遅れていた島津軍のことを罵《ののし》っていた。

九州平定の後、筑前国は小早川隆景、柳川は立花宗茂《むねしげ》、肥後国十二郡は佐々成政、肥後国球磨と葦北《あしきた》は相良長毎《ながつね》、日向国四郡は島津豊久などに統治させていた。豊後国は、一度は逃亡した大友義統が、そして豊前六郡は黒田孝高が任されていた。

そのうち肥後では、秀吉に反発する士族が多く、その動乱や一揆を抑え切れなかった咎《とが》で、佐々成政は責めを受けて死んだのだ。織田信長の家臣としては、秀吉より古参であるが、これまでも幾つか対立があっての末と思われる。

同様に、島津は〝九州の雄〟であり、三国を安堵《あんど》されているにも拘《かか》わらず、いわば秀吉の国家事業である朝鮮出征の出鼻を挫《くじ》いた形になった。兵や武具、船舶の調達ができずに困っているとのことだが、そのような事情はどの大名にもある。そこを準備万端整えて、ここ名護屋城に結集したのだ。

名護屋城は肥前国松浦郡の波戸《はと》岬の丘陵に、朝鮮出兵のためだけに造られた、六万坪近くもある陣城である。対馬の宗義智《そうよしとし》を通じて、〝唐入り〟に協力するように李氏《りし》朝鮮に対して交渉していたが、決裂したため、九州の全大名に築城を命じ、わずか八ヶ月で完成させたのだ。

その築城費のために、島津の財政が破綻《はたん》しかかり、一万五千もの兵を揃《そろ》えることすら難しくなっていたのだ。しかも、琉球からも兵を連れてこいとの秀吉の命令に、薩摩国内では、

――そこまで言うなら一戦交えてもよい。そもそも、朝鮮出兵する大義はない。

という思いが強かった。

そもそも、秀吉の要求は無理難題である。明国を日本へ来貢《らいこう》するようにと頼まれた朝鮮が、断るのは当然のことであろう。その朝鮮に怒りの戈《ほこ》を向けて、出兵となるのだが、これも秀吉一流の理由付けに過ぎない。

側近や義弘などに話したとおり、国内を平定した暁《あかつき》には、明国を征服しようという野望は前々からあったのだ。小田原征伐を成功させ、徳川家康を関東に移封し、天下統一は完成していた。よって、秀吉自らが陣頭指揮を執るために、名護屋入りしていた。

天正二十年（一五九二）四月二十五日のことである。すでに、三月には朝鮮出兵の命令は出ており、先鋒一番隊の小西行長軍・一万九千、二番隊の加藤清正軍・二万三千は釜山《プサン》に上陸していた。

義弘が名護屋城に到着したときは、まるで落ち武者のような様相を呈していた。なんとか領内から一万人程の兵は集めたものの、秀吉の求めに五千人も足らなかった。琉球からも兵は集めることが叶《かな》えられず、代わりに五千人分程の食糧を掻《か》き集めた程度だった。

船もほとんどは借りたもので、集まってきた諸将軍に比べて、あまりにも見窄《みすぼ》らしいので、惨《みじ》めな思いがした。薩摩から来る途中、新納忠元のいる大口城に立ち寄ったが、さほど兵を集めることができなかった。

すでに老境に入っている忠元は、鬼武蔵の面影も薄れており、義弘の力添えになれぬことを涙ながらに悔しんで、

——あぢきなや唐土《からつち》までも後れじと　思ひしことも昔なりけり
と詠じた。義弘はすぐに、

——唐土《もろこし》や大和をかけて心のみ　通ふ思いぞ深きとは知る
そう歌を返し、遠くから島津家の安泰を願いつつ、今生《こんじょう》の別れになるかもしれぬことを悲しんだ。さほど心も弱っていた。

名護屋城に登ると、並み居る名将たちが冷ややかな目で義弘を見ていた。が、空威《からい》張《ば》りする元気もなかった。

この城の普請には、島津家も並々ならぬ貢献をしてきた。此度《こたび》の軍費は莫大なものだった。秀吉が義弘に課した負担は、一万五千人の兵、槍《やり》三百本、弓三千五百張、鉄砲五百丁、旗指物六百、馬三百頭、さらに軍船を用立てねばならなかった。しかも、この立派な名護屋城を普請した上での話である。

だが、そのような軍役負担は島津だけに限らず、集結した武将全員に課せられたも

のだ。他の武将が文句のひとつも言わず、秀吉に従っている姿を見て、義弘はなんとも言えぬ苦々しい思いがした。

幾多の命を犠牲にして、ようやく合戦《かっせん》が収束し、天下に平和が訪れたというのに、選《よ》りに選って、秀吉ひとりの妄想と野心によって、異国に攻め入れという。義弘には理解できなかった。むろん、他の武将も実は疲弊していて、バカバカしい戦《いくさ》だと思っているであろう。何より、民百姓がまた苦しむということを、秀吉は分かっているのか。

しかも、人質を大坂に差し出し、此度は島津家の継嗣である久保にも出征の命令が来ている。小田原征伐で活躍したからというのが理由だが、その折にも、島津は戦費をかなり調達している。出征命令は、人だけではなく金も出せということである。

聚楽第の茶室でのことを根に持っているのかと、義弘は勘繰っていた。この日のことは、義久とも相談をしていたが、元々、秀吉嫌いの義久は、

「だから言わぬことではない。おまえは、優れた茶人や歌人と交わることができると浮かれておったが、所詮《しょせん》は人質。島津は利用され、財力を削《そ》ぎ落とす狙《ねら》いが、関白にはあったのだ」

と手厳しいことを言われた。

そのせいか、朝鮮出征に当たっては、義久は全く積極的ではなかった。これまでも、〝刀狩り〟には抵抗し、京に在住させる兵も充分には出さなかった。

この頃はすでに、伊集院忠棟が豊臣家の家臣並になっていた。このことで、島津家家中の者たちよりも〝偉く〟なったことは間違いない。家老という身分を逸脱した行為もあり、忠棟に対する家中の反発は多く、義久自身、快く思っていなかった。

かような秀吉に反発するような島津の態度は、諸将にも知れ渡っていたから、今般の遅参についても、強く批判したのだ。

とにかく、名護屋城に来た義弘は、金箔《きんぱく》の瓦《かわら》を重ねた五重七層の天守、本丸、二ノ丸、三ノ丸という豪勢な城郭を見て、暗澹《あんたん》たる気持ちになった。城の周辺には武家屋敷や陣屋が並んでおり、一見して立派な城下町である。しかし、辺鄙《へんぴ》な所であり、今後も到底、必要なものとは思えなかった。

義弘はそんなことを感じながら、本丸御殿の広間に入った。

すでに、黒田長政、福島正則、小早川隆景、毛利輝元、宇喜多秀家、水軍の九鬼嘉《くきよし》隆《たか》ら朝鮮出征の大将たちと兵糧奉行の石田三成が待っていた。この者たちが、総勢十七万五千人の兵を統率し、海を渡って合戦に向かうのである。

義弘が入ってくるなり、奥から秀吉も現れて上座に着いた。

その顔は妙に清々《せいせい》としており、一時の悪霊に取り憑《つ》かれたような態度はなかった。年老いてできた一粒種の鶴松《つるまつ》が、何の前触れもなく三歳で病死してから悲嘆に暮れ、世を儚《はかな》むようなことばかり言っていた。

だが、この不幸によって、秀吉は跡継ぎを甥《おい》の秀次に決めて関白を譲り、自らは〝太閤〟と名乗り、今後も陣頭指揮を執るために伏見城を建て、朝鮮に渡って征伐し、その勢いに乗って一気に明国に攻め入る覚悟を決めていたのだ。

妄執と言ってもよかったが、あくまでも信長の遺志であることを強調した。信長がやろうとしたことは単なる国内統一ではなく、軍事改革であった。戦国大名による分断国家をなくし、統一国家としたのだ。

諸大名も百も承知である。信長は、宣教師や異国の商人らによって、中国や東アジアのみならず、欧州も大戦乱に明け暮れていることを熟知していた。大砲や銃剣、火縄銃などの新しい大規模な兵器によって、この日本もいつかは征服されるという危機感を抱《いだ》いていたのである。

秀吉は朝鮮からの使者に対して、

「余は、この国に満足するものではない。東アジアの国々が山海を隔《へだ》てているのを潔しとせず、すぐにでも大明に入り、日本の風習を明国全土に及ぼし、日本の政化を永久に植え付けたいものである」

と言ってのけ、明を征服するための先導役をせよと命じたのである。

日本は神の国であり、自分は日輪の子であると殊更《ことさら》、強調することで、国外の者には遠征の正当性を訴え、国内の大名に対しては、

――惣無事、天下静謐《せいひつ》のためだ。

と繰り返し主張していたが、この場の諸将たちも、耳に胼胝《たこ》ができるほど聞かされている。それが現実になったのだ。

「皆の衆、ご苦労である。小西行長と加藤清正は先鋒としてすでに渡海しておるが、各々方《おのおのがた》にも期待しておるぞ。軍議の前に……」

秀吉は、広間の一角に設けていた炉を指して、

「今日は千利休の高弟である、島津義弘殿を席主として、一服賜《たまわ》りたい。皆の者、篤《とく》と味おうてくれ」

唐突なことに、義弘は面食らったが、まるで予《あらかじ》め仕組まれていたような雰囲気に、戸惑った。他の武将も違和感を覚えていたが、秀吉の命令に、この場では逆らうことができなかった。

道具も揃え置かれており、そこには、かの〝平野肩衝〟の茶入《ちゃいれ》もあった。義弘には

すぐに分かったが、特に表情も変えず、淡々と作法どおり茶事をこなした。

利休の切腹などなかったかのように、武将たちは〝侘《わ》び寂《さ》び〟とは縁のない絢爛《けんらん》豪華な広間で、茶を飲んだ。秀吉が曰《いわ》くありげな目でじっと見つめる中で、きっと味など分からなかったことであろう。

ひととおり終えると、秀吉は義弘の点前《てまえ》を褒《ほ》めちぎってから、

「これは余が最も大切にしていた茶入、〝平野肩衝〟である。朝鮮征伐に行く前に、お守り代わりに、手渡しておきたい」

と自ら茶入を義弘に与えた。

思わぬ大仰な行為に、義弘はもとより、周りの諸将も腰を抜かすほど驚いた。遅参を叱責《しっせき》するどころか、まるで戦果の報償でも下賜《かし》するかの行為に、一同は言葉を失ったのだ。

「大切に使《つこ》うてくれよ。猛将、勇将の誉《はま》れ高い義弘殿は、茶や歌、能楽や立花にも造詣《ぞうけい》が深く、その人格たるや穏やか、しかるに領国万民に慕われておる。一方で、勇猛果敢で数々の打ち勝ってきた戦歴は輝かしいものばかりである。此度の朝鮮征伐においても、これまで以上の活躍をするものと、大いに期待しておるぞ」

征伐という言葉を何度も使い、秀吉はいつもの甲高《かんだか》い、上機嫌な声で、義弘は特別

だという印象を植えつけた。

「薬である虎頭、虎肉の塩漬け、虎の皮も期待しておるぞ」

多くの武将の面前である。芝居がかっているとはいえ、ここまでされては、〝平野肩衝〟の受け取りを拒絶することはできない。

――なるほど……聚楽第の茶室でのことを、よほど根に持っていると見える。しかも、大坂城にて、家康殿にしたように、諸将の前で、〝臣下の礼〟を披露することで、朝鮮出征に賛同したと思わせたいのか。

と義弘は感じたが、その場は従わざるを得なかった。

深々と礼をした後、遅参したことを詫《わ》びた。その上で、義弘は朗々とした声で、

「ありがたく頂戴《ちょうだい》致します」

「太閤様の命でありますれば、この命をかけて、〝虎退治〟に向かう所存でござる」

と答えた。

あえて、〝虎退治〟という言葉を使ったのは、朝鮮まで出兵して戦をすることが、如何《いか》に無謀で虚《むな》しいことかということを、暗に含ませたかったからだ。

その意を諸将たちも察したのか、毅然《きぜん》と秀吉を睨《にら》みつける義弘の態度に、もはやみすぼらしさは感じていなかった。

二

先鋒として、釜山に渡っていた小西行長と加藤清正の軍は、総勢三万余の兵力をもって、釜山に上陸するや、たちまち東萊城《トンネソン》を落として北へ猛進し、漢江《ハンガン》を渡った。

案内役は、宗義智である。釜山は異国であるが、北九州からだと、瀬戸内海を渡って大坂に行くより、遥《はる》かに近い。海流は激しく、波も大きいが、穏やかな日和《ひより》だと、ゆっくり航行しても一昼夜で着く。

大軍による奇襲に驚いた朝鮮王の宣祖《ソンジョ》は、反撃もできず、義州《ウィジュ》に逃げるしかなかった。李氏朝鮮時代の第十四代国王で、「李昖《リヨン》」の名の方が親しまれているであろうか。不惑の年で、儒教に造詣が深く、役人にも儒学者を登用するほどの〝平和主義者〟であった。

初代国王の李成桂《イソンゲ》の時代から二百年の平和国家である。日本の戦国時代のように内乱がなかったので、軍隊は備えていたが有名無実に近かった。圧倒的な武器弾薬と兵の数に、武官すら太刀《たち》打《う》ちできない。文官に至っては逃げるしか手はなかった。

中州に入った小西行長軍らの第一軍は勢いを増して中道を突き進み、第二軍の加藤清正軍らは左方から一気呵成《かせい》に、漢城《ハンソン》に入った。今のソウルである。この後を追うように、島津義弘、黒田長政、福島正則、小早川隆景、宇喜多秀家軍ら総勢六万が突き進んだ。

他にも、長宗我部元親《もとちか》、生駒親正《いこまちかまさ》、伊東祐兵、蜂須賀家政、稲葉《いなば》貞通《さだみち》、戸田《とだ》勝隆《かつたか》、長谷川《はせがわ》秀一《ひでかず》ら精鋭が各地に散らばって、一方的な勝ち戦を広げていった。

借船によって、なんとか朝鮮入りした義弘軍だったが、遅れを取るまいと進んだ。しかし、先発隊の予想を遥かに超える活躍に、肩透かしを食った感じすら覚えた。あまりにも、あっさりと勝利を重ねたからである。

漢城の大きな正門を抜けた後に眺《なが》め上げた朝鮮府の王宮には威厳があり、琉球とはまた違った趣《おもむき》があって、義弘は心揺さぶられた。まさに百聞は一見にしかず。それほどの歴史と財力が伝わってきたのだ。五十八歳の義弘だが、青年のように心躍った。

――やはり戦をすべきではない。琉球と同じように、〝外交〟で交渉すべきだ。

朝鮮と琉球、両国と親睦ができれば、宗主国といえる明国とも、より良い関係を築けるはずだと、義弘は感慨に耽《ふけ》った。

だが、いつの世も、戦が始まれば止めることは難しい。ひとりの武将ではどうしようもないほど、拡大していくのである。

戦火に苦しむのは、結局、民百姓である。朝鮮に来て後は、秀吉軍の食糧などの調達は、朝鮮の人々から収奪することがほとんどだ。人々は、突然、襲ってきた異国軍に対して恐怖を抱いている。村々や道端に溢《あふ》れる人々の目を見て、義弘はいたたまれない気持ちになった。

漢城を落としたのはいいが、肝心の国王・宣祖は逃亡したままで、加藤清正が追尾したが、捕らえることはできなかった。いわば敵将の首を取れなかったのだ。この失策によって、後に明国の応援を受けることになるのだが、加藤軍はさらに咸鏡道《ハムギョンド》を会寧《フェリヨン》まで追って、ふたりの王子は捕虜とすることができた。

逃亡中、国王の姿は、国民から見ても情けなかったのであろう。逃げる道々、農民らから、なぜ戦わないのかと投石されたという。その話を聞いた義弘は、岩屋城の合戦における仙石秀久と大友義統の逃亡劇を思い出していた。

——かくも繁栄している王朝の君主が、戦わずして敵に背中を見せるというのは、なんとも情けないことよのう。

と義弘は感じていた。

朝鮮には、大友義統も出兵してきているが、どこかで会えば、如何《いか》なる顔をするか見物だと、義弘は思っていた。

各軍は様々な地域の占拠した城に入っていたが、義弘は久保とともに、普天《ポチョンソン》城を守っていた。鴨緑江《おうりょくこう》の支流域にあり、「大地をあまねくおおっている広大な天」という地名だけあって、雄大な景色が広がっていた。

さらに北上して平壌《ピョンヤン》を攻落するために、その南の八道を分割して固め、それぞれの軍が連絡を取り合い、作戦を立てていた。領土の半分以上の城を、あっという間に奪われた朝鮮だが、突然の先制攻撃から日数が経《た》てば、冷静な立て直しもできてくる。一挙に、漢城を奪還しに来る予兆があるため、秀吉軍は慢心しないよう心がけていた。

「——久保……まだまだ親を頼りたい年頃であろうに、かような異国の地まで連れてきて、済まぬのう」

義弘はふたりきりになって、素直に言ったが、久保は思いの外《ほか》、成長しており、

「なんのこれしき。父上が謝ることではありますまい」

「しかしのう……」

「父上の太閤様への異論もよく存じ上げております。伯父上は尚更《なおさら》です。されど、私は朝鮮への侵攻は理解できなくはありませぬ」

「ほう。なぜじゃ」

「——思ほへず違ふものなり身の上の、欲をはなれて儀を守れひと」

「日新公のお言葉だな」

「人道を外《はず》れてまでも、欲に引かれることがありますが、太閤様もそうかもしれません。されど、小田原征伐に行った折、私の本陣に出向いてきて下さり、こんなことをおっしゃいました」

久保は大人びた顔で続けた。

「余の欲には、きりがない。だがな、人間、欲がなくなったら、死人《しびと》と同じぞ。欲にも公私がある。金が欲しい、いい女を娶《めと》りたい、大きな御殿に住みたい……それは私欲だ。だが、人のために何かしたい、世の中を平和にしたい、この世から飢餓をなくしたい、貧しい者を救いたい……これらは公の欲だ。余が関白になったのも、この国をひとつにしたいのも、戦や争い事のない世にしたいという、公の欲なのじゃ……と」

若武者を相手に綺麗事《きれいごと》を言ったに過ぎないと、義弘は思った。ふたりだけになったときの、卑しい顔を知っているからである。だが、久保はさらに秀吉を擁護《ようご》するかのように、

「此度《こたび》の事も、本当なら戦にしないで行うべきでしょう。でも、世の中をひとつにして、争い事のない〝極楽浄土〟のような所にしたいのだと考えておるようです」

と言った。

「そのためになら、異国に踏み込んでもよいと言うのか？　逃げ惑っていた人々の姿、おまえも見てきたであろう」

義弘が異を唱《とな》えるように言うと、久保は素直に頷《うなず》いて、

「はい。薩摩がかような目に遭《あ》ったら、断固、戦うと思いました。しかし、父上も伯父上も、太閤様にはほとんど戦わずして降った。そのお陰で平和な世が訪れた。同じ事を、異国でできるとは思いませぬ。しかし、一度、降った以上は……」

「降った以上は……」

「――のがるまじ所をかねて思ひきれ、時に到りて涼しかるべし」

また日新斎の〝いろは歌〟を、久保は持ち出した。逃れられぬ運命の時には、命を捨てる覚悟で当たれ。さすれば爽《さわ》やかな気持ちで対処できるという意味である。

「私も本音では、父上と同じ気持ちです。太閤様は度が過ぎております。されど……」

「みなまで言うな。分かっておる。どうせ戦うなら、遺憾なく戦えと」

「はい。迷いがあるのは、父上らしくありませぬ」

「知らぬ間に立派になったものよのう。ふはは。まだ二十の息子に励まされるとは」

義弘は素直に嬉しい気持ちになった。

実は、この頃、平壌を攻略するためには、漢城の東方にある金化城《キムファ》を攻落しておく必要があると、石田三成は提案していた。この城は、咸鏡《カンウォン》、江原、慶尚《キョンサン》の大動脈に挟《はさ》まれた重要な城である。

だが、武闘派の諸将たちですら、この城に入るのを拒んだ。朝鮮側からしても、金化城は、決死の覚悟で死守しなければならない要城であるからだ。しかも、入城したとしても、三道から攻め返される危険がある。

そこで、三成も含めて奉行衆が、義弘に突入してくれと頼みに来ていたのだ。だが、伊集院忠棟は、断固、反対した。みすみす自分の主君を死地に追い詰めることはない。

「加藤様や小西様、小早川様ら〝譜代《ふだい》〟の大名がおられるのに、何故《なにゆえ》、我が殿が行かねばならぬのか。よもや、遅参に対する嫌がらせではありますまいな」

たとえ三成の頼みでも沿いかねると、忠棟は拒否し続けたが、軍評定《いくさ》を重ねている間にも、敵は態勢を立て直してくるであろう。

「父の代わりに、私が参りましょう」

久保が忠棟の説得にかかった。

「加藤様ら武勇の者ですら尻込みするのは、朝鮮軍の決死の攻めを恐れているからに他なりますまい。ここまで勝ち上がってきたのは、ひとえに幸運に過ぎたこと。ここからが正念場だ。敵の襲撃を恐れて嫌がるとは、勇気がないだけのこと。それでは、勝てる戦も勝てませぬぞ」

「いや、しかし、久保様……」

「――弓を得て失ふことも大将の、心ひとつの手をばはなれず」

大将の心ひとつで軍の武威が上がるというもの。その逆もある。上に立つ者の采配ひとつということだ。久保はまたもや日新斎の歌を詠じて、忠棟を説得した。

義弘も甲冑《かっちゅう》を打ち鳴らして、立ち上がった。

「安心せられよ、三成殿。ここぞというときこそ、薩摩隼人《はやと》は死力を尽くすのだ」

「――よ、義弘殿……」

期待の目になる三成に、義弘はその分、後方支援をしっかりと頼み、

「この金化城の近くにある春川《チュンチョン》城は、家久の忘れ形見、豊久が守っている。敵はこの城も奪還しようと虎視眈々《こしたんたん》と狙っておるが、わずか五百の兵しかおらぬ。豊久に頼らず、我が軍のみで戦う」

と誓った。

金化城はたしかに峻険である。背後に切り立った山があり、山上の城内の各所に見

張り役がいて、敵兵と見るや弓を射かけてきた。だが、義弘はその城を見上げて、

「おう。岩剣城の初陣《ういじん》を思い出すわい」

と呟《つぶや》いた。

「確かに、峻険な山城だが、日本の山城や砦《とりで》に比べると隙《すき》だらけじゃ。大した仕掛けもなさそうだ。平和な国ゆえ、この程度の城で良かったのだろうかのう」

実際の城を見もせず、先発隊の武将が攻めるのをためらった理由が分からなかった。ほとんどの武将は、兵数頼みの野戦ばかりで、このような切り立った山の上に建つ城を攻めたことなど、ろくになかったのであろう。

義弘は大将を久保に任せて、自分は一歩引いて待っていた。しかも、敵軍には姿を見えないよう、岩陰や森の中に潜《ひそ》ませた。

二百人の鉄砲隊を前進させた久保は、一斉に山上の砦に向かって発砲した。しかも、休みなく繰り返し撃ってくることに、敵は戸惑ったようである。必死に抵抗して矢を放ってきたが、ほとんど久保軍の兵に命中することはなかった。戦慣れしていないし、普段から鍛錬をしていないのは明白だった。

「一気に攻め上げるぞ！」

久保は自ら斜面に駆け上がり、城壁に這《は》うようにして登り始めた。後に続けとばか

りに、家来たちが援護の鉄砲を撃ちながら、みるみるうちに城壁を乗り越えた。

ほとんどの敵はすでに裏山などに逃げており、城の残兵はあまりいなかった。敵中に大勢で雪崩《なだ》れ込み、得意の〝示現流〟元祖の必殺剣で斬り倒していくと、武器を投げ捨てる者もおり、あっという間に落城させることができた。

ところが——。

金化城を攻めている間に、島津豊久が守る春川城を、なんと六万近くの明兵が攻め寄せて来て、取り囲んだのだ。明国から兵が駆けつけてきたのである。

ウォウ、ウォウと大声で威嚇《いかく》する明兵の声には、怒りと哀感が入り混じった独特の響きがあり、遠くまで鳴り響いた。まるで猛獣の虎が叫んでいるようにも聞こえた。

さぞや、城中の豊久の兵たちは心細いであろうと、義弘と久保は感じ、直《ただ》ちに援護救出に向かう準備を整えた。

此度の金化城攻撃の前に、義弘は、

——次弟の歳久が自害に追い込まれて死んだ。

との報を受けていた。

後に言う〝梅北の乱〟の首謀者であるとの誤解をされてのことである。〝梅北の乱〟とは、義弘に従って朝鮮出兵に行くはずだった薩摩国・湯之尾《ゆのお》城主で、島津水軍の指

正が治める佐敷城を占拠した上で、八代の麦島 城《むぎしまじょう》などを攻撃したのだ。朝鮮出兵中の加藤清
揮官でもあった梅北国兼が、肥後で起こした一揆騒動のことだ。

豊臣政権にとっては、政変にも繋《つな》がる一大事である。

もちろん、その意図は、「朝鮮出兵に反対」ということだ。だが、国兼は、敵将の松浦筑前守《ちくぜんのかみ》の策略によって殺害され、わずか数日で反逆行為は鎮圧された。国兼の首は名護屋城に届けられて、浜辺に晒《さら》され、妻も火炙《ひあぶ》りの刑に処せられたのだ。

名護屋城にいた秀吉は、朝鮮出征中の義弘が首謀者とは考えられず、義久か歳久によるものに違いないと執拗《しつよう》に調べさせた。

すると、歳久の家来が、一揆軍に大勢いたことから、

――歳久が首謀者。

だとキッパリと断定したのである。かつて薩摩の山中で、秀吉の駕籠《かご》に矢を放った疑いも残っていたからである。

直ちに秀吉は、すでに隠居して、龍伯となっている義久にその処分をさせた。歳久の首を取らねば、薩摩、大隅、日向三国すべてを取り上げると、直々《じきじき》に訴えてきたのだ。

まったくの誤解である。家臣たちは一戦交えて討ち死にすると気色《けしき》ばんだ。が、歳

久はこれ以上、島津家に迷惑をかけてはなるまいと、切腹を選んだのだ。しかし、かねてよりの風疾《ふうしつ》のせいで、脇差《わきざし》を握ることすらできない。家臣に介添えさせて、首を刎《は》ねさせたのである。

その報《しら》せとともに、残されていた義弘宛の遺書が届けられた。手足が不自由なので、読みづらい震えた文字であった。

『長年にわたる手足が痺《しび》れる病から、太閤殿下への奉公ができませなんだ。龍伯様のお情けにすがり、安穏と暮らしておりましたので、太閤殿下に仇《あだ》を為《な》すわけがありませぬ。私めの不徳によってご不審を被《こうむ》り、その罪をもって切腹致す。願わくは累代の御家のため、お許し下され』

無実の罪でありながら、仮にも部下がしたことゆえ、大将自らが潔く責任を取ったのだ。その気概《きがい》はさすが薩摩隼人だと、義弘は誇りに思ったが、胸にぽっかりと隙間が空《あ》いた。

九州征伐の直後、末弟の家久が死んだばかりである。しかも、秀吉による毒殺という陰謀も拭《ぬぐ》いきれないでいた。それに追い討ちをかけるような歳久への無慈悲な裁断を、義弘は絶対に許せないと思った。

——この怒りを何処《どこ》に向ければよいのだ……。

すでに歳久の娘婿・忠隣も、根白坂の合戦で討ち死にしている。家久の息子の豊久まで、こんな異国で死なせるわけにはいかぬ。家久亡き後は、自分の子として育ててきた。絶対に生きて、薩摩に帰らせると、義弘は心に誓った。

豊久も、義弘のことを実父のように思い、尊敬している。金化城を攻落したことも知っているはずで、春川城はなんとしても守ると肝に銘じているはずだが、如何にも多勢に無勢。島津軍が寡兵《かへい》戦を戦って来たとはいえ、異国の地で、しかも不慣れな城砦では心もとなかった。

すでに、豊久から救援の要請は受けており、久保は金化城に残して、毛利吉成《よしなり》、秋月種長《たねなが》、高橋元種《もとたね》らの軍を先発させ、義弘自身も応援に出向いた。それでも数千の軍勢にしかならず、斥候《せっこう》から聞いている明と朝鮮の混成軍五万には、数の上で負けていた。

明軍が出向いてきたとなると、金化城のような朝鮮兵だけとは強さが違うであろう。大砲を何門も備えてあるらしい。

――それにしても、明国からの応援は早すぎる。

と義弘は思っていた。

どうやら、秀吉が琉球王にも、島津の属国扱いをして兵役を課したとき、誰かが明国へ内通した節がある。薩摩に来ていた商人からも、秀吉の朝鮮出兵の計画が報されたとも考えられる。

事実、許儀後《きょぎご》という、秀吉にも謁見したことのある帰化人で、義弘の医学の師が、「朝鮮出兵の狙いは明の征服だ」という旨《むね》の密書を、海商に託して送っている。気付いた秀吉は、許を捕らえて、釜茹《かまゆ》での刑にしようとしたが、その野蛮行為を止めたのは徳川家康だった。

嫌疑は、義久にも向けられた。明国と組んで秀吉を狙うというものだ。だが、それこそ証《あかし》のないことだと訴えて許しを請《こ》い、許儀後を〝金創医〟という軍医として、島津軍に従軍させることで事なきを得た。

許儀後の密書が届かないとしても、琉球からは早いうちに、明帝に日本の動きは報されていたはずである。秀吉の動きは意外と早く、しかも、あっという間に平壌まで接近したことに、明国は驚いていたに違いない。

豊臣軍からすれば、この春川城を手にしていることが後の攻撃の要《かなめ》ともなるから、断固たる思いで守りたいはずだ。しかし、義弘の期待に反して、小西軍も加藤軍も後詰めで来る気配はなかった。

――島津軍の朝鮮出兵は、この地で戦死させて、御家を絶つのが狙いか。

と思った。

義久は島津家当主を退《しりぞ》いており、義弘が実質の当主であり、その継嗣の久保も朝鮮の地にいる。ここで果てれば、義弘の三男・忠恒が残ったとしても、義久ともども、どのような目に遭わされるか分からない。本能寺の変の後、主家の織田家を潰《つぶ》した秀吉のことだ。何をしでかすか分かったものではない。

なんとしても勝ち抜いて、帰還しなければならないのだ。その思いで、義弘は春川城に兵を向かわせた。

その前に、大軍が押し寄せてくるという、斥候らに偽の情報を流させていた。日本からは十五万の兵が来ていることは、相手も承知しているから尻込みするであろう。その上で、夜襲をかける計画を立てた。

呼応するように、豊久は得意の鉄砲隊で、敵を引きつけた上で猛攻撃をした。浮き足だったところを、城門から一斉に兵を駆け出させ、槍で突き倒していった。まるで千本槍のように、一枚岩となって突進してくる攻撃に、明と朝鮮軍は慣れていないのか、ちりぢりになって後退した。

その後方や横合いから、潜んでいた義弘の軍勢が襲いかかったのだ。激しい声に加えて、攻撃の太鼓や鐘の乱れ打ちなどを浴びせると、敵兵はまたもどんどん引いていった。遠くに予め用意しておいた無数の松明《たいまつ》にも、敵の援軍が来たと思って驚いたのであろう。春川城を囲んでいた明軍は、しだいに解かれていった。

「えいえい、おう！　えいえい、おう！」

島津軍の勝ち鬨《どき》は宵闇《よいやみ》に広がり、怒濤《どとう》のように押し寄せた日本の兵力に恐れをなし、敵軍は悉く《ことごと》姿を消したのである。

だが――。

武運もここまで、という展開になってくるとは、日本側の武将たちは誰ひとり思っていなかったであろう。物資不足もさることながら、異国の気候が敵となり、また今で言えばゲリラ戦のような民兵による遊撃によって打撃を受けることになるのだ。

三

年が明けて、文禄二年（一五九三）正月のことである。

明国の武将・李如松《りじょしょう》が率いる五万の大軍が、大きな山津波のように平壌に押し寄せて、小西行長軍を徹底して攻めた。

小西行長はさすが豊臣家で指折りの勇将である。娘婿で朝鮮出兵の案内役の宗義智らとともに、徹底して戦った。一進一退の攻防を繰り返したが、善戦虚しく、平壌を明け渡して逃げざるを得なかった。

李如松は遼東で一番の武将である。

父親は李成梁《りせいりょう》という明国の武官で、遼東一帯の統括官であった。先祖は朝鮮民族であるが、明国の軍人として勢力を拡大し、巨大な権力も得た。日本で言えば、信長や秀吉、家康のようにのし上がってきた武将であり、後に清《しん》国の太祖となるヌルハチを支えた傑物である。

その長男である李如松は、最も父親に似た豪の者で、体も大きく青竜刀や大刀《だいとう》という太くて重い薙刀《なぎなた》のような武器を、軽やかに扱う猛者《もさ》だった。その弟の李如柏《りじょはく》や李如《りじょ》梅《ばい》も、兄に負けぬほどの勇将で、此度の日本軍による朝鮮出征に抗して果敢に戦っていた。

まさに島津四兄弟の如《ごと》く、強い絆《きずな》で結ばれているようであった。

総大将である李如松の猛攻は日々、激しさが増し、小西軍を追いやって、平壌を奪還したのである。その上で、八道の各地に陣取っていた日本軍を分断するために、連絡を断ち切った。

そのため日本軍の各軍隊は統制がうまく機能しなくなり、一旦、漢城まで撤退せざるを得なかった。それでも、まだ勝ち目は秀吉軍にあるはずだと、各将は信じていた。

だが、連絡が途絶えたため、小西行長軍はまだ戻らず、加藤清正軍も咸鏡道の甲山《カプサン》に陣取っていたままだった。漢城からは十数日の距離である。そこで、まったく孤立してしまったのだ。その上、民兵による突然の奇襲や火事なども起こされ、悲惨な状況に陥っていた。

そこで、また石田三成は島津の陣営を訪ねてきて、

「なんとか、清正殿の応援に行ってはくれませぬか。孤軍奮闘してるようだが、はっきりと状況も分からぬのです。伝令係の行方《ゆくえ》も不明で、このままでは敵軍の餌食《えじき》になってしまいます。どうか、どうか」

と頼み込んだ。

義弘の家臣の中には、都合のよい時にだけ頼みに来るなと言い返した者もいる。金化城を攻落させた時も島津軍頼み。そのくせ、春川城の豊久軍救援には誰も来なかった。

「一体、誰が、この戦を仕切ってるのだ。石田様は軍奉行という役職を担っているようだが、戦の何を分かっておる。兵糧調達をしておればよいのだ」

相変わらず伊集院忠棟は反発したが、敷根《しきね》や猿渡など義弘直参《じきさん》の荒武者は、自分た

てるようなことは薩摩武士の名折れだというのだ。

「よかにせじゃのう。よし、ならば三百の鉄砲隊を付けて、甲山の加藤清正殿の本陣まで一気に行くとするか」

むしろ家臣たちを意気に感じて、義弘も立ち上がった。

その途中でのことである。漢城へと撤退している軍勢に出くわした。明軍や朝鮮軍や民兵からの急襲を警戒してか、幟《のぼり》も旗も下ろしてある。覇気のない落ち武者のようだった。

「おう。大友義統殿の軍ではござらぬか」

敷根が気付いて、相手の将兵に声をかけた。すると、明軍が攻めてきているから、早く逃げた方がよいと助言してきた。

その遣《や》り取りを聞いていた義弘が近づいてきて、大友義統に向かって、鶴賀城の合戦以来だと声をかけた。

「我らは今、加藤清正軍の救援に行くところだ。義統殿、おぬしは小西行長殿の救援に駆け付けていると聞いたが、進軍の向きが違うのではないか？」

「いや、それが……小西行長殿は討ち死にしたとの報が……」

「なんと、まことか!?」

「さよう。それゆえ、もはや行くに及ばぬと……」

「残された兵もおろう。見捨てるのか」

「大将が倒れたのだ。後は何とか自分たちでするであろう。御免」

「また逃げるのか！」

義統はその場から急いで立ち去った。

怒声のような声を義弘は浴びせたが、義統軍は漢城へ急いだ。

後に分かったことだが、小西行長は生きていた。それを承知で、大友義統は敵前逃亡を図り、先鋒として善戦してきた小西行長を見捨てたのである。そのことを知った秀吉は、大友義統を改易《かいえき》にして、幽閉した。

だが、この時、義弘は、小西行長の撤退は聞いたが、戦死したとの報は受けていない。ゆえに加藤清正に援軍を送る一方、小西軍にも寡兵だが派遣した。

いずれも撤退戦となったが、加藤清正も危うく討ち死にかと思ったところへ、島津軍が応援に駆け付け、明兵と激しい戦闘を繰り返した。自軍にも犠牲を出しながら、ようやく加藤清正軍共々、漢城まで引き上げることができたのである。

その道々、加藤清正は涙ながら、

「島津殿の恩義は一生、忘れぬ。遅参したことを、からこうたりして、まこと情けないことをした。許されよ」

と詫びたという。

この撤退戦において、島津軍に救われたのは、小西や加藤軍だけではない。碧蹄《ピョクチェ》館《グァン》の戦いでは、立花宗茂、小早川隆景、毛利元康《もとやす》、吉川広家の四軍二万人にして窮地に陥ったとき、義弘はすぐに有馬晴信ら百騎の援軍を鉄砲隊と共に送り、得意の奇襲戦法や〝釣り野伏せ〟などで明軍を混乱に陥れ、大勝利に導いた。

この碧蹄館の戦いは、李如松が平壌を奪還した勢いに乗じて、一気に漢城まで下り、日本軍を蹴散《けち》らそうという大作戦であった。李如松が提督として率いるのは明軍の二万の軍勢。受けるのは、立花宗茂や小早川隆景も同じく二万の兵である。

明軍の李如松が登場したことによって、散らばるように逃げていた朝鮮軍も徐々に集結し、漢城を奪還するために迫ってきていた。偵察隊同士の小競《こぜ》り合《あ》いから始まったが、それは日本軍が数十人の死者を出し、一方的に負けた。

先鋒の小西軍と加藤軍、島津軍は強いが、それ以降の軍は弱い。黒田長政、石田三成、宇喜多秀家など本隊の兵なら、明兵ひとりで三十人は倒せるだろうという情報が、明軍の中で広がっていた。事実、この合戦に本隊は参加していない。

騎兵中心の明軍と歩兵中心の日本軍は、激突したが、碧蹄館周辺には狭い谷間が多く、さらに前夜から降っていた強い雨のせいか、泥濘《ぬかるみ》が多く、圧倒的に日本軍に有利だった。

李如松を中心に、李如柏、李如梅兄弟も奮闘したが、明軍は六千人もの死者を出し、撤退するしかなかったのである。日本側にも数百人の犠牲があったが、この勝利によって、勇将で知られた李如松も傷心のうちに、引き下がったのだった。

しかし、日本側も決して歓喜には包まれていなかった。

十五万の兵を送り出しながら、その十分の一ほどの兵を失っているのだ。しかも、朝鮮の身を切られるような冬の厳しさに凍え、各軍の兵卒たちは辟易《へきえき》していた。漢城を押さえているとはいえ、民兵による急襲は増え、食糧まで燃やされる。

寒さと飢えは、日本での合戦場では経験することが少なく、戦う前に負ける気がして、士気も下がってきていた。中には何処へ行ったか、逃走した兵もいる。

各陣中には、小屋などに囲炉裏《いろり》を切って、炎を絶やさなかった。ほとんどの軍は、身分に応じて、暖の取り方が違った。大将は炎の近くで、足軽《あしがる》は遠い所から温まった。

だが、島津軍は違った。大きな囲炉裏や焚《た》き火を中心に、武将も足軽も関わりなく、炎に向かって足を投げ出しているのだ。もちろん、義弘自身も、その輪の中のひとりとしている。そして、なけなしの酒を酌《く》み交わしながら、なんやかやと談笑していた。

「島津家の人たちは、主君も家来もないかのように、一緒に暖を取っておられるな。しかも、とても楽しそうだ」

加藤清正の軍兵のひとりが声をかけると、すぐに島津兵の山路種清という者が答えた。根白坂の合戦の折、忠隣の末期の水代わりに、山桃の実を差し出した後藤兵衛である。

「義弘様は、若い頃から、領民とこのようにして車座になって、飲んで喋《しゃべ》って、わいわい騒ぐのが好きじゃったと。ああ、上のもんも下のもんも関係なかちゅうて、和気藹々《あいあい》となんでんかんでん話しとったとよ」

殿様というのは、民情を知るだけではなく、艱難辛苦を共にするものだ。ましてや、今般のように異国で大変な目に遭っている時こそ、助け合わねばなるまい。それが薩摩隼人の精神だとも語った。

「なるほど……島津軍の強さの秘訣が分かったような気がする。我々も学ばねば」

軍兵らの話を聞いていた加藤清正も、感服していた。

かくして――李如松の敗北を受けて、明国の方から和睦《わぼく》の申し出があった。

その報を聞いて、義弘はほっとした。どのような和解がされるか分からないが、戦を終えて薩摩に帰ることができると思ったからだ。この冬の寒さは厳しく、老境に入った体には厳しくもあったが、息子の久保のことの方が心配だった。連戦の疲れもあり、咳《せ》き込むことが増えていたからだ。

交渉は日本側からは小西行長と宗義智が赴き、明国からは沈惟敬《しんいけい》という高官が訪れた。話は徐々に進み、謝用梓《しゃようし》、徐一貫《じょいっかん》という明国の使節とともに、日本の名護屋城にて秀吉と面談することとなった。

秀吉の出した講和条件は、

――明国皇帝の娘を日本の天皇の后《きさき》にすること。

――明国との勘合貿易を復活すること。

――両国の大臣が交渉する誓詞を交わすこと。

――朝鮮八道のうち南の四道を日本へ割譲すること。

――捕虜にしていた朝鮮王・宣祖の王子ふたりを朝鮮に返すこと。

――朝鮮の重臣に、日本に背《そむ》かないように誓わせること。

――新たに朝鮮の人質を日本に送ること。

の七ヶ条であった。

婚姻して血縁を深めるとか、親兄弟を人質に差し出すという日本の風習を押しつけており、朝鮮への支配権も示唆《しさ》している。

到底、明国が受け入れられる条件ではなかったが、沈惟敬は弁舌爽やかな人物なので、概《おおむ》ね了承したふりをして、内容は別のものを明国皇帝に報告した。

この沈惟敬という男は、平壌において、小西行長と五十日間の休戦を結びながら、その間に準備を整えて、李如松に総攻撃をさせた策謀家である。決して油断はならなかった。

ただ、小西行長自身も、秀吉の〝和議七ヶ条〟は無理難題過ぎると思っていた。もし、そのまま明国皇帝に伝わると、本気で日本に攻撃してくるであろうと危惧《きぐ》した。腹で探り合いをしながら、いわば〝事務方同士〟の落としどころを探していた。

策謀家といえば、秀吉も変わりない。この明国との交渉の裏で、晋州城《チンジュソン》への攻撃を指示していた。近くには李如松の居城があるので、復活して来るのを制するのと、南の四道を完全に押さえ込んで、日本への割譲を優位に運ぶためである。

晋州城攻めの総大将は宇喜多秀家で、島津義弘には攻撃隊を離れて、李如松の動向を見張る役目を頼んだ。連戦の疲弊を気にかけた配慮でもあった。

しかし、義弘は加藤清正とともに、先鋒として戦いたいと申し出た。頑固な義弘をおもんぱかって、宇喜多秀家は自分が監視役として残り、細川忠興、長谷川秀一、新《しん》庄《じょう》直定《なおさだ》ら二万の軍勢を引き連れて向かうこととなった。

だが、息子の久保としては父親のことが心配である。幾ら堅強な体とはいっても、戦では何が起こるか分からない。

「ここは私めに任せて、父上は本陣にてデンと構えておって下され」

言い出したらきかないのは久保も同じで、懸命に説得した。

「父上の竹馬の友、川上忠智様は小田原征伐には私と一緒に行きましたが、今は伏見におられ、五代友慶様も肥後に控えておいでです。此度の合戦も息子たちに任せておられるので、父上もどうかご自愛のほど」

「ちょこざいな。ならば、おまえが先頭を切ってみせよ」

「もちろん、そのつもりでございますれば」

威勢良く本陣を飛び出し、馬上の人となって駆け出すのを、義弘は頼もしそうに見送っていた。ただ、ふいに過《よ》ぎった小さな不安が、義弘の胸に引っかかっていた。

明国との和議交渉は順調に運んでいると聞いている。にも拘わらず、晋州城という重要な城を奪いにかかるとは、裏切り行為と取られないか、それも気がかりだった。

——秀吉の考えることとは、まったく分からぬ。これもまた、無駄な戦になるかもしれぬ。その分、敵味方関わりなく人の命が散ってしまうからだ。

此度の戦も、石田三成による食糧や物資が確保できたために、優位に運んだ。伝令の報告も歓喜に溢れるものばかりであった。

だが、小さな不安が適中したのか、久保が大怪我をして戻ってきた。自力では歩けないほどで、家来たちが運んできたのだ。意識は微《かす》かにあるものの、口もろくに動かせない。顔は青ざめて、勢い勇んで出陣したときの姿は見る影もなかった。

先陣を切って突進したのだが、その橋には敵の仕掛けがあったようで、崩れた橋桁《はしげた》ごと深い谷川に転落したというのだ。金創医の許儀後が傷の治療をしたが、頭を強打したのか、しばらく休養が必要とのことだった。

義弘は息子の姿を見て狼狽《ろうばい》するどころか、冷ややかに、

「愚か者めが。血気の勇を戒めろと、常日頃から言うておるのに」

血気とは感情の高ぶりのままに逸《はや》ることで、決して勇気とは違う。『論語』でも、「暴虎《ぼう こ》馮河《ひょうが》死して悔いなき者はわれ与《とも》にせざるなり」と無鉄砲な行為は無駄死にとなると戒めている。

「結果として、他軍にも迷惑をかけているではないか」

叱《しか》りつけるように義弘は言った。

だが、戦闘に出向いている宇喜多秀家、加藤清正、小西行長の各軍からも、副将級

の者が伴走して帰っており、懸命に庇《かば》った。

「義弘様のお怒りもごもっともかと存じまするが、敵の攻撃があって我らが先陣を切れないところを、久保殿が突破しようとしたのです。叱らずに、褒めてあげて下さいませ」

「さよう。久保殿のお陰で、後続軍が城域に押し込むことができ、我らの本隊に加え、毛利秀元《ひでもと》、小早川隆景軍も攻撃することができております。一番の手柄でございます。

一同、感謝しております」

などと久保の武勲を讃《たた》えた。

戦況を伝え聞いてから、義弘は小さく頷いて、

「皆の衆もご苦労である。何より、太閤殿下のご命令を敢行することができ、立派であった。貴殿らの大将にも、輝かしき武功を立てた上で、無事に凱旋するよう伝えて下され」

と堂々と戦国武将らしく言った。

晋州城側は、籠城《ろうじょう》を主張する朝鮮軍と討って出ようとする明軍の対立があるらしく、結局、集結したのは朝鮮軍七千余りと避難民同然の民兵たちだけであった。軍勢の数と戦法によって、日本軍の勝利は明らかで、城主もついに討ち死にし、兵はみな城を

捨てて逃げたのである。

城から兵が四散する光景は、あまり日本では見られないゆえ、日本軍は大いに沸いたという。

この合戦の後、明国との和議も整いつつあることに鑑《かんが》み、島津軍も一旦、釜山に引き上げることになった。

久保の傷は芳《かんば》しくなく、加えて栄養不足やかねてよりの咳などが影響し、眠るように亡くなった。側《そば》にいた義弘は、息子が息を引き取るのを、不動明王のような目で見つめていたが、死ぬ間際に、そっと手を取った。

「――かように、ごつごつした手だったかのう……」

日向の飯野城や加久藤城で、母親の周りを走り廻《まわ》っていた幼子の頃の久保の姿が浮かんだ。色白で柔かな肌であった。

甘えん坊だったが、三歳違いの弟・忠恒が生まれると急に兄らしい態度になり、よく面倒を見ていた。勉学や剣術にも励んだ。幾多の合戦も共にしたのに、不思議と子供の頃の顔ばかりが、ふいに込み上げてくる。

「済まぬ……おまえを守ってやれなかった……俺のせいじゃ、久保……許せよ……」

考えてみれば、島津が秀吉に降ってから、久保が犠牲になり続けていた。人質にされ、合戦に引っ張り出され、此度も和睦中の余計な戦であった。

久保のように、命を落とし、悲しむ親兄弟が幾千、幾万もいる。その大切な命を散らせてきたのは、戦国の世の不条理ではない。自分が命じたからだ。俺のせいだと、義弘は心の中で叫んでいた。

さらに久保の手を強く握ると、だらんとなっていた手が、ほんのわずか握り返してきた。義弘がさらに力を込めると、

「――申し訳ありません、父上……」

とだけ消え入るような声で言って、ひっそりと息絶えた。

義弘は愕然《がくぜん》となって、久保に抱き縋《すが》り、声を押し殺して泣いた。決して涙を見せぬ男が全身を震わせ、やがて堰《せき》を切ったように号泣《ごうきゅう》するのだった。

――鳴く虫の声は霜をも待つやらで　あやなく枯るる草の原かな……

まだ二十一歳になったばかりであった。

四

母親の宰相殿こと真那も、訃報に接して何日も泣き崩れていた。最初の子を幼くし

てなくしていたから、これからだという若い息子の死は受け容《い》れがたかった。

武将の家に生まれたからには、いつ命を落とすか覚悟は出来ていたとはいえ、異境の地での思いがけぬことに、母親は何ともすることができなかった。しかも島津家の嫡男であり、その才覚も一族が認めているところだった。無念としか言いようがない。

義弘は筆まめで、朝鮮の戦地からも頻繁に妻に手紙を送っていた。日頃の細やかなことや息子の様子も書き添えていたが、愛妻に対する思いを恥ずかしげもなく綴《つづ》っていた。

「今宵《こよい》はそなたを夢に見て、たった今逢《あ》ったような気がします。よい便りがあったら同じ事でもいいから手紙を寄越してくれれば嬉《うれ》しいです」

「そちらは何事もなく目出度《めでた》いことです。私もいよいよ白髪《しらが》が増え、老いの波の立ち重なる面影、朝、鏡を見ると、我ながら呆《あき》れ果ててしまいます。さてさて対面すれば、人違いかと驚くに違いないと思うばかりです」

「世間並みなら、年月の暮れゆくのは惜しむべきものですが、早々と帰国する時を待ちかねているからでしょうか、月日が経つのが遅い気がします……」

などと、戦国武将とは思えぬような妻への書きっぷりである。かように、いつもは剽軽《ひょうきん》な雰囲気の義弘だが、息子の死はあまりに衝撃だったのであろう。言葉少なだった。

義弘の胸に去来するのは、二年にわたる朝鮮での戦は何だったのかという思いだ。

久保が亡くなってすぐ、三男の忠恒が朝鮮まで駆け付けてくれた。秀吉は、「派兵に関わることゆえ勝手は許さない」と許可を出さなかったが、石田三成の差配で、傷心の義弘を慰めにかけつけることができたのだ。

だが、義弘は忠恒にまで同じ危難が及ぶことを心配して、ずっと側に置いていた。

この間、秀吉の要望通り、家臣をひとり犠牲にしながら、〝虎退治〟をし、その頭や毛皮、肉を塩漬けにして送った。日本では手に入らない高価な薬である、朝鮮人参も見つけて贈り物として届けた。

ようやく帰国の許しが出た代わりに、忠恒が朝鮮に滞留させられ、義弘だけが薩摩の地を踏むことになった。明国との講和が進めば、朝鮮の地にいる忠恒の身も安全だと思ったからだ。

久しぶりに見る鹿児島湾（錦江湾）に聳《そび》える向島（桜島）の勇姿に、義弘は思わず涙がこぼれてきた。

「――俺も年じゃ……涙脆《もろ》うなってきた……」

一刻も早く平和が訪れて欲しい。そう願っていたが、あっさりと事態は急変した。

再び、朝鮮渡海の命令が下ったのだ。

明国からの使者が、秀吉に奉呈した国書には、日本側が出した朝鮮支配に関する条件などには全く触れておらず、

——秀吉を日本国王に任ずる。

という明帝の臣下に置くような通達だけであった。

これに対して秀吉は怒り心頭に発し、即刻、朝鮮出兵を唱え、十四万の兵を注ぎ込んだのである。加藤清正や小西行長に至っては、軍命が下る前に釜山に到着していた。

義弘が朝鮮にて戦火に喘《あえ》いでいた間に、秀吉の身辺がガラリと変わっていた。側室の淀《よど》殿に男の子が生まれていた。後の豊臣秀頼である。名護屋から急遽《きゅうきょ》、大坂に戻って溺愛《できあい》したが、豊臣家の継嗣とされていた秀次は俄《にわか》に体調を崩し、心を病《や》むようにもなった。義弘から送られた、滋養に効くという虎の骨や朝鮮人参を処方したが、あまり改善はされなかった。

そして、突然の切腹事件である。秀次に謀反《むほん》の疑いが持ち上がったのだが、まったく真相不明のまま、毛利家など諸大名が取りなしをする中、伏見城へ出頭させられた。だが、秀吉に会うこともなく、高野山送りとなり、その後、切腹となった。

——実子を嫡男にしたくて、秀次を葬ったのであろう。

と誰もが考えていたが、余計なことを口には出さなかった。

かねてより、秀吉の朝鮮出兵には反対しており、後陽成天皇に、止めてくれるよう勅書を出して欲しいと嘆願したのが引き金になったとも言われている。が、真相は分からないままだった。

秀次は大坂城を逃れ、薩摩に渡って生涯を過ごしたという伝説が残っているが、義弘が秀吉と対立しながらも、秀次を大切にしていたからであろう。

とまれ、秀吉の怒りに任せるままに、再び朝鮮に行くことになった島津軍には、新たな軍役が重なった。

兵一万二千五百、船頭二千、船百二十艘、馬三百五十頭……領民たちに、どう説明して良いか、義弘はもとより家老たち重臣は困り果てていた。だが、如何《いかん》ともしがたく、朝鮮で戦死した兵士の母親や妻たちの心が癒える間もなく、また息子や亭主を差し出さざるを得なかった。

此度の合戦では、島津豊久が率いる水軍が滅法、活躍した。

龍造寺隆信を倒した沖田畷の合戦では、父の家久とともに、まだ元服前ながら死ぬのを覚悟で戦って、勝利に貢献した。その後、父の不遇の死を乗り越えて、二十八歳の勇将になっている。

秀吉の軍門に降ってからも、久保と共に小田原征伐、朝鮮出兵に従い、春川城にて、六万の明兵にたった五百で籠城戦をもって撃退した猛者に成長している。晋州城攻略の折も、豊久軍による一番乗りがなければ、容易に落とせなかったかもしれぬ。

騎馬はもとより、軍船の扱いにも長《た》けている。さすがは薩摩水軍らしき戦いぶりで、倭寇であった島津尚久の才覚を受け継いだのかもしれぬ。尚久は豊久から見れば大叔父で、若き頃の義弘を琉球に連れていった海将だ。

――海路を制する方が勝つ。

豊久はそう確信して、敵の戦船には大砲を仕掛け、はたまた攻めてくる船には、竹で作った筏《いかだ》で船底や櫓《ろ》、舵《かじ》などの動きを止めてから、伏兵に枯れ柴などを船内に投げ込ませた。その上で、火矢を放って、悉く火事にしてしまうのである。

城を燃やすことの応用だが、土塁《どるい》や石でできた砦とは違って、木でできている船は面白いように炎が広がった。逃げ惑って海に飛び込む敵兵を鉄砲や矢で狙い撃ちにし、あっという間に、対馬と釜山の海域は、日本の水軍が制したのである。

一方、陸も奥へと進軍し続けた。いわゆる〝文禄の役〟の経験を充分に生かし、我が国内の如《ごと》く突き進んだ。

島津義弘軍と加藤嘉明軍は、慶尚道や全羅道《チョルラド》を制覇しながら、全州城《チョンジュ》へと向かった。

この城には、明の猛将・陳愚衷《ちんぐちゅう》が三千の兵で守っていた。

だが、島津軍はその城の周りに高楼を建て、そこから鉄砲を撃ち、濠《ほり》を土で埋めて、梯子《はしご》を掛けて一斉に城に乗り込んだ。根白坂などで見せた戦法だが、あっという間に落城しそうになった。

かつて、李如松の部下だった名将・楊元《ようげん》も遼東から三千の兵を率いて、南原城《ナムウォン》に応援に来ていた。が、こちらも島津軍に攻められ、孤立した上で落城しそうになると、楊元も逃げ出した。それを追うように、陳愚衷も城を捨てて逃げた。

「それでも武将か！　明国にも朝鮮にも、討ち死にする覚悟の武人はいないのか！」

義弘の三男・忠恒は、亡き久保の分まで戦うと、敵将を追いかけたが、陳愚衷も楊元の首も取ることができなかった。もっとも、このふたりは、後に明国皇帝に敵前逃亡の咎で処刑されている。

次々と占領地を広げていった義弘は、一般の人々に危害を加える気はない。

――百姓は国に帰って農耕に励め。

――隠れ潜んでいる官人を差し出せば報償を渡す。

――みだりに人を殺す日本人がいたら、島津義弘に訴え出よ。

などの高札を立てた。

これは日本軍に対する牽制《けんせい》でもあったが、物盗《ものと》り、人殺し、強姦などは少なからずあった。だが、島津の本陣にある十文字紋の旗や『島津』という文字を見ると、住民たちは安心して、食糧などを納めにきた。

義弘の「義」の心は、異国でも通じたのである。

だが、その一方で、何のために戦っているのかという忸怩《じくじ》たるものが膨らんできていた。文禄の役のときもそうだったが、今般の〝慶長の役〟では、自分たちが悪党にしか思えなかったのだ。

いつ果てるともない戦に、百戦錬磨の六十三歳の義弘にして、虚しさを覚えていた。

鍋島直茂、長宗我部元親、藤堂高虎らが全羅道――加藤清正、黒田長政らが慶尚道――毛利秀元が忠清道《チュンチョンド》――など内陸を攻めている間に――義弘は慶尚道沿岸、泗川《サチョン》に倭城を造った。倭城というのは朝鮮からの呼び名だが、戦国時代に培われた築城術は、防御力が高くて実戦的であった。ゆえに、一度も明・朝鮮軍に攻落されていない。

だが、この島津が守る泗川の新城に、明提督の董一元《とういちげん》が率いる二十万の大軍が攻め寄せてきたのである。

これまでの合戦でも、島津軍は物凄《すご》い数の明軍には辟易《へきえき》としていた。倒しても倒しても、まるで亡霊のように次々と、平原の向こうから押し寄せてくるのである。自軍の弾丸《たま》の数より敵兵の方が多いのではないかと、恐ろしくなるほどである。此度の軍勢も、荒れ狂った津波のようであった。

董一元の兄も勇将として知られていたが、その兄に勝るとも言われていた。知略に長けるとも聞いていた義弘は、散らばっていた兵をすべて泗川に集めたが、それでも一万に満たなかった。

だが、島津軍はたった五百で二万の明軍を撃破したという報も、敵に伝わっていた。数の違いに驕《おご》ることなかれと、董一元は全兵に通達していた。

「かくなる上は、死に場所にするしかなか」

義弘は肝を据《す》えた。何十回、このような覚悟をしてきたことであろう。急いで城を修復して万全を尽くしたが、日本軍全部を集めても董一元軍の数に及ばぬ。義弘の考えとしては、

――泗川城に敵を集中させ、その間に加藤、宇喜多、藤堂、黒田、長宗我部ら全軍が、明軍を取り囲んで制圧する。

ことを狙っていた。

その陣中に、ひとりの民兵がやってきた。董一元の使者だという。門兵は怪しんで突っ返そうとしたが、義弘は城中に招き入れろと命じた。戦の作法は、異国も同じと

見える。伝令役を殺してはならぬ。

董一元からの文には、

「そもそも此度の侵攻に日本軍に大義はない。明国皇帝との和議を反古《ほご》にしたのは、豊臣秀吉である。明軍百万をもって攻めるによって、倭兵は死地にある。すみやかに帆を揚げて帰国すれば、身を保つことができよう」

という警告が記されていた。

義弘は冷静に読みながら、胸中にあるものは置いたまま、

「戦わずして、屈する道は選ばぬ。大軍を見て逃げ出す愚兵はひとりともおらぬ」

と返した。

城を捨てて逃亡ばかりしている明国武将への批判も込めていた。その旨を受けて立ち去ろうとした使者が、ふいに声をかけた。

「恐れながら、義弘様。私は今、上官の命によって、かような姿をしておりますが、その節は大変、お世話になりました」

「なに……?」

「もう十五年以上も前になりますが、琉球を経て薩摩坊津に流れ着いた明商人でございます。逗留《とうりゅう》の許しを得て、孫次郎《まごじろう》という名まで頂き、島津家家臣の頴娃久虎《えいひさとら》様に

仕え、長年、日本人として暮らしておりました」

本名は張昂《ちょうこう》という南京人である。にこりと笑うと、目の下に大きなえくぼができた。

「おお。あの〝けすいばっ（剽軽者）〟の孫次郎か……これはまた妙な縁よのう」

愛嬌《あいきょう》があって明るいが、継母から毒殺されそうになって日本に逃げた事情もあった。久虎の死後、南京に帰り、今般は通事として来ているという。

「義久様はもとより、歳久様にもお世話になりもした。薩摩は気候も良く、人柄もよく、楽しかったとです」

「さようか……董一元と戦うのは、これも運命《さだめ》と心得ておる。だが、おまえなら、薩摩鉄砲隊の威力も知っておろう。百発百中じゃ。そのことも大将に伝えよ……死ぬなよ、孫次郎」

「義弘様もお達者で。ご武運を祈っておりもす」

わざと薩摩訛《なま》りで深々と礼をすると、城から馬を駆って立ち去った。

果たして――。

明軍二十万は一斉に攻撃してきた。大声と共に、壁が迫ってくるように見える。

さしもの島津軍も驚きと恐怖を隠しきれなかった。

明軍は性能の良い大砲も備えており、堅牢な石垣を積んだ泗川城が破壊されるほどだった。さらに、隙間もなく塊《かたまり》となった兵隊が濠を埋めながら渡り、わずかに外に反っている塀を、蟻のように這《は》い登ってくる。

島津軍の鉄砲隊は、連弾で敵兵に向かって火を噴いたが、壁から落下する兵よりも、手を差し伸べながら壁を登ってくる兵の数の方が多い。徹底した人海戦術である。

そのときである。

「狐《きつね》様じゃ！　狐様じゃぞ！」

という声が、島津軍勢の中から湧き起こった。

二匹の大きな狐が表門から、敵中に向かって駆け出したのだ。

その姿は、城郭の楼や櫓《やぐら》など、どこからでも見えた。島津家の守り神、稲荷《いなり》明神の使いだと騒ぎ始めた兵たちは、士気が湧き上がって、猛然と反撃を開始した。

だが、敵は圧倒的な数である。しかも、これまでの軍隊と違い、大砲や鉄砲など火器が多い。火薬もふんだんにあり、爆竹のようなものも城兵に対して投げられた。

さらに城をぐるりと取り囲んで、火薬庫に目星をつけるや、そこを集中的に狙って大砲を撃ち込んできた。

——ドドン、ドドドドン！

空一杯に雷鳴が広がると同時に地震が起きたように揺れた。火薬庫が大爆発し、同時に城内のあちこちに炎が上がった。

「うろたえるな！　今こそ、島津魂を見せてやろうぞ！」

城門を開けると、真っ先に馬に跨《また》がった島津忠恒が飛び出していった。同時に、歩兵たちも槍を突き出して突進したので、門近くまで来ていた兵は、突然の反撃に驚いて後退し始めた。

「えいやア――！」

そのまま、忠恒は塀の中に突っ込み、次々と敵兵を槍で突き倒した。

さらに馬から飛び降りると、忠恒は得意の太刀を振りかざし、まるで藁《わら》人形でも斬るように倒していった。

仰向《あおむ》けに倒れると人は、ほとんど抵抗ができなくなる。将棋倒しで崩れた民兵たちは悶《もだ》えるだけだ。敵将も恐れをなして、逃げ出すと、他の兵も逃げ出した。接近戦が強い槍と鈍のような大刀の違いもあろうか、有利に戦いは運んだ。

だが、敵兵が去ると深追いはせず、すぐさま忠恒たちは城へ引き返して、門を閉じ、次の敵襲に備えた。

城の四方は敵だらけで、徐々に間合いが狭くなっているのが、手に取るように分かる。特に泗川城の北西一帯の丘陵には、より多くの明兵が集められており、一気呵成に攻め下りてくる気配に満ちていた。

だが、島津軍の別働隊も、北側の山頂に密《ひそ》かに陣取っていた。城に攻め入れば、その背後を突く作戦である。

「うおお！」

明兵たちが束になって、城の側面を攻め始めた。だが、島津軍はじっと耐えるように待っている。引きつける。とにかく、引きつけて反撃に出るのが、島津流である。

案の定、敵軍は北面を攻めてきた。櫓からは手に取るように分かる。あまりにもの数で、その勢いで城壁が破壊されるのではないかと思った。だが、その兵隊に向かって、百発百中の鉄砲隊が、間髪《かんはつ》入れずに撃ち込んだ。

思わず退却する明軍に向かって、北山からも大砲を撃ち込んだ。たちまち、民兵たちは逃げ場を失い、ちりぢりになった。さらに、泗川の古城に潜んでいた伏兵を出して、隊列の横から突っ込み、明兵に扮していた〝山くぐり〟たちが明軍の大砲に近づき、爆破させたり、手裏剣攻撃を浴びせた。

間合いを見計らい――義弘自身も東大手門から飛び出して、敵兵を薙《な》ぎ倒した。

その姿を見ていた家来たちも一斉に徒党を組んで、明兵に躍りかかった。しかも、三人で一人を討つという業《わざ》を徹底して、確実に仕留めていった。

明兵が退却しようとすると、また背後に、北山から大砲が撃ち込まれる。混乱が新たな混乱を生じさせ、敵兵の三万が負傷する間に、島津軍の犠牲はわずか数人という信じられない展開となっていった。

明将にも、茅国器《ぼうこくき》や、葉邦栄《ようほうえい》、彭信古《ほうしんこ》、郝三聘《かくさんへい》、師道立《しどうりつ》、馬呈文《ばていぶん》などの名将が揃っていたが、攻めあぐねていた。義弘に使者として来た孫次郎は、日本語通事として、茅国器の軍にいた。

肝心の董一元本隊は、朝鮮の武将・鄭起襲《チョンジロウ》とともに、古城近くを流れる川から、攻め込めないでいた。これまた〝島津雨〟が影響したのか、流れが速く、水嵩《みずかさ》も高くなっている。狭い石橋は架かっているのだが、そこから攻めると、島津から狙い撃ちされる。

しかし、弾丸が尽きたかのように島津兵が引くと、明軍は一斉に石橋を渡り始める。そこへ、また矢を射かけ、鉄砲を撃ち込む。懸命に川を渡ろうとする兵は、被弾して溺《おぼ》れ死に、ようやく川を渡ったとしても、横合いから攻め込まれ、逃げ惑っているうちにまた川に流されていく。

さらに、義弘と島津の軍勢が門を開いて突進してきて、逃げ惑う明兵をまるで狩りでもするかのように追いかけ廻し、蹴散らした。ついに、何の援軍もなく、二十万の大軍を一万足らずの兵で、わずか一日の短期決戦で滅ぼしたのである。

生き残った敵兵は全員、逃亡した。死屍累々《るいるい》と倒れ伏す平原に、義弘は全軍を集めて、

「此度の合戦、天晴《あっぱ》れである！　皆の者、よう戦った！　おまえたちはみな、島津の誇りじゃ！　薩摩隼人たい！　そして、よく聞くがよい。儂《わし》は見てのとおり、老木じゃ！　たった今より、島津家の大将は、此度の合戦で最も敵首を上げた、この忠恒である！」

と、若い頃のように朗々と発した。

家臣たちの軍勢からは、歓喜の声が一斉に沸き上がった。そして、戦の疲れなど吹っ飛ぶような大声で、

「エイ、エイ、オウ！　エイ、エイ、オウ！」

勝ち鬨は夕焼け空を超え、遠く日本に聞こえるほど勇壮に谺《こだま》していた。

微《かす》かに茜《あかね》さす十三地蔵塔の前――。

目を閉じて耳を澄ましていた若者、吉之助は、勝ち鬨の声に応えるかのように腕を上げ、茜色に染まる遠い空を見上げた。

「それが、鬼石曼子《グイシーマンズ》……鬼島津の謂《い》われでござるか」

「明人は、島津を〝石曼子〟と呼んでおり、明国の書物にも、『石曼子、泗川に拠《よ》る。北晋江の南を持し、南大海に通じ、東西の声援なる。薩州兵、剽悍勁敵《ひょうかんけいてき》と称す』と記されているらしか」

「そぎゃん恐ろしかったと……」

「明の総大将・董一元は、島津のことを勇敢だと褒め称《たた》え、加藤清正や小西行長が囲んでいる各城に伝令して、兵を解くように命じたとか……島津軍の強さに、他の軍勢も救われたちゅうこつたい。こん戦で、さすがに義弘公も死ぬ覚悟ばしたらしか。そんで、おいがもし死んでも、百万遍の経を読むよりも、忠恒をよろしく頼むと、家臣たちに頼んでいたとか」

「やはり、島津の守り神、狐が応援してくれたとですね。敵中突破をした二匹の狐が」

　吉之助が言うと、野守《のもり》は嬉しそうに笑って、

「ありゃ、儂が放ったんだ」

「え……」

「もっとも、忠恒様が考えなさったことで、予め何匹か狐を捕らえておってな、狐ば

敵に突進する姿を見れば、島津軍の士気が上がると、そう言うてな……」

「なるほど。それも立派な作戦たいね」

「じゃどん……朝鮮では味方の兵も仰山《ぎょうさん》、亡くなったし、大体が、この二度にわたる異国への出兵がなんじゃっとか、義弘公はずっと悔やんでおらした……誰でん、そう思うとったごつ……」

野守はそれから言葉が続かなくなった。

泗川の戦の後、小西行長が待っている順天港に向かった島津軍は、明軍の軍船と出会い、島津十文字の旗を奪われる事件に遭うが、敵船に乗り込んで奪い返した。さらに朝鮮の名海将・李舜臣《イシュンシン》とも激しく戦った。李舜臣は、わずか十二隻の亀甲船で、和船三百隻余りと戦い、島津軍さながらの善戦をした。が、名海将も島津軍の鉄砲の弾丸を受けて戦死したのだ。

小西行長軍の殿《しんがり》の役目を果たした島津は、釜山より帰途についたのである。

島津忠恒は石田三成とともに、義久の待つ伏見に行き、五大老らと面談後、秀吉の直轄領五万石を賜《たまわ》った。かくして、義弘の家督を正式に継ぎ、江戸幕府成立後は、薩摩藩藩主・家久となるのだ。

義弘が可愛《かわい》がりながらも、守りきれなかった末弟と同じ名である。

第十二話　燃ゆる桜島

一

茜色《あかねいろ》の空がすっかり暗くなり、鬱蒼《うっそう》とした樹々に覆われた十三地蔵塔は、葉先に残っていた雨滴で湿っていた。

雲間に淡い半月が浮かんだ。野守《のもり》と吉之助の顔にも月の光が差し込んでくる。

「朝鮮出征は、豊臣秀吉の死によって終わりを告げて、その後は、徳川家康が猛烈な勢いで天下統一に走り、豊臣家を滅してまで幕府を作ったとじゃが、他の戦国大名と違《ちご》うて、朝鮮出兵をしてなかったもんな。余力が仰山《ぎょうさん》、あったとじゃろ。上手《うま》いことをやりおった……義弘公は、そぎゃん男がいっちょう嫌いたい」

悔しさ混じりに呟《つぶや》く野守は、宵闇《よいやみ》が深まる中で、幽霊のように立っていた。少し離れた窪地《くぼち》には、ずっと降り続けていた雨が溜《た》まっており、刷毛《はけ》を引いたような雲と月が映っている。

「義久様は、太閤秀吉のことが、わっぜ嫌いだった。天下統一しても本音じゃ認めておらなんだもんで、九州征伐のときも断固、勧告状は拒んだし、朝鮮の役の折も出兵を渋ったとたい。そのお陰で、困ったのは義弘公じゃどん……辛抱しなはった」

野守は静かに言った。

「豊臣秀吉の死後は、五大老のうち徳川家康が一人勝ちの如《ごと》く勢力を強め、朝鮮出征は初めから反対じゃったとぬかしおった。ふん。自分は遠くでぬくぬくと、しっかり地固めをしておったとじゃ」

慶長五年（一六〇〇）の石田三成による関ヶ原の合戦《かっせん》には、義久は断固、関わるなと反対した。が、義弘は石田三成への「義」から、寡兵ながら参加した。徳川家康は東軍の総大将として、西軍を大敗に追い込み、戦後はすみやかに、豊臣家の直轄地を東軍に味方した武将に、恩賞として分け与えた。

「関ヶ原での顚末《てんまつ》は、もう話したが、義弘公は窮地に陥りながら孤軍奮闘し、敵中突破を断行して、家康の喉元《のどもと》まで攻めた」

その後、慶長八年（一六〇三）に、家康は征夷大将軍《せいいたいしょうぐん》の座に就き、徳川幕府を作り、まさに秀吉の権力を横取りする形で〝天下人〟となった。孫娘の千姫《せん》を、豊臣秀頼の正室にしたものの、豊臣家が徳川家の臣下になることはなかった。

だが、「国家安康」という家康の名前を分断した〝方広寺《ほうこうじ》鐘銘事件〟から、慶長十九年（一六一四）の〝大坂冬の陣〟へと発展することになるのだ。豊臣家にとっては、まったくの言いがかりであった。

さらに翌年の元和元年（一六一五）の〝大坂夏の陣〟で、十数万の兵で殺到する徳川軍によって、大坂城は燃やされ、灰燼《かいじん》に帰した。逃げ延びた千姫の嘆願も虚《むな》しく、秀頼は淀殿らとともに自害し、豊臣家は滅んだのである。そして、徳川幕府は堅牢な封建体制を敷いたのだ。

大坂の陣に際して、島津家には、豊臣秀頼から応援要請が来ていたが、

「豊臣家への奉公は、秀吉公の逝去をもって終えている」

として断った。

だが、結果的にではあるが、徳川家康にも与《くみ》しなかった。

「その頃は……藩主となっていた家久（忠恒）様が、薩摩国内の改革に大わらわでのう……朝鮮出兵から十余年が過ぎても、悪い影響はまだ残っておった。領内の貧困は増し、風紀も乱れ、日新公が残した数々の教えも薄れ、人心は荒廃していたとじゃ」

「…………」

「それに加えて、慶長十四年（一六〇九）の家康に命じられた〝琉球攻め〟……島津家にとって苦渋の選択であり、その戦《いくさ》の影響も薩摩領内に及んでいてな……難儀なことが続いておった……秀吉や家康は、島津を恐れておったというが、こいつらのせいで、薩摩はえらい目に遭《あ》わされた……」

恨みがましく話す野守は、池のようになっている水溜まりの前に近づいて、水底にくっきりと浮かんでいる月を見つめた。

「義弘公の琉球への思いは、強かですもんね……」

吉之助が声をかけると、水溜まりを覗《のぞ》き込んだまま、野守は続けた。

「ああ。琉球は好きな所だし、古来、薩摩とは深い付き合いがある。そもそも幕府がなんでん薩摩にそげなことを命じるとか。攻めろちゅうこと自体が、おかしなこつたい」

野守はまた昂《たか》ぶったように声を震わせ、

「朝鮮から帰ってすぐ、義弘公は、剃髪《ていはつ》して入道し、惟新斎《いしんさい》と名乗ったがのう、尊敬している祖父の日新斎にあやかったものちゅうことは、ご当人も言うとらした。慶長四年（一五九九）のことじゃった……その翌年には関ヶ原の合戦……もう家督も譲っておるし、本来なら、義弘公が行くことはなかった。しかも、あのご老体で……」

世に言う〝島津の退き口〟によって、徳川家とはさらに険悪になった。徳川家康が、加藤清正に命じて攻めさせて来るという噂《うわさ》まで立つようになった。義弘は薩摩に命からがら帰還するなり、肥後国境を固め、日向海域を船で見張りをさせ、防戦体制を取った。

だが、徳川側の井伊直政や伏見奉行・山口直友《やまぐちなおとも》、島津側からは本田親貞（義久の家老とは別人）や義弘の家老・新納旅庵、鎌田政近が積極的に、和平交渉に当たった。お互いに近衛前久と親しいということもあり、なんとか和睦《わぼく》に至り、薩摩、大隅、日向諸県を安堵《あんど》された。

井伊直政は、関ヶ原の合戦では、義弘を後一歩というところまで追い詰めながら、狙撃を受け大怪我《おおけが》をしている武将だ。その折、義弘の甥《おい》の豊久は、井伊軍に討たれている。そういう激戦を戦った敵味方であるからこそ、

――島津は武門中の武門。

との思いが強く、徳川幕府にとって最大級に必要な大名だと考えていたのだ。

しかも、朝鮮では共に戦い、どの日本軍勢も島津軍には幾度となく助けられた。何より、泗川の戦いっぷりには、猛将と呼ばれた面々誰もが尊敬の念を抱《いだ》いていた。

当初、家康は絶対に島津を許さぬと怒っていた。なぜならば、秀吉から、

――最も気をつけねばならぬのは、島津じゃ。

と聞いていたからだ。

朝鮮での活躍も諸将から耳にしていたから、余計に危ないと踏んでいたのである。

しかし、家康の上洛の要請を、義弘は病気を理由に撥《は》ね付けていた。

すでに、義弘の継嗣・忠恒が島津家の当主になっていたが、それを大名として認めるかどうかは、家康の判断である。家康の認識では、義弘は先代と当代の〝繋《つな》ぎ役〟に過ぎず、義弘と忠恒が上洛しなければ、島津家の存続も危ういとされた。

しかし、井伊直政や本多正信ら武闘派が、関ヶ原で島津が西軍に付かざるを得なかったことや、伏見城でのすれ違いなどに鑑《かんが》みて、家康の説得に当たった。

それでも義弘は頑として、家康のもとに出向かなかったので、忠恒だけが上洛した。

慶長十一年（一六〇六）六月のことである。

「父は、豊臣家に恩顧ある大名として、また在京中でも朝鮮でも、はたまた九州の検地においても、大変お世話になった石田三成様に義理立てして、西軍に与しました。そのことで責めを受けねばならぬとしたら、それは島津家当主の私です」

忠恒は、面会した家康にそう述べた。すると、並み居る側近から根廻《ねまわ》しされていた

のか、家康は承知して、

「余も昨年、将軍職を秀忠《ひでただ》に譲ったばかりだ。義弘殿と同じ隠居の身だ。今後は、秀忠のことを支えてくれ」

と機嫌良く返し、刀一腰と馬一頭を与えた。

その上で、家康の名の一字を譲られ、「家久」と名乗るようになったのである。島津家の領国・三州は安堵され、琉球も含めて七十七万石の大大名となっていくのだ。

「――家康は、本当は島津を恐れていたのじゃ。秀吉がなるべく戦わずに、味方に引き入れたように、家康もな……」

野守は薄ら笑みを浮かべて、

「それはそうじゃろう。生涯に五十二回もの合戦を勝ち抜き、寡兵で大軍を破ってきた。朝鮮で〝鬼島津〟と恐れられる強さは、関ヶ原の敵中突破で、家康自身も目の当《ま》たりにしたのだからのう」

と妙に頼もしそうに声に出して笑った。

「家康の前で、父親の代わりに討たれると居直った忠恒様も、なかなかの肝の据《す》わった薩摩隼人《はやと》でござろう？」

「まさに……」

「これが、子供の頃はなかなかの〝悪こっぽ〟でな、きかん坊だったとじゃ……朝鮮出征の折に憤死した久保様が、まこと真面目《まじめ》一徹だったのに比べて、乱暴者じゃった。気短かなところは誰に似たのか、義弘公でも手に負えぬほどだったと」

御家を継ぐ立場でもないから、自由闊達《かったつ》に暮らしていた忠恒だが、泗川での明軍との激闘では義弘以上の活躍をし、誰もが島津家頭領になる勇将と認めた。

「その一方で、家臣の間では、何の意味も実りもない朝鮮出征には不満だけが溜まっていた。それは秀吉のせいには違いないが、すでに死んでいる秀吉に矛先《ほこさき》は向けられぬ。その代わりと言ってはなんじゃが……かねてより、島津家内では反発を食っていた筆頭家老の伊集院忠棟への不満が爆発したとじゃ」

忠恒は伏見屋敷にて、忠棟を誅殺したのである。

耳川の合戦の失態、根白坂の合戦での不誠実、秀吉政権への忖度《そんたく》、朝鮮出征に不参加の上、後方支援もしなかった……にも拘わらず八万石もの領地を秀吉から賜《たまわ》っていた。それらに対する家臣一党の積年の恨みと言ってもよかった。

伊集院一族は激怒して、忠棟の息子・忠真《ただざね》が先頭となって、〝庄内の乱〟を起こすが、このとき忠恒に応援軍を出したのが、なんと徳川家康だったのだ。忠棟には、島津家の三国を領有する野望があり、忠恒を暗殺しようとした節があるというのが理由だった。

「真相は分からぬがのう……昔から、きかん気の強い忠恒様のことは、伊集院様も好いとらんじゃった……とまれ、家康の援護で、領内唯一の反乱を、忠恒様は大将として出陣して治めることができたと」

この事件も、忠恒が家康に対して信頼するきっかけとなった。この時の家康の使者が山口直友で、乱を終結した上で、忠恒と家康の仲を取り持ったのである。

野守は安堵したように胸を撫《な》でて、

「ところでのう……数年後、あれは慶長十五年（一六一〇）になるか、駿府《すんぷ》城で家康……あ、いや家康様と謁見したときのことじゃ……忠恒様はあろうことか、秀忠様のお子、まだ五歳くらいの国松《くにまつ》様を自分の養子にくれと頼んでいるんじゃ」

江《ごう》姫との間にできた次男で、家康の孫である。後の駿河大納言・徳川忠長《ただなが》、かの反逆者として改易《かいえき》された人物だ。三代将軍家光《いえみつ》の弟である。

「忠恒様には、お子がおらなんだ。久保様が亡くなってから、亀寿様は忠恒様に輿入《こし》れしたものの、年上の女房になるし、子供もできなく、どうも仲が悪かったらしくてな。島津家の跡取りのことも考えてのことでな」

「それにしても、将軍の子を養子にくれとは、あまりに豪気な……」

「これには、ちと訳があってのう……」

野守は辛《つら》そうに口元を歪《ゆが》めた。

「義久様には男の子がいないもんで、義弘公の子が島津家を継ぐことになっておったのじゃが……島津家一族の彰久《てるひさ》様に嫁いだ次女には、男の子が出来てな……義久様は自分の孫を当主に据えたいと考えるようになり、一時は、忠恒様から家督を取り戻そうとしたこともあったとじゃ」

「そんなことが……」

「おそらく義弘公と相談の上で、この話ば家康様にしたたと思われると。徳川家康の孫ならば、島津家の跡取りとして文句なかろうと、義久様に納得させせようとな……じゃどん側室に男の子は何人もできて、島津家は安泰」

「でごわすな」

「とにかく、他家にありがちな御家騒動は、島津四兄弟においては決してなかった。藩主になってからの忠恒様は、若い頃と違うて、よか政事《まつりごと》を行った。それはすべて、義弘様から受け継いだもんたい……」

静かに言い終えた野守は、今度は桜島のある方角を見て、

「晩年の義弘様は、猛将とは別人ごつ穏やかな顔だちになってのう、茶や歌を楽しみ

ながら、若い衆への学問も強化なさった。それが後の〝郷中教育〟の大元になった……ずっと薩摩におって、穏やかで静かに、まるで戦に行ったことが嘘《うそ》のように優しく……ほんに領民のために尽くしてくれたとじゃ」

と目を潤ませた。

二

文禄の役から帰還してすぐ、帖佐《ちょうさ》に城を築き、麓《ふもと》の居館に栗野城《くりのじょう》から移った。その後、平松城《ひらまつじょう》を経て、慶長十二年（一六〇七）には、加治木屋形へと居城を移し、生涯、この地で暮らし、国から出ることはなかった。

加治木は、大蔵《おおくら》氏が代々、軍司として治めていた地だった。一条《いちじょう》天皇の頃、寛弘三年（一〇〇六）に、関白・藤原頼忠《よりただ》の三男、経平《つねひら》が配流され、大蔵氏の養子となり、加治木氏と名乗るようになったという。

加治木は薩摩と大隅の要衝地であり、室町時代には勘合貿易で栄え、隣接する帖佐は取り引き所として賑《にぎ》わった。銭屋町では、天正年間から寛永年間まで、洪武《こうぶ》通宝を真似《まね》た〝加治木銭〟が鋳造されたが、義弘は慶長年間から力を注いでいた。

戦国期の加治木は、大隅の国人《こくじん》・伊地知氏が領有しており、その後、肝付氏が入ったが、義弘の初陣《ういじん》である岩剣城の合戦をもって、島津家の支配となった。

隠居後は、〝錦江湾〟と〝桜島〟が眺《なが》められる古城・加治木城を改修して住むつもりだった。しかし、山上の城は不便で老体にはきついので、麓に屋形を建てたのだった。もちろん、ここからも薩摩名物の美しく燦《きら》めく海と、噴煙たなびく火山が目の前に見える。

屋敷の周りには、城壁を築いて濠《ほり》を巡らし、かつての勇将らしく、敷地内には調馬場や弓道場なども備え、御殿を七棟連ねた。その周辺には武家屋敷を整え、伊勢貞成、川上忠兄、三原《みはら》重種、喜入忠政、市来備前、町田《まちだ》久則《ひさのり》ら忠臣たちに住まわせ、今後の町政に従事させることにした。

この義弘の隠居所のことを、人々は〝加治木屋形〟と呼ぶようになった。

義弘が暮らし始めると、毎日、家臣をはじめ、役人や近在の商人などが訪ねて来た。一角には学問の学舎《まなびや》も開放して、子供らに自ら『論語』を読んで聞かせることもあった。かくて若い衆らも集まって賑わうが、ふいに寂寞たる思いに襲われた。

せっかく加治木屋形を作ったのに、一緒に住む妻である〝宰相殿〟はおらず、竹馬の友の川上忠智もいないからだ。妻はこの年の二月に、そして忠智は四月に続けて亡くなったのである。

「――おまえにも見せてやりたかった……のう……〝宰相殿〟……」

義弘夫人の真那は、加久藤城にて子育てをした後も暮らしていたが、秀吉の朝鮮出兵の際には、人質として、伏見の島津屋敷に住まわされた。そのまま故郷のことを思いながら、十年近く暮らし、ようやく義弘のもとに帰ることができたのは、関ヶ原の戦いが終わってからである。

数年は共に暮らせたものの、新しい屋形には共に入ることは叶《かな》わなかった。実窓院芳軒姉の法名で、明円寺《みょうえんじ》に葬り、その供養のために、大和尚の昌庵祐繁を開山として、芳真軒を建立《こんりゅう》して祀《まつ》っている。

「ようやく楽をさせてやれると思うたに……ふたりで一緒に老後を暮らそうと思うていたに……苦労ばかりかけた……」

よく独り言を呟くようになった。

そんな義弘を、時に五代友慶は遥々《はるばる》、訪ねて来てくれたが、話はいつも昔話や合戦のこと、亡くなった川上忠智との苦楽ばかりを繰り返していた。

忠智は長男の忠堅を戦で亡くしたが、次男の忠兄は義弘の家老として務めてくれている。その弟の久智も、義弘の直臣《じきしん》として、朝鮮や関ヶ原で働いてくれた。五代友慶の嫡男・友泰も泗川の戦いなどでは奮戦し、今は加久藤城を任せている。

「――みんなには感謝ばかりじゃ……」

ひとりひとりの顔を思い出しては、幾多の合戦の日々を振り返っていた。

嫁がせた自分の娘たちのことも、何かにつけて思い出していた。長女の御屋地《おやじ》は北郷家に嫁いだが、夫は実父との不仲がもとで自殺した。その後、豊州島津家の朝久《ともひさ》と再婚したが、この夫も文禄の役のときに戦死した。決して幸せな人生とは言えなかった。

その息子の藤次郎も慶長の役に出兵し、李舜臣との開戦で、額《ひたい》に矢を受けて、瀕死の重傷を負った。だが、医学の心得がある義弘が懸命に治療をして、一命を取り留めている。

義弘にとっては孫である。藤次郎は今、久賀《ひさか》と名乗り、忠恒の城代家老として、島津家の興隆を支えている。

末娘の御下《おした》も不幸といえば、悲しい運命であり、庄内の乱を起こした伊集院忠真の妻であった。戦国の世の女たちは、実家と嫁ぎ先の板挟みや親兄弟の諍《いさか》いに巻き込まれる。

その娘の千鶴は、久松《ひさまつ》松平家に嫁いでいるが、これも義弘の孫であるから、徳川家との深い繫がりをつけておくための、外様《とざま》大名の生き延びる智恵であろう。

——まことに、戦国の世とは儚《はかな》いものだ……。

義弘は事あるごとに、ひとりごちていたが、ある時、桜島が噴火して目が覚めた。

地面が揺れて、濛々と噴煙が広がっていくのを見て、大地は生きていると感じた。そして、

——若くして死んだ弟の家久や息子の久保、そして甥の豊久たち、無数の兵士たちの死を無駄にしてはならぬ。

という声が聞こえてきたような気がしたのだ。

たしかに自分は生かされている。義弘のことを、〝捨てがまり〟となって命を助けた者たちのためにも、

「ぼんやりと、老いさらばえていてはなりませぬよ」

と亡き妻の〝宰相殿〟も怒っているに違いない。

「まこと。おいが、せにゃらんことは、ゴマンとある」

それからというもの、義弘は、自分が生かされ、御家が繁栄しているのは、先祖のお陰だと改めて感謝し、仏教に深く帰依《きえ》した。

その思いで、統治、教育、殖産興業という三本柱を立てて、家臣や領民を教化して

いくという目標を立てた。殖産興業には、琉球や明との交易も含まれた。

まず外城《とじょう》制度を堅牢なものとした。

これは、日新斎と貴久が打ち立てたものだが、徳川幕藩体制の中で生き延びるために、新たに構築するべきだと考えたのだ。

領内は、郷士がそれぞれの地の農民たちの仕事ぶりや暮らしを事細かく見守ることで、安定していた。江戸時代には〝五人組〟などもできるが、農民が互助する制度である。それを軍事に生かしたのは日新斎で、仲間意識を強めて、敵を打ち破ってきた。

外城とは、藩主が住む内城に対して、領国内に点在している山城や砦《とりで》を指す。外城は、島津家が直轄していたため、無用な揉《も》め事や一揆などは少なかった。

つまり、島津家に忠実な一族郎党と直臣だけで、外城を固めるのである。

その外城を守るのが、「衆中《しゅうじゅう》」という半士半農の者たちだ。これを江戸幕府時代においても、応用する。そうすれば、万が一、幕府軍や他国軍が攻めてきても、裏切り者が出たり、籠絡《ろうらく》される者が出たりしない。

このような制度は、古く中国や西洋にはよくあり、堅牢な城壁国家を作る要《かなめ》だった。

外城の衆中を取りまとめるのが「地頭」で、こうした外城は徐々に増え、百十以上も出来上がったのである。薩摩中に、地頭を中核にした、甲羅を被《かぶ》ったような町が広がったのだ。

また、門割制度も強化した。

薩摩では古来、小作がばらばらに農地を耕すことはなく、「門《かど》」とか、それより小さい規模の「屋敷《やしき》」という組織単位で、生産性を高めていた。そして、耕地を数年で入れ替えることで、貧富の差を少なくして、収穫も安定させてきたのだ。

石田三成が奉行となって検地に来たときには、それまでの石高よりも、高く見積もられたり、薩摩独特の「門」や「屋敷」の組織が取り崩されそうになった。

検地とはいわば租税の石高を計るのと、農村の労働力の確保が目的である。義弘はそれを逆に利用して、薩摩藩の年貢を確実に取るために、「門」や「屋敷」の制度を残したのである。地頭と衆中たちが、お互いに見張り合う仕組みを強めて、統治力を固めたのだ。

この地頭と衆中との絆《きずな》は、農作業だけに留《とど》まらず、いざというときの結束の強さが培われた。それゆえ、地頭への服従は絶対であるから〝忠義〟の教育が必要となる。逆に、力を持つ地頭には、頭目としての自覚を持たせるために、厳しい罰則を設けた。いわば遵法精神を培うための、幹部教育にも力を注いだのだ。

教育が行き届いたお陰で、不埒《ふらち》者が減った。元々、結束力が高い上に、「義」を弁《わきま》えた風土ゆえであろう。

さらに、外城の結束を強くし、また命令系統を島津家に集約するために、老中制度による「談合《だんごう》」という寄合《よりあい》制度を据えた。各外城の地頭の意見や要望、あるいは訴え事について意見交換し、合理的に解決する場である。

この場には、藩主や島津家本家の者は臨席しない。遠慮や忖度《そんたく》によって、自由な意見を言えなかったり、逆に藩主らの独裁的な政事判断を避けるためである。

しかし、この「談合」で決まったことは絶対で、それに従わない者には、きつい制裁や処罰がなされた。

義弘が目指したのは、合理的な法治国家と言ってもよい。

その一方で、老中らは治国済民のことばかりではなく、茶や連歌、能楽や絵画など文化芸術にも親しんで、京の公家《くげ》はもとより、諸国の武家との交流に努めねばならなかった。

その国作りのためには、やはり人作り、教育であると義弘は肝に銘じていた。

慶長元年（一五九六）に、「二《に》才咄格式定目《せばなしかくしきじょうもく》」というものが、島津家によって出されていた。いわば、薩摩藩主による〝教育勅語〟である。

島津家の者にとっては、さほど目新しいものではない。日新斎が作った、神道・儒教・仏教を合わせた「日学」という独自の学問を、義弘なりに解釈したものである。

武将だけではなく、人としての優しさや思いやりが記されている〝いろは歌〟は子供でも覚えやすい。暮らしの中でしぜんに口に出るようになり、好き勝手な節を付けて歌う者までいた。

――若き衆中は、武芸、角力《すもう》、水練、山坂歩行、平日手足をならすべきこと。

――毎日、五、六度、城中に子弟を集め、自ら『四書五経』を講義し、また時には「義理の咄」や「忠孝人の咄」をすべきこと。

――胸襟を開いて自由に話し合い、切磋琢磨《せっさたくま》しあう二才の咄相中《はなしあいじゅう》を結成すること。

などと、義弘は家中の者たちから、具体的に実践させた。

二才は若者で、咄相中とは集団を意味する。咄相中は何処《どこ》でも誰でも開くことができた。そういう風土ゆえ、文武両道の質実剛健、また礼儀を重んじる気風が広がり、やがて二才全員が当然として加わる〝郷中〟が出来上がり、江戸時代中期にはきちんとした組織として確立される。

〝郷中〟には六、七歳頃から入り、長稚児《おさちご》、稚児頭、二才、郷中頭――と成長ごとに教育を受けていく。

日課はかなり厳しいもので、明け六つ（午前六時）には師匠の家まで出向いて『論語』などの素読の教えを受けた。五つ（午前八時）には相撲や旗取り、大将防ぎなど戦を真似た遊びをし、四つ（午前十時）にはさらに学問、夕七つ（午後四時）には示現流の指導を受ける。夜明けから日暮れまで、びっしりと文武両道を学ばされた。

さらに郷中掟《おきて》というものがあり、行動規範を叩《たた》き込まれた。それゆえ薩摩では、江戸時代に広がる寺子屋は不要だった。むろん、義弘が始めた教育が元になっているのである。

それでも、年頃の悪ガキたちは、なかなか大人の言うことなど聞かぬ。

夜ごと、海辺にて法螺貝《ほらがい》を吹き鳴らし、隊列を組んで、加治木城下を騒々しく暴れ廻っている武家の子弟らがいた。見かねた義弘は、邸内に連れて来て、親も一緒に呼びつけた。

「武人の子のくせに、夜な夜な、乱暴狼藉《ろうぜき》とは不届き至極。その孤高不恭《ここうふきょう》の罪は許し難い。遠流《おんる》にするよって、さよう心得よ。その際、四書を与えるゆえ、篤《とく》と伝習するがよい」

厳しく命じられて、徒党を組んでいた若者たちは、ひとりひとりバラバラにされて、桜島や谷山、垂水、霧島などに行かされた。だが、この若者たちは四書を読み込み、一字一句間違わないほど会得したという。

ただ叱《しか》りつけ厳罰を与えるだけでは、人はまっとうにならない。ひん曲がった性根は戻らない。義弘は学ぶことで、人は変わると知っていたから、かような罰を強《し》いたのだ。

国作りとは、人作りである。

だが、人を作り、国を栄えさせるためには、金がいる。富を増やして、世の中が豊かになることが大切である。

そのために殖産興業を奨励したが、火山台地で平野も少ない薩摩では、他国のような農業だけで国富を保つのは難しい。海に囲まれているとはいえ、漁猟にも限界がある。やはり、薩摩の強みは交易であった。

古来、琉球とは良好な関係を築いてきた薩摩は、海洋国家として今後も、東南アジアの国々と交易をしようとしていた。

義弘は、この先もできることなら、自らが船将となって、大海原を駆けめぐりたい夢があった。古稀《こき》をとうに過ぎたとはいえ、まだまだ若い者には負けぬ壮健な体をしていた。二才たち以上に、太刀《たち》の素振りや馬術をしていたほどだ。

だが、琉球との関わりは、意外な形で訪れた。

「琉球を武力をもって侵攻せよ」

と江戸幕府から、命じられたのである。

三

青天の霹靂《へきれき》であった。

朱印船貿易を始めた徳川家康は、かねてより明国や東南アジアの国々との交易を望んでおり、琉球の前に奄美大島への侵攻を求めてきていた。秀吉と同じく、交易に有利な立場になるための方策であり、服従要求である。

だが、忠恒が島津家の当主になることや、庄内の乱などを踏まえて、領内の体制立て直しを理由に先延ばしにしていた。

だが、幕府はとうとう〝最後通牒〟を島津家に突きつけてきたのである。

慶長十四年（一六〇九）二月のことだった。

これに遡《さかのぼ》ること七年前の冬、琉球船が陸奥《むつ》仙台領内に漂着した。乗組員を全員救助し、無事に帰国させたのだが、家康はこの事件を利用し、島津家を介して、

「琉球から謝礼の使者を家康に送れ」

と、琉球の尚寧王に半ば強制的に命じたのである。

だが、島津家の再三再四にわたる勧告にも、尚寧王は決して従わなかった。これには島津家も面目を潰《つぶ》された形になったが、琉球としては明国への遠慮もあったのであろう。

この琉球への数度にわたる、使者を要求する勧告は、家康にとって大切なことだった。幕府と島津家をとりもってきた山口直友は、出兵の前年に、

「聘礼《へいれい》の求めに応じないのであれば、出兵もやむをえない」

と忠恒と義弘に対して書状を送ってきている。

あくまでも幕府の立場は、明国と朱印船貿易をすることで、その仲介を琉球に頼んでいる。にも拘《かか》わらず、人民救助の謝礼の使いすら出さない不義理を通すならば、武力に訴えるという脅しである。

義久は朝鮮出兵のときと同様、まったく反対の立場だったが、幕藩体制に組み込まれている以上、忠恒は家康の要求を無視することはできなかった。隠居したとはいえ、幕府からは義弘宛にも文書が来るので、板挟みで苦しんでいた。

そこで義弘は仲介者の立場として、

「家康公から誅罰の朱印状が出され、早急に兵船を渡海する準備があります。ああ、琉球の自滅は誰のせいでもない、自らが招いたものです。しかし、すぐ非を改めて明

と日本の交易を仲介するのであれば、我が薩摩の才覚で、私も出兵回避に向け、尽力します。そうなれば琉球も平和を得られるでしょう」

と琉球に対して、大慈寺《だいじじ》龍雲《りゅううん》、広済寺《こうさいじ》雪岑《せっしん》らを送った。だが、三司官の謝名《じゃな》親方は拒絶し、この使者を罵倒した上で、

「古来、琉球は明に属しており、日本とは別の国である」

と断固、拒絶し、交渉は決裂した。

琉球出兵は避けられなくなったが、朝鮮出兵に匹敵する四十石に一人という兵の動員は、島津にとって重い負担となった。

侵攻軍の大将は樺山久高《かばやまひさたか》、副将は平田増宗《ひらたますむね》、後陣大将として肝付兼篤《きもつきかねあつ》、さらに武将に本田親政、市来家政、伊集院久元ら二十余名が出陣。

加治木からも川上直久ら、義弘の家臣団が主力となり、総勢三千人、戦船百余隻をもって出征の運びとなった。山川湊《みなと》まで、義弘自身も見送りにきた。

山川湊はフランシスコ・ザビエルが上陸した所であり、文禄・慶長の役でも軍船が出港した所である。時代はずっと下るが、米国のモリソン号が停泊したり、ペリー艦隊が来航したり、西郷隆盛《たかもり》が奄美大島や徳之島に配流されたり、薩英戦争の舞台になったり、数々の薩摩の歴史と関わる湊である。

薩摩軍船は、若き日に義弘が渡った航路とほぼ同じ行程を南下し、三月四日に出た軍団は、三日後に奄美大島に到着し、三月二十二日には徳之島を制圧。沖永良部島を経て、四月一日に那覇に到着し、その日のうちに首里城を包囲した。

財力に余裕のある幕府軍ではない。義弘が朝鮮出兵したときと同様に、自発的に参加した軍も多かった。戦に勝った後の報償を期待してのことである。

だが、全体の軍制は取れており、武器も鉄砲七百三十丁、弾丸三万七千、弓百二十張などで臨んだ。朝鮮でも威力を発揮した鉄砲が、圧倒的に多かった。

軍律も厳しく、「群衆御法度之条々」を発して、喧嘩《けんか》口論や離脱、先駆けなどの内部規律から、降伏した島民への狼藉や略奪などの厳禁を徹底した。これらは、「外城制度」や「談合」や「郷中」という仲間意識を通して、培われたものだった。

一方、琉球の方も薩摩軍の来襲に備えて、徳之島に千人、那覇に三千人の部隊が守り、全員戈矛《かぼう》や刀剣を持ち、胴の鬼面と甲冑《かっちゅう》をつけていた。弓五百張、鉄砲二百丁が備えられていた。弓も刀も日本のものが多かった。特に日本刀の硬さや威力は、朝鮮出兵の折に証明されていたので、琉球も取り入れていたという。だが、長い和弓をきちんと扱える者は、ほとんどいなかった。

義弘の助言により、忠恒は五ヶ条からなる作戦を立てていたが、要するに短期決戦

である。もし長引くようであれば、奄美大島のみ占拠して、全軍撤退を決めていた。義弘としては、

――琉球王朝を滅ぼすつもりはない。那覇に拘《こだわ》ることもない。交易湊の確保。が第一義だったからである。

結果として徳之島で激戦はあったものの、わずか十七日で本島に上陸し、今帰仁《なきじん》グスクを陥落させた。その勢いのまま一気に那覇に乗り込もうとしたが、湊には鎖が張られており、珊瑚礁《さんごしょう》で囲まれていることもあって、容易に攻め込めない。

琉球は島津軍の上陸は想定しており、謝名、豊見城《ていみぐしく》というふたりの士官に統率された防衛軍が激しい抵抗をした。

その昔、義弘が見たとおり、那覇湊には高く石積みした城壁が張り巡らされ、矢狭《やざ》間《ま》が沢山《たくさん》あり、大砲もある。さらに、敵船が侵入してきても動けなくするために、海中に鉄網を張っている。こうした仕掛けや武器攻撃によって、島津の軍船は悉《ことごと》く破壊され、珊瑚礁に激突して沈没し、多数の兵が犠牲になった。

琉球軍は勝利したかのように、大いに沸いた。

だが、海からの攻撃は難儀を極めると予想していた義弘は、予《あらかじ》め大将の樺山と副将の平田に、陸路から首里城を攻めるようにと申しつけていた。つまり、大船団によ

る那覇湊への攻撃は、敵を引きつける作戦であった。

島津本隊は大湾に上陸してから、北谷《ちゃたん》間切を通過し、肝付軍は行く手の村々の民家を焼き払いながら進軍した。そして、浦添間切に達してグスクを陥落させたのである。

首里城は目と鼻の先である。

功を焦った足軽《あしがる》衆は軍律を無視して、一気呵成《かせい》に先駆けした。慌てて本隊が追いかけたくらいだが、意外な顚末となる。棚ぼたみたいな偶然だが、浦添グスクから首里城に通じる石畳の道があり、そこを島津軍は一直線に突進していったのである。

この石畳の道は、浦添出身の尚寧王が往来の利便性のために、十年程前に建造していたものだったのだ。それが命取りになろうとは、考えてもいなかった。

しかも、琉球軍のほとんどは那覇湊に兵を集めていた。謝名軍と豊見城軍は首里城に取って返したが、もう無駄であった。首里城北辺の守兵はわずか百人で、もはや総崩れであった。

やがて、那覇湊からも島津軍は上陸したが、那覇の人々はすでに山中などに避難しており、まるで無人の町だった。結果として、陸海から囲まれた首里城は、まったく孤立した。若干の抵抗はあったものの、明け渡しをせざるを得なかったのである。

奄美大島に上陸してから、わずか一ヶ月で首里城が落ちるという、義弘の狙《ねら》いどおりの短期決戦であった。大将として来ているわけではないが、まるで〝遠隔操作〟でもしたかのような戦だった。

義弘は後に、島津軍の戦死者は百人か二百人だったと記しているが、琉球の兵は、王府の高官も含めて数百に上るという。戦国時代を経験した島津と、朝鮮同様、大きな戦乱がなかった国の違いであろう。

首里城は島津軍が接収し、尚寧王は五月には山川湊に入り、鹿児島にて、義弘と忠恒に謁礼した。もちろん義弘は、尚寧王を賓客として厚遇し、一年後に駿府城にて、忠恒の同行のもと、徳川家康と謁見した。

さらに九月には江戸城で、将軍秀忠に謁したが、この間、琉球王として、幕府は丁重にもてなしている。だが、それは、

――明国との交易交渉をしてくれよ。

というためである。

もっとも、島津が攻めてくる前に、尚寧王は明国に救援を頼んでいたが、朝鮮に派兵したことで余裕がなくなっていた。冊封《さっぽう》関係にあった〝宗主国〟から、見捨てられてしまったのだ。

尚寧王は島津氏に忠誠を誓い、薩摩藩は琉球を支配することとなった。琉球王を臣

従させ、その王位継承者任命権まで握ったのである。琉球王はその後も、加治木屋形の義弘に唐墨や菓子、焼酎などを献じている。

開聞岳を頂く山川湊は、以前にも増して、賑わいを見せるようになった。ここに限らず、薩摩、大隅、日向の各湊には、ポルトガル、スペイン、カンボジア、オランダ、安南などの船が沢山、来航し、島津家はそれぞれと通商条約を交わした。

もちろん、琉球は交易の中継拠点とし、明に対しても直接、介入していく。

桜島の噴煙を眺めながら、加治木屋形で過ごしている義弘のもとに、忠恒が訪ねてきたのは、奄美群島を琉球から島津家に割譲させ、薩摩藩の直轄地とした年の暮れだった。

琉球侵攻から三年余りが経《た》っていた。

その間に、義久は病死している。享年七十九であった。国分城《こくぶじょう》にいた義久とは、義弘も疎遠になっていた。

忠恒と亀寿が不仲だったこともあるが、義弘と忠恒が琉球侵攻に踏み切ったことに、猛反対していた義久は、完全に袂《たもと》を分かったのだった。義久は、父・貴久の遺志を継いで、義弘以上に琉球との交易に力を入れていたから、たとえ幕府の命令でも武力行使は避けたかったのだろう。

しかし、義弘はかねてより交易の振興を図っており、フィリピン総督やスペインのドミニコ会の大司教に、薩摩来貢《らいこう》を要請し、自らも交易船を出している。マニラなど東南アジアとの交易を盛況にするためにも、〝琉球問題〟は、どうしても片付けておかねばならぬ難関だった。

「珍しいこともあるものじゃの。おまえが用事もないのに来るとは」

義弘は年寄りらしく皮肉っぽく言ったが、忠恒は諸事忙しくて申し訳ないと謝った。若い頃は蹴鞠《けまり》にふけり、酒浸りという遊び人だったが、さすがに島津家頭領で、薩摩藩藩主の風格が出てきた。

「そろそろ四十でございますれば、もう二才扱いしないで下さい」

「親にとっては、いつまで経っても子供よ」

「さようなものですかな……それより、今日、お邪魔したのは、今後の琉球のことを決めておきたいと思いまして」

「おまえが藩主だ。自分で判断すればよい」

「まあ、お聞き下さいませ」

忠恒はいつになく真剣な顔になって、

「我が島津家は、朱印船貿易大名と言われております。幕府からも百通を超える朱印状を受け、琉球侵攻以降もそれを担ってきました。ですが、雲行きが怪しくなりました」

「家康がまたなんぞ、厄介《やっかい》なことを言い出したか」

二年前から、幕府はなぜか、異国への渡航制限をする方針を打ち出しており、大名による朱印船派遣を停止していた。だが、島津だけは琉球に対する朱印を得ており、フィリピンなどとの中継貿易をする準備を整えている。

だが、現実には、那覇には島津の統制を受けない日本人も多く、琉球は誓約を反古《ほご》にしているも同然であった。一年半も薩摩で抑留生活を送っていた尚寧王は、帰国に際して誓詞証文を出しているにも拘わらずだ。

その上、貿易統制を記した「掟十五条」を三司官《さんしかん》にも下し、薩摩の〝御判形《ごはんぎょう》〟を所持している薩摩商人以外との交易は禁止したが、それも守られていない。

「このままでは、薩摩支配も有名無実になりもそう。父上が若き頃より望んでいた、自由な交易ができなくなりますぞ」

「昨年、御公儀は、天領に対して、禁教令を出したそうじゃな」

切支丹は七十五万人を超えており、関東や東北にまで布教は広がっていた。かつての切支丹大名のように領国基盤を揺るがし、封建体制を壊すことを、幕府は恐れたのだ。この二年後には、禁教令は全国に及んでいる。

「これまた秀吉公の真似かのう……いずれにせよ、伴天連はそのうち、この国においては布教できなくなろう」

「そうは言いましても、ドミニコ会の教会を建てることにも援助してきましたし、今後のことを考えれば、禁教が広がるのは困ります。それに……幕府は交易を管理統制するために、明国以外の出入りを禁じるという政策を打ち出そうとしている」

老中から耳に入っているというのだ。事実、この四年後の元和二年（一六一六）には、明船以外の入港は、長崎平戸に限定される。

「そうなれば、我が藩の死活問題になりますれば、良き智恵を拝借できないかと」

「ふむ……困ったのう……」

「まるで他人事《ひとごと》のようでございますな」

「近頃は頭もぼんやりして、茶を点《た》てておっても作法や手順を忘れるし、歌も良いのが浮かばぬ……年は取りたくないものよ」

義弘が苦笑すると、忠恒は真顔のまま、

「ご冗談ばかり……老中の〝談合〟にもよく顔を出しているとか」

「もう隠居の身だから、誰も遠慮せぬだろう。その〝談合〟でも話が出たが、尚寧王は、明への進貢使節を派遣したものの、二年に一度の進貢から、十年に一度に改められたそうな……」

「はい。明国は薩摩の介入によって、富が減っているからと理由づけておりますが、本当は、日本を警戒しているのです」

「さもありなん。朝鮮出兵、琉球侵攻という行いを見ていると、琉球を足掛かりに攻め込んでくると誤解されても仕方あるまい」

「ならば、尚更《なおさら》、交易など難しゅうござる」

「そこは、おまえが何とかせえ。なんだかんだと言うても、薩摩は琉球を支配する立場にある。逆に言えば、琉球に何かあれば、例えば明国が襲って来たときには、薩摩が警固のために軍を出さねばならぬのだ」

「はい。ですが、幕府は琉球ですら、禁教にし、宣教師を排除しようとしております。さすれば、フィリピンなどとの交易も途絶えてしまいましょう」

「そうよのう……」

　義弘は腕組みをしていたが、

「ならば、こうしよう。日本が直《じか》に、明国と交易をする。日明両国の船を琉球に送って、交易する。もしくは、日明双方が、遣使をして交易する……このいずれかを承知させるよう、幕府に取り計らえ」

と言った。

直《ただ》ちに、忠恒がまとめて幕府に上申し、「与大明福建軍門書」（大明福建軍門に与える書）として、琉球を通して届けさせたが、明国は受け取らなかった。かくも、明国との交渉は難しかったのである。

忠恒はこの後も、奔走することになるが、将軍秀忠から、松平の姓を与えられ、初代藩主として様々な善政を敷き、幕末まで続く島津家の礎《いしずえ》を作った。この忠恒の三男・忠朗《ただあき》は、義弘に殊《こと》の外《ほか》、可愛《かわい》がられていたが、後に〝加治木屋形〟を継ぎ、加治木島津家を興すのである。

四

「如何《いかが》なされました、惟新斎様……濃茶《こいちゃ》でございますゆえ、作法が違いますぞ」

茶人・伊丹《いたみ》道甫《どうほ》師親《もろちか》は思わず声をかけた。それでも、義弘は練るような仕草ではなく、薄茶のように茶筅《ちゃせん》を慌ただしく動かした。

「まあ、よいではないか。利休殿はさほど細かくは言わなかったぞ」

「されど、作法違いと作法知らずでは、まったく趣《おもむき》が……」

「一々、うるさいのう」

義弘が茶筅を傍らにぞんざいに置くと、炉に掛けてあった柄杓《ひしゃく》が弾《はず》みで落ち、傍らの〝平野肩衝《かたつき》〟に当たった。朝鮮出兵の直前に秀吉から賜《たまわ》った茶入《ちゃいれ》である。義弘はずっと大切に使っていた。茶杓は〝虫喰い〟という義弘自作のものだ。

伊丹道甫師親は、繊細そうな目で義弘の横顔を見つめながら、

「大丈夫でございますか。湯が散っては、危のうございます。ささ、私が……」

と手を差し伸べた。が、義弘はそれを払う仕草をした。

「これしきのことができなくなるとは、我ながら情けないわい」

何をしても朗らかな義弘だったが、近頃はちょっとしたことでも苛《いら》つくようになった。思うように手先が動かない自分に対してだが、元々頑固だから、人にあれこれ言われるのも嫌いなのである。

「道甫よ……おぬしが薩摩に来てから、どのくらいになるかのう」

「関ヶ原の後ですから、もう十五年余りになります」

「そうか……年を取るほど歳月が過ぎるのが早い。風のように飛んでいくわい。俺が八十歳を過ぎたということは、おぬしも、もう五十を幾つか超えたか」

「さようでございます」

丁寧《ていねい》に受け答えをしながら、さりげなく茶器などを受け取り、茶を点て直していた。

道甫は医者である。曲直瀬道三《まなせどうさん》という毛利元就の〝主治医〟をしていた当代随一の名医に師事し、厳しい修業の後、自分も名医と呼ばれるようになった。曲直瀬道三は、正親町天皇や織田信長も診《み》たことがある医者ゆえ、諸大名にも影響があった。

茶の道にも造詣《ぞうけい》が深く、義弘が伏見や堺にいた頃の茶の湯友達でもあった。もちろん、道甫も茶を嗜《たしな》んでおり、藩医を務めながら、武骨な薩摩武士を相手に茶の湯を教えていた。

「忠恒はな、ああ見えて、意外と良い茶を点てる」

「存じ上げております。古田織部《ふるたおりべ》様とも深いお付き合いがあったとか」

「うむ。織部殿は、利休様の教えである〝人と違うことをせよ〟というのを、自分なりに極めておるが、なかなか真似ができるものじゃないのう……武士でありながら、茶人として一流で、幽斎殿より上なのは、あいつしかおらぬであろう」

利休七哲のひとりをして、あいつ呼ばわりして評するのは義弘らしいと、道甫は思った。

もっとも、古田織部は織田信長や豊臣秀吉に仕えていたが微禄の武士。義弘とは格が違い過ぎた。様々な合戦に出向いて苦労はしているだろうが、朝鮮出征の折も、警備衆として名護屋城に在番しただけ。大将として明の大軍を蹴散らし、秀吉や家康と渡り合った義弘とは、比べるべくもない。

だが、茶人としては、義弘は尊敬をしていた。それゆえ、忠恒にも藩主としての人間形成のためにも、古田織部に学ばせたのだ。

「その織部様も……昨年、逝《い》かれてしまいましたな……」

「だが、本阿弥光悦や小堀遠州《こぼりえんしゅう》ら面白い弟子を何人も残した。優れた人を作ったことが、一番の功績じゃ。その点、俺は……人を討ち取ってきたばかりの人生じゃったな」

自嘲《じちょう》気味に言う義弘に、首を横に振りながら道甫は言った。

「とんでもございませぬ。惟新斎様は、ご立派な薩摩隼人を今も育て続けております。ただ文武両道の人だけではなく、孔子の説かれた〝社稷《しゃしょく》の臣《しん》〟を大勢、作っておられる。世の中を憂《うれ》えて、公平公正な世の中にする人材を、この薩摩で生んでいるではありませぬか」

「褒めても、何も出ぬぞ」

「心底、思うております。これぞ百年の計。もし、二百年、三百年先に国難が起こったとしても、惟新斎様の教えは色褪《あ》せることなく、伝わっていると思います」

「日新公の教えのままじゃ」

　道甫は手にしていた茶碗を掲げて、さらに続けた。

「ならば、これとて、そうです……利休様に学んだ茶を受け継ぎ、惟新斎様らしい茶の湯を作っておいでです。この薩摩焼の茶碗は、惟新斎様だからこそ、生まれたもので、薩摩の肩衝茶入は、古田織部様も高く評しておられた」

「織部のお陰で、薩摩焼も諸大名に知れ渡った。あいつにはまこと感謝じゃ」

　機嫌良くなった義弘は、子供のようにニコリと笑った。茶事を学んだことで、義弘自身、辛抱強くなって、秀吉や家康という曲者《くせもの》にも根気よく対処することができた。その高揚感を若い衆にも教えたいという思いがある。

　茶事と陶磁器は一体である。しかも、茶碗はただ飲むための道具ではない。そこに、この世の成り立ちや人の魂が宿っているような気がすると、義弘は言った。

「朝鮮出征は愚の骨頂だと今でも思っておる。だが……見たこともない李朝の茶器に触れたとき、どうしても、欲しゅうなった。織部がびっくりするようなものを、自分で作りとうなった。朝鮮に行って実りがあったとすれば、これだ……」

「それが、薩摩焼……ですね」

薩摩焼とは、慶長三年（一五九八）に朝鮮から引き揚げてきたときに、義弘が朝鮮人陶工を八十人余り連れてきて生まれた。朴平意《ぼくへいい》、金海《きんかい》、芳仲《ほうちゅう》という者たちが、仲間や弟子を連れて薩摩に住み着き、それぞれの窯《かま》を開いたのだ。

初めは御用窯といって、藩主やその家臣たちだけが手にすることのできる高価なものだったが、しだいに庶民の手に届くようになる。

朴平意《ぼくへいい》は串木野窯を開いたが、その後、苗代川に移ってから、良質の白陶土を発見し、白薩摩を作った。

日置の神之川に来た金海《きんかい》は、義弘が帖佐にいた頃には、義弘の御用窯として宇都《うと》窯を開いて、ながらく藩の御用窯として栄えた。今の竪野《たての》系と呼ばれているものだ。

義弘は加治木に来たとき、屋形のすぐ近くに窯を作ったが、それが八日町窯の系統の龍門司系となる。江戸中期になると川内平佐《せんだいひらさ》に開かれた陶磁窯からは平佐系なども生まれる。

芳仲らが帖佐で制作したのは、主に普段使いの黒薩摩である。

かように、白土を原料とした繊細なひびが特徴の〝白もん〟、鉄分が多く土や雑木灰を混ぜ込んで上薬を使ったのが〝黒もん〟と呼ばれている。〝白もん〟は藩主だけが使うものとされており、義弘が自ら焼いたのは〝御判手《ごはんて》〟という。

「惟新斎様……よくぞ、よかものを作って下さいました」

「俺が作ったのではない。陶工たちじゃ。あやつらは熱心でのう、瀬戸や備前、美濃などにも学んで、それを自家薬籠中のものとする才覚があったのであろう。そして、それ以上のものを作ってくれた」

義弘は深い溜息《ためいき》をつきながら、気に入った茶碗を眺めながら、

「――上手にはすきと器用と功績むと、この三つそろふ人ぞ能《よ》くしる……」

「利休様のお言葉ですね」

「ああ。ただ俺は好きな茶を、一生懸命しただけだ……その割には下手《へた》だがな。しかし、これは、剣術にも学問にも通ずる。好きなことを見つけて鍛錬し、己の出来不出来を弁えておれば、それでいい」

手にしている〝御判手〟を、義弘は満足そうに眺めながら微笑《ほほえ》んだ。

その日、徳川家康が亡くなったとの報が届いた。

同じ戦国の世を生き抜き、死に物狂いで戦った。言いたいことは山ほどあるが、

「――猿に狸《たぬき》までもが……またの世では、俺が必ず勝つぞ……」

とだけ言って、供養するように茶を点てた。

終

鬱蒼とした樹木に囲まれたまま、十三地蔵塔は微動だにしていない。

池のような水溜まりに浮かんでいた半月も何処かへ消え、漆黒の闇があるだけであった。それでも、野守は覗き込んでいる。不思議と水面《みなも》だけは鏡のように燦めいており、吸い込まれそうであった。

「世の中には幾つもの鬼神の鏡があってな、天上から地獄まで、大昔から遠い後の世まで映すそうな。はたまた人の心の奥まで見えるそうじゃから、怖い物じゃのう」

野守は水鏡を覗き込みながら、静かに言った。

「もし、自分のご先祖様たちに会えるのなら、どのように生きてきたかを聞いてみたいし、もし子孫と話ができるのなら、やるべきこと、やってはいけないことを伝えたいのう」

若者の吉之助は、義弘の生き様を聞いてきて、〝郷中教育〟の中に、遠い昔に生きていた人たちの声を聞いた気がした。

「ご先祖様たちに、おいたちのことは伝えられん。じゃどん、いにしえの人たちの教えは受け継ぐことができるし、今に生かすこともできるとじゃなかろか」

棒踊りや太鼓踊り、蜘蛛《くも》合戦なども、茶目っ気《け》のある義弘の創作と言われている。日頃から、遊びながら武道の鍛錬になったり、厄除《よ》けであったり、意味は色々とあるが、人々を介して、先人の思いが伝わるのだ。

――いにしへの道を聞きても唱《とな》へても　わが行ひにせずばかひなし
――道にただ身をば捨てんと思ひとれ　必ず天の助けあるべし
吉之助は幾つもの〝いろは歌〟を繰り返し聞いてきた。そして、唱えてきた。

「二百五十年も三百年も前の話だとに、身につまされるとです。今また、国難が訪れとるかもしれん。異国の船が訪れ、国内は箍《たが》が外れたように乱れている。まさに内憂外患……そういうときこそ、先陣のよか智恵を借りて、義をば大切にせにゃならんとですね」

「さよう。おまえたちのような、よかにせが、よか明日を作るとたい」

野守は水鏡を覗いていたが、若者を手招きして、おまえも見てみろと言った。吉之助が大きな体をのっそりと動かして近づくと、何か映るはずの水面には、漆黒が広がっているだけで、何も見えなかった。

「じっと見ていたら、これから先の姿が見えるらしか」

強い風を受けながら、満帆に膨らんだ大きな船が、真っ青な大海原を走っている。両舷が白波を弾き飛ばし、鋭い舳《へさき》は深い海を突っ切っていく。その梶棒をしっかりと握っているのは、若き義弘の……いや吉之助の姿であった。

「十三地蔵塔は、これまでも色々なことを語ってくれたとたい。殉死した義弘公の家来たちが、静かに語ってくるのが聞こえるとじゃろ……なんと言うとるか、よう聞きなっせ」

野守の話では、義弘の晩年は合戦とはまったく縁がなかったが、時に馬で遠乗りをしたり、家臣たちと本気で相撲を取り、はたまた侘《わ》び寂《さ》びの茶会を開いた。孫たちと幸せに過ごすこともできた。毎日のように加治木の人々が訪れ、殿様も百姓も一緒くたになって、楽しく暮らせたという。

「ただ最期《さいご》の方は、うとうとと寝込むことが多くなってな……そのたんびに、儂《わし》ら側近が『殿！　敵襲でござる！』と声をかけると、すぐに飛び起きて、槍《やり》を脇に構えるごと格好ばしよったたい。そんでもって、『後藤兵衛！　また遅れよったか！』ってな。あはは。そんでん、とうとう燃え尽きたように……」

病床にあっては、将軍秀忠から見舞いの使者が遣わされ、良い薬も処方してくれた。そして、江戸に人質に出していた三女の御下も、国元に帰した。何年も会っていない愛娘《まなむすめ》たちは、死に水を取ることができたのである。

義弘は最期の力を振り絞るように笑って、

「もうすぐ、宰相殿に会える……」

と愛妻の名を呼んだ。

元和五年（一六一九）七月――。

戦乱に明け暮れた義弘は、多くの人々に見守られる中で、八十五年の長い人生を眠るように終えた。

――天地《あめつち》の　開けぬ先の　我なれば　生くるにもなし　死するにもなし

義弘の辞世の句である。

生きているのも死んでいるのも境がなく、すべては夢幻のようなものであろうか。

水鏡がゆらりと静かに揺れた。

若者が振り返ると、野守の姿は何処にもなく、ただ樹木が風に揺れ、遠い東の空がうっすらと明けてきていた。

参考資料

島津義弘の軍功記　島津修久・島津顕彰会
戦国武将島津義弘　姶良町歴史民俗資料館
姶良市誌史料一　鹿児島県姶良市
加治木郷土誌　加治木郷土誌編纂委員会
島津義弘のすべて　三木靖編・新人物往来社
島津四兄弟　栄村顕久・南方新社
裂帛島津戦記　学研
九州戦国合戦記　吉永正春・海鳥社
九州戦国の女たち　吉永正春・海鳥社
海洋国家薩摩　徳永和喜・南方新社
島津義弘の賭け　山本博文・中公文庫
島津義弘　徳永真一郎・学陽書房
中世島津氏研究の最前線　新名一仁・洋泉社
島津四兄弟の九州統一戦　新名一仁・星海社

さつま人国誌　桐野作人・南日本新聞社
戦国島津戦記　松元十丸・大陸書房
郷中教育と薩摩士風の研究　安藤保・南方新社
東アジアのなかの琉球と薩摩藩　紙屋敦之・校倉書房
アジアのなかの琉球王国　高良倉吉・吉川弘文館
琉球王国　赤嶺守　講談社選書メチエ
戦国大名と国衆　平山優・角川選書
海外貿易から読む戦国時代　武光誠・ＰＨＰ新書
倭寇　海の歴史　田中健夫・講談社学術文庫
熊襲は列島を席巻していた　内倉武久　ミネルヴァ書房
琉日戦争一六〇九　島津氏の琉球侵攻　上里隆史・ボーダーインク
武士はなぜ歌を詠むか　小川剛生・角川選書
島津日新公いろは歌　高城書房編・高城書房
戦国の軍隊　西股総生・学研パブリッシング
「三国志」の政治と思想　渡邉義浩　講談社選書メチエ
天下統一　信長と秀吉が成し遂げた「革命」　藤田達生　中公新書

解説

細谷正充

戦国時代に島津《しまづ》家を躍進《やくしん》させた義久《よしひさ》・義弘《よしひろ》・歳久《としひさ》・家久《いえひさ》は、俗に〝島津四兄弟〟といわれる。この言葉が、いつ頃からあったのか知らないが、広く使われるようになったのは、それほど昔のことではない。戦国武将ブームの渦中《かちゅう》で、いつの間にか定着したと記憶している。それぞれの持ち味が違うことや、仲良し兄弟であったことから、まるでアイドル・ユニットのように語られるようになったのだろう。なかなか面白い見かたである。

その島津四兄弟の中で、もっとも有名なのが義弘だ。家督を継いだのは兄の義久だが、多くの戦《いくさ》に勝利し、実質的に戦国の島津家を支えた人物である。また、関ヶ原の戦いでの敵中突破による退却戦——いわゆる〝島津の退《ひ》き口《ぐち》〟は、あまりにも有名なエピソードだ。この義弘の生涯を活写した大作が、井川香四郎の『島津三国志』である。

井川香四郎は、一九五七年、愛媛県に生まれた。中央大学卒業。井川公彦の名前で、テレビのシナリオライターとして活躍し、時代劇では『暴れん坊将軍』『八丁堀の七人』などを執筆している。その傍《かたわ》ら、一九九五年、時代短編「露の五郎兵衛」で、第十八回小説CLUB新人賞を受賞。ペンネームは、柴山隆司であった。この作品を皮切りに、「小説CLUB」一九九五年六月号から翌九六年五月にかけて、連続で短篇を発表。当時の作品は、『菖蒲侍　江戸人情街道』『ふろしき同心　江戸人情裁き』で読むことができる。

そして二〇〇三年から始めた「おっとり聖四郎事件控」シリーズで、文庫書き下ろし時代小説に乗り出した。「くらがり同心裁許帳」「暴れ旗本八代目」「ふろしき同心御用帳」「刀剣目利き神楽坂咲花堂」「梟与力吟味帳」「樽屋三四郎言上帳」など、多数のシリーズを書きまくり、時代作家としての地位を確固たるものにした。また、「もんなか紋三捕物帳」シリーズは、三社を横断するシリーズである。こうした企画にも意欲的に取り組んでいるのだ。

いったいどれだけ働いているんだといいたくなるほど、執筆活動は旺盛《おうせい》である。しかし作者は、文庫書き下ろし時代小説だけで止まらない。重厚な歴史小説を徳間書店から、単行本で刊行しているのだ。二〇一七年五月に『別子太平記　愛媛新居浜別子銅山物語』、そして二〇一九年九月に上梓されたのが、本書『島津三国志』なのである。ウェブサイト「歴史行路」に掲載された序から第六章に加筆修正をし、第七章から第十二章までを書き下ろして完成した。

江戸時代を舞台にした作者のエンターテインメント作品に親しんでいる読者なら、戦国小説を書いたことを不思議に思うかもしれない。だが、不思議でも何でもないのだ。証明する作品がある。『飯盛り侍』だ。といっても二〇一四年から刊行された文庫書き下ろし作品のことではない。その原型となった漫画である。

漫画『飯盛り侍』は、「漫画アクション」二〇〇四年九月十七日号から、〇六年十一月二十一日号にかけて連載された（単行本は全六巻）。原作・井川公彦、作画・やまだ浩一。そう、原作者を務めたのが作者だったのである。内容は、佐賀龍造寺《さがりゅうぞうじ》家の足軽で、「飯が人間を作る」を信条にする弥八《やはち》が、料理と人柄によって実在の武将たちを魅了しながら、波乱の人生を歩むというものだ。途中で龍造寺家を出奔《しゅっぽん》してしまうが、前半は九州が舞台。龍造寺家の敵として島津家も登場する。つまり早い時期から、乱世の九州を扱っていたのである。戦国小説に至る道程《みちのり》は、すでに示されていたのだ。

さて、外側の話はこれくらいにして、本書の内容に踏み込んでいこう。まず作者は、妙円寺《みょうえんじ》にある十三基の地蔵塔の場面から始める。地蔵塔は、義弘が亡くなったときに禁止されていた殉死《じゅんし》を遂《と》げた、十三人の家臣のために立てられたものである。その地蔵塔のところで佇《たたず》む若者の前に、野守《のもり》だという老人が現れる。なぜかやたらと過去のことに詳しい野守は、若者に義弘のことを語って聞かせるのだった。

というスタイルで物語は進行する。巧《うま》いなと思ったのは、過去を語るということで、自在に時間軸を動かせることだ。事実、最初に語られるのは、関ヶ原の戦いである。まず作者はここで、読者の心をガッチリと摑《つか》もうとしている。

天下分け目といわれた関ヶ原の戦いは、徳川家康《とくがわいえやす》率いる東軍と、石田三成《いしだみつなり》が実質的に指揮する西軍が、美濃国《みののくに》不破郡の関ヶ原で激突した戦のことである。戦いの勝者が天下を握ることは、誰の目にも明らかであった。この戦に島津家は、西軍で参加した。しかしなぜか積極的に戦闘をすることなく、東軍の勝利が確実になってから、敵陣の中央を突破して退却したのである。退却戦としてはあまりにも非常識なのだが、これを完遂《かんすい》したところに島津家の面目《めんぼく》があった。

ただし島津家が、なぜこんな無茶をしたのかは、今もはっきりしていない。よくいわれるのは、西軍の負けを見越し、戦後の島津家を生き残らせるために、家康に武威《ぶい》を見せつけたというものだ。戦後、家康が島津家の扱いに気を使ったのは間違いないようなので、そのあたりから生まれた説であろうか。まあ、真実などは分かりようがないのだから、好きに考えればいいだろう。

作者は当時の島津家が、東軍と西軍のどちらに付いてもおかくしなかった状況や、戦場での三成に失望したことを表現しながら、義弘が死地に活路を見出《みいだ》すことを直感で決める様子を、鮮やかに描き出す。その後の敵中突破シーンは、興奮しかない。当たり前だが、島津の兵が次々と死んでいく。平野耕太の漫画『ドリフターズ』の主役で人気のある、義弘の甥の豊久《とよひさ》も死ぬ。絶体絶命の戦場を、ずば抜けた戦闘能力と、誇り高き島津魂により切り裂く、義弘たちの戦いが熱いのである。

しかし関ヶ原の戦いが終わると、物語は義弘が元服《げんぷく》前の十三歳の時に遡《さかのぼ》る。当時の当主は義弘たちの父の貴久《たかひさ》。島津家中興の祖といわれる祖父の日新斎《じっしんさい》も元気である。とはいえ島津家の現状は、なかなか難しい。薩摩《さつま》、大隅《おおすみ》、日向《ひゅうが》の守護職とはいえ、実権を掌握《しょうあく》できてはいない。混乱の続くこの三国をいかに統一するのか。本書のタイトルの由来は、ここにある。

そんな時代に義弘は、遥《はる》か遠くを見ていた。海の向こうの見知らぬ人々と、大いに交易をしたいと思っていたのだ。もちろん島津家のことも考えているが、若者らしい気宇壮大《きうそうだい》な夢だ。ひょんなことから五峰こと王直の船に乗り、義弘は世界の一端を知る。実在した海商にして倭寇《わこう》の頭目《とうもく》を使い、作者は義弘のキャラクターをくっきりと立ち上げたのだ。

だが現実は厳しい。天文二十三年（一五五四）に、岩剣城の戦いで初陣を迎えると、義弘の人生は戦の連続となる。初陣から実力を示した義弘だが、軽率な行いが味方の死を招いたという悔《く》いも覚えた。また、島津軍のお家芸である〝釣り野伏せ〟の要諦《ようてい》も教えられる。以後、内紛も含む幾つもの戦いを経て義弘は成長し、島津家の領地は盤石《ばんじゃく》となる。

そうそう、教えられるといえば、日新斎の『いろは歌』の教えが、義弘の行動指針になっている。「いにしえの道を聞きても唱《とな》えても　我が行いにせずばかいなし」から「少しきを足れりとも知れ満ちぬれば　月ほどもなく十六夜《いざよい》の空」までの、四十七の歌に託した教えである。これを義弘は折りに触れて口にする。祖父から孫へと受け継がれたものが、義弘の歩む道を照らすのだ。そして受け継がれるものこそが、本書の重要なテーマのひとつになっているのだが、このことは後で述べよう。

領地が盤石となっても、戦いがなくなるわけではない。九州平定のために、大友宗麟《おおともそうりん》や龍造寺隆信《たかのぶ》と戦う。織田信長《おだのぶなが》が伸長していた時代は天下のことなど気にする必要がなかったが、本能寺の変や山崎の戦いを経て、羽柴秀吉《はしばひでよし》が次の天下人になると状況が一変。九州征伐のために乗り込んできた秀吉の軍と戦うことになる。九州を統一して秀吉と向き合おうとした義弘の目論見《もくろみ》は間に合わなかった。義弘が戦う戦国武将の肖像（闘将もいれば愚将もいる）と、九州の地から見た時代の動きが興味深い。

島津家を拡大する戦いは終わり、ここからは守るための戦いとなる。膝《ひざ》を突き合わせて話をしたことで、太閤秀吉との関係は悪くない。千利休《せんのりきゅう》や石田三成とも親しくなった。ところが秀吉が朝鮮出兵をしようとしたことで、天下人との関係が変わる。三成たちの反対をなんとかしたい秀吉は、名器〝平野肩衝《ひらのかたつき》〟を与えることで、義弘を味方にしようとする。要は、物で釣ろうとしたのだ。このときの義弘の心中を作者は、

「――もう何を言っても無駄だ。とどのつまり、金品で人の心を操《あやつ》ろうとする、さもしい人間だ。天下人の器《うつわ》ではない」

と思い、憤怒《ふんど》の形相《ぎょうそう》を抑えるのである。義弘は秀吉を見限ったのだ。こうした感情は、現代人でも納得できるものである。たとえば長年の友人の言葉や行動に失望して、縁を切った人ことのある人は、それなりにいるだろう。私も体験している。だから義弘の気持ちが、よく分かる。他の部分でも、現代の日本人と通じ合う人間の感情

が表現されている。だから義弘を始めとする登場人物に、強く感情移入できるのだ。

おっと、この調子で書いていると、いつまでたっても解説が終わらない。望まぬ朝鮮での戦い。秀吉の死後、関ヶ原の戦いへと向かう流れ。自分なりの「義」を貫《つらぬ》く義弘は、戦の日々を過ごしながら、貿易の夢を忘れない。どちらかといえば印象の悪い島津家の琉球《りゅうきゅう》征伐に、義弘の夢を絡《から》めたのは、作者の手柄であろう。また、少しだけ挿入される、正妻とのエピソードが微笑《ほほえ》ましい。島津義弘という人間に惚れ込んでいるという作者の気持ちが、そこかしこから伝わってくるのである。朝鮮での悲劇を始め、大切な人々を失い続けた義弘の人生には、悲しい色がある。それでも自分の「義」を貫いた生涯は輝いている。その輝きに魅了されずにはいられない。

最後に、義弘の話をする野守と、それを聞く若者のことに触れておきたい。読んでいるうちに話をしている時代は、戦国のずっと後だということが分かってくる。若者の正体も、徐々に手掛かりが増えていく。まあ、作者は正体を隠す気はなく、途中であっさり明らかにしてしまうのだが。一方、野守の正体は、はっきりと書いていないが、当たりはつくようになっている。

そのふたりは、義弘の話が終わった後、こんな会話を交《か》わす。「ご先祖様たちに、おいたちのことは伝えられれん。じゃどん、いにしえの人たちの教えは受け継ぐことが

できるし、今に生かすことがこともできるとじゃなかろか」という若者は続けて、

「二百五十年も三百年も前の話だとに、身につまされるとです。今また、国難が訪れとるかもしれん。異国の船が訪れ、国内は箍《たが》が外《はず》れたように乱れている。まさに内憂《ないゆう》外患《がいかん》……そういうときこそ、先人のよか智恵を借りて、義をば大切にせにゃならんとですね」

と言うのである。終息《しゅうそく》しないコロナ禍と、ロシアのウクライナ侵攻により、世界は大混乱に陥《おちい》った。日本でも影響が、さまざまな形で噴出《ふんしゅつ》している。多種多様な商品の値上げも、その現れだ。本書の若者と同様、私たちも先の見えない世界に困惑している。こんな時代だからこそ、本書から伝わってくるメッセージを大切にしたいのだ。先人のよき教えを受け継ぎ、自分の信じた道を歩む。島津義弘の生涯を堪能《たんのう》しながら、今の時代を生き抜くメソッドを、受け継ぎたいのである。

二〇二二年七月

この作品は、ウェブサイト「歴史行路」に掲載した序〜第六章に加筆修正し、第七章から第十二章までを書下して2019年9月に単行本として小社から刊行されたものを文庫化いたしました。

なお、本作品はフィクションであり実在の個人・団体などとは一切関係がありません。

徳間文庫

島《しま》津《づ》三《さん》国《ごく》志《し》

2022年9月15日 初刷
2023年8月31日 3刷

著者 井《い》川《かわ》香《こう》四《し》郎《ろう》
発行者 小宮英行
発行所 株式会社徳間書店
東京都品川区上大崎三−一−一 〒141−8202
目黒セントラルスクエア
電話 編集〇三(五四〇三)四三四九
販売〇四九(二九三)五五二一
振替 〇〇一四〇−〇−四四三九二
印刷
製本 大日本印刷株式会社

ISBN978-4-19-894780-4 (乱丁、落丁本はお取りかえいたします)

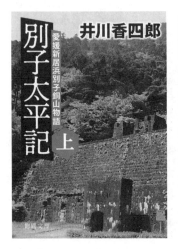

徳間文庫の好評既刊

藤原緋沙子

龍の袖

北辰一刀流《ほくしんいっとうりゅう》千葉《ちば》道場の娘、佐那《さな》は十代にして免許皆伝、その美貌《びぼう》も相まって「千葉の鬼小町」と呼ばれていた。道場に入門した土佐の坂本龍馬《さかもとりょうま》に手合わせを申し込まれたことを機に、二人は惹《ひ》かれ合い将来を誓う。京都へ赴《おもむ》く龍馬に、佐那は坂本家の桔梗紋《ききょうもん》が入った袷《あわせ》を仕立てる。だが袖を通すことなく龍馬は非業《ひごう》の死を遂げた。佐那は袷の右袖を形見として……。幕末の動乱に翻弄《ほんろう》された愛の物語。